Hanna Miller
Denn das Leben ist eine Reise

HANNA MILLER

Denn DAS LEBEN ist eine REISE

ROMAN

LÜBBE

Dieser Titel ist auch als E-Book erschienen

Originalausgabe

Copyright © 2020 by Bastei Lübbe AG, Köln

Textredaktion: Lisa Kuppler, Berlin
Umschlaggestaltung:
Einband-/Umschlagmotiv: © shutterstock:
Kathie Nichols | MSNTY | Angie Makes
Satz: Dörlemann Satz, Lemförde
Gesetzt aus der Adobe Caslon Pro
Druck und Einband: GGP Media GmbH, Pößneck

Printed in Germany
ISBN 978-3-7857-2684-6

2 4 5 3 1

Sie finden uns im Internet unter www.luebbe.de
Bitte beachten Sie auch: www.lesejury.de

PROLOG

Sommer 2012

Aimée stieg nicht sofort aus. Wie immer, wenn sie ihre alte Trödlerkommune erreichte, blieb sie noch eine Weile im Wagen sitzen und blickte durch die Windschutzscheibe auf den See. Das Wasser glitzerte im Sonnenlicht, die Blätter der Bäume ringsherum regten sich kaum.

Schau nicht hinüber!

Einmal musste sie es doch schaffen, nicht als Allererstes zur großen Wiese mit den Unterkünften zu sehen. Ganz am Ende der Wiese, hinter den Bauwagen der anderen, stand das Wohnmobil ihrer Mutter.

Aimée richtete ihren Blick fest aufs Wasser. Die haarigen Zweige der Trauerweide strichen in leisen Bewegungen über den See und trieben träge Kreise über die Oberfläche. Es war ein warmer Morgen, der einen heißen Tag versprach, einen heißen ersten Sonntag im August. Das würde sie wohl nie vergessen.

Langsam glitt ihr Blick nun doch übers Schilf, sie konnte nicht anders. Das Wohnmobil ihrer Mutter war alt, ein Ford Transit in Beigebraun, Baujahr 1983, klein, aber mit einem Alkoven. Die Tür war in einem grünlichen Gelb gestrichen. Jedes Mal, wenn sich ihre Mutter ein neues altes Wohnmobil zulegte, tat sie das als Erstes: Sie strich die Tür in diesem grellen Schwefelton. Keine Ahnung, wann Marilou das letzte Mal mit dem Wohnmobil gefahren war. Marilou, so nannte sich ihre Mutter. Eigentlich war es albern, eigentlich hieß sie Marielouise. Aber darauf reagierte sie nicht. Und Mama passte schon lange nicht mehr.

Aimée ließ das Wagenfenster hochfahren und schob den Sitz ganz nach hinten. So konnte sie leichter aussteigen. Sie war erst im sechsten Monat, aber ihr Bauch war schon riesig. Gerade gestern hatte die Frau im Blumenladen, bei der sie jede Woche frische Lilien kaufte, gefragt, wann es denn so weit wäre. Als sie sagte: *Anfang Dezember, in vier Monaten*, hatten sich sämtliche Leute im Laden entgeistert zu ihr umgedreht. Sie selbst hatte auch Anfang Dezember Geburtstag, sie wurde dreißig.

Aimée schloss die Wagentür hinter sich zu. Eigentlich wäre das nicht nötig gewesen, kein Mensch war heute hier. Aber es gab ihr ein gutes Gefühl. Sie parkte mitten auf dem Hof, wo an regenfreien, verkaufsoffenen Tagen die Stände aufgebaut waren, vor ihr der See, von dem sie wusste, dass er viel tiefer war, als er aussah. Links von ihr grenzte das Kopfsteinpflaster an die Wiese mit den Bauwagen. Rechts stand die große ehemalige Scheune, in der alle ihre Verkaufsnischen hatten. Die alte Melkkammer war schon immer der Bereich ihrer Mutter gewesen, vollgestopft mit angelaufenem Silberschmuck, Vasen und Kleidern, die sich in der Hand mürbe anfühlten. Noch vor zwei Jahren hatte Aimée hier auf dem Hof an ihren Möbelstücken gearbeitet. Dann war sie zu Per gezogen, und er hatte ihr diese wundervolle Werkstatt unterm Dach seines Hauses eingerichtet.

Das Gras unter ihren Füßen war vollkommen trocken, keine Spur von morgendlichem Tau. Aimée atmete tief durch und sog den vertrauten saftigen Geruch der grünblauen Landschaft ein. Sie brauchte das Wohnmobil nur von Weitem zu sehen und wusste sofort, was sich drinnen abspielte. Es gab vier mögliche Szenarien, vollkommen unabhängig von der jeweiligen Tageszeit. Entweder schlief ihre Mutter oben im Alkoven oder sie saß mit einer Flasche Wein am Tisch. Oder sie war nicht allein, was allerdings schon länger nicht mehr vorgekommen war. Heute lag sie, Szenario Nummer vier, zusammengerollt auf der Eckbank, da war sich Aimée sicher. Es war, als wäre das Schlafgewicht ihrer Mutter höher als ihr Wachgewicht und würde das Gefährt zu einer Seite neigen. Als vibrierte der Transit unter ihrem Schnarchen.

Die Tür quietschte, als Aimée sie aufzog und ins schummrige Wageninnere trat. Der Geruch von abgestandenem Dosenessen schlug ihr entgegen, von ungespülten Töpfen, billigem Rotwein, Schweiß, feuchten Klamotten und moderndem Holz. Mit angehaltenem Atem beugte sie sich über die Bank mit ihrer schlafenden Mutter und stieß das Fenster auf. Seit sie schwanger war, ertrug sie die Gerüche hier drinnen noch weniger als sonst.

Marilou rührte sich nicht. Schnell räumte Aimée die leeren Flaschen zusammen, packte den Abfall in einen großen Müllbeutel, die herumliegende Kleidung in den Wäschesack, sie wischte über den Tisch und spülte das Nötigste ab. Dabei sammelte sie alle Rechnungen, Kassenbons und sonstige Belege ein, die sie auf Tisch und Boden, oben auf der Matratze, in den Schränken, im Portemonnaie und unter dem schweren, warmen Körper ihrer Mutter finden konnte. Heute musste sie sich um Marilous Buchhaltung kümmern. Es war Aimée zuwider, in diesem Drecksloch zu kramen – anders konnte sie die höhlenartige Behausung kaum bezeichnen –, aber was wäre die Alternative gewesen?

Per hatte sie neulich beim Abendessen gefragt, was denn passieren könnte, wenn sie mal nicht nach Marilou schauen würde. Was wäre, wenn sie eine Woche oder noch länger nicht bei ihrer alten Kommune aufschlug? Sie hatte darauf keine Antwort gehabt, nur das diffuse Gefühl, dass es dann ein Unglück gab.

Aimée zog ihrer Mutter den einen Schuh vom Fuß und stellte ihn neben den anderen unter die Bank. Als sie sich aufrichtete, mühsam wegen ihres Bauches, blieb ihr Blick an Marilous Gesicht hängen. Normalerweise wandte sie sich sofort ab, weil sie das Fahle, Verquollene im Gesicht ihrer Mutter nicht ertrug. Aber diesmal sah sie nicht weg. Aus irgendeinem Grund glitt ihr Blick über die langen strähnigen Haare, die dunklen Schatten unter ihren geschlossenen Lidern, die gerötete Nase, die feinen Adern auf ihren Wangen, den verschmierten Schönheitsfleck rechts oberhalb der Lippe, den sich Marilou Tag für Tag aufs Neue mit einem Kajalstift aufmalte. Es war, als müsste sich Aimée an diesem ersten Sonntag im August jedes Detail im Gesicht ihrer Mutter sorgfältig einprägen.

Erst als sie noch mit geschlossenen Augen jede Falte und jedes Härchen vor sich sehen konnte, trat sie wieder hinaus ins Freie, mit einem Schluckauf, der nicht ihrer war, einem regelmäßigen Zucken unter ihrer gespannten Bauchdecke, wie ein Herzschlag.

Der See glänzte, die Vögel sangen, ein Buchfink tat sich mit hellem Pfeifen hervor. Aimée lief über die Wiese, umrundete Pers Wagen auf dem Kopfsteinpflaster und schloss das Tor zur Scheune auf.

Staub tanzte im Sonnenlicht, und auch wenn hier schon jahrelang kein Heu mehr lagerte, hingen noch immer feine Reste von trockenen Gräsern in der Luft. Vermischt mit Schimmel, dem Geruch von Räucherstäbchen und speckigem Leder war das für Aimée heute keine gute Mischung. Sie war heilfroh, dass sie nicht mehr hier arbeiten musste. Arbeiten und leben. Schnell lief sie an den Nischen der anderen vorbei und wollte sich gerade Marilous Klapptisch schnappen, als ihr Blick auf eine große Tüte fiel. *Für Aimée* stand auf einem Zettel, der mit einer Nadel ans Plastik gepinnt war. Und darunter: *Vielleicht kannst du das gebrauchen. Take care, my love. Barbara x.*

Aimée schaute in die Tüte und lächelte. Barbara hatte ihr ein ganzes Dutzend ausgewaschener Leinenlaken eingepackt. Sicherlich hatte sie die von einer der Haushaltsauflösungen mitgebracht, wo sie bei Kaffee und Kuchen den Geschichten der Hinterbliebenen lauschte. Aimée konnte solche Bauernwäsche bestens gebrauchen. Sie würde sie in Rechtecke zerschneiden und daraus kleine Ballen formen, mit denen sie alte, glanzlose Holzflächen aufpolierte. Baumwolle eignete sich dafür überhaupt nicht, da wurde alles nur fusselig. Barbara war ein Schatz. Aimée kannte sie seit ihrem sechsten Lebensjahr, seit Marilou und sie sich der Trödlerkommune angeschlossen hatten – Barbara und ihren Sohn Daniel. Aimée strich ein paarmal über den kühlen Stoff, bevor sie sich Tüte, Klapptisch und Klappstuhl unter die Arme klemmte, was so gerade eben ging, und mit dem Fuß das Scheunentor aufstieß.

Sie stellte den Tisch direkt vor die Scheune und breitete alles darauf aus: zusammengeknüllte Rechnungen, unleserliche Kassenbons, Quittungen über Kleinstbeträge, die Marilou in ihrer weitschwingenden Handschrift mehr oder weniger korrekt ausgefüllt hatte. Das alte Backsteingemäuer im Rücken legte sich Aimée eine Hand auf den Bauch und spürte der Wärme nach, die tief in ihr war. Noch vier Monate. Sie konnte es kaum erwarten. Zu Hause neben ihrem Bett stand schon die breite Jugendstilwiege, die sie in den letzten Wochen in aller Ruhe aufgearbeitet hatte. Sie rückte sich den Stuhl zurecht und fing an, die Belege zu sortieren.

Die Sonne war höhergewandert und stand jetzt auf der gegenüberliegenden Seite des Sees, noch immer regte sich kein Lüftchen. Es war ein friedlicher Tag. Ein Tag, wie sie ihn immer gemocht hatte, wenn sie früher ihren Stoffballen, hier vor der alten Scheune, in die Schellacklösung getaucht hatte und Stunde um Stunde über die matte Platte eines Tischs gefahren war.

Aimée hielt eine der Quittungen gegen das Licht, um das Datum zu entziffern, als sich in das Singen der Vögel ein Schnarren mischte, ein kratzender Laut, vielleicht von einem Eichelhäher. Die Vögel in den Bäumen waren unsichtbar, nur die Schwalben flogen kreuz und quer über den See. Aimée richtete sich auf, noch bevor die schwefelgelbe Tür am Ende der Wiese aufgestoßen wurde.

Marilou war wie eine Katze. Sie kam und ging, wann es ihr passte, und wenn sie fiel, landete sie auf den Füßen. In ihrem grauen Batikkleid wankte sie in Richtung See und schwenkte dabei den prall gefüllten Wäschesack.

»Waschtag!« Ihre Stimme klang wie so oft überdreht.

Aimée unterdrückte ein Stöhnen. Diese abrupten Stimmungswechsel ihrer Mutter hatte sie schon viel zu oft erlebt.

Marilou stolperte, fing sich an der morschen Holzbank ab und winkte. Aimée hob automatisch die Hand. Waschtag also.

Früher, als sie klein gewesen war, waren sie einmal in der Woche mit dem Wohnmobil zum Waschsalon gefahren, weil die Maschine auf dem Hof andauernd besetzt war. Immer mittwochs. Waschtag bedeutete auch Kinotag. In den anderthalb Stunden, die sich die Wäsche in der Maschine drehte, igelten sie sich zusammen bei zugezogenen Gardinen im Wohnmobil ein und schauten sich französische Filme an, *Belle de Jour* und *Le Château de ma mère*, weil Marilou das Französische so sehr liebte. Filme, für die Aimée noch viel zu jung war. Während ihre Mutter ein Bettlaken als Leinwand aufspannte und die Spule auf den Projektor steckte, hatte Aimée dem Ploppen der Maiskörner gelauscht.

Jetzt stand Marilou am Ufer, beugte sich vor und zog den Wäschesack in einem Halbkreis durchs Wasser. Bitte nicht. Aimée schloss die Augen, öffnete sie aber sofort wieder. Marilous Silberketten baumelten im See, ihr Lachen flog über die

Wiese, die langen Haare verdeckten ihr Gesicht. Es rauschte in den Bäumen, das Schilf neigte sich, ein Windstoß wirbelte die Zettel vor Aimée auf. Marilou ließ den Sack fallen und watete ins Wasser.

Aimée bückte sich nach einem Stein und beschwerte die Papiere, ohne ihre Mutter aus den Augen zu lassen. Ein Surren legte sich über den See, wie das Geräusch des Projektors früher. Die Schwalben flatterten wild durcheinander, sie sahen aus wie Fledermäuse. Ihre Mutter war schon bis zur Hüfte im Wasser.

»Marilou!«

Sie drehte sich nicht um, schlingerte nur immer tiefer ins Wasser hinein. Jetzt musste sie an der Stelle sein, wo der Seeboden steil abfiel. Aimée sprang auf, der Klappstuhl klatschte neben ihr aufs Pflaster.

»Marilou!«, schrie sie noch einmal.

Aber als Antwort kam nur ein irres Lachen. Aimée sah noch den Kopf ihrer Mutter, die Haare, die sich wie ein Fächer auf das Wasser legten.

So schnell sie mit ihrem Bauch konnte, rannte sie das sandige Ufer hinunter. Ohne anzuhalten, lief sie in den See.

Das Wasser war wie eine Wand. Mit aller Kraft schob sie es von sich weg. Sie war langsam, viel zu langsam. Sie stemmte sich nach vorn und fixierte den Punkt, an dem sie Marilous Kopf zuletzt gesehen hatte. Die Sonne spiegelte sich grell auf der Oberfläche, es war, als leuchtete ihr jemand mit einer Taschenlampe in die Augen.

Das Wasser stand ihr bis zur Brust. Aimée drehte sich um die eigene Achse.

»Mama!« Ihr Schrei gellte über den See.

Rechts und links, vorne, hinten, oben und unten war alles hell.

Daniel! Warum war Daniel nicht hier?

Immer tiefer lief sie in den See. Wasser schwappte ihr in den Mund. Sie blieb stehen.

Alles war still. Die Oberfläche des Sees war in einem kalten Gleißen erstarrt. Kein Vogel sang mehr. Aimée hörte sich atmen, nur sich.

KASTANIENKETTE

Als die ersten stacheligen Kapseln zu Boden fielen und platzten, sammelte sie die Kastanien im feuchten Gras auf. Sie waren weit von ihren Schalen weggerollt. Schwerkraftwanderer hießen sie deshalb, das hatte Daniel ihr erklärt. Mit dem Handbohrer drehte er Löcher in die glänzenden Früchte und fädelte sie auf eine silberne Kette. Sie trug die Kastanienkette den ganzen Herbst.

Oktober 2018

»Schön ist die Welt, dru-hum, Brüder, lasst uns reisen, wohl in die weite Welt, wohl in die weite Welt.« Im Takt zu seinem Gesang strich Len, den Pinsel fest in seiner Kinderhand, über die retuschierten Stellen im Holz.

Es war ein herrlicher Freitagnachmittag im Oktober. Per war bei einem Kunden, und Len und Aimée werkelten Seite an Seite in ihrem Werkstattraum unter dem Dach. Sie betrachtete ihren Jungen im warmen Licht der Herbstsonne, das durch die Blätter der Kastanie zu ihnen hereinfiel. Die Bewegungen seiner Hand waren gleichmäßig, sein Körper auf dem Drehhocker ging geschmeidig mit, der Ausdruck auf seinem kleinen Gesicht war hochkonzentriert. Er war letzten Monat sechs geworden. Manchmal, wie jetzt, kam er Aimée sehr groß vor, doch dann fiel ihr Blick auf die Puppe, die er sich vorne ins T-Shirt gestopft hatte, und schon sah sie wieder das kleine Kind, das er auch noch war. Am liebsten hätte sie Len fest in die Arme geschlossen. Aber sie wollte ihn nicht stören, beim Singen nicht und auch nicht bei seiner Lehrlingsarbeit. So nannte er das. *Mama, ich bin dein Lehrling. Ich mach alles, was du sagst. Okay?*

»Fertig!« Len ließ den Hocker einmal kreisen und kitzelte sie mit dem Pinsel an der Nase.

Aimée lachte und fuhr ihm mit ihrem eigenen Pinsel übers Gesicht. Es faszinierte ihn sehr, dass die Borsten einmal Schnurrbarthaare von Mäusen gewesen waren.

»Lass mal sehen.« Sie beugte sich über den schmalen Pultdeckel des Mahagonisekretärs, kaum breiter als ihre eigenen Schultern. Sie hatte ihn abgeschraubt, um die kleinen Löcher im Furnier zu kitten und die Kittstellen anschließend mit Aquarell zu lasieren. Len hatte mit seinem Mäusehaarpinsel die rötlichbraune Farbe zart verstrichen. Die Übergänge sahen ganz natürlich aus. »Sehr schön.« Sie drückte ihm einen Kuss auf die Stirn.

Len bekam sein stolzes Gesicht – breit gezogener Mund, tiefe Grübchen rechts und links, ein Strahlen in den Augen.

»Guck mal.« Aimée wies auf eine Reihe von dünnen Kratzern im Holz.

Len zog sich mit dem Hocker näher an die Werkbank heran. Die Werkbank war eigentlich ein alter Küchentisch aus Apfelbaumholz mit einer auffällig breiten rötlichen Maserung, den sie vor einiger Zeit restauriert hatte. Ursprünglich war er für die Wohnküche unten gedacht gewesen, aber dann war er doch bei ihr hier oben gelandet.

Len begutachtete die vielen winzigen Schrammen unter dem Schlüsselloch des Sekretärs. »Was ist das?«

»Da hatte jemand den Schlüssel an einem Schlüsselbund. Und jedes Mal, wenn er den Deckel hier aufgeschlossen hat, sind die anderen Schlüssel gegen das Holz gescheppert.«

»Aber warum hat er den Schlüssel denn nicht einfach stecken lassen?«

Aimée strich Len über den braunen Lockenkopf. Genau

wie sie liebte er die Geschichten, die die Möbel erzählten. »Ich glaube, das muss eine reiche Familie gewesen sein, der dieser Sekretär gehörte. Die hatten ganz sicher Leute in ihrem Haus, die für sie gearbeitet haben. Vielleicht einen Koch oder einen Gärtner oder jemanden, der auf die Kinder aufgepasst hat. Und diese reiche Familie hatte Sorge, dass ihr jemand was klaut.«

»Und deshalb haben sie den Schlüssel nicht stecken lassen.«

»Das nehme ich an.«

»Aber wir machen die Schrammen nicht weg, oder?« Er zog die Stirn kraus und für einen kurzen Moment sah Aimée, wie er später einmal aussehen würde, als junger Mann.

»Auf keinen Fall.«

Mit den Schrammen würde der Käufer des Sekretärs leben müssen. Per war Architekt, und ein paar seiner Kunden kauften ihr regelmäßig Antiquitäten ab. Stühle, Beistelltische, Bilderrahmen, kleinere Dinge. Aimée besuchte nach wie vor Haushaltsauflösungen, manchmal auch eine Auktion, und hatte mittlerweile einen guten Blick dafür, was Pers Kunden gefallen könnte. Sie war dankbar für diesen Vertriebskanal.

Aimée wusch die Pinsel an dem Waschbecken in der Ecke aus, wischte sich die Hände an der Schürze ab und wandte sich wieder Len zu. »Kratzer senden Botschaften, und die wollen wir ja nicht löschen, oder?«

Er nickte und ließ sich vom Hocker gleiten. »Gehen wir jetzt raus?«

»Unbedingt. Ich räum nur schnell auf, dann geht's los.«

Len stiefelte schon die Treppe hinunter. »Wir sind nicht stolz, wi-hir brauchen keine Pferde, die uns von dannen zieh'n, die uns von dannen zieh'n.«

Sie stellte die Pinsel in Einweggläser und die Gläser ins Regal zu den Leimen und Lacken und der schon ziemlich prall gefüllten Blechdose mit den Einnahmen. Per gab ihr das Geld in bar und brachte die Möbel eigenhändig bei seinen Kunden vorbei. Sie schaltete die Wärmeplatte aus, auf der sie den Knochenleim im Wasserbad flüssig gehalten hatte.

Draußen im Vorgarten waren die Eiben und Zypressen in kugelige Formen geschnitten, der Rasen war getrimmt, nur die Kastanie vor ihrem Fenster durfte so wachsen, wie sie wollte. Der Baum war diesen Sommer geradezu explodiert und stahl Aimée mit seiner Krone einiges an Licht, aber Pers Vorschlag, ihn zu fällen, hatte sie sofort abgelehnt.

»Mama!« Lens Stimme klang aufgeregt.

Aimée streifte sich die Arbeitsschürze ab, zog die Tür ihrer Werkstatt hinter sich zu und ging die zwei Stockwerke hinunter.

Len stand in Turnschuhen in der Wohnküche. Sein Mund zitterte, als würde er gleich weinen.

»Was ist?« Aimée ging neben ihm in die Hocke.

Seine Puppe, Lenna, hing noch immer in seinem Shirt. Ihr Körper war aus wattierter Baumwolle, ihre braunen Wollzöpfe baumelten über den Kragen. Len trug sie immer bei sich. Manchmal fand Aimée das für einen sechsjährigen Jungen unpassend, aber wenn sie ehrlich zu sich selbst war, fand sie es eigentlich nur deswegen unpassend, weil andere Leute es unpassend finden könnten. Also ließ sie ihm die Puppe. Len presste die Lippen aufeinander und wies mit der Hand durch den großen Raum.

Aimée konnte nichts Ungewöhnliches erkennen. Links war der Küchenbereich mit dem großen Betontresen, auf dem nur der Messerblock stand. Rechts der kantige Esstisch aus gebürstetem Stahl, drum herum die acht *Eames Plastic Chairs*. Auf dem Tisch thronte wie immer eine hohe Vase mit weißen Lilien. Am anderen Ende des Raumes stand das L-förmige Sofa, daneben gruppierten sich die graue Chaiselongue und der schwarze Ledersessel. Auf einem der gläsernen Beistelltische lagen drei Bildbände über Architektur, der oberste wie immer aufgeschlagen. Das bodentiefe Fenster zog sich über die gesamte Breite des Raumes und vermittelte einen Eindruck, als wäre kein Glas zwischen innen und außen und der weitläufige Garten noch Teil des Wohnbereichs.

»Das Kissen.« Len zitterte. »Das rote.«

»Was ist damit?« Aimée nahm ihn bei der Hand. Das Kissen lag wie immer hinten auf der Chaiselongue.

»Wolke hat draufgemacht. Es ist nass und stinkt.« Tränen liefen ihm über die Wangen.

»Hey.« Sie wartete, bis Len sich mit dem Ärmel über die Augen wischte und sie ansah. »Das ist doch nicht schlimm. Wir machen das jetzt weg, und dann ist alles gut.«

»Und wenn Papa es merkt?«

»Ach, Len.« Sie nahm ihn in den Arm.

Per war einmal ziemlich wütend geworden, als Wolke, ihre betagte Katze, auf die Chaiselongue gepinkelt hatte. Das ganze Möbelstück hatte abgeholt werden müssen, weil dem Fleck auf dem feinen Stoff mit herkömmlichen Mitteln nicht beizukommen gewesen war. Und Len hatte sich die Schuld für das Malheur gegeben, auch wenn Aimée immer wieder versucht hatte, ihm das auszureden.

»Komm, das ist doch nur ein Kissen. Wir waschen es ab, und bis Papa heute Abend wiederkommt, ist alles längst wieder trocken und sauber.«

»Meinst du?« Len blinzelte sie an.

»Ganz sicher.« Zielstrebig lief sie zum Sofa, nahm das tatsächlich ziemlich übelriechende Kissen an sich, zog die Füllung heraus und wusch den Bezug in der Keramikspüle sorgfältig aus. »So.« Sie hängte ihn über einen der weißen Plastikstühle. »Jetzt holen wir uns noch ein neues Innenkissen aus dem Schrank und werfen das alte in die Tonne.« Sie fasste Len an der Schulter. »Alles klar?«

Er nickte.

»Dann los.« Aimée schlüpfte in ihre Schuhe und zog die Haustür auf.

Im nächsten Augenblick standen sie nebeneinander auf der Türschwelle und ließen sich das goldene Licht der Oktobersonne ins Gesicht scheinen. Die Blätter der Bäume changierten zwischen Grün und Rot, und in der Ferne knatterten die Maishäcksler. Als hätte ihm die frische Luft einen Stoß versetzt, kam Bewegung in Len. Mit fliegenden Locken rannte er los und verschwand zwischen den Büschen. Aimée sog den erdigen Geruch ein, stopfte die nasse Kissenfüllung in die Mülltonne und bückte sich nach einer Kastanie. Sie glänzte in einem satten Rotbraun, wie der Mahagonisekretär oben in ihrer Werkstatt. Aimée umschloss sie mit der Hand. Len kam mit einem Eimer wieder, den Herr Hansen, ihr Gärtner, für Pflanzenabfälle benutzte.

»Guck mal.« Er hielt ihr den Eimer hin, der bereits halbvoll mit Kastanien war. »Wollen wir nachher damit basteln? Eine Schlange? Oder eine Rakete?«

»Gute Idee.« Aimée war froh, dass er nicht mehr an das blöde Kissen dachte.

Len bückte sich und sammelte weiter. Der Rasen war ein einziges schimmerndes Kastanienmeer.

»Wir reisen fort, vo-hon einer Stadt zur ander'n, wo uns die Luft gefällt, wo uns die …« Len sah auf. »Hast du das gehört?«

Aimée lauschte. Die Kastanie in ihrer Hand fühlte sich sehr glatt und neu an. In der Ferne hörte sie ein Miauen.

»Wolke!« Len ließ den Eimer los und schoss über den Rasen zur Einfahrt.

Aimée folgte ihm. Miauend saß ihre Katze vor dem alten Garagentor. Aimée hatte lange nicht mehr an diese Garage gedacht, weil ihr Alltag sie kaum in diese schattige Ecke des Grundstücks führte.

Das Haus hatte zwei Garagen. Einmal die Doppelgarage, in

der Pers schwarzer SUV parkte, wenn er nicht gerade wie jetzt damit unterwegs war, zusammen mit Aimées silbernem Wagen, beides BMWs – die genauen Modellbezeichnungen konnte sie sich nie merken. Und dann gab es noch eine zweite, alte Garage, die ein gutes Stück zurückgesetzt lag, unsichtbar für Besucher, die über die breite Einfahrt aufs Haus zusteuerten. Vor dieser Garage saß Wolke. Ihr schwarzes Fell verschmolz mit dem Halbdunkel, das sie umgab.

Len hockte sich hin und streckte die Hand nach ihr aus. Wolke kam näher und ließ sich von ihm an dem weißen Fleck unter dem Kinn kraulen. Das mochte sie. Aimée hatte sie damals von der Kommune mitgebracht, und seit Lens Geburt waren er und die Katze unzertrennlich. Manchmal bezog Wolke ihren Schlafplatz am Fußende seines Bettes. Per sah es zwar nicht gern, doch Aimée hatte den Eindruck, dass Len in diesen Nächten besonders ruhig und tief schlief. Jetzt miaute Wolke das Garagentor an. Die graue Farbe blätterte vom Blech, Efeu rankte von oben und von den Seiten über das Tor, es roch moderig.

»Was ist denn los, Wolke?« Len gab seiner Stimme einen weichen Klang.

Wolke miaute stoisch vor dem Tor. Aimée fiel auf, wie dünn die Katze in den letzten Monaten geworden war.

»Mama, Wolke will da rein.« Len zupfte am Ärmel ihrer blauen Seidenbluse.

»Ja, das seh ich.«

»Können wir die Garage aufmachen? Bitte, Mama.«

Sie hatte wirklich sehr lange nicht mehr an diesen Ort gedacht. Und daran, dass es ihn noch gab: den Bulli.

Aimée verschränkte die Arme. »Ich weiß nicht. Der Efeu …«

»Bitte!«

Aimée seufzte. Na schön. Ein kurzer Blick konnte ja nicht schaden. Sie zog den Schlüsselbund aus der Rocktasche.

»Juchhu!« Len nahm Wolke auf den Arm und führte einen

kleinen Freudentanz auf. Jede andere Katze hätte erschrocken das Weite gesucht.

Neben den drei Schlüsseln, die Aimée täglich benutzte – Haustür, Briefkasten, Auto –, hingen noch zwei andere Schlüssel am Bund, die sie nie abgemacht hatte. Seit acht Jahren hatte sie nichts mehr damit aufgeschlossen. Sie hatte die Schlüssel gar nicht mehr wahrgenommen, aber wären sie plötzlich nicht mehr da gewesen, hätte sie ihr Fehlen sicher bemerkt. Der Bund in ihrer Hand wäre zu leicht gewesen.

Aimée steckte den Garagenschlüssel ins Schloss, drehte ihn mit einem Quietschen und kippte das Tor. Als sie die Stoßstange ihres alten VW-Busses erkannte, hörte sie den Efeu leise reißen. Sie schob das Garagentor weiter hoch, und die lang gezogenen Rücklichter tauchten vor ihr auf. Wolke ließ sich von Len auf den Boden setzen und lief steifbeinig in die Garage. Noch höher, und die rote Heckklappe mit dem breiten Fenster erschien, darüber das weiße Dach. Mit einem blechernen Rasseln rastete das Tor unter der Garagendecke ein.

Aimée hielt noch immer die Kastanie in der Hand. Sie sah den alten Baum am See vor sich, der jeden Herbst aufs Neue mehr Früchte getragen hatte als alle anderen Rosskastanien rundherum. Er hatte genau neben dem Bulli gestanden, was man dem Wagen durchaus ansah. Früher hatte Aimée manchmal auf dem Dach ihres Busses gelegen, die Daumen in die Beulen im Blech gedrückt und hinauf in den Himmel geschaut. Trotz der herunterfallenden Kastanien hatte sie ihn nie woanders abgestellt. Der Blick, den sie von diesem Platz aus gehabt hatte, war einfach zu perfekt gewesen, durch die Kastanien und Blutbuchen hindurch auf den See.

Sie fröstelte. Sie sollten zurück in den Garten gehen, wo die Sonne schien, statt hier in der feuchten Düsternis zu stehen.

»Ist der von uns?« Len hatte sich neben sie gestellt, und es war, als stünden sie beide an einer Schwelle.

Im Grunde war sie immer da gewesen, die Schwelle oder eher die Mauer zwischen dem, was gewesen war, und dem, was heute zählte. Und jetzt hatte sie einfach ein Tor geöffnet.

Aimée fasste nach Lens Hand. »In dem Bulli habe ich früher gewohnt.«

»Gewohnt?« Er sah zu ihr hoch.

»Bevor ich Papa kennengelernt habe.« Sie atmete tief durch. »Da war das mein Haus. Oder so was in der Art.«

Früher, nach ihrem Auszug aus dem Wohnmobil mit der gelben Tür, war ihr der Bulli riesig erschienen. Endlich hatte sie ihr eigenes Reich gehabt.

»Und bist du damit auch gefahren?«

»Ja, auch das.«

»Dann warst du ja eine Schnecke!« Len lachte, doch dabei sah er sie prüfend an, als sähe er etwas ganz Neues.

Im Inneren der Garage hörte sie Wolke umhertapsen, zu sehen war sie nicht. Die Garage war größer, als sie auf den ersten Blick schien. Schmal, aber sehr lang, mit einer Tür am hinteren Ende.

»Können wir da rein?«

Aimée nickte kaum, doch ihr Körper bewegte sich schon wie von selbst vorwärts, die Hand fest mit der von Len verbunden. Es war, als glitte sie widerstandslos in einen Traum hinein. Ein Traum, der vor langer Zeit einmal Wirklichkeit gewesen war.

Hier drinnen war es noch düsterer als draußen. Wolke stand mit glimmenden Augen auf einer blauen Plane, die über dem Boden des hinteren Teils der Garage ausgebreitet war.

Als Aimée den zweiten der beiden Schlüssel ins Schloss der Bullitür steckte, war die Katze mit einem Satz bei ihr. Mit einem Ratschen zog Aimée die Schiebetür auf. Wolke zögerte ein, zwei Sekunden, dann sprang sie in den Bulli.

Aimée konnte nur dastehen und in diesen kleinen Raum hineinschauen. Jahrelang war er ihr Zuhause gewesen. Rechts schmiegte sich der hölzerne Küchenblock an die Rückenlehnen des Fahrer- und Beifahrersitzes. Links stand die Sitzbank mit dem himmelblauen Bezug, und unter dem Fenster, zwischen Bank und Küchenblock, war eine Tischplatte, die sich hochklappen ließ.

»Das ist ja wirklich ein Haus.« Len klang tief beeindruckt. Kurzerhand machte er einen großen Schritt und zog Aimée mit sich in den Bulli.

Im Bus roch es abgestanden, aber nicht schlecht, eher so wie es auch in ihrer Werkstatt roch: nach Holzstaub und aufbrechenden Versiegelungen. Wolke lag schon zusammengerollt in ihrem alten Körbchen neben der Sitzbank. Len klappte den Tisch hoch und wieder runter, entdeckte die Gasflasche in der Klappe unter der Herdplatte und war begeistert, dass tatsächlich Wasser kam, als er den Spülhahn betätigte.

Aimée stand noch immer in der Tür und folgte seinen Bewegungen, seinem Blick, mit dem er das alles hier zum ersten Mal sah. Schließlich ließ er sich bäuchlings auf die Bank fallen, streckte einen Arm nach unten aus und streichelte Wolke. Aimée setzte sich neben ihn.

»Genauso habe ich hier auch immer gelegen und Wolke gestreichelt.«

Len drehte sich auf die Seite und sah sie an. »Gab es Wolke denn da schon?«

»Oh ja.« Aimée rechnete im Stillen nach. »Ich glaube, sie ist jetzt so ungefähr achtzehn Jahre alt. Ihre Mama, Lili, war auch schon meine Katze. Wolke ist aus ihrem letzten Wurf.«

»Wie alt werden Katzen denn?«

»Ganz unterschiedlich. Wolke wird sicher steinalt. Schau mal.« Aimée zog an dem kleinen Griff seitlich von der Bank und drückte die Rückenlehne nach hinten. Es krachte einmal kurz, als sie horizontal einrastete. »Hier habe ich immer geschlafen.«

Len legte sich quer über die Liegefläche. Aimée kitzelte ihn am Bauch. Er lachte und wand sich unter ihrer Hand. Neben ihm lachte das kleine Gesicht seiner Puppe Lenna.

»So?« Er drehte sich auf den Rücken, die Arme eng am Körper. »Hast du so geschlafen?«

»Genau so.« Sie legte sich neben ihn.

Das Laken verströmte einen trockenen, vertrauten Geruch, wie Stroh, das sehr lange unter einem strahlend blauen Himmel gelegen hatte. Das Schnurren der Katze füllte den Bulli.

»Was ist das?« Len streckte den Arm aus und berührte die dünnen Holzteile, die über ihnen baumelten. Sie waren aus unbehandeltem Birkenholz, und es existierten nur noch drei der vier Seitenwände mit großen Fenstern, zwei davon endeten oben in einem Dreieck. Gehalten wurde das Ganze von einem spitzen Dach, das mit zwei unsichtbaren Nylonfäden an einem kleinen Deckenhaken befestigt war. Das Holz des Daches hatte noch seine zarte weiß-schwarze Rinde, die aussah wie Schindeln, die mit Flechten bewachsen waren.

»Das …« Aimée räusperte sich. »Das ist ein Mobile. Ein Haus. Mein Haus der Träume.« Ihr versagte die Stimme.

»Ein leeres Haus«, stellte Len fest.

Aimée konnte nur nicken. Ihr Haus der Träume war leer.

Ursprünglich hatte es auch eine vierte Seitenwand gegeben, aber die war irgendwann verlorengegangen. Seitdem hing das Mobile schief. Aimée ließ ihre Hand nach unten zu Wolke gleiten. Sie hatte sehr lange nicht mehr an das Haus der Träume gedacht.

Len setzte sich auf. »Mama …«

»Ja?« Aimée streichelte die schlafende Katze.

»Können wir ein bisschen fahren?«

»Jetzt?«

»Warum nicht? Wir könnten einen kleinen Ausflug machen.« Len kletterte auf sie. »Bitte.«

»Ich glaube nicht, dass der noch fährt.«

Acht Jahre ohne Bewegung waren eine lange Zeit für einen alten Wagen. Der Bus war Baujahr 1979, einer der letzten aus der T2-Reihe. Die meisten Teile, die sich unter dem roten Blech verbargen, waren allerdings deutlich jünger. Aimée hatte ihn zum achtzehnten Geburtstag bekommen. Sie kraulte Wolke am Bauch und berührte dabei etwas aus Papier. Sie hielt inne. Sie wusste sofort, was das war. Dieser Umschlag war einmal so wichtig für sie gewesen. Er enthielt Geld, das sie zur Seite gelegt hatte. Geld für ein neues Leben.

Len stieg über den Küchenblock auf den Beifahrersitz. »Okay?«

Aimée schob den Umschlag zurück in sein Versteck, unter den warmen Körper der Katze. »Okay.«

Aus dem Kasten unter der Sitzbank schnappte sie sich eines der dicken, festen Kissen. Len setzte sich darauf, und Aimée schloss seinen Gurt.

Nach mehreren Versuchen sprang der Wagen tatsächlich an. Len jubelte, der Motor bullerte, die Tanknadel zeigte senkrecht in die Höhe. Aimée reichte Len die Kastanie, die er sofort in seiner Hosentasche verstaute, und drückte den langen Schaltknüppel in den Rückwärtsgang. Röhrend fuhr der Bulli aus der Garage. Sekunden später waren sie auf der Straße.

»Wir lieben die Stürme, die brausenden Wogen, der eiskalten Winde raues Gesicht«, sang Len. Seine Stimme war so laut, wie Aimée sie selten gehört hatte.

Auf der Landstraße kurbelte sie das Fenster hinunter. Wind blies ihnen um die Ohren. Sie musste lachen, als sie Lens tanzende Locken sah und die eigenen Haare ihr wild um den Kopf herumflatterten.

»Wohin fahren wir?«

»Keine Ahnung!«, schrie sie gegen den Wind an.

»Gut!«, schrie Len zurück.

Sie grinsten sich an. Schon flogen sie an stoppeligen Feldern vorbei, an gehäckseltem Mais, der durch die Luft geschleudert wurde, an grünen Wiesen und weidenden Pferden. Ohne abzubremsen, überholten sie einen Traktor. Len winkte dem Fahrer zu, der grüßte zurück. Sie rumpelten durch Alleen mit hohen Bäumen, die der Herbst bereits orange gefärbt hatte, vor ihnen nichts als Weite bis zum Horizont.

»Unser Schiff gleitet stolz durch die schäumenden Wellen, es strafft der Wind uns're Segel mit Macht.« Len hatte die CD letzte Woche in der Bücherei entdeckt und sie unbedingt mitnehmen wollen. Seitdem schallten ununterbrochen Lieder übers Reisen aus seinem Kinderzimmer.

Inzwischen stand die Sonne sehr tief. Die Bäume warfen lange Schatten, und ein goldener Schimmer lag auf den Feldern.

»Ich hatte vergessen, wie schön das ist.« Aimée streckte die Arme am Lenkrad durch und spürte das warme Licht auf ihrem Gesicht. Sie rutschte tiefer in den Sitz. Das braune Leder des Polsters war an einigen Stellen geflickt. Es hatte sie immer an einen Pferdesattel erinnert. Fast hätte sie das Schild am Straßenrand übersehen, ein beuliges Blechschild mit der Aufschrift *Garage*. Schnell bremste sie ab und fuhr den Bus auf den Seitenstreifen.

»Was ist?« Len rappelte sich auf.

»Da ist eine Autowerkstatt.« Aimée sah in den Rückspiegel. Die Straße war leer, in der Luft flimmerte Staub. Ein Feldweg führte zu einem grauen Gebäude.

»Ja, und?«

Hinten im Bus hörten sie ein Rumoren. Wolke tapste zu ihnen nach vorn und ließ sich nach einigen Umdrehungen auf Lens Schoß nieder.

»Ich dachte, ich bringe den Bulli da mal vorbei. Also, dass die ihn mal angucken und alles reparieren, was repariert werden muss.«

Der Bus fuhr zwar ganz gut, aber die Frage war, wie lange noch. Dabei war er doch irgendwie immer ein Teil von ihr gewesen.

»Jetzt?« Len drehte sich abrupt zu ihr. Ungerührt schnurrte die Katze unter seiner Hand.

Aimée fuhr ihm durchs Haar. »Irgendwann vormittags.« *Wenn du im Kindergarten bist*, hatte sie hinzufügen wollen. Aber Len ging nicht gerne in den Kindergarten. Und es war gerade viel zu schön, um ihn an Dinge zu erinnern, die er nicht mochte. Zum Glück kam er nächsten Sommer in die Schule, da würde er neue Kinder kennenlernen und ganz sicher bekam er auch eine nette Lehrerin.

Aimée legte die Hand um den Schalthebel. Okay, möglicherweise war es nicht richtig, ihn immer zu schonen. Per war der Meinung, Len täte es gut, mal auf die Nase zu fallen. Das würde ihn stark machen. Aber was sollte sie tun? Er war als Frühchen auf die Welt gekommen. Wochenlang hatte es so ausgesehen, als ob er es nicht schaffen würde. Die Angst von damals hatte sie nie losgelassen.

Aimée verscheuchte den Gedanken, was ihr an diesem wunderbaren Tag leichtfiel. Erneut sah sie in den Spiegel, dann setzte sie den Wagen zurück. »Ich frag da einfach mal.«

Ein Mann mit sonnengebräunter Haut wollte gerade das Werkstatttor abschließen. Aber für sie ging er noch einmal zurück an den Schreibtisch voll ölfleckiger Papiere, und Aimée machte einen Termin für die kommende Woche aus. Im Hinausgehen fiel ihr Blick auf eine alte Coca-Cola-Werbung, die neben der Werkstatttür hing, aufgedruckt auf einen Spiegel. *You Can't Beat the Feeling.* Neben dem Gesicht der Cola trinkenden Frau sah Aimée ihr eigenes. Ihre Haut schimmerte, die Haare hingen ihr in wirren Strähnen ums Gesicht, in ihren grünen Augen lag ein Blitzen, das sie an früher erinnerte.

Als sie zurückkamen, war es dunkel. In der Einfahrt parkte der Wagen von Rebekka, einer Kollegin von Per, also war Per auch schon zu Hause. Er musste gesehen haben, dass die alte Garage offen stand und der Bulli weg war. Kurz überkam sie ein mulmiges Gefühl, als hätte sie etwas Verbotenes getan. Sie blickte zu Len hinüber, der eng verknäult mit Wolke und seiner Puppe Lenna schlief. Auf seinem Kindergesicht lag ein Lächeln. Entschieden manövrierte sie den Bulli an Rebekkas Cabrio vorbei. Sie hatten nur einen kleinen Ausflug gemacht. Einen ganz und gar wunderbaren Ausflug.

Aimée rumpelte in die Garage und stellte den Motor ab. Mit einem Mal war es sehr still. Nur Lens tiefer Schlafatem war zu hören. Sie wollte gerade die Scheinwerfer ausstellen, als ihr Blick auf die blaue Plane fiel. Sie zog sich über den ganzen hinteren Teil der Garage, mal lag sie flach am Boden, an anderen Stellen bedeckte sie irgendetwas. Leise, um Len nicht zu wecken, öffnete Aimée die Fahrertür. Sie würde mal nachsehen, was sich darunter verbarg.

Ein kalter Luftzug wehte ihr in den Nacken. Das blaue Plastik leuchtete ihr entgegen. Aimée kniff die Augen zusammen. Sie stellte sich mit dem Rücken zu den Scheinwerfern und zog die Abdeckung ein Stück zur Seite. Mit einem Schmirgelgeräusch rutschte die Plane über den rauen Betonboden. Vor ihr blitzte ein kleiner Bilderrahmen auf. Aimée wich zurück. Sie kannte diesen Rahmen, sie kannte ihn sogar sehr gut. Sie hatte ihn mit eigener Hand vergoldet.

Wie in Trance zog sie die Plane Stück für Stück weiter zurück. Stühle, Sessel, Hocker, kleine Regale und Kommoden, Nachttische und Zeitungsständer tauchten auf, achtlos hingeworfen, ineinander verkeilt wie Sperrmüll.

Kein Laut drang in die Garage. Das Licht der Scheinwerfer strahlte mit ungebrochener Kraft. Aimée nahm den goldenen Bilderrahmen in die Hand, das letzte Stück, das sie für einen von Pers Kunden aufgearbeitet hatte. Sie hörte sich atmen. Ein, aus, ein, aus, wie ein lautes Pulsieren in ihrem Kopf. Aimée schob sich den Rahmen über den Arm, öffnete die Beifahrertür und hob ihren schlafenden Jungen hoch. Mit einem Seufzer schlang er seine dünnen Arme um ihren Hals. Wolke huschte unter ihren Beinen hindurch aus der Garage. Aimée schloss den Bulli ab, zog das rasselnde Tor hinter sich zu und sah ihre Katze zwischen den gestutzten Büschen aufs Haus zulaufen.

Schon an der Tür hörte sie Rebekkas Lachen. Rebekka war Innenarchitektin und arbeitete bei vielen Projekten mit Per zusammen. Constanze, ihre Tochter, war genauso alt wie Len. Nach Lens Geburt hatte Aimée sich ein paarmal mit ihr und den Kindern getroffen. Leise stieg sie die Treppen zu ihrer Werkstatt unter dem Dach hoch. Normalerweise trug sie Len ungern, er war ihr zu schwer, aber jetzt spürte sie sein Gewicht kaum. Sie war froh, dass er bei ihr war.

Die silberne Blechdose stand wie immer neben den Leimen und Lacken. Sie klimperte nicht, als Aimée sie einhändig aus dem Regal zog, es waren nur Scheine darin. Kurz verharrte sie neben der Werkbank, dem Küchentisch aus Apfelbaumholz, der eigentlich für etwas ganz anderes gedacht gewesen war. Auf der Tischplatte lag noch der Pultdeckel des Mahagonisekretärs, den Len und sie vorhin bearbeitet hatten.

Mit einer heftigen Bewegung fegte sie das Ding hinunter. Krachend fiel es auf die Dielen. Len zuckte kurz, aber gleich darauf entspannte sich sein Körper auf ihrem Arm wieder. Die Dielen hatte sie vor acht Jahren selbst verlegt. Per hatte ihr hier oben freie Hand gelassen. Ein bitteres Lachen stieg in ihr auf. Dieser Raum war eine einzige Lüge. Aimée klemmte sich die Blechdose unter den Arm, drehte sich um und zog die Tür der Werkstatt hinter sich zu.

Langsam stieg sie die Treppen hinab. An ihrem Ohr murmelte Len leise im Schlaf. Mit einem Mal war Aimée sehr ruhig. Sie trug Len ins Kinderzimmer im ersten Stock und legte ihn auf sein Bett. Vorsichtig zog sie ihm die Jeans aus und die Schlafanzughose an, befreite Lenna aus dem Halsausschnitt seines T-Shirts und legte sie dicht neben ihn. Sofort umschloss er sie mit seinem Arm und rollte sich zusammen wie Wolke in ihrem Körbchen. Aus seiner Jeanstasche fischte Aimée die Kastanie und legte sie auf den Nachttisch. Die braune Schale glänzte im schwachen Schein der runden Mondlampe, die immer die Nacht hindurch brannte. Sie deckte Len bis zum Kinn zu und gab ihm einen Kuss auf die warme Stirn. Es war gut, dass er nichts von dem mitbekam, was gleich passieren würde.

Rebekka lachte noch immer. Pers volle Stimme war wie eine federnde Unterlage für dieses Lachen. Sicher stand vor ihnen auf dem Tisch eine Flasche Rotwein, eine Karaffe mit Wasser, ein paar Oliven, vielleicht Baguette. Per war ein guter Gastgeber. Und Rebekka war schon immer häufig bei ihnen gewesen. Mal saßen sie zu zweit zusammen, mal zu dritt. Sie kam Aimée fast wie ein Teil des Inventars vor, auch weil sie die Innenräume des Hauses geplant und eingerichtet hatte. Aimée trat in den Lichtstreifen, der aus dem Wohnraum in den Flur fiel, die silberne Blechdose in der einen Hand, den kleinen goldenen Rahmen in der anderen.

»Aimée!« Rebekka stellte ihr Weinglas ab und stand vom Sofa auf. »Wir haben gerade von dir gesprochen.« Sie trug eine helle Hose und einen ebenso hellen, dünnen Rollkragenpullover, der ihr eine gewisse Strenge verlieh. Ihre roten Haare hatte sie tief im Nacken zu einem Dutt gebunden. Wie immer sah sie sehr aufgeräumt aus. Sie durchschritt den Raum und kam auf Aimée zu.

Aimée sah an ihr vorbei zu Per. Er saß auf dem Sofa, den Blick auf die beiden Dinge in ihren Händen gerichtet.

Rebekka hauchte ihr Küsse auf die Wangen. »Gut siehst du aus.«

29

Aimée fixierte weiter ihren Mann. Aufrecht saß er da, zu aufrecht, der Blick zu starr.

»Die Bluse ist wunderbar.« Rebekka berührte die dunkelblaue Seide. Die Bluse war wie eine fremde Haut, die über Aimées eigentlicher Haut saß.

Auf dem Küchentresen lag ein Brotmesser, neben Resten von aufgeschnittenem Baguette. Der rote Kissenbezug hing noch über einem der weißen Stühle. Langsam stand Per auf und kam auf sie zu. Seine Schritte in den cognacbraunen Lederschuhen waren unsicher, aber sie konnte sehen, wie er sich bereits wieder fasste und wappnete.

»Und, oh …« Rebekka besah sich den Rahmen in ihrer Hand. »Der ist ja hübsch. Per hat erzählt, dass du …«

»Aimée.« Pers Stimme war so voll wie immer. Er räusperte sich. »Es ist anders, als du denkst.«

Aimée sagte nichts. Sie wollte ihn kommen lassen, auch wenn sie wusste, dass er ihr nur Bullshit servieren würde.

Per rückte seine Brille zurecht. Sie roch sein Rasierwasser und darunter frischen Schweiß. »Der Kunde … Er hat mich gebeten, die Sachen noch mal zurückzunehmen und zu lagern, während er … umbaut.«

Unwillkürlich lachte sie auf. »All die Jahre hast du von verschiedenen Kunden gesprochen, das weißt du schon?« Sie musste es einfach laut sagen. »Aber gut, mal angenommen, es wäre jedes Mal derselbe Kunde gewesen. Was würde dieser *eine* Kunde wohl dazu sagen, dass du die Möbel einfach so hinschmeißt?«

»Aimée …«

»Du musst mich für bescheuert halten.«

»Ich glaube, ich fahr dann mal.« Rebekka sah zwischen ihnen hin und her, aber weder Per noch Aimée erwiderten ihren Blick.

Sekunden später fiel die Haustür ins Schloss, und Aimée hörte Rebekkas Wagen zügig aus der Einfahrt fahren.

Auf Pers Stirn lag ein Schweißfilm. Er kam ihr vor wie ein Angeklagter, der wusste, dass er im Unrecht war. Der keine Erklärung hatte. Der nicht mehr weiterwusste. So hatte sie ihn noch nie erlebt.

»Verdammt, Per, warum glaubst du eigentlich, ich bräuchte eine Beschäftigungstherapie?«

Sie konnte sehen, wie er sich um einen liebevollen Ausdruck bemühte. »Na, so würde ich das nicht nennen. Ich dachte, es tut dir gut, wenn du etwas zu tun hast.«

»Und du meinst, ich hätte nichts Eigenes gefunden?«

Sie hatte nicht ein Stück weitergedacht. Da war ja selbst ihre Mutter schlauer gewesen. Bloß nicht auf einen einzelnen Kunden setzen, klang ihr Marilous Stimme im Ohr. Breit streuen. Sie selbst hatte Pläne gehabt! Einen eigenen Laden hatte sie eröffnen wollen. Aber nein, Aimée Thaler musste es sich ja bequem machen.

Sie sah an Per vorbei zum Fenster. Ihre Körper, seiner groß und schmal, ihrer deutlich kleiner, spiegelten sich als Miniaturen im Glas. Dahinter lag die Dunkelheit. Wie oft hatte sie früher draußen vor einem Fenster wie diesem gestanden, heimlich hineingeschaut und sich hineingeträumt in das fremde Familienzuhause. Sie hatte sich nach dem Lachen gesehnt, das dort herrschte, nach der Wärme, der Geborgenheit, der Ehrlichkeit und dem Gefühl, angekommen zu sein. Entschieden ging sie zum Küchentresen. Mit einem Knall stellte sie die Blechdose ab, dann den Rahmen. Gold splitterte, das Brotmesser flog zu Boden.

»Aimée.« Per fasste sie am Arm.

Sie machte sich los.

Sein Blick bekam etwas Flackerndes. Jetzt sah er nicht mehr so aus wie jemand, den man in die Enge getrieben hatte. »Du meinst also wirklich, irgendjemand hätte den Kram gekauft?« Seine Stimme war schneidend.

Aimée machte einen Schritt zurück. Das durfte er nicht sagen. Das nicht. Es stellte alles in Frage. Was sie war, was sie beide zusammen waren.

Sie sah ihm in die Augen, die hinter den Gläsern seiner kantigen schwarzen Brille klein waren. Er zuckte nicht einmal mit der Wimper.

Wenn sie noch einen Moment länger hier vor ihm stand, würde sie entweder in Tränen ausbrechen oder etwas kaputt machen. Sie straffte die Schultern.

»Gute Nacht, Per.« Sie legte so viel Festigkeit in ihre Stimme, wie sie nur konnte.

Sie würde im Gästezimmer schlafen. Und morgen würde sie weitersehen.

VOR ACHT JAHREN

Sommer 2010

Aimée schob die Tür des Bullis auf. Ihr erster Blick am Morgen
galt immer dem See. Nebel waberte rund um die alte Holzbank am Ufer und über der Wasseroberfläche. Seerauchen hatte
Daniel das früher genannt. Die Sonne hing noch hinter den
Bäumen, nur hier und da schickte sie bereits ein paar dünne
Strahlen an den Zweigen der Trauerweiden vorbei. Früher hatte
ein Eisvogel jeden Morgen, wenn sie die Tür des Wohnmobils
aufgestoßen hatte, auf einem bestimmten Ast der Trauerweide
gesessen. Nah am Ufer hatte er gehockt und sie angeschaut, als
würde er auf sie warten. Aimée zog sich ihr Sweatshirt über und
schob die Bullitür hinter sich zu.

Das Gras unter ihren Füßen war feucht. Sie ging an Marilous Wohnmobil vorbei, das sich unter dem Schlafgewicht ihrer
Mutter nach vorne neigte. So kam es ihr jedenfalls vor. Sie hätte
gern einen kurzen Blick hineingeworfen, um zu sehen, ob alles
in Ordnung war, aber sie wollte Marilou nicht wecken. Dann
müsste sie sich um sie kümmern, und jetzt wollte sie etwas anderes tun.

Barbaras Bauwagen hatte weiße Holzfenster, englische
Fenster, die sich von unten nach oben und von oben nach unten
aufschieben ließen. Schräg dahinter, zwischen zwei schwarz-
blättrigen Buchen, stand Daniels Wagen. Er war auf Stelzen
gebaut und sah fast wie ein Baumhaus aus. Dann gab es noch
den Wagen von Sanne und Lothar, bei dem sich Sanne mit
den beerenfarbenen Fensterläden durchgesetzt hatte, und den

großen von Silas, der als einziger statt aus Holz aus unlackiertem Blech war. Silas war geblieben, obwohl seine Eltern die Kommune längst verlassen hatten. Daniel war wiedergekommen, wegen seiner Mutter. Barbara hatte einen Herzfehler und wurde zusehends schwächer. Daniels Vater Edgar war schon vor Jahren auf und davon. Und sie selbst? Sie war auch weg gewesen, eine Zeit lang zumindest.

»Aimée!« Barbara steckte ihren Kopf aus dem Fenster. Sie trug wie immer ihr helles Turban-Kopftuch, das sie wie eine Filmdiva aus früheren Zeiten aussehen ließ. Mit einem Lächeln hielt sie ihr eine braune Papiertüte hin.

Aimée musste grinsen. Barbara kannte sie einfach zu gut. Sie wusste, dass sie an verkaufsfreien Tagen wie heute meist das Frühstück vergaß, weil sie sofort mit dem Restaurieren eines Möbelstücks loslegte. Irgendwann, Stunden später, konnte sie dann kaum noch stehen vor Hunger. Dankbar nahm sie das *Goodie Bag* entgegen. Der Ausdruck stammte von Barbara, die ursprünglich aus England kam. Früher war sie wie eine Mutter für Aimée gewesen, eine richtige Mutter, die kochte und darauf achtete, dass sie ihre Schulaufgaben machte.

»Und, was steht heute an, Darling?« Barbara drückte eine ihrer fliederfarbenen Tabletten aus der Packung und schluckte sie mit etwas Wasser. Die nahm sie, seit Aimée denken konnte.

»Ich glaube, ich kümmere mich mal um die Wurmlöcher in dem Apfelbaumtisch.« Der Tisch war gestern vorbeigebracht worden, ein schönes Stück, wenn auch in einem schlechten Zustand. Sein Besitzer hatte ihn ihr günstig überlassen, also würde sie den Tisch für den Verkauf herrichten.

»Guter Plan. Ich komm später mal rüber.« Sie winkte Aimée noch einmal zu, bevor sie wieder im Wagen verschwand.

Die Scheune war ein lang gezogener, zweistöckiger Backsteinbau, dessen Dachboden ziemlich morsch war, weshalb sie und die anderen immer nur das Erdgeschoss benutzten. Fünfmal die Woche, Dienstag bis Samstag, öffneten sie ihre Tore zum Verkauf. Das war schon immer so gewesen, genauso wie sie schon seit vielen Jahren hier zusammenlebten und Trödel verkauften. Wobei Aimée sich selbst nun wirklich nicht als Trödlerin sah. Sie war Restauratorin. Kurzerhand schloss sie das grüne Tor auf. Ein moderiger Geruch schlug ihr entgegen, eine Mischung aus Feuchtigkeit, Dreck, Mottenkugeln und Körperausdünstungen, so als sammelten sich in den Ecken und Nischen die Gerüche all der Lebenden und Toten, deren Sachen sie hier verscherbelten. Man sollte meinen, dass sie sich in den Jahren irgendwann an den Mief gewöhnt hätte. Doch je länger sie hier festsaß, umso weniger konnte sie das alles ertragen.

Die kleinen Fenster waren so dreckig, dass kaum Licht einfiel. Aimée schlängelte sich im Halbdunkel an Sannes und Lothars Tischen voller Glas, Porzellan und Kristall vorbei. Sammeltassen, Römergläser, Torten- und Servierplatten, Wandteller, Figuren aus Keramik standen und hingen hier dicht gedrängt. Rechts ging der große Raum von Barbara und Daniel ab, der deutlich aufgeräumter war als der Rest der Scheune. Barbara hatte sich auf Kleidung und Stoffe aus der ersten Hälfte des zwanzigsten Jahrhunderts spezialisiert, Daniel war Tischler und baute Möbel aus Balken und Bohlen, aus Eichenfachwerk und alten Torbögen.

Am anderen Ende des Gebäudes, noch hinter Silas' Vitrinen mit den Überraschungseierfiguren, sah es am schlimmsten aus. Aimée hatte es irgendwann aufgegeben, hier für Ordnung zu sorgen. Sie konnte noch so oft die staubigen Glasvasen und den stinkenden Silberschmuck ihrer Mutter auf dem weinroten Samt drapieren und sortieren, ein Tag später lag alles wieder kreuz und quer auf Tischen und Böden. Nur weil Marilou irgendetwas gesucht hatte. Es war frustrierend. Ihre eigenen Möbel stapelte Aimée an der Wand der ehemaligen Melkkammer und arbeitete und verkaufte, wann immer es ging, draußen vor der Scheune. Dabei bräuchte sie eigentlich ein eigenes Lager, bei der Menge an Aufträgen, die hereinkamen. Was Marilou verkaufte, fiel für sie beide finanziell schon lange nicht mehr ins Gewicht.

Schnell nahm Aimée ihre Schürze vom Haken und packte das Werkzeug in einen Beutel. Heute war Montag, da kamen keine Kunden. Heute konnte sie in aller Ruhe arbeiten. Sie kippte den Apfelbaumtisch und nahm ihn hochkant. Er war schwer, aber sie war das Heben schwerer Gegenstände gewohnt. Mit den Beinen voran trug sie ihn durch die schmalen Gänge, und obwohl die Tischplatte ihr die Sicht versperrte, stieß sie nirgends an. Sie kannte jeden Millimeter dieses erbärmlichen Ortes im Schlaf.

»Guten Morgen.«

Aimée zuckte zusammen. »Hallo, Daniel.«

»Brauchst du Hilfe?« Er war frisch geduscht, feuchte Haarsträhnen fielen ihm ins Gesicht.

Draußen hörte sie Lothars Wagen übers Kopfsteinpflaster rumpeln. Sanne rief ihm irgendetwas zu.

»Danke, geht schon.« Aimée manövrierte den Tisch samt Werkzeugbeutel und Barbaras *Goodie Bag* an ihm vorbei nach draußen.

»Aimée!« Sanne winkte ihr zu. »Bist du heute den ganzen Tag hier?«

Aimée stellte den Küchentisch ab. »Ich denke schon. Mit dem Tisch habe ich wohl etwas länger zu tun.«

Silas kam mit zwei Kartons aus seinem Bauwagen und drückte sich an ihnen vorbei in die Scheune. »VHS-Kassetten.« Er klopfte auf die obere Kiste. Er war über zwei Meter groß und ziemlich breit gebaut. Als Kind hatte ihr der riesige, sieben Jahre ältere Junge Angst gemacht.

Sanne schloss die Klappe des Anhängers. »Wir sind jetzt

mal für ein paar Stündchen unterwegs. Aber nachher back ich Erdbeerkuchen.«

Lothar hupte, und Sanne kletterte zu ihm in den Wagen.

»Halt dir ein Eckchen im Magen frei!«

Die Tür knallte zu, Aimée winkte. Sannes Erdbeerkuchen war unschlagbar. Eigentlich waren es gestapelte Pfannkuchen mit pürierten Früchten zwischen den einzelnen Schichten, mit ganzen Erdbeeren obendrauf und einer heißen Schokosoße, die Sanne über den ganzen Stapel goss.

Aimée band sich die Schürze um und stellte den Tisch so, dass sie beim Arbeiten den See sehen konnte. Der Nebel auf dem Wasser hatte sich verzogen, die Sonne schien durch die Baumkronen. Sie fuhr mit der Hand über den Apfelbaumtisch. Das Holz war früher einmal allzu grob abgeschliffen worden, die Wurmgänge lagen frei. Sie nahm das Schraubglas mit dem Kitt aus dem Werkzeugbeutel. Lange hatte sie herumprobiert, welches Material sich am besten eignete, um solche Gänge möglichst unauffällig zu verschließen, und war letztlich auf eine Mischung aus bernsteinfarbenem Blätterschellack, Ethanol und Schleifstaub gekommen. Den Kitt hatte sie bereits gestern angesetzt. Aimée schraubte den Deckel ab und roch den Alkohol. Mit einem Messer gab sie etwas von der Masse in eine Spritze und setzte sie ans Holz.

Die Vögel zwitscherten, die Sonne schickte helle Wellen über das Wasser. Aimée spürte die Gleichmäßigkeit ihrer eigenen Bewegung – spritzen, den überschüssigen Kitt mit dem Messerchen abnehmen, in den freiliegenden Gängen verteilen, spritzen. Wenn sie arbeitete, vergaß sie alles, den Mief, das Chaos, die gebrauchte Tupperware, die Sanne verscherbelte, Silas' Magazine, die versteckt hinter den Schlümpfen und Happy Hippos lagen – all das Kleine und Bedeutungslose in ihrem Leben. Sie vergaß sogar Marilou. Aimée fuhr die Maserung im Holz nach wie einen Pfad, der sie an einen anderen Ort brachte. Sie hatte keine Bilder für diesen Ort, nur das Gefühl von Weite und Wärme. Tastend suchte sie in ihrem Beutel nach einem Lappen, als ihr jemand ein Tuch hinhielt. Aimée sah auf und blickte in Daniels Gesicht. Sie drückte ihren Finger in eine der Vertiefungen auf dem Tisch. Daniels Augen hatten diese Nicht-Farbe, dieses Grau, das sie schon immer irritiert hatte.

»Danke.« Aimée nahm das Tuch und wischte etwas Spachtelmasse weg.

Sie wischte länger als eigentlich nötig, so lange, bis sie Daniels Blick nicht mehr spürte und ihn ein paar Meter entfernt schleifen hörte. Es ärgerte sie, dass seine Gegenwart sie immer wieder aus der Fassung brachte. Dabei war das zwischen ihnen bereits Jahre her.

Aimée füllte neuen Kitt in die Spritze, dabei wurden ihre Bewegungen wieder ruhiger. Silas rumorte leise in der Scheune, Wolke strich ihr um die Beine und schnupperte an der braunen Papiertüte von Barbara.

»Danke für die Erinnerung.« Aimée fuhr ihrer Katze über das glänzende Fell, ohne ihre Arbeit zu unterbrechen. Sie würde noch die Tischplatte fertig machen und dann ein spätes Frühstück einnehmen.

In der Ferne klopfte ein Specht, der Kitt war noch etwas dunkler als das Holz, aber wenn er trocknete, würde er sich farblich gut anpassen. Aimée hörte Schritte auf dem Kopfsteinpflaster. Dynamische Schritte, die gar nicht hierherpassten. Als sie aufsah, stand da ein Mann vor ihr mit kurzen dunklen Haaren, die hier und da schon etwas grau wurden. Er trug eine kantige schwarze Brille. Seine Lachfältchen sah sie trotzdem.

»Entschuldigen Sie, dass ich störe.« Er blickte auf den Tisch, den sie bearbeitete, dann zu ihr. »Sie müssen Aimée Thaler sein.«

»Richtig.«

»Ihr Ruf eilt Ihnen voraus.« Er lächelte sie an. »Ich hatte dort drüben einen Termin.« Er wies die Hofeinfahrt und den Feldweg hinunter. »Und wo ich schon einmal in der Nähe war, wollte ich mir selbst ein Bild machen. Wissen Sie, ich habe beruflich mit Häusern und Inneneinrichtung zu tun, und in letzter Zeit ist mir Ihr Name immer wieder begegnet. Meine Kunden schwärmen von Ihrer Expertise.« Der Mann lächelte noch immer. Es war ein schüchternes Lächeln, obwohl er in seinem dunkelblauen Anzug und dem weißen Hemd nicht sonderlich schüchtern wirkte.

Wider Willen fühlte Aimée sich geschmeichelt. Sie roch das Rasierwasser des Mannes, ein rauchiger Duft, der etwas in ihr berührte. Etwas, für das es hier auf diesem Hof keinen Raum gab.

Der Mann legte seine Hand auf das Holz. Am Ringfinger trug er einen dezenten Siegelring, seine Finger waren schlank, die Hände gepflegt. Sofort wurde Aimée bewusst, wie rissig ihre eigenen Fingernägel waren. Sie ließ ihre Hände unauffällig unter den Tisch gleiten.

»Ein schönes Stück«, sagte er.

»Apfelbaum. Leider ziemlich angegriffen.« Die Tischbeine, das fiel Aimée jetzt auf, waren in einem noch schlechteren Zustand als die Platte. Wie Hunderte von winzigen Einschüssen sahen die Wurmlöcher dort aus.

Der Mann blickte sie an. Er hatte einen schönen, scharf konturierten Mund. »Sie bekommen das hin.«

Das Schleifen brach ab.

Im selben Augenblick wurde am anderen Ende der Wiese die grüngelbe Tür des Wohnmobils aufgestoßen. Marilou stolperte heraus und sackte zusammen wie eine Marionette, deren Fäden man losgelassen hatte. Sie trug das goldene Kleid, das sie schon die letzten Tage angehabt hatte und das sich jetzt wie ein Paillettenhaufen ballte. Aimée fasste nach der Tischkante. Am liebsten wäre sie losgerannt, hätte das ganze sonnenblinkende Bündel hochgenommen und zurück in den Wagen getragen. Aber sie blieb stehen und spürte nur den Druck in ihrer Brust. Der Mann im Anzug folgte ihrem Blick.

Umständlich rappelte sich Marilou hoch. In einem ausladenden Slalom kam sie auf sie zu.

»Oh, wir haben Besuch!« Ihre kratzige Stimme schallte über den Platz. »Na, mein Süßer.« Sie hielt direkt auf den fremden Mann zu.

Aimée presste die Lippen aufeinander. Sie hatte das so oft erlebt. Dass ihre Mutter ihr ein Gespräch, ein Geschäft oder noch mehr vermasselte.

»Wollen Sie das Ding kaufen?« Marilou blickte den Mann an und schlug mit der Hand gegen das Tischbein. Ihr Gesicht war schwarz vor verlaufener Wimperntusche.

»Marilou!« Aimées Stimme klang übermäßig scharf, auch in ihren Ohren. Nur gut, dass der Mann nicht wusste, dass diese stinkende Person ihre Mutter war.

»Tatsächlich würde ich den Tisch gerne kaufen.« Die Stimme des Mannes war unverändert ruhig. In seinem Gesicht lag ein entschlossener Ausdruck.

Lachend zog Marilou eine Zigarette samt Feuerzeug aus dem Ausschnitt ihres Kleides und steckte sie an. Sie zog daran und hielt sie gefährlich nah ans Holz. Mit einem harten Geräusch stellte Daniel den Bandschleifer aufs Pflaster. Ohne ein Wort griff er Marilou unter die Arme. Sie wand sich in seinem Griff, aber sie hatte keine Chance. Daniel und auch Aimée hatten beide viel Übung darin, ihren schlaffen Körper in den unmöglichsten Positionen zu manövrieren. Daniel schleifte Marilou einmal quer über die Wiese und verfrachtete sie unter ihrem lauten Protest zurück in den Wagen.

Aimée atmete tief durch. Sie konnte sich vorstellen, wie dieses Schauspiel auf einen Fremden wirken musste.

»Entschuldigen Sie bitte«, murmelte sie. Mehr wollte ihr nicht einfallen.

»Kein Problem.« Der Mann reichte ihr eine Visitenkarte.

Die Sonne schickte eine helle Spur über den See, vom Horizont bis fast vor ihre Füße. *Per Berg*, stand in weißer Schrift auf der grauen Karte. *Architekt.* Die Adresse war ganz in der Nähe, vielleicht eine halbe Stunde vom Hof entfernt. Der Mann berührte den Tisch, der zwischen ihnen stand. Daniel kam in seinen schweren Arbeitsschuhen über die Wiese auf sie zu, ein Schatten vor der Sonne, der immer größer wurde.

»Was darf ich Ihnen für den Tisch geben?«

Aimée überschlug die noch ausstehende Arbeit. Fürs Spachteln würde sie noch den heutigen und den morgigen Tag brauchen – wegen Marilou musste sie immer etwas mehr Zeit einkalkulieren, aber das ging auf ihre Kosten. Der Kitt würde über Nacht trocknen. Übermorgen würde sie das Holz ganz vorsichtig mit feinkörnigem Schleifpapier glätten und anschließend wachsen.

»Neunhundert Euro.« Über die Jahre hatte sie gelernt, Preise selbstbewusst zu fordern. Und dieser Tisch war wirklich ein schönes Stück. Vermutlich stammte er aus Frankreich vom Anfang des zwanzigsten Jahrhunderts.

»Abgemacht.«

»Ich könnte Ihnen den Tisch Mittwochabend vorbeibringen.«

»Das kann ich übernehmen.« Daniels Stimme war laut und tief.

Sie blickte ihn an, und er sie. Sekundenlang sahen sie einander in die Augen. Daniels Gesicht lag im Schatten, aber sie erkannte trotzdem, wie starr sein Blick war. Was mischte er sich ein?

Damals, vor zehn Jahren, sie war gerade achtzehn geworden, hatte er sich von ihr getrennt. Von jetzt auf gleich war er

41

abgehauen und für drei Jahre nach England verschwunden, wegen einer Tischlerlehre. Wenn es nach ihm gegangen wäre, hätte sie auf ihn warten sollen. Aber sie war zu verletzt gewesen. England war ihm wichtiger gewesen als sie. Sie löste ihren Blick und griff nach dem Messerchen. Normalerweise war es ihr am liebsten, wenn Kunden ihre Möbel selbst abholten. Aber irgendetwas reizte sie an diesem fremden Mann.

»Danke, ich mach das schon.« Sie nickte Per Berg freundlich zu.

Das Grundstück lag am Ende einer Sackgasse. Linden säumten die Straße, die villenartigen Häuser hatten viel Abstand zueinander. Es dämmerte bereits, als Aimée den Bulli vor der breiten Garage parkte. Ein Licht, von dem sie gar nicht hätte sagen können, woher es kam, beleuchtete die Auffahrt. Der Boden war mit großen quadratischen Steinen gepflastert, das Garagentor glänzte, ihre Hände auf dem Lenkrad vibrierten. Aimée stellte die Scheinwerfer ab, steckte sich eine Locke fest und drehte den Rückspiegel so, dass sie sich sehen konnte. Ihre Haare hatte sie locker zusammengebunden und die Lippen in einem hellen Pfirsichton geschminkt, der gut zu ihren braunen Haaren und den grünen Augen passte. Sie lächelte und spürte ihren Herzschlag.

Vielleicht war es lächerlich, dass sie aufgeregt war. Es ging ja nur um einen Tisch, um eine ganz gewöhnliche Möbelauslieferung. Schnell verstaute sie ihren Lippenstift in der Handtasche, kurbelte das Fenster hoch und stieg aus. Sie würde jetzt erst mal klingeln und den Tisch dann gemeinsam mit Per Berg aus dem Bulli holen.

Das Haus, ein schiefergrauer Kubus, stand am Ende eines breiten Weges. Die Büsche rechts und links waren frisch gestutzt, manche hatten eine runde Form. Zur Linken, in der Mitte der ausladenden Rasenfläche, stand eine große Kastanie. Je näher Aimée dem Haus kam, desto mehr Lichter leuchteten im Gras auf, wie Glühwürmchen, die ihr einen hellen Empfang bereiteten. Warmer Wind strich ihr um die Beine, ihr grünes Sommerkleid flatterte. Sie sog die Luft ein, die hier anders roch, neu und unverbraucht.

Das Haus hatte eine große Fensterfront, in die sie über eine Terrasse hineinsehen konnte. Im warmen Licht erkannte sie einen weitläufigen Raum mit einem breiten Sofa und aufgeschlagenen Büchern auf einem kleinen Tisch. Es sah aus, als hätte dort gerade eben noch jemand gesessen. Jemand, der gelesen und vielleicht gewartet hatte. Aimée strich sich das Kleid glatt. Doch bevor sie klingeln konnte, öffnete sich die Haustür. Per Berg empfing sie mit einem Strahlen im Gesicht, das sie ihm gar nicht zugetraut hätte. Wieder trug er ein weißes Hemd, diesmal ohne Jackett.

»Schön, dass Sie da sind.« Er hielt ihr die Tür auf.

Aimée trat in den breiten Flur mit einem rauen anthrazitfarbenen Boden. An den Wänden hingen abstrakte Bilder, Fotografien von Gebäuden, gerahmte Bauzeichnungen.

Per folgte ihrem Blick. »Ich habe mein Büro hier im Haus. Kommen Sie.« Er ging voran zu einer offen stehenden Tür.

Aimée fand sich in einer riesigen Wohnküche mit einem langen Esstisch wieder, um den weiße Stühle platziert waren. Lilien standen auf dem Tisch, und in einer Art Skulptur brannte eine Kerze. An der Fensterfront gegenüber standen eine Chaiselongue, ein Ledersessel und das Sofa, das sie von draußen gesehen hatte. Überall hingen oder standen Lampen, die den Raum in ein behagliches, beinahe unwirkliches Licht tauchten. Für einen Moment überkam Aimée ein angenehmer Schwindel.

»Setzen Sie sich.« Per Berg zog einen der weißen Stühle vor. Zusammen mit einer Schale Oliven, einem Schälchen Öl und einer Salzmühle stellte er Baguette, eine Flasche Rotwein, Wasser und bauchige Gläser auf den Tisch.

Okay, vielleicht ging es hier doch nicht um eine gewöhnliche Möbelauslieferung. Sie wartete auf schrillende Alarmglocken, aber alles in ihr blieb still.

Als Per ihr einschenken wollte, lehnte sie ab. Marilou hatte ihr die Lust auf Alkohol für immer und ewig verdorben.

»Dann stoßen Sie aber mit Wasser mit mir an, in Ordnung?« Er schenkte ihr ein, nahm gegenüber Platz und hielt sein Glas in die Höhe. Das dunkle Rot des Weines leuchtete. »Sagen Sie, wollen wir uns nicht vielleicht duzen? Auf den Geschäftsabschluss – was meinen Sie?«

»Gerne.« Sie hob das kristallene Wasserglas. »Aimée.«

»Per.« Er lächelte und stieß sein Glas mit einem leisen Klirren gegen ihres. »Was ich mich schon die ganze Zeit frage: Wie kommt es eigentlich, dass Sie ... dass du da, bei dieser Trödelscheune, arbeitest?«

Aimée trank einen Schluck Wasser. Ein feines Perlen durchzog ihren Mund. Wie oft hatte sie diese Frage schon gehört. Meistens war sie es leid, darauf zu antworten. Aber irgendetwas in ihr wollte dem Mann auf der anderen Seite des Tisches eine Erklärung geben. »Meine Mutter ist ... Trödlerin. War sie schon immer. Als ich klein war, sind wir ständig rumgereist, von einem Markt zum nächsten.« Aimée nahm sich mit dem Edelstahlpicker eine Olive. »Irgendwann war ich sechs, also schulpflichtig. Da musste sich meine Mutter was überlegen. Sesshaft werden, das gefiel ihr nicht besonders. So sind wir dann zu der Kommune gestoßen.«

»Das heißt, du lebst da schon, seit du sechs bist?« Aimée hörte den Unglauben in seiner Stimme. Es kam ihr selbst unglaublich vor, dass sie noch immer dort war.

»Ja, tatsächlich.«

»Aber warum bist du nicht weggegangen?« Er klang weniger schockiert als ehrlich interessiert.

»Weil ich meine Mutter nicht alleine lassen kann. Sie ...« Aimée stockte.

Die Kerze vor ihr flackerte. Weit entfernt spiegelte sich die Flamme im bodentiefen Fenster. Aimée sah sich selbst vor diesem Fenster auf dem Sofa sitzen, mit einer Decke und einer Tasse Tee in einem der Bildbände blättern – wie eine Vision ihrer selbst, die schon viel zu lange in ihr schlummerte. Sie sah Per ins Gesicht und fühlte sich wohl unter dem klaren, aufmerksamen Blick dieses Mannes, der so anders war und anders lebte als sie selbst. Sie musste ehrlich zu ihm sein. Auch wenn sie sich für so vieles, was mit Marilou zusammenhing, schämte.

»Diese Frau, diese Betrunkene, die du vorgestern gesehen hast, das ist meine Mutter.«

»Oh, okay.« Er sah sie einfach weiter an. Seine Hände mit dem Siegelring lagen ruhig vor ihm, sein weißes Hemd hatte eine Knickfalte am Unterarm.

»Meine Mutter hat immer viel getrunken. Auch früher, als wir noch unterwegs waren. Aber in den letzten Jahren ist es mehr geworden. Ich glaube, seit ihr klar geworden ist, dass sie nicht mehr jung ist. So richtig jung.«

Per tunkte ein Stück Baguette ins Öl, ließ es dann aber liegen. »Mal angenommen, da wäre keine Mutter, um die du dich kümmern müsstest.« Er sprach langsam, als wägte er seine Worte genau ab. »Mal angenommen, du wärst vollkommen frei. Was würdest du tun?«

Wenn es Marilou nicht gäbe ... Aimée legte die Hände auf den kühlen Tisch. Sie hatte ihre Nägel vorhin lange gefeilt und einen durchsichtigen Nagellack aufgetragen. Dass ihre Hände rau und an manchen Stellen schwielig waren, konnten diese Maßnahmen nicht verbergen. Gut, sie würde ihm alles erzählen.

»Mit neunzehn bin ich fürs Studium weggezogen. Restaurierung, in Berlin. Die ersten drei Semester hatte ich eine großartige Zeit. Ich war richtig gut und hatte eine Professorin, die mich unbedingt fördern wollte.«

45

»Das glaube ich ungesehen.« Per schenkte ihr ein Lächeln.

Aimée dachte an den Tisch aus Apfelbaumholz, der noch in ihrem Bulli stand. Sie sah Per vor sich, wie er später über die rötliche Maserung streichen würde.

»An den Wochenenden bin ich nach Hause gefahren. In der Zeit ging es mit meiner Mutter rapide bergab. Barbara, eine Kollegin vom Markt, hat sich um sie gekümmert. Sie hat ihr Bestes getan, aber sie konnte nicht alles auffangen.«

Aimée umschloss ihr Glas mit den Händen. Barbara hatte nichts gewusst von den vielen kleinen Tricks, die sie selbst über die Jahre entwickelt und verfeinert hatte: den Alkohol mit Wasser zu verdünnen, das lautlose Wegräumen der Flaschen, Marilou abzulenken wie ein kleines Kind, ihre Stimmungen auszuhalten, das ewige Schweigen, als wäre alles gar nicht so schlimm.

»Eines Tages, das war im vierten Semester, hat Barbara mich angerufen. Meine Mutter hatte versucht, sich umzubringen.«

»Oh Gott.« Per griff nach ihrer Hand. Es war ein Reflex, das spürte sie. Er nahm die Hand wieder weg. Aber Aimée hatte sein kurzes Zögern beim Wegziehen bemerkt. Es kam ihr vor wie ein Vorgriff auf etwas, von dem sie beide wussten, dass es später am Abend geschehen würde. Als hätte diese kurze Berührung das Licht im Raum weiter gedimmt.

»Heute weiß ich, dass mich meine Mutter mit dem Selbstmordversuch zwingen wollte zurückzukommen.« Aimée atmete aus. »Um auf deine Frage zurückzukommen: Wenn es meine Mutter nicht gäbe, dann würde ich einen Laden aufmachen. Weit weg von der Kommune. Antiquitäten verkaufen, restaurieren, polstern, vergolden, was so anfällt. Einen kleinen, hübschen, ordentlichen Laden.«

»Restaurieren, polstern, vergolden? Das kannst du alles?«

Sie zuckte mit den Schultern. »Ich habe einen Businessplan, aber kein Kapital. Und deshalb gibt die Bank mir keinen Kredit.«

Per stand auf und ging ein paar Schritte zur Fensterfront hin. »Weißt du was? Ich bewundere dich. Ich habe noch nie einen Menschen wie dich getroffen. Du hast eine Vision, du hast Kraft. Und Hingabe. Vorgestern, da habe ich dich beobachtet, bevor ich dich angesprochen habe. Du warst vollkommen in deine Arbeit versunken, es war einfach wunderschön. Du hast so ruhig ausgesehen. Dabei muss das mit deiner Mutter doch extrem auf dir lasten. An deiner Stelle wäre ich außer mir.« Er blieb vor ihr stehen.

Aimée wartete auf den altbekannten Druck in der Brust. Aber da war nichts. Ihr Atem ging gleichmäßig und tief. Per ließ sich auf dem Stuhl neben ihr nieder. Sie roch sein elegantes, rauchiges Parfüm wie schon auf dem Trödelmarkt. Der Duft passte hierher, zu diesem geradlinigen Raum und dem Mann mit den schlanken Fingern, mit denen er die Kante der stählernen Tischplatte nachfuhr.

»Ich bin nicht außer mir«, flüsterte sie und legte ihre Hand auf seine. »Ich bin ganz bei mir.«

Über den Sommer wurden die weinroten Blätter der Blutbuchen grün, und jetzt im Herbst färbten sie sich orange wie das Laub jedes anderen Baumes auch. Früher hatte Aimée das immer irritierend gefunden. Sie warf einen letzten Blick aus der Bustür über die taunasse Wiese hinunter zum See. Wasser und Schilf lagen im Dunst, die Bäume sahen verschwommen aus. Am Himmel zeigte sich bereits die Morgendämmerung in einem rosastichigen Grau. Aimée schnürte den Koffer hinten auf der Sitzbank fest, damit er während der Fahrt nicht auf Wolke fiel. Die letzten Tage hatte sie ausgemistet und alles verschenkt oder weggeworfen, was sie bei Per nicht haben wollte. Alles, was sie mitnahm, befand sich in diesem einen braunen Koffer.

Sie schob die Bustür leise zu und kletterte in die Fahrerkabine. Zwanzig nach sechs zeigte die Uhr am Armaturenbrett. Der Motor bullerte, als sie den Schlüssel im Zündschloss drehte. Hoffentlich weckte sie niemanden. Sie hatte sich schon gestern Abend von allen verabschiedet, von Sanne und Lothar, Silas, Barbara, von Daniel und von Marilou. Es war ihr wie ein Abschied für immer vorgekommen, dabei würde sie alle paar Tage vorbeischauen und nach ihrer Mutter sehen. Trotzdem fühlte es sich an wie ein Aufbruch in eine andere Welt. Eine Welt, die sie fein säuberlich von dieser hier trennen würde, damit die neue nicht beschmutzt wurde.

Im ersten Gang rumpelte sie über die Wiese, an Marilous beigebraunem Wohnmobil vorbei, an Barbaras Bauwagen mit den weiß lackierten Holzfenstern und an Daniels Stelzenwagen. Aimée wandte den Blick ab. Es war richtig, dass sie ging. Sannes und Lothars beerenfarbene Fensterläden waren noch geschlossen, und Silas' Blechwagen sah wie immer unbewohnt aus. Auf dem Kopfsteinpflaster drückte sie den Schalthebel in den zweiten Gang und hielt, ohne sich noch einmal umzudrehen, auf den Feldweg zu.

Wie in einem Nebelmeer lag der Pfad vor ihr. Aimée fuhr durch Pfützen und Schlaglöcher, und dann sah sie doch in den Rückspiegel. Sie kniff die Augen zusammen. Da war doch eine Gestalt zwischen den Feldern. Sie ging auf die Bremse und drehte sich um. Aber außer weißer Luft war da nichts. Sie sah noch einmal kurz in den Spiegel, dann gab sie Gas.

Die Garage war lang, und obwohl Aimée ihren Bulli darin geparkt hatte, sah sie noch ziemlich leer aus. Am hinteren Ende gab es eine Tür, davor war Platz für einen zweiten oder sogar einen dritten Bus.

»Du hast wirklich nur diesen einen Koffer mit?« Per nahm ihn ihr ab, und als sie nickte, lachte er. »Du bist unglaublich.« Er drückte ihr einen Kuss auf den Mund. »Meine Muse lebt nur von Luft und Liebe.«

Meine Muse. So nannte er sie manchmal. Und das nur, weil sie ihm einmal über die Schulter geschaut hatte, als er sich am Rechner durch irgendwelche Arbeitsentwürfe geklickt hatte. Da hatte sie vorgeschlagen, dass sich bei dem geplanten Firmensitz ein Dachgarten ziemlich gut machen würde. Per hatte kurz gestutzt, sonst nichts. Später hatte er ihr erzählt, dass er das Projekt daraufhin komplett umgeworfen und all seine Pläne auf diesen Dachgarten hin neu ausgerichtet habe. Der Kunde sei begeistert gewesen.

Aimée nahm Wolke aus dem Körbchen und setzte sie auf den Boden. Zögernd lief die Katze aus der Garage ins Freie. Aimée schloss die Wagentür mit einem Rums. Am liebsten hätte sie die Tür des Bullis noch einmal aufgezogen und sie mit noch mehr Kraft und einem noch lauteren Knall zugeschlagen. Und wenn dabei irgendetwas zu Bruch gegangen wäre, ihr wäre es egal gewesen. Sie hatte all das Beengte, Improvisierte so satt. Sie zog Per mit sich aus der Garage.

»Du hast es eilig.« Er legte ihr den freien Arm um die Taille.

»Oh ja.« Sie nahm ihm den Schlüsselbund aus der Hand.

»Es ist der mit der grünen Kappe.«

Aimée stellte sich auf die Zehenspitzen und zog das Garagentor mit einem blechernen Krachen herunter. Sie zog es über das weiße Dach des Bullis, über die Heckklappe mit dem breiten Fenster und die rote Karosserie mit den langen Rücklichtern. Sie wollte sie nicht mehr sehen. Zuletzt schaute noch die weiße Stoßstange des alten, rostigen Busses hervor, dann rastete das Tor ein. Mit einem Quietschen drehte Aimée den Schlüssel im Schloss.

»Das sollte ich auch mal wieder ölen«, murmelte Per.

»Ist doch egal.« Sie gab ihm den Schlüssel zurück.

Seine Miene war ernst, seine blauen Augen hinter den Brillengläsern klar. »Ich hätte nicht gedacht, dass du das wirklich durchziehst, Aimée. Ich hatte heute Morgen richtig Sorge, dass du anrufst und sagst, es geht doch nicht. Ich hätte Verständnis gehabt, aber …«

Sie verschloss seinen Mund mit einem Kuss, eine Geste, die ihr selbst ganz unwirklich vorkam. Unwirklich, aber passend.

Ein letztes Mal sah Aimée zurück zur Garage. Das Tor lag im Schatten, in Bodennähe rankte junger Efeu.

»Komm.« Sie griff nach Pers Hand. Sie wollte jetzt endlich ins Licht.

KOPFSTEIN

Eines Morgens lag er da, ein einzelner Kopfstein. Nirgends fand sie eine Lücke im Pflaster, ganz so, als wäre er vom Himmel gefallen, direkt vor ihre Füße. Sie kniete sich hin und nahm ihn in die Hand. Er war warm und runder als die Steine, die den Hof bedeckten. Sie wusste, dass Kopfsteine so hießen, weil sie die Form von Katzenköpfen hatten. Tatsächlich lief der Stein unten spitz zu wie ein Köpfchen mit zwei Ohren – oder wie ein Herz.

März 2019

»Komm, Len, wir müssen los.« Aimée stand mit Lens fransiger Lederhose, der Lederweste, dem Cowboyhut und der Pistole in der Hand im Flur.

Das Gurkenkrokodil auf dem Sideboard streckte ihr die Karottenzunge raus. Len rumorte im Wohnraum. Es klang, als würde er Möbel verrücken. Aimée holte tief Luft und lief zu ihm hinüber.

Gerade richtete er sich hinter dem Sofa auf. In seinem Rücken, draußen, vor dem großen Fenster, schneite es. Lenna ragte ihm wie immer aus dem Kragen. Lenna lachte, Len überhaupt nicht. »Hier ist sie auch nicht.«

Aimée blieb im Türrahmen stehen. »Wir haben jetzt wirklich keine Zeit.«

»Aber wir müssen sie doch finden!« Seine Stimme bekam etwas Schrilles.

Sie hatten Wolke schon den ganzen Vormittag über gesucht.

Gestern am späten Abend, als Aimée noch einmal nach Len geschaut hatte, war sie noch da gewesen: Als schwarzes Knäuel hatte sie am Fußende seiner Matratze gelegen. Normalerweise weckte Wolke Len am Morgen, indem sie sich mit einem beharrlichen Schnurren vor sein Gesicht setzte. Heute nicht. Und sie war nirgendwo im Haus zu finden. Wahrscheinlich war sie hinter Per aus der Tür geschlüpft. Aimée hatte sogar versucht, Per zu erreichen, aber kein Glück gehabt.

»Wenn wir wiederkommen, sitzt sie bestimmt vor der Haustür.«

»Und wenn nicht?«

Sie durchquerte den Raum und sah Len ins Gesicht. In seinen grünen Augen standen Tränen, sein perfekt geschwungener Mund zuckte. Sie fasste ihn bei der Hand. »Komm. Du wirst sehen, nachher ist alles wieder in Ordnung.«

»Sie ist bestimmt tot.«

»Aber Len …«

»Weil ich nicht gut genug auf sie aufgepasst hab.«

Aimée hockte sich vor ihn hin. Sein Gesicht war nass. Von klein auf war das immer seine Angst gewesen: dass jemandem, den er lieb hatte, etwas zustieß, weil er nicht achtgegeben hatte. Sie hatten so oft darüber gesprochen, aber die Angst ließ ihn einfach nicht los. Aimée umarmte ihn, sein kleiner Körper fühlte sich in diesem Augenblick sehr schmal und zerbrechlich an. »Du hast keine Schuld, Len. Und außerdem, Wolke ist nicht tot.«

»Woher willst du das wissen?« Er wischte sich mit dem Pulliärmel übers Gesicht.

Dieses Gespräch konnte sehr lange dauern, und normalerweise nahm Aimée sich dafür Zeit, aber jetzt mussten sie wirklich los. Und zwar verkleidet. Sie hielt ihm die Hose hin. Er brauchte nur noch hineinzusteigen. Len zog die Nase hoch und schüttelte den Kopf.

»Was denn?«

»Ich zieh das nicht an.«

»Wir hatten doch darüber gesprochen.«

Er machte sich los und rannte an ihr vorbei zur Tür. Seine Schritte hallten zwischen den nackten Wänden. Sie hörte, wie er in Pers Büro verschwand. Aimée stöhnte. Sie hasste es, wenn sie ihn so antreiben musste. Und sich selbst mochte sie dabei am allerwenigsten. Aber dieser Kindergartenfasching war wichtig. Vielleicht fand er bei dem Fest endlich besseren Anschluss an die anderen Kinder.

Len kauerte auf der ledernen Couch, auf der Per manchmal schlief, wenn er bis in die Nacht arbeitete. Ein leichter, vertrauter Geruch von Vanille stieg ihr in die Nase.

Mit energischen Schritten trat sie zu Len. »Du ziehst das jetzt an.«

Als er sich nicht rührte, stopfte sie einfach seinen linken Fuß in die Fransenhose, dann den rechten. Er ließ sie gewähren. Sie streifte ihm die Weste über und setzte ihm den Hut auf den Kopf. Am liebsten hätte sie ihm Lenna aus dem Pulli gezogen, nur für den Nachmittag. Aber dann kämen sie nie hier weg. Zuletzt drückte sie Len die Pistole in die Hand. Sie hätte nicht gedacht, dass sie ihrem Kind jemals freiwillig eine Waffe geben würde, auch nicht eine aus Plastik. Aber sie hatte sich schließlich dafür entschieden, weil sie sich vorgestellt hatte, was die anderen Kinder sagen würden. *Ein Cowboy ohne Pistole!* Sie hätten Len ausgelacht.

Sie zog Len mit sich in den Flur, schnappte ihre Jacken und die Glasplatte mit dem Gurkenkrokodil und schob ihn vor sich her durch die Haustür.

»Guten Morgen, Frau Berg.« Ihr Postbote, ein Mann in ihrem Alter, also Mitte dreißig, hielt ihr einen Packen Briefe hin. Er nannte sie stoisch Frau Berg, obwohl Per und sie nicht verheiratet waren und auf den Briefen, die an sie adressiert waren, ihr richtiger Name stand.

»Danke.«

Len lief bereits voraus, den Weg hinunter in Richtung Garage. Der Postbote verabschiedete sich. Aimée wollte die Briefe gerade unter die Krokodilplatte klemmen, als ihr Blick auf den obersten Umschlag fiel. *Aimée Thaler*, stand da in einer Schrift, die sie sofort erkannte.

Sie starrte auf den Umschlag. Daniels Schrift war noch genauso unleserlich wie früher, die kleinen Buchstaben sehr klein, die Großbuchstaben mit langen Linien. Über sechs Jahre hatte sie nichts mehr von ihm gehört. Aimée stellte das Krokodil ab und öffnete den Umschlag. Als sie den schwarzen Rand der Karte sah, musste sie sich auf eine der Steinstufen setzen. Mit zitternden Händen zog sie die Karte heraus.

In loving memory of Barbara Trewin.

Aimée spürte die regennassen Stufen unter ihrer Hose und hörte den Wind, der um die Hausecke wehte.

In stiller Trauer, Daniel Trewin und Zoe Morgan. Die Beisetzung findet statt am 6. März 2019 um 12 Uhr auf dem Barnoon Cemetery, Porthmeor Hill, St. Ives, England.

Barbara war tot. Im Garten war es vollkommen still.

Aimées Atem hing in der Luft. Barbara würde in ihrer alten Heimat begraben werden, morgen schon. Vor ihr krallte sich eine Blaumeise in einen der Knödel, die Len und sie in die unteren Zweige der Kastanie gehängt hatten, vor Wochen, als der Boden noch gefroren gewesen war. Fasching war spät in diesem Jahr, aber der Frühling war auch noch nicht da.

Sie starrte auf die Karte. Lebte Daniel in England? Mit Zoe war er auch noch zusammen. Das hatte sie nicht gewusst. Woher auch? Seit der Feier zu Lens Geburt hatten sie keinen Kontakt mehr gehabt. Es war seltsam, die Namen jetzt und hier so dicht beieinander zu sehen: Daniel und Zoe. Es hatte ihr so wehgetan, als die beiden zusammengekommen waren.

Aimée drehte die Karte um. Auf der Rückseite stand eine

Adresse und eine Telefonnummer. Sonst nichts. Daniel hatte ihr nichts dazugeschrieben, nicht einmal einen kurzen Gruß. Die Meise öffnete ihre Flügel und flog davon. Aimée steckte die Karte zurück in den Umschlag und stand auf. Ihre Schritte klackten auf den Steinplatten, aber sie hatte kein Gefühl in den Beinen.

»Len!«

Sie entdeckte ihn am anderen Ende des schmalen Weges. Er war kaum zu erkennen unter seinem großen Hut mit dem silbernen Stern.

Die rote Tür war zu. Dahinter waren Stimmen, Lachen und lautes Tröten zu hören. Aimée spürte, wie sich Len neben ihr straffte. Und sie selbst straffte sich genauso, es war für sie beide an diesem Ort schon zur Gewohnheit geworden. Mit einem steifen Lächeln zog sie die Tür auf.

Musik schlug ihnen entgegen. »Klingelingeling, Klingelingeling, hier kommt der Eiermann.«

»Der Eiermann ist da!«, rief Maximilian, der ebenfalls ein Cowboykostüm trug, und zeigte mit seiner Pistole auf Len.

Ein gutes Dutzend lachender Kindergesichter wandte sich ihnen zu. Len drückte sich an ihre Seite, was Aimée verstand, trotzdem ging sie ein Stück auf Abstand. Sie hätte ihn gerne näher zu sich herangezogen, aber dieser Raum hatte eine seltsame Wirkung auf sie: Sobald sie ihn betrat, gerieten ihre Intuitionen ins Schleudern.

»*Oh, our third cowboy!*« Caro, die Erzieherin der roten Gruppe, trat zu ihnen. Sie sprach wie immer Englisch, denn das hier war ein englischsprachiger Kindergarten. Per hatte ihn ausgesucht. Heute trug Caro einen spitzen Feenhut.

»Kommt mal her, Maximilian, Luca, wir machen ein Cowboyfoto.« Sie dirigierte Len und die beiden anderen zu einem übergroßen Papprahmen, der mit bunten Luftschlangen geschmückt war.

Aimée stand mit der Krokodilplatte mitten im Raum. Die anderen Mütter hatten mit den niedrigen Holzhockern einen Kreis gebildet und unterhielten sich. Unter den Fenstern mit den bunten Pappclowns war auf einem langen Tisch das Buffet aufgebaut, an den Beinen des Tisches baumelten Luftballons, zwischen den Speisen lag Konfetti. Len war so stolz auf ihr Krokodil mit den aufgespießten Käsewürfeln, Minigurken und Weintrauben gewesen. Er hatte sich ausgemalt, wie begeistert die anderen Kinder davon sein würden. Früher hatte immer Sanne zu Fasching ein solches Krokodil gezaubert – vielleicht tat sie es auch heute noch. Barbara hatte zu jedem Fest, das sie auf dem Markt gefeiert hatten, einen riesigen Blechtopf voll Stew gekocht, ihren berühmten Eintopf mit Lammfleisch und Steckrüben, dessen Duft über den ganzen Hof gezogen war. Aimée dachte an die Karte, die in ihrer Handtasche lag, und musste schlucken. Barbara war nicht mehr da.

»Die Hände zum Himmel«, dröhnte es aus der Lautsprecherbox. Schnell stellte Aimée das Krokodil neben einen Teller mit rosafarbenen Cupcakes und blickte sich nach Len um. Zwischen all den Marienkäfern, Rittern, Indianern und Einhörnern sah sie ihn zuerst nicht. Schließlich entdeckte sie ihn in einer Ecke ins Legospiel vertieft.

Sie ging zu ihm hinüber. »Guck mal, Len, da drüben ist Dari.«

Mit Darian und seiner Mutter Deliah trafen sie sich hin und wieder nachmittags. Len sah nicht einmal auf.

Constanze, Rebekkas Tochter, drückte sich an ihnen vorbei. Sie trug ein eisblaues Prinzessinnenkostüm und einen langen Ansteckzopf mit einem silbernen Diadem darüber. Sie tuschelte mit Lea, die das gleiche Kleid trug.

»Hast du Hunger, Len? Wir könnten mal zusammen beim Buffet gucken.«

»Jetzt nicht.«

Die Pistole lag neben ihm auf dem Boden.

»Aimée!« Rebekka löste sich aus dem Kreis der Frauen und hauchte ihr Küsse auf die Wangen. Sie hatte sich in ihre roten Haare ein paar eisblaue Strähnen geflochten und trug ein ähnliches Diadem wie ihre Tochter. »Setz dich doch.« Sie zog einen Hocker heran, und Aimée quetschte sich in den Kreis.

Deliah saß auf der anderen Seite und winkte ihr zu. Aimée winkte zurück. Sie kannten sich seit Jahren, seitdem sie beide schwanger gewesen waren. Alle paar Monate trafen sie sich zu viert mit Per und Deliahs Mann Marc zu einem gemeinsamen Essen.

Rebekka lächelte. »Wir haben gerade über Schwimmkurse gesprochen. Hat Len eigentlich schon sein Seepferdchen?« Sie sagte das sehr laut.

Zwölf Köpfe drehten sich in ihre Richtung. Rebekka wusste genau, dass Aimée Len nicht zum Schwimmen anmelden wollte. Sie hatten mehr als einmal darüber gesprochen.

»Nein.« Aimées Stimme war fest.

Sofort redeten alle durcheinander. Sandra, Maximilians Mutter, beugte sich zu ihr vor. »Aber das ist doch so wichtig! Stell dir vor, ihr seid im Schwimmbad, und du guckst nur eine Sekunde nicht hin, und Len taucht unter und schluckt Wasser.« Sandra legte sich die Hand an den Hals. »Und hast du schon mal was von sekundärem Ertrinken gehört? Da denkt man, alles wäre in Ordnung, und Tage später …«

Manchmal dachte Aimée an den gleißenden See, an Marilous lange Haare, die wie ein Fächer auf dem überhellen Wasser lagen. Dann, Sekunden später, nur noch die stille Oberfläche des Sees.

»Wir gehen nicht ins Schwimmbad.«

Die anderen Mütter verstummten.

»Hier fliegen gleich die Löcher aus dem Käse.« Caro klatschte im Takt der einsetzenden Musik.

In Schlangenlinien marschierten die Kinder durch den Raum, die Hände auf den Schultern des Vordermannes, die meisten hatten eine Papiertröte im Mund. Len baute noch immer alleine mit den Legosteinen. Warum liefen auf dieser Faschingsparty eigentlich keine englischen Lieder?

»Na ja, man kann nicht alles machen.« Rebekka legte ihr eine Hand auf den Arm. »Stanzi geht montags zum Reiten, dienstags hat sie Klavier, dann ist sie bei den Mittwochsmalern, Donnerstag Spanisch, Freitag Selbstverteidigung. Mit dem Schwimmkurs haben wir nach dem Seepferdchen erst mal ausgesetzt, das üben wir am Wochenende privat. Man kann wirklich nicht alles machen.« Sie sah Aimée noch immer mit diesem Lächeln an, das ihr wie festgefroren im Gesicht hing.

Deliah verdrehte unauffällig die Augen. Aimée wusste, wie wenig sie davon hielt, jede Minute im Leben der Kinder durchzutakten. Sie selbst wäre in diesem Moment am liebsten aufgesprungen, hätte sich Len geschnappt und wäre mit ihm zur Tür hinaus. Aber sie blieb auf ihrem Hocker sitzen, den sie unmerklich ein Stück aus dem Kreis hinauszog. Sie blieb, weil sie immer noch hoffte, dass Len hier irgendwann doch einen Freund oder eine Freundin fand.

Caro drehte die Musik leise und wartete, bis alle zu ihr hinsahen. »Jetzt müssten die Mütter mal aufstehen, weil wir die Hocker für das nächste Spiel brauchen.«

Die Kinder hopsten und kreischten, es wurden Stühle gerückt und Teller zur Seite gestellt. Aimée schob ihren Hocker in die Raummitte und stellte sich ein Stück von Rebekka und Sandra entfernt neben Deliah an den Rand. Sie umarmten einander.

»Wie geht es euch?«, flüsterte Aimée.

»Gut. Wir sind bald fertig.« Deliah strich sich die vollen dunklen Haare aus dem Gesicht.

Sie und Marc renovierten immer irgendetwas an ihrem Haus. Im letzten Jahr hatten sie den Dachboden ausgebaut, das Jahr davor ein Gewächshaus hochgezogen. Deliah hatte eigenhändig eine Ziegelsteinmauer als Sockel errichtet. Diesen Winter war das Bad dran. Sie hatten die Kacheln abgeschlagen und kleine Mosaike eingesetzt. Aimée bewunderte sie dafür. Das Haus wuchs und gedieh mit ihnen.

»Wir spielen jetzt *Musical Chairs*. Das ist dasselbe wie die Reise nach Jerusalem.« Caro rückte ihren Feenhut zurecht, stellte die Hocker in zwei Reihen auf und sah sich um. »Len, kommst du bitte zu uns?«

Eine gewisse Ungeduld lag in ihrer Stimme, die Aimée aufhorchen ließ. Vielleicht hatte sie diesen Satz schon sehr oft sagen müssen.

Len erhob sich vom Boden und trottete zu den anderen hinüber. Aimée suchte seinen Blick, aber der Cowboyhut war ihm weit ins Gesicht gerutscht. Caro erklärte die Spielregeln, ein paar Mädchen fassten sich an den Händen.

»Und wie geht's euch? Was macht deine Jobsuche?«

Aimée hatte Deliah nie von dem großen Streit erzählt, den sie mit Per gehabt hatte, nichts von den Kunden, die es gar nicht gab. Sie hatte ihr nur anvertraut, dass sie in Zukunft lieber in einem kleinen Antiquitätenladen oder einer netten Restaurationswerkstatt arbeiten wollte statt von zu Hause aus.

»Ich hab überall im Umkreis angefragt, aber ohne abgeschlossene Ausbildung: keine Chance.«

»Das ist immer das Problem. Statt dass sie mal gucken, was jemand kann. Da würdest du alle Jobs kriegen.« Deliah drückte ihre Hand.

»Danke. Im Moment recherchiere ich, was es so an Weiterbildungen gibt. Vielleicht fange ich auch noch mal ein Studium an, abends, oder ein Fernstudium.«

»Du meinst es wirklich ernst.«

Aimée nickte. Selten war ihr etwas so wichtig gewesen.

Die Musik setzte ein, und die Kinder liefen los, um die Hocker herum, die zwei Reihen bildeten. An den langen Seiten trabten sie gemächlich, die kurzen umrundeten sie im Eiltempo. Len schlurfte Meter von den Hockern entfernt. Aimée schloss die Augen. Warum konnte er nicht einfach mitmachen? Richtig mitmachen, wie die anderen? Warum, verdammt, war er nicht wie andere Kinder?

»Die Karawane zieht wei…« Die Musik brach ab, Holz rückte auf Linoleum, Rufe schallten durch den Raum. Aimée öffnete die Augen. Ein kleiner Feuerwehrmann stand. Len saß. Am liebsten hätte sie sich zu den anderen Müttern umgedreht. *Seht ihr, er macht mit! Er ist ganz normal!* Sie schämte sich für diesen Gedanken, und er kam ihr auch nur hier, in diesem Raum mit der roten Tür.

Anton, der Indianer, zeigte auf Lenna, die noch immer in Lens Kragen hing. »Eigentlich müsste Len raus. Er sitzt zu zweit auf einem Stuhl.«

Die anderen Kinder lachten. Und sogar Sandra lachte. Len stand auf.

»Hey, das war ein Witz.« Caro fasste Len an der Schulter. »Natürlich zählst du als einer. Komm.« Sie wollte ihn zurück auf den Hocker drücken, aber er blieb stehen.

»Ich hab eh keine Lust.«

Irgendjemand stöhnte. Aimée musste sich bremsen, damit sie nicht aufsprang, Len zur Seite nahm und mit ihm redete. So wie sie immer redeten, wenn es ein Problem gab. Aber Caro hatte ihnen sehr schnell deutlich gemacht, dass im Kindergarten andere Regeln als zu Hause galten und dass es störte, wenn Eltern dazwischenfunkten. Also blieb sie stehen, wo sie war. Sie spürte Rebekkas Seitenblick.

Caro ging in die Hocke. »*Why not*, Len?«

Len sah an seiner Erzieherin vorbei zum Fenster, wo die

runden Pappclowns lachten. »Weil ich keinem den Platz wegnehmen will.«

Weil ich keinem den Platz wegnehmen will. Len mochte keine
Spiele, bei denen man gewinnen und verlieren konnte. Entweder spielte er nicht mit oder er verlor absichtlich. Das war schon
immer so gewesen.

Aimée stand jetzt dicht neben Rebekka. So dicht, dass sie
ihr Parfüm riechen konnte, einen Hauch von Vanille. Im selben
Moment sah sie Pers Büro vor sich und seine lederne Couch.
Per und Rebekka hatten etwas miteinander. Schlagartig war
es ihr klar. Aimée ließ den Gedanken in ihrem Kopf wachsen,
probierte ihn aus, wie sie eine neue Speise probierte, eine kühle
Speise ohne jeden Geschmack. Sie konnte sich nicht daran
erinnern, das mit Per und Rebekka schon einmal gedacht zu
haben. Aber es überraschte sie nicht. Und es störte sie nicht
einmal. Dafür war es viel zu spät. Sie wandte den Kopf zu Rebekka.

Rebekka hatte das Kinn erhoben, ihre Lippen waren wie
immer akkurat geschminkt. Aimée wartete, bis sie ihren Blick
erwiderte.

»Lass die Finger von meinem Mann.« Sie sprach sehr langsam und klar.

Rebekkas Miene war ausdruckslos, aber ihr Lid unter der
schmal gezupften Braue zuckte. Aimée wandte sich ab.

Im Raum war es jetzt sehr still. Nur Constanzes Hopsen war
zu hören, ein regelmäßiger Aufprall auf dem grauen Boden. Auf
einmal streckte sie blitzschnell den Arm aus und zog Lenna aus
Lens Kragen. Len schrie, Constanze lachte und rannte mit der
Puppe in Richtung Buffet. Die anderen Kinder kicherten und
turnten durcheinander.

Plötzlich hatte Len seine Pistole in der Hand und richtete sie auf Constanze. »Gib mir sofort Lenna zurück!« Seine
Stimme war scharf.

Prinzessinnen und Einhörner kreischten, Mütter schossen vor. Aimée war schon bei Len, sie löste seine Finger, die sich um den Griff der Pistole klammerten. Er zitterte.

Constanze heulte. »Mama, Len wollte mich erschießen!«

»Halt die …« Aimée konnte sich gerade noch stoppen. Sie zog Constanze die Puppe aus der Hand und schob sie vorsichtig zurück in Lens Ausschnitt. Dann fasste sie nach seiner Hand.

Sie beide hatten in diesem Raum mit der roten Tür nichts mehr verloren.

Es dämmerte bereits, als sie nach Hause kamen. Ihre Schritte hallten zwischen den Wänden wider, zwischen Bauzeichnungen und Gebäudefotografien. Len lief Aimée voraus in den Wohnraum, sie folgte ihm entschlossen.

»Wo ist Wolke?« In Fransenhose und Fransenweste stand er vor Per, der im weißen Hemd am Esstisch saß, vor ihm sein Laptop und ein Glas Wein. »Hast du Wolke gesehen, Papa?«

»Du hast also wieder mal für Unruhe gesorgt.« Pers Blick war weiter auf den Bildschirm gerichtet. Die Leuchte über seinem Kopf war das einzige Licht im Raum.

Aimée baute sich vor ihm auf. »Du hast also schon mit ihr gesprochen.«

Nach zwei, drei Sekunden nahm Per den Blick vom Laptop. »Dein Sohn hat sich mit dieser elenden Puppe zum Affen gemacht.« Er sah Aimée an, aber die Gläser seiner Brille waren wie eine Mauer.

»*Mein* Sohn?«

»Lenna ist keine elende Puppe!« Len zog Lenna aus seinem Ausschnitt und drückte sie sich vor die Brust. Sein Gesicht war knallrot, die Locken hingen ihm in die Augen.

Per stützte die Hände auf den Esstisch und betrachtete sie beide ohne jeden Ausdruck. »Ich dachte, ich hätte einen … Jungen.«

»Geht's noch?« Aimée trat näher an Per heran. Auf seiner Wange war eine winzige Schnittverletzung, die er sich heute Morgen beim Rasieren zugezogen haben musste.

Über sein Gesicht glitt ein Lächeln. Es sah müde aus. »Du hast ihn komplett verzogen.«

Aimée stützte sich ebenfalls am Tisch auf, ihr Kopf dicht an seinem. »Müssten wir nicht eigentlich über etwas anderes reden? Wäre das nicht angebracht?« Sie sprach ruhig, auch wenn es in ihr alles andere als ruhig war.

Per wandte sich wortlos wieder dem Laptop zu und tippte auf der Tastatur herum.

»Wo ist Wolke?« Len kletterte auf einen der weißen *Eames*-Stühle.

»Kannst du nicht mal mit der blöden Katze aufhören?« Per tippte weiter.

»Wo – ist – Wolke?« Len kam auf dem Stuhl zum Stehen. Er war jetzt genauso groß wie sein Vater.

»Herrgott, wenn du es genau wissen willst.« Per fuhr sich durch das graue Haar. »Ich habe sie einschläfern lassen.«

Len stieß einen Laut aus, den Aimée noch nie von ihm gehört hatte. Ein kehliges Geräusch, wie das eines Tieres. Er glitt auf den Stuhl und sackte in sich zusammen.

»Du hast was?« Aimée schlug auf die Stahlplatte. Der Laptopbildschirm flackerte.

»Das war längst überfällig.« Per zog die Nase kurz hoch. »Ich habe das Tier erlöst.« Er klappte das Notebook zu. Sein Ausdruck bekam etwas Nachsichtiges. »Aimée, einer musste hier Verantwortung übernehmen. Die Katze hat gelitten. Hast du das nicht gesehen?«

»Wolke hat nicht gelitten!« Wolke war alt, ja. Sie war nicht mehr so wendig wie früher, sie aß auch nicht mehr so gut, und manchmal, nicht oft, schaffte sie es nicht bis zum Katzenklo. »Du hattest kein Recht, sie zu töten.« Ihre Hände zitterten.

»Pass auf«, Per strich ihr über den Arm, »wir besorgen uns eine neue Katze.«

Ohne nachzudenken, schlug sie ihm ins Gesicht. »Du bist das Letzte!«

Er packte ihr Handgelenk. Der Schnitt an seiner Wange war aufgerissen, ein Tropfen Blut lief seinen Hals hinunter. »Es war eine Katze. Hörst du? Eine Katze!«

Sie riss sich los. »Als würde das für dich einen Unterschied machen!«

Nein, sie wollte jetzt nicht daran denken. Aber das Bild war da – wie sie zusammen vor der Beatmungsmaschine gestanden hatten, ein hoher Turm neben Lens Brutkasten. Damals hatte Per davon gesprochen, wie viele Frühchen später unter schweren Behinderungen leiden würden. Sie seien ein Leben lang auf Hilfe angewiesen. Experimentalmedizin nannte er das, wozu sie sich entschieden hatten. Ob sie wirklich dafür geradestehen wollten. Die Maschine klang wie ein brummender Dieselmotor. Per putzte sich die Brille. *Ich möchte kein behindertes Kind haben.* Lens winziger Brustkorb vibrierte, dass Aimée schwindelig wurde. *Pass auf, Aimée, niemand zwingt uns, das hier mitzumachen. Wir machen ein neues Kind.* Damals war etwas in ihr zu Bruch gegangen.

Jemand wimmerte, Aimée zuckte zusammen. Len lag auf dem Stuhl und weinte. Sie mussten sofort hier weg. Sie hob Len hoch. *Wolke ist nicht tot.* Heiß durchfuhr es sie. Genau das hatte sie am Morgen zu ihm gesagt! Sie hatte seine Sorge heruntergespielt. Jetzt kam sie sich vor wie eine Lügnerin. Len legte seinen Arm um ihren Hals. Das Schlimmste, das Allerschlimmste aber war, dass sich seine Angst bewahrheitet hatte. Aimée schluckte und drückte ihn fest an sich. An ihrer Hand spürte sie etwas Nasses. Sie stockte. Vor ihr auf dem weißen Stuhl war eine gelbe Pfütze.

Per sprang auf. »Ich glaub es nicht.« Er stieß den Stuhl von sich weg. Urin platschte auf den Beton. »Da schaff ich den einen Pisser ab, schon kommt der nächste!«

Aimée sah Per ein letztes Mal an. Am Kragen seines weißen Hemdes war ein roter Fleck. Sie wandte sich ab und ging.

Aimée zog an dem kleinen Griff seitlich der Bank und drückte die Rückenlehne nach hinten. Es krachte einmal kurz. Im Dunkeln bettete sie Len auf dem Laken, das noch immer nach Sonne und Stroh roch. Er drehte ihr den Rücken zu.

»Alles wird gut«, flüsterte sie.

Len antwortete nicht.

Aimée strich ihm übers Haar und schüttelte die Bettdecke auf. Dabei stieß sie mit dem Kopf an etwas Hölzernes, Bewegliches. Sie hielt inne. Das Mobile an der Decke drehte sich langsam. Ihr Haus der Träume. Ihr leeres, schiefes Haus der Träume.

Es ist leer, damit es sich in den Nächten mit deinen Träumen füllen kann.

Die Träume, die sie jahrelang Nacht für Nacht unter diesen dünnen Holzteilen geträumt hatte. Träume, die wahr geworden waren und doch nicht hielten, was sie versprochen hatten! Sie griff nach dem Mobile und wollte es herunterreißen, stattdessen tasteten sich ihre Finger wie von selbst die drei noch vorhandenen Seitenwände entlang, an den Fensteröffnungen hoch bis zu dem spitzen Dach mit der Birkenrinde, die sie nur ganz sacht berührte, damit sie nicht abblättere. Sie zog ihre Hand zurück. Nein, sie würde ihr Haus der Träume nicht zerstören.

Aimée steckte die Bettdecke unter Lens Körper fest. In den Winternächten konnte es im Bulli empfindlich kalt werden, trotz der Standheizung. Sie schlug die Decke um seine Füße und verpackte sie darin. Schließlich bückte sie sich und griff, ohne zu zögern, in das Katzenkörbchen. Sie musste wissen, wie viel Geld in dem Umschlag war.

Das Kissen im Körbchen war platt gelegen und eiskalt. Tränen schossen ihr in die Augen. Wolke war weg. Es gab sie nicht mehr. Nie wieder würde sie ihren kleinen, warmen Körper spüren. Aimée schlug mit der Faust in das Kissen. Sie hätte Per seine blöde Brille zertrümmern, die Nase brechen sollen, was auch immer. Er konnte doch nicht einfach Wolke töten! Das kleine Wesen, das sie seit beinahe zwei Jahrzehnten begleitet hatte. Tränen liefen ihr übers Gesicht, sie schluchzte laut auf. Len rollte sich von ihr weg. Aimée riss sich zusammen. Sie fuhr unter das platte Kissen und zog den Umschlag hervor. Lautlos kletterte sie nach vorne auf den Fahrersitz. Im trüben Schein der Innenbeleuchtung nahm sie das Geld aus dem Umschlag und zählte.

Es waren gut viertausend Euro. Wie viel ihr das damals vorgekommen war. Wie stolz sie gewesen war, dass sie mit ihrer Arbeit, mit dem Restaurieren und dem Verkaufen alter Möbel, so viel verdient hatte. Dass sie sogar noch etwas hatte abzweigen können. Viertausendzweihundertsiebzig Euro. Weit würden sie damit nicht kommen.

Sie löschte das Innenlicht und schaltete die Scheinwerfer ein. Die blaue Plane leuchtete ihr grell entgegen. Sie lag noch immer da wie ausgebreitet über einem Trümmerfeld. Aimée war seit ihrer Entdeckung vor einem halben Jahr nur noch einmal in der Garage gewesen, als sie den Bus zur Werkstatt gefahren und wieder abgeholt hatte. Dann nicht mehr. Sie schob die Scheine zurück in den Umschlag und steckte ihn in ihre Handtasche. Zu der Trauerkarte.

»Wohin fahren wir?« Lens Stimme klang nicht müde, sondern klar.

Noch immer hielt sie die Tasche fest. Neben ihr auf dem Beifahrersitz stand ihr alter Koffer, mit dem sie vor acht Jahren hergekommen war. Braunes Leder auf braunem Leder. Sie hatte nur schnell ein paar Sachen zusammengepackt, nur das

Nötigste, und die alte Mondlampe, die hatte sie auch schnell gegriffen. Sie legte die Tasche mit Daniels Karte auf den Koffer.

»Dahin, wo wir glücklich sind.«

Aimée drehte den Zündschlüssel, der Motor bullerte. Sie rammte den Schaltknüppel in den Rückwärtsgang und gab Gas.

VOR 30 JAHREN

Frühjahr 1989

Aimée streckte den Kopf über den Rand des Alkovens nach unten. Wenn sie den Fuß zwischen Matratze und Wand einklemmte, konnte sie sich ganz schön weit runterlassen und kippte nicht vornüber. Das hatte sie nämlich schon oft gemacht. Weil sie Mama gerne beim Fahren zuguckte, wenn draußen vor der Scheibe alles auf dem Kopf stand. Die Baumstämme waren oben, die Blätter unten, der Regen tropfte vom Boden in den Himmel. Die umgedrehte Schrift auf den Schildern konnte sie nicht lesen, aber sie konnte ja eh noch nicht lesen, sie war ja noch gar nicht in der Schule. Mama summte *Ella Ella* oder wie das hieß. Das summte sie gerade immer. Aimée mochte das Lied auch.

»Wohin fahren wir?«

Vor ihren Augen baumelten die drei blauen Papptannenbäume, die so komisch rochen. Nach Meer, hatte Mama gesagt, aber eigentlich rochen sie wie Waschpulver. Die Sonne schien Aimée ins Gesicht, aber der Scheibenwischer hatte trotzdem zu tun.

Mama drehte sich auf dem Fahrersitz um und gab ihr einen Verkehrt-rum-Kuss. Mamas Nase kitzelte ihr Kinn. »Lass dich überraschen.« Das sagte sie fast immer. Sie fuhr ein bisschen Schlangenlinien, da hupte jemand.

»Mama, du musst nach vorne gucken!« Aimée federte auf dem Bauch, weil Mama durch ein Schlagloch gefahren war. Wenn es zu hubbelig war, bekam sie davon einen Lachanfall.

Jetzt fuhr das Wohnmobil wieder gerade. Zum Glück. Einmal, da hatte Mama nicht richtig hingeguckt, hatten sie einen Baum gerammt. Das hatte ganz schön gekracht. Da war sie selbst oben im Alkoven richtig rumgeflogen und hatte anschließend eine Beule am Kopf gehabt. Nicht so schlimm. Aber jetzt guckte sie halt lieber mit. Doppelt hält besser. Den Spruch fand Mama doof.

»Schau mal.« Mama zeigte nach draußen.

Aimée sah ihrem Finger hinterher. »Oh, ein Regenbogen!« Sie ließ sich noch ein Stück weiter runter, aber so, dass ihr Fuß noch eingeklemmt war.

Der Regenbogen ging ganz steil in den Himmel. Rot, gelb, grün, blau, lila. Eigentlich hatten Regenbögen sieben Farben, das hatte Mama ihr erklärt, aber der hatte nur fünf.

»Wollen wir mal nachsehen, wo der Regenbogen endet?«

»Aber wir können doch nicht in den Himmel fliegen!«

Mama lachte. »Ich meine das andere Ende. Das am Boden.«

Das war komisch, weil Aimée ja über Kopf hing, und der Regenbogen oben ins Straßenende piekste.

»Aber kann man denn dahin fahren?«

»Wir können das.« Mama gab Gas und zischte die Straße runter, die doll glänzte.

Das Grün von der Wiese neben der Straße sah viel grüner aus als normal. Und das Rot von dem Schild vor ihnen leuchtete. Da stand sechzig oder neunzig drauf, das konnte sie nicht so gut unterscheiden, auch wenn sie nicht verkehrt rum hing. Schnell guckte sie auf den Tacho. Mama fuhr achtzig. Aimée wurde schwindelig. Sie fasste nach den beiden Sitzen unten. Dann konnte sie sich nämlich mit einem Rückwärtsüberschlag runterlassen. Peng. Sie stand hinter Mama. Genau auf dem gelben Farbklecks. Der war noch davon, als sie zusammen die Tür angestrichen hatten. Außen zwar nur, aber Mama hatte den Eimer mit der Farbe einfach hier drinnen auf den Boden gestellt.

»Mama, können wir das mit den Fragen spielen? Wo man immer auf die davor antworten muss?«

»Na klar.« Mama streckte die Arme am Lenkrad durch. »Ist es okay, wenn ich heute mal anfange?«

»Warte, ich mach mir noch kurz einen Sitz.« Manchmal saß Aimée nämlich lieber auf der Holztruhe als auf dem normalen Sitz vorne. Sie hob ein paar Klamotten vom Boden auf und legte sie auf den Tisch. Das Wohnmobil wackelte, und sie fiel fast um. Aber nur fast. Sie zog den Karton mit dem Silberbesteck von der Truhe. Der war schwer. Sie schob ihn einmal quer durch den Raum zu den anderen Kartons unterm Tisch. Sie hatten zwar hinten am Wohnmobil einen Anhänger dran mit all den Sachen, die sie verkaufen wollten, aber da passte auch nicht alles rein. Jetzt musste sie noch die Truhe querstellen.

Um das schwere Ding zu bewegen, musste sie sich halb auf den Boden legen. Obwohl gar nicht so viel drin war, nur ein paar Sachen, die Aimée gesammelt hatte. Geheime Sachen. Aber das Holz war richtig schwer. Mama hätte die Truhe am liebsten schon rausgeschmissen, denn sie hatte sie von ihren Eltern bekommen, und die waren echt blöd. Aber Aimée wollte sie unbedingt behalten. Auf dem Deckel war *Marielouise* eingeschnitzt, das konnte Aimée schon lesen. Das war Mamas Name, also, wie sie früher mal geheißen hatte. Innen im Deckel war ein Spiegel. Aimée drückte so fest gegen die Truhe, wie sie konnte.

»Hau ruck«, sagte Mama, und dann stand die Truhe da, wo sie hinsollte.

Aimée setzte sich drauf. Jetzt saß sie schräg hinter Mama und konnte auch nach vorne rausgucken. Der Regenbogen war noch immer da, sogar schon näher.

»Bereit?«

»Bereit!«

Mama sah schön aus von der Seite. Ihr Auge und ihre Wange schimmerten. »Also«, fragte sie, »was ist am Ende des Regenbogens?«

»Keine Ahnung!« Auf die erste Frage musste man immer mit *Keine Ahnung!* antworten. Weil man die Antwort noch für die zweite Frage brauchte. Das passte diesmal sehr gut, denn Aimée wusste wirklich nicht, was am Ende des Regenbogens sein sollte. Dafür war sie jetzt dran mit Fragen.

»Wie heißt Papa?«

»Das weißt du doch.«

»Ist das die Antwort auf die Frage davor?«

»Ein Schatz. Das ist die Antwort.«

Aimée kicherte. »Hast du Papa früher Schatz genannt?«

Mama stöhnte übertrieben. »Ich bin dran. Wie heißt der Kobold, der den Schatz am Ende des Regenbogens bewacht?«

»François.« Aimée musste laut lachen, und Mama lachte auch. Papa war ein Franzose, das hatte Mama ihr erzählt. Sie selbst hatte ihn noch nie gesehen. Aber sie wusste, dass er so grüne Augen hatte wie sie. Und braune Locken, auch wie sie. Und er hatte ein schönes Haus. Und irgendwann würde er kommen und sie zu sich holen. Sie beide. Das hatte Mama auch erzählt. »Wie viele Zimmer hat Papas Haus?«

»Leprechaun.«

»Was?«

»Lepp-re-kon.«

»Was ist das?«

»So eine Art Zwerg aus Irland, den man fangen muss. Dann verrät er einem, wo der Goldschatz versteckt ist. Jetzt ich: Wo bist du am liebsten?«

»Zehn.« Auch das hatte Mama erzählt. Dass Papas Haus riesig war, mit zehn Zimmern. Unglaublich großen Zimmern. Aimée zog die Füße auf die Truhe. Der Boden von dem Wohnmobil war irgendwie undicht. Da kam Wind rein. Sie setzte sich in den Schneidersitz und rieb ihre Füße. »Wie hast du Papa kennengelernt?«

»Unterwegs. Ich bin am liebsten irgendwo im Nirgendwo. Achtung!« Mama riss das Lenkrad rum und rumpelte von der Straße in ein Feld.

»Mama!« Aimée musste sich an der Kiste festhalten.

»Wir wollen doch zum Ende des Regenbogens.« Mama lachte.

Aimée wurde auf der Truhe durchgerüttelt und davon musste sie auch lachen. Auch wenn sie eigentlich gar nicht lachen wollte. Mama war schon mal einfach über ein Feld gefahren, da war der Benzinschlauch durchgerissen. Das hatte nachher der Mann in der Werkstatt gesagt. Da waren sie hingelaufen. Sehr, sehr lange waren sie dahin gelaufen.

Aimée guckte nach draußen. Sie sah nur noch eine rosa Wolke. »Ich seh den Regenbogen gar nicht mehr.«

»Kein Wunder, die Sonne ist ja auch schon weg.«

Das fiel Aimée erst jetzt auf. Dass es schon ziemlich dunkel war. »Aber woher weißt du dann, dass es hier zum Ende des Regenbogens geht?«

»Als er noch da war, hat er auf dieses Feld gezeigt.« Mama strich sich ein paar Haare hinters Ohr und summte wieder *Ella Ella*.

Das Wohnmobil ratterte über die Erde. Das Holz vibrierte unter Aimées Po. Der Himmel war komischerweise knallblau. Knalldunkelblau. Mama bremste.

»Was ist?«

»Das Feld ist zu Ende.«

Aimée rappelte sich auf. Vor ihnen war ein Haus. Ihre Beine fühlten sich ganz weich an.

»Komm mal zu mir.« Mama machte den Motor aus und streckte die Arme nach ihr aus.

Aimée setzte sich auf ihren Schoß. Mama fühlte sich gut an.

Weich und stark, und sie roch gut. Nach Mama eben. Aimée lehnte sich bei ihr an und guckte raus. Das Haus stand in einem Garten mit Bäumen und Büschen, die sehr ordentlich aussahen. Es hatte ein großes Fenster. Und da war Licht an. Da drin war es bestimmt schön warm. Hier war es eher kalt. Mama rubbelte ihr über die Arme. In dem Fenster waren ein Mann und eine Frau und ein Kind. Ein Mädchen. Sie saßen an einem Tisch und aßen. Jetzt lachten der Mann und die Frau und das Mädchen. Aimée lief ein Schauer über den Rücken. Ganz kurz und kalt und schüttelig. Mama legte die Arme um sie. Ihre Köpfe waren jetzt nebeneinander. Es fühlte sich an, als ob Mama die Luft anhalten würde.

»Welcher Tag ist heute?«, flüsterte Aimée.

Mama atmete laut aus. »Freitag. Wieso?«

»Können wir das jetzt immer freitags machen?«

»Dem Regenbogen folgen?«

»Nein, ins Fenster gucken.«

Mama zuckte mit der Schulter. »Wenn du unbedingt willst. Dann ist Freitag eben Fremde-Fenster-Tag.«

Der Papa in dem Haus sah nett aus. Er gab dem Mädchen was. Das Mädchen hatte blonde glatte Haare, aber es könnte auch braune Haare haben. Braune Locken, wie sie. Dann würde das Mädchen Aimée heißen und der Papa François und die Mama Marilou, und sie müssten nicht mehr rumfahren und im Wohnmobil schlafen, wo der Wind reinkam.

»Komm, wir müssen los.« Mama schob sie von ihrem Schoß auf den anderen Sitz und machte den Motor an.

»Noch nicht!«

Aber Mama fuhr los und machte eine Kurve. Aimée guckte aus dem Seitenfenster, aber dann war die Kurve zu groß und sie konnte nichts mehr sehen. Schnell kletterte sie nach hinten zu dem Fenster am Ende vom Wohnmobil. Sie schob die Gardine zur Seite, und da war es wieder, das warme Haus. Aimée drückte ihr Gesicht gegen die Scheibe. Der Papa gab der Mama einen Kuss. Aimée konnte gar nicht mehr richtig schlucken. Das Wohnmobil rumpelte, Aimée klammerte sich an der Sitzbank fest. Die Mama, der Papa und das Mädchen wurden kleiner. Dann war da nur noch ein Haus mit einem hellen Rechteck, einem hellen Punkt. Und eine nasse Scheibe.

LILIS KREUZ

Schon seit Tagen hatte Lili ihren Napf nicht angerührt. Mit einer Spritze flößte sie ihr winzige Mengen Wasser ein, Tropfen um Tropfen. Daniel legte währenddessen einen alten Karton mit Decken aus und stellte ihn hinter die Scheune, wo nie jemand hinkam, halb verdeckt von einem Busch. »Wir müssen sie in Ruhe lassen.« Als Lili tagelang nicht auftauchte, schob er die Zweige des Busches beiseite und nickte. Es war das erste Mal, dass ihr Kopf an seiner Brust lag und er sie in seine Arme schloss. Zusammen hoben sie das kleine Katzengrab aus, und er zimmerte ein Holzkreuz mit Lilis Namen.

März 2019

Sie hörte das Wasser, ein ohrenbetäubendes Rauschen, das von irgendwoher aus der Dunkelheit kam. Len lief ihr voraus zur Reling, so leichtfüßig, als gäbe es keinen Gegenwind.

»Mama, komm!«

Aimée hielt ihre Mütze fest und folgte ihm.

»Kannst du mich hochheben?« Seine Stimme war aufgekratzt, er schrie an gegen das Tosen von Wind, Wasser und Maschinen.

Sie nahm ihn auf den Arm, und gemeinsam sahen sie hinaus aufs offene Meer. Die Lichter der Fähre spiegelten sich unter ihnen, ein paar Meter weiter war alles schwarz. Jeder Meter, den sie stampfend zurücklegten und der das Festland in ihrem Rücken weiter von ihnen wegschob, gab Aimée Sicherheit. Ihr und Len. Unter ihren Füßen vibrierte der Boden.

»Wir sind auf einem Schiff!« Len drückte seinen Kopf an ihren. Aimée schloss die Augen und zog ihn an sich. Lens Locken flatterten ihr vor dem Gesicht.

Vor einer halben Stunde, als sie unter Deck den Motor des Bullis abgestellt hatte, war er aufgewacht. Davor hatte er die meiste Zeit geschlafen oder gedöst, während Aimée durch Holland, Belgien und durch ein Stück von Frankreich gekurvt war. Einmal hatte sie angehalten, um zu tanken, ansonsten war sie ohne Pause gefahren. Sie hatte leise Radio gehört und mitgesummt – angesummt gegen die Bilder in ihrem Kopf. Gegen Per und das Haus, in dem sie achteinhalb Jahre gelebt hatte, gegen Rebekkas Lächeln und Constanzes Heulen in dem Raum mit der roten Tür, und gegen das Gefühl von Wolke, die sich warm an sie schmiegte. Jetzt lag sie kalt in irgendeiner Mülltonne. Immer wieder hatte Aimée die Hand vom Lenkrad genommen und in der Tasche nach der Trauerkarte getastet. Sie hatte starr auf die Straße geblickt, die Lichter des Wagens vor ihr fixiert und gespürt, wie die dünne Pappe zwischen ihren Fingern warm wurde. Sie hatte an die Plastikpistole gedacht und an den nassen Plastikstuhl. Sie hatte Lens Wimmern im Ohr gehabt, das kehlige Geräusch, das aus ihm herausgebrochen war, und sich geschworen, dass sie ihren Jungen nie wieder in eine solche Situation bringen würde.

Aimée trat vom Geländer zurück und ließ Len auf den Boden hinunter. Rasch zog sie den Reißverschluss seiner Jacke noch ein Stück höher und schlang den Schal einmal mehr um seinen Hals. Lenna lachte dick eingemummelt unter seinem Kinn.

Hand in Hand ließen sie sich übers Deck fegen, bis sie hinter einer Ecke plötzlich im Windschatten standen. Mit einem Mal war es sehr still. Nur noch ein leises Rauschen und Brummen war zu hören.

»Mama, können wir das mit den Fragen spielen? Das, wo man nicht Ja und Nein sagen darf? Bitte!«

Aimée setzte sich auf die Bank, die an der weißen Wand stand. »Klar, warum nicht.« Sie hatten das Spiel einmal zusammen im Flugzeug gespielt, da war es ihr ganz unvermittelt eingefallen.

Len stellte sich auf die Bank und fasste nach ihrer Schulter. »Okay, ich fang an. Warst du schon mal in England?«

Aimée schüttelte den Kopf. »Ich wollte immer.« Sie grub ihre Finger in die Tasche auf ihrem Schoß.

Len hüpfte neben ihr hoch. Aimée spürte, dass auch in ihr etwas hüpfte. Einen Moment lang dachte sie nicht an das, was hinter ihr lag, sondern nur an das vor ihr. Barbara hatte ihr so viel von England erzählt, von dieser grünen Insel mit den felsigen Buchten, mit den Schmugglerhöhlen und Piratenverstecken und dem vielen Regen in Cornwall. Sie hatte gesagt, dass die Menschen den Regen *Liquid Sunshine* nannten und sich untereinander mit *My Love* begrüßten und dass dort Palmen wuchsen und meterhohe Baumfarne.

»Du bist dran, Mama.« Er setzte sich auf die Rückenlehne.

Aimée stellte die Tasche neben sich auf die Bank. »Okay.« Sie suchte nach einer unverfänglichen Frage. »Magst du Pfannkuchen?«

»Pfannkuchentorte! Mit Erdbeeren und Schokosoße.« Len rutschte an der Rückenlehne herunter. »Bleiben wir eine Woche in England?«

»Vielleicht.«

»Zwei Wochen?« Er richtete sich auf und setzte sich wieder auf die Rückenlehne. Über seinem Kopf war ein Flutlicht, das über sie beide hinwegstrahlte und den grünen Boden und die weiße Reling zum Leuchten brachte. Sie selbst saßen im Dunkeln.

Aimée umfasste Lens Beine. »Wir bleiben so lange, wie es uns gefällt.«

Len rutschte neben sie und lehnte sich an. »Und wenn es mir zehn Jahre gefällt? Oder zwanzig? Oder hundert?«

Aimée legte ihren Arm um seinen warm eingepackten Körper. Sie wünschte so sehr, sie hätte einen Plan. Sie wünschte, sie könnte ihrem Sohn sagen: *So machen wir es. So ist es gut.* Wie es eine Mutter tun müsste. Verdammt. Sie blickte auf die Risse im Boden. Alte rostrote Farbe kam unter dem grünen Anstrich zum Vorschein. Sie musste für Len ein Zuhause finden.

Ein Zittern ging durch die Fähre. Aimée sang leise *My Bonnie*, Lens Schlaflied. Hier auf dem Schiff passte es besonders gut. Lens Kopf rutschte in ihren Schoß. Unter ihrer Hand spürte sie, wie sein Brustkorb sich ruhig hob und senkte. Aimée sah hinaus in die Dunkelheit. In einer halben Stunde etwa müssten sie da sein. Ankommen.

Sie lauschte dem Strömen und Pflügen durchs Wasser. Es fühlte sich seltsam an, dass sie so kopflos davongerannt war. Alles war wieder aufgerissen worden. Die alte Angst um Len, und dass Per ihn nicht hatte haben wollen. Den Gedanken konnte sie immer noch nicht ertragen. Nicht ein Mal in all den Jahren hatte Per gesagt, dass er sich damals, als Len auf die Welt gekommen war, getäuscht hatte, dass er froh war, dass es Len gab.

Vorsichtig streifte sie ihre Jacke ab. Sie hob Lens Kopf an und bettete ihn darauf wie auf einem Kissen. Dann stand sie auf und trat um die Ecke in den Wind.

Von allen Seiten riss er an ihr. Es toste ihr in den Ohren, aber ihr war nicht kalt. Sie ging an die Reling. Das weiß lackierte Metall war nass. Sie zog ihr Telefon aus der Tasche. Es zeigte die volle Balkenzahl an. Sie tippte: *Per, es tut mir leid. Ich melde mich. Aimée*

Schnell schickte sie die Nachricht ab. Als sie sich umdrehte, sah sie in der Ferne ein Licht, auf das sie zusteuerten. Dover. Von dort aus waren es sechs Stunden bis St. Ives. Weiter konnte sie nicht denken.

Ihr Telefon piepte.

Bin froh, dass ihr weg seid. Schönes Leben noch.

Sie starrte auf die Worte, bis das Display schwarz wurde. Wenn sie Per nicht so gut kennen würde, müsste sie denken, er wäre betrunken. Dass er *sie* einfach abschrieb – geschenkt. Aber dass er Len so einfach aus seinem Leben streichen konnte, war ihr unbegreiflich. Sie blickte über die Reling hinunter in das schwarze Wasser und sah den Menschen vor sich, den sie für ihren Mann gehalten hatte, wie er nach Hause kam, ihr einen flüchtigen Kuss auf die Wange drückte und an Len vorbeiging, als wäre er Luft. So oft war er an Len vorbeigelaufen, als gäbe es ihn nicht, bevor er am anderen Ende des Flurs die Bürotür lautlos hinter sich zugezogen hatte. Konnte es tatsächlich sein, dass er nie ein echtes Gefühl für seinen Sohn entwickelt hatte? Gab es so etwas?

Kaltes Wasser sprühte ihr ins Gesicht. Aimée löschte die Nachricht und steckte ihr Telefon zurück in die Tasche. Ab jetzt waren sie also zu zweit. Ein Kribbeln durchlief ihren Körper. Und etwas sehr Schweres fiel von ihr ab. Sie spürte es deutlich. Etwas, das nie zu ihr gehört hatte. Jetzt war es weg. Ins Meer gefallen. Sie streckte die Arme aus und drehte sich im Wind.

Nur etwas fehlte noch. Wenn sie neu anfangen wollte, dann musste sie es alleine schaffen. Viertausendzweihundertsiebzig Euro, das musste für den Anfang reichen. Sie zog die Karte zu Pers Konto aus ihrer Geldbörse, zerknickte sie und warf sie über Bord.

Jetzt konnte die Zukunft kommen. Aimée schaute nach vorn. Vor ihr leuchteten inmitten der dunklen Nacht die weißen Klippen von Dover.

GOLDENER GLOBUS

Wie oft hatten sie zusammen unter einem der Tische in der Scheune gehockt, zwischen Stapeln vergilbter Bücher und speckigen Lederkoffern, und den glänzenden Globus gedreht. Mit geschlossenen Augen hatten sie ihre Finger über die rotierende Pappmachékugel gleiten lassen und erst die Augen geöffnet, als das Kreisen stoppte. Daniels Finger war immer auf einer Insel gelandet, ihrer meistens mitten im Ozean.

März 2019

Aimée drückte die Tür des Bullis auf. Frischer Wind und der Geruch von Salz schlugen ihr entgegen, hüllten sie ein wie etwas sehr Vertrautes. Sie hatte oberhalb einer breiten Strandbucht geparkt, die links und rechts von Felsen gerahmt war. In ihrem Rücken, nur wenige Meter entfernt, lag der Eingang zum Friedhof. Aimée lehnte sich an den Bus und atmete ein und aus. Sie konnte gar nichts anderes tun, als hier zu stehen und diese Luft einzusaugen, die so feucht und klar war, dass ihr schwindelig wurde. Sie war da.

Es nieselte, aber der Himmel, der vor ihr ins Meer fiel, war alles andere als eintönig und grau. Er war düsterblau, weiß und anthrazit, sehr dunkel und dann wieder sehr hell. Aimée hielt ihr Gesicht in den Regen.

Sie war ohne Pause die ganze Nacht gefahren, nach Westen, bis es nicht mehr weiterging. Als würde dieser Ort sie an sich ziehen, der fast am Ende lag, oder am Anfang, dahinter nur noch der Ozean. Als wäre ihre Fahrt ein einziger, schwereloser Fall, eine Rückkehr dahin, wo sie hergekommen war. Dabei war sie noch nie hier gewesen.

Len war über dem steten Rumpeln eingeschlafen, neben seinem Bett brannte die Mondlampe. Dichter Nebel hing zwischen den Hecken, die Scheinwerfer leuchteten ins wattige Weiß wie in einen Tunnel. Sie dachte an Daniel. So viele Jahre war er der wichtigste Mensch in ihrem Leben gewesen. Als sie klein gewesen war, hatte sie ihn wie einen großen Bruder bewundert, und später – sie fünfzehn, er neunzehn –, da waren sie zusammengekommen. Sie hatte immer gedacht, dass sie ihn irgendwann heiraten würde. Bis er wegging, hierher, nach St.Ives.

Unten am Strand waren an diesem Morgen nur wenige Menschen unterwegs, fünf Spaziergänger zählte Aimée und zwei Hunde. Das Meer hatte sich weit zurückgezogen. Draußen brachen die Wellen, ein lautes Anschwellen, eine Explosion, dann sekundenlang Stille.

Sie wusste, dass es sich für Daniel immer so angefühlt hatte, als hätte sie Schluss gemacht. Weil sie nicht gesagt hatte: Klar, die drei Jahre stehen wir locker durch. Aber sie hatte sich so verdammt bedeutungslos und hintergangen gefühlt, als er sie vor vollendete Tatsachen gestellt hatte. Am Ende waren sie beide verletzt gewesen.

Neben ihr öffnete sich die Schiebetür des Bullis. Len hielt sich die Hand vor die Augen, seine Locken standen in alle Richtungen ab, sein hellblauer Schlafanzug flatterte im Wind.

»Hey.« Aimée hob ihn aus dem Wagen, griff nach einer Decke und wickelte ihn ein.

Schlaftrunken sah Len zum Strand hinunter. »Wir sind da.« Es war eine Feststellung, keine Frage.

Gemeinsam blickten sie in diese Weite aus Sand, Wasser und Himmel, auf das dunkle Gestein und braungrüne Gras, das die Klippen auf beiden Seiten der Bucht bedeckte. Aimée wandte sich um und warf einen Blick auf die Uhr auf dem Armaturenbrett. Es war kurz nach zwölf. Die Beerdigung hatte bereits begonnen.

»Komm.«

Sie stiegen in den Wagen, machten eine Katzenwäsche und zogen sich in aller Eile an. Len besaß keine schwarzen Klamotten, aber die dunkelblaue Jeans und das graue Sweatshirt taten es auch. Sie selbst trug einen schwarzen Rock und einen schwarzen, fein gestrickten Pulli unter dem Mantel, Teile, die sie nur für die Beerdigung mitgenommen hatte. Sie hatte Len erzählt, dass Barbara früher wie eine Mutter für sie gewesen war und Daniel ein Freund.

»Bereit?« Sie zog Len die Kapuze seiner Jacke über den Kopf.

Er nickte ernst. »Bereit.«

Sie ließen den Bulli oberhalb des Strandes stehen und überquerten die Straße. Hand in Hand schlugen sie den kleinen Weg ein, der sie zu einem schmiedeeisernen Törchen führte. Die dünnen Eisenstreben waren in Herzform gebogen. Ein Mäuerchen begrenzte den Friedhof zur Strandseite hin, die Grabplatten zogen sich den Hügel hoch bis zu einer kleinen Kapelle. Alles war aus dem gleichen groben Stein gehauen. Eine Gruppe dunkel gekleideter Menschen stand oberhalb der Kapelle im Halbkreis, verdeckt von schwarzen Regenschirmen. Das Meer rauschte Aimée in den Ohren.

Als sie das Törchen aufstieß, quietschte es. Sie hatte Len noch immer an der Hand, aber eigentlich hielt sie sich an ihm fest. Sie hatte keine Ahnung, was sie dort oben erwartete.

Gemeinsam liefen sie zwischen den Gräbern hindurch. Windschiefe Kreuze und dünne Platten aus rauem Granit standen in einer wilden Ordnung dicht an dicht. Sie waren überzogen von leuchtend orangefarbenen und weißen Flechten, die aussahen wie platt getretene Kaugummis. Zwischen den Gräbern wucherten Gräser.

Zusammen mit Len ging sie die Anhöhe hoch, drückte sich gegen den Wind und hielt auf die kleine Gruppe zu. Im Näherkommen senkte sie den Blick. Aber sie hatte ihn bereits entdeckt, und er hatte sie gesehen. Für einen kurzen Moment hatten ihre Blicke sich im Nieselregen getroffen.

Aimée zog Len in die zweite Reihe. Sie musste sich sammeln. Der Pfarrer sprach laut gegen das Tosen der Brandung unten am Strand an, Möwen kreisten über ihren Köpfen, ein Mann mit Zylinder hielt die Urne. In diesem kleinen Gefäß war alles, was von Barbara übrig geblieben war. Aimée starrte auf den dunkelgrünen Mantel der Frau vor ihr. Sie hatte das Gefühl, Barbara stünde neben ihr, wie sie so oft am Eingang vom Hof gestanden hatte, wenn Aimée aus der Schule gekommen war. *Wie war dein Tag, my love?* Immer war sie es gewesen, die fragte, mit ihrem englischen Akzent, den sie all die Jahre gepflegt hatte. Aimée sah Barbara in der kleinen Küche der Scheune vor sich. Sie sah Barbara immerzu in großen Töpfen rühren, sie roch den Lorbeer, die Nelken und schmeckte das Salz in der Luft.

»Hallo, Aimée.«

Abrupt blickte sie auf. Daniel stand vor ihr, in der Hand einen Strauß weißer Rosen, auf seinem Gesicht ein kleines Lächeln, das sofort wieder verschwand. Er stand sehr aufrecht da, und Aimée erinnerte sich, dass sie ihn genau so kannte, aufrecht, als wären alle seine Muskeln gespannt. Seine braunen Haare waren länger als früher, kinnlang und wellig, er hatte einen Bart, seine Haut war gebräunt. Wie damals, durchfuhr es sie. Als er nach drei Jahren, nach seiner Tischlerlehre, mit den ersten Sonnenstrahlen des Frühlings zur Kommune zurückgekehrt war. Da hatte er vor ihr gestanden, vor ihrem Bulli, und sie angesehen mit diesem grauen Blick, den sie auch jetzt nicht deuten konnte.

»Daniel.« Ihre Stimme war leiser, als sie es wollte. »Es tut mir leid.«

Er nickte. Am liebsten hätte sie ihn umarmt, aber sie traute sich nicht. Der dichte Vollbart ließ ihn fremd aussehen. In Gedanken rechnete sie nach – er war vierzig, vier Jahre älter als sie. Er nahm eine Rose aus dem Strauß und reichte sie ihr, und für einen lächerlichen Moment kam es ihr so vor, als schenkte Daniel ihr diese Rose.

Bevor sie etwas sagen konnte, ging er in die Hocke. »Du musst Len sein.« Sie hatte vergessen, wie tief seine Stimme war.

Len nickte. Er sah nicht eingeschüchtert aus, nur sehr ernst.

»Ich bin Daniel. Wir haben uns schon mal getroffen, da warst du noch ganz klein.« Er hielt auch Len eine Rose hin. »Und wen hast du da mitgebracht?« Er deutete auf den kleinen Puppenkopf, der unter Lens Kinn aus der blauen Jacke hervorlugte.

»Das ist Lenna.«

Daniel lächelte. »Hallo, Lenna.«

Len lächelte auch.

Daniel verteilte die Rosen unter den Gästen und ging zurück an seinen Platz. Eine Frau hakte sich bei ihm ein, schmal und fast genauso groß wie er, sicher über eins achtzig. Zoe. Aimée fuhr mit dem Finger einen Dorn am Stiel der Rose nach. Die beiden waren schon sehr, sehr lange zusammen.

Der Pfarrer sprach von Barbaras Herz, das aufgehört hatte zu schlagen, und Aimée sah sie vor sich, im Bett des Bauwagens, die Hand an der Brust, der helle Turban verrutscht. *Ich brauche nur einen Tee.* Der Mann mit dem Zylinder stellte die Urne in die kleine Öffnung im Boden.

Daniel trat als Erster ans Grab, allein. Er blickte über die Köpfe der Trauergäste hinweg hinunter zum Meer. Aimée musste schlucken. Seine Mutter war tot, einfach nicht mehr da. Unwillkürlich dachte sie an Marilou und das sandige Seeufer, eine lange Haarsträhne, die gleißende Wasseroberfläche, die sich über ihrem Scheitel schloss. Aimée drückte die Fingerkuppe in den Dorn, ein kurzes Pieksen, sie saugte an ihrem Finger. Daniel sah zu Boden, seine Lippen unter dem Bart bewegten sich. Er sprach tonlos, aber sie hatte das Gefühl, ihn zu hören. Seine Stimme war immer weich gewesen, wenn er mit Barbara gesprochen hatte. Zugleich hatten seine Worte einen Raum abgezirkelt, einen Schutzraum für seine Mutter. *Komm, ich mach dir einen Tee und dann schläfst du eine Runde.* Daniel bückte sich und legte seine weiße Rose zu Barbaras Urne.

Einer nach dem anderen traten die Gäste ans Grab, verharrten kurz dort und ließen ihre Rose hineinfallen.

Len zog an ihrem Arm, die Kapuze seiner Jacke rutschte ihm in den Nacken. »Müssen wir das auch machen?«

Aimée gab ihm einen Kuss und schob ihm die Kapuze wieder auf den Kopf. »Müssen nicht, aber ich würde Barbara gerne meine Rose geben.«

Er überlegte. »Wie alt war Daniels Mama?«

Len war erst sechs, aber er wusste schon so viel über den Tod. Er war noch nie bei einer Beerdigung gewesen, hatte aber schon immer viele Fragen gehabt, zum Nicht-mehr-da-Sein und zu dem, was danach kam. Sie rechnete. »Mitte siebzig. Ja, ich glaube, Barbara war ziemlich genau fünfundsiebzig.«

Len spielte mit der Rose in seiner Hand.

Ein beerenfarbener Regenschirm schob sich in ihr Blickfeld, leuchtend zwischen all den schwarzen Schirmen. Aimée erkannte Sanne und Lothar. Ein plötzliches warmes Gefühl durchströmte sie. Sie hatte überhaupt nicht daran gedacht, dass noch jemand von der Kommune hier sein könnte, aber klar, Daniel hatte auch die anderen informiert. Lothar warf eine Handvoll Erde ins Grab und legte den Arm um Sannes Schultern.

»Komm.« Aimée nahm Lens Hand, und gemeinsam traten auch sie vor.

Möwen kreischten, als sie Seite an Seite in die Hocke gingen. Die Urne stand tiefer im Boden, als Aimée gedacht hatte. Zahllose feine Wurzeln ragten ringsherum aus der Erde in die Öffnung hinein, verletzt durch den Spaten, mit dem das Loch ausgehoben worden war.

Len fasste seine Rose am unteren Ende. »Wie alt wirst du, Mama?« Er sah sie nicht an bei dieser Frage.

Die Wellen brachen sich an den Felsen unten am Fuß des Hügels, aber das Geräusch war überall – krachendes, reißendes Wasser, das alles mit sich nahm.

Sie schloss ihre Hand über der von Len. Wolke hätte auch ein Grab verdient gehabt und ein Kreuz, wenigstens das. »Ich weiß es nicht.«

Aimée hielt immer noch Lens Hand, als sie gemeinsam ihre Rosen zu Barbara in die Tiefe fallen ließen. Himmel, er war doch noch viel zu jung für eine Beerdigung!

Sie traten zurück. Der Pfarrer sprach ein paar abschließende Worte und schüttelte Daniel und Zoe die Hand. Dann lief er im wehenden Umhang den Hügel hinab.

»Aimée!« Im nächsten Augenblick drückte Sanne sie schon an sich. »Dass du hier bist! Dass ich dich wiedersehe!«

Aimée roch etwas Süßes, Modriges, und für einen Moment spürte sie hartes Kopfsteinpflaster unter ihren Füßen. Sie ließ sich in die Umarmung fallen, sie konnte gar nicht anders.

»Mädchen.« Lothar zog sie ebenfalls an sich und klopfte ihr auf die Schulter.

»Und wen haben wir da?« Sanne beugte sich zu Len hinunter, ihre Nase war gerötet. »Du musst Len sein.« Sie warf Aimée einen Blick zu und lächelte. Tränen standen ihr in den Augen.

»Len«, Aimée berührte ihn am Arm, »das sind Sanne und Lothar. Sanne ist die, die sich die Pfannkuchentorte ausgedacht hat.«

Len blickte auf. »Die mit der Schokosoße?«

Sannes Augen sahen aus, als würden sie gleich überschwappen. »Genau die.«

Len schaute sie neugierig an. Sanne hatte noch dasselbe rundliche Gesicht wie damals, zu dem die schwarze Kleidung, die sie heute trug, nicht so recht passen wollte. »Wohnst du auch in so einem Bus wie Mama?«

Sanne lachte. »Fast. Lothar und ich wohnen in einem Bauwagen. Die kennst du vielleicht von der Baustelle?«

Len nickte.

»Aber sag mal«, sie wandte sich wieder an Aimée, »wie geht es dir? Was machst du?« Sanne hielt ihren Schirm über sie. Es nieselte noch immer, der Wind ließ den Schirm flattern. »Wo seid ihr untergebracht?«

Lothar legte den Arm um seine Frau. »Lass Aimée doch erst mal durchatmen. Sagt, wie wäre es, wenn wir uns heute Nachmittag richtig treffen? Um drei am Hafen? Da suchen wir uns ein schönes Café und erzählen uns alles, was es zu erzählen gibt. Einverstanden?«

»Einverstanden.«

Sanne und Lothar winkten und folgten dem Pfarrer den Hügel hinunter. Auf der Karte hatte nichts von einem Trauermahl gestanden. Gab es das in England nicht?

Daniel kam auf sie zu. Hinter ihm lag die kleine Kapelle, deren Dach von Flechten übersät war. Unwillkürlich dachte Aimée an das Birkendach ihres Mobiles. Daniel blieb vor ihr stehen. Die Farbe seiner Augen verschmolz mit dem Granit ringsherum.

»Ich hätte nicht gedacht, dass du kommst«, sagte er.

»Natürlich.«

»Wie lange bleibt ihr?« Der Reißverschluss seiner schwarzen Jacke war bis zum Kinn zugezogen.

Aimée atmete tief durch. Sie hatte gehofft, sie könnten anders miteinander reden. Wie sehr sie sich das gewünscht hatte, wurde ihr erst jetzt klar. »Keine Ahnung.«

»Wie seid ihr hier?«

Sie kam sich vor wie in einem Kreuzverhör, nicht so, als würden sie sich unterhalten. Dabei hätte sie so viele Fragen: Wie es ihm ging, wie es Barbara ergangen war, vor ihrem Tod, und, ja, wie sie gestorben war? Aber vielleicht war jetzt einfach nicht der richtige Moment dafür.

»Mit dem Bulli.« Ihre Stimme klang heiser. Zu viel hing an diesem Gefährt, an ihrem Schneckenhaus. Sie sah sich nach Len um.

Er kniete auf dem Boden und inspizierte die fleischigen Blätter einer Sukkulente, die zwischen zwei Grabplatten wuchs. Außer ihnen waren nur noch wenige Menschen auf dem Friedhof – der Mann mit dem Zylinder, der noch am Grab hantierte, und eine Gruppe von Frauen, mit denen Zoe sich unterhielt.

»Das heißt, ihr braucht einen Stellplatz.«

Mit einem Mal kam ihr alles, was sie vorhin gedacht und gefühlt hatte, lächerlich vor. Dass dieser Ort sie magisch angezogen hatte, dass hier ein Ausgangspunkt sein könnte für ein neues Leben.

»Wir schauen uns den Zeltplatz hier an.« Der Wind zog an ihren Haaren.

Zoe trat zu ihnen. »Hallo, Aimée.«

»Hallo, Zoe. Mein herzliches Beileid.« Es kam ihr komisch vor, dass *sie* das sagte. Eigentlich müsste Zoe doch *ihr* sagen, wie leid es ihr tat.

Aimée fischte ein Zopfgummi aus ihrer Tasche und band sich die Haare zusammen. Was für ein vermessener Gedanke. Zoe war seit fünfzehn Jahren mit Daniel zusammen. Was wusste Aimée schon, wie nah sie Barbara gestanden hatte.

»Danke.« Zoe hakte sich wieder bei Daniel ein.

Sie hatte ein Gesicht, das man einfach anstarren musste,

das hatte Aimée früher schon gedacht. Schmal und mit hohen Wangenknochen, blasser Teint, volle Lippen und dieser merkwürdig schiefe Zahn, einer der Eckzähne oben. Ihre Haare waren schwarz, und sie trug sie noch immer oder schon wieder im Pagenschnitt. Aimée hatte nie gewusst, worüber sie mit Zoe sprechen sollte, und auch jetzt fiel ihr nichts ein. Glücklicherweise kam der Mann im Zylinder zu ihnen herüber.

Aimée entschuldigte sich und ging zu Len. Sie würde Daniel einfach später noch einmal anrufen. Seine Nummer stand ja hinten auf der Trauerkarte. Heute noch würde sie ihn anrufen. Auch wenn es nach so vielen Jahren auf einen Tag eigentlich nicht mehr ankam.

Aimée lenkte den Bulli durch die engen Gassen den Hügel hinauf. Es hatte aufgehört zu regnen, der Himmel war noch düster, aber die Märzsonne schickte bereits lange Strahlen durch die Wolken. Len saß neben ihr auf dem Beifahrersitz, sie machten einige Umwege, weil sie noch ein paar zusätzliche Blicke aufs Meer und auf den Hafen mit seinen farbenfrohen Fischerbooten erhaschen wollten. Der graue Stein und das bunt bemalte Holz des Ortes waren wie von einer noch feuchten Glasur überzogen. St. Ives lag vor ihnen und glänzte.

Schließlich fuhr Aimée einen Hügel hoch. Auf dem weißen Straßenschild an der Steinmauer stand *Ayr Terrace*. Sie bog in die Einfahrt des Campingplatzes ein. Von hier aus konnte sie noch nicht viel vom Platz erkennen, nur zwei Holzhütten, eine kleine links und eine etwas größere auf der rechten Seite der Auffahrt. Sie parkte neben einem dunkelgrünen Pick-up.

Als sie ausstieg, sah sie ein Paar vor der kleineren Hütte stehen: Daniel und Zoe, in einer innigen Umarmung.

Was zum Teufel taten die hier?

Aimée hielt sich an der Tür des Bullis fest.

»Mama, ich muss mal.«

»Gleich«, sagte sie leise in den Wagen hinein.

»Aber ich muss dringend.«

»Jetzt warte mal.«

Zoe strich Daniel immer wieder über den Rücken. Seine Haltung war viel weniger aufrecht als vorhin auf dem Friedhof. Er ließ sich fallen, so richtig fallen, es sah aus, als würden er und Zoe in ihren schwarzen Kleidern miteinander verschmelzen. Aimée musste wegschauen. Ein Auto mit angehängtem Wohnwagen rumpelte an ihr vorbei auf den Platz.

Len stieg auf der andere Seite aus dem Bus. »Ich pinkel jetzt hier.« Er stapfte zu einem Busch.

»Len!«

Daniel und Zoe lösten sich voneinander und sahen zu ihnen herüber.

»Hi.« Aimée ging auf sie zu. »Wisst ihr zufällig, wo hier ein Klo ist?« *First things first*, hatte Barbara immer gesagt.

Daniel richtete sich auf. »Er kann gerne das hier benutzen.« Er nickte zur Hütte, vor der er und Zoe standen. Sie war nicht groß, vielleicht zwei mal zwei Meter, ihr Holz war verwittert. Aimée hatte gedacht, darin säße jemand, bei dem man seinen Wagen anmelden konnte.

Len verschwand hinter der Tür. Zoe setzte sich auf einen Klappstuhl vor eine Hecke, die aussah, als würden im Sommer Brombeeren oder Himbeeren daran wachsen. Daniels Blick glitt an Aimée vorbei zum Bulli. Der Jackenkragen verdeckte sein Kinn, sein Profil war sehr starr. So ähnlich hatte sie die rote Karosserie vermutlich auch angesehen, als sie das Garagentor letzten Herbst zum ersten Mal seit Jahren geöffnet hatte.

Daniel steckte die Hände in die Jackentasche. »Anfang März ist noch nicht viel los in Cornwall. Wir sind also ziemlich leer.«

»Wir?«

»Ich leite den Platz. Bin der Groundsman, wie es hier heißt.«

»Okay …« Unwillkürlich dachte sie an den Umschlag mit

90

dem Geld, der in ihrer Handtasche im Bus lag. Sie würde für all das hier den vollen Preis bezahlen, keinen Penny würde sie sich von Daniel schenken lassen.

»Nehmt einen der Plätze gleich vorne rechts, da habt ihr den besten Blick.« Zoe lächelte ihr vom Stuhl aus zu.

Früher war Aimée nie schlau aus ihr geworden. Sie war immer freundlich gewesen, hatte aber immer auch etwas Reserviertes gehabt. Na ja, vermutlich war sie selbst Zoe nicht anders begegnet. Vielleicht konnten sie in den nächsten Tagen ja mal sprechen und etwas natürlicher miteinander umgehen.

Len kam aus der Hütte, lief an ihr vorbei und setzte sich wieder in den Bulli.

»Okay«, Daniel fasste sich an den Bart, »dann erklär ich dir mal den Platz.«

Das Auto mit dem Wohnwagen hatte weit weg am anderen Ende des Zeltplatzes geparkt, zwei einzelne Flecken auf der großen Wiese, ein roter und ein weißer. Zwei Wege führten dorthin, ein asphaltiertes Sträßchen und ein Schotterweg. Nur wenige Wohnmobile parkten verstreut auf dem Platz zwischen Büschen und Hecken.

»Also, hier gleich rechts am Eingang haben wir ein Haus mit Waschmaschinen und Trocknern. Weiter hinten, auf der linken Seite, kommen dann die Duschen, Toiletten und Waschräume.« Er sprach in einem geschäftsmäßigen Ton, den sie nicht von ihm kannte. »Strom ist an jedem Stellplatz. Habt ihr einen Adapter?«

»Nein.« Sie zuckte mit den Schultern. Das hier war kein Urlaub, den sie geplant hatten.

Zoe verschwand kurz in der Hütte und kam mit einem weißen Ding mit drei eckigen Metallstiften wieder heraus. »Den könnt ihr gerne behalten.« Sie setzte sich wieder auf ihren Stuhl.

»Danke, Zoe.«

»Wenn du Fragen hast«, sagte Daniel, »ich bin die meiste Zeit hier. Meine Telefonnummer hast du?«

Aimée nickte. Daniel bückte sich und hob einen Plastikfetzen auf. Seine Schultern waren breit unter der Jacke. Wie konnte ein Mensch einem so vertraut und gleichzeitig so fremd sein?

»Wir wohnen zweihundert Meter oberhalb vom Platz.« Er steckte das Plastik ein und zeigte links den Hügel hinauf. Nur ein einziges Haus war dort zu sehen. Es war groß und hatte zwei Erker.

Wir, dachte Aimée. Natürlich.

Am Granit der Hauswand rankte, wenn sie es richtig erkannte, dunkler Efeu. Der Dachstuhl war mit großzügigen Gauben ausgestattet. Vom Haus aus hatte man freie Sicht hinunter zum Meer.

»Ist das Barbaras Haus?«, fragte sie.

Barbara hatte früher immer wieder von ihrem Geburtshaus gesprochen, einem Cottage, dessen Steine ihr Vater selbst im Steinbruch geschlagen hatte. Irgendwann hatte sie in dieses Haus zurückkehren wollen. Aimée hatte es sich all die Jahre viel kleiner vorgestellt.

»Ja.«

Am liebsten würde sie zu Daniel sagen: *Mensch, lass dir doch nicht alles aus der Nase ziehen.* Oder etwas in der Art. Aber heute war seine Mutter beerdigt worden, also schwieg sie. Wahrscheinlich hatte Barbara bis vor Kurzem mit ihnen in dem Haus gewohnt, und jetzt erinnerte ihn dort alles an sie.

»Wir müssen los.« Er nickte Zoe zu.

»Wollen wir uns die nächsten Tage mal treffen? Auf einen Kaffee?« Sie kam sich blöd vor, das zu fragen. Aber irgendwie musste sie ihn doch zu fassen kriegen.

Zoe stand von ihrem Platz vor der Hecke auf und klappte den Stuhl zusammen.

»Klar.« Daniel stellte den Stuhl in die Hütte und schloss ab.
»Also, wir sehen uns.«

Er und Zoe stiegen in den dunkelgrünen Pick-up und fuhren los.

Einen Moment später war alles ruhig. Nur ein fernes Rauschen war zu hören. Rauschen, dann sekundenlange Stille, und wieder Rauschen. Immer von Neuem. Der Platz mit seinem vielen Grün lag vor ihr in der kühlen Sonne.

Aimée zog die Beifahrertür des Bullis auf. Len hatte die Karten eines Quartetts um sich herum verteilt.

»Hey, warum bist du nicht bei uns draußen geblieben?«

»Guck mal, der Eichelhäher legt mehr Eier als der Mäusebussard. Bis zu sieben. Auf einmal!« Len konnte noch nicht lesen, aber Aimée hatte ihm die Namen, die Flügelspannweiten, die Höchstgeschwindigkeiten und den Ei-Faktor, wie es auf den Karten hieß, der sechsunddreißig Vögel so oft vorlesen müssen, dass er sie auswendig kannte.

Sie setzte sich neben ihn und startete den Motor. Langsam fuhr sie um das Häuschen mit den Waschmaschinen herum und ein Stück den Schotterweg entlang. Dann drehte sie nach rechts ab und parkte auf einer Wiese unter einer Ulme. Len ließ die Karten sinken und kniete sich auf den Sitz.

Vor ihnen auf einer Weide grasten zwei Pferde, kräftige Tiere, die Wind und Wetter sicher nicht scheuten. Dahinter schloss sich ein Meer aus Häusern an, die sich kaum abhoben von der steinigen Landschaft. Die Dächer waren übersät mit Flechten. Weiter unten lag der Friedhof mit der kleinen Kapelle und die weite Strandbucht, über der sie vorhin geparkt hatten. Am rechten Ende der Bucht türmten sich große Felsen zu einer Art Halbinsel auf, deren Kuppe mit Gras bewachsen war. Und Wasser. Wasser, wohin sie schaute, bis zum Horizont. Die Wolkendecke war aufgebrochen, die Sonne stand tief und färbte das Meer in sprenkelndes Türkis.

»Ich hau mir auf die Backe!« Mit einem andächtigen Seufzen ließ Len sich zurück in den Sitz fallen.

Aimée lachte. Len und sie würden sich jetzt ein paar schöne Tage hier machen. Komme, was wolle. Und wenn sie wieder klar denken und planen konnte, würden sie weiterfahren. Irgendwohin. Entschlossen stellte sie den Motor ab. Er brummte noch einen Moment leise und verstummte.

VOR SECHS JAHREN

1. Dezember 2012

Aimée fühlte den weichen Flaum in Lens Nacken und strich ihm über den Rücken. Er saugte und drückte sich dabei ihrer Hand entgegen wie eine kleine Katze. Manchmal kam er ihr wirklich wie ein Katzenjunges vor, besonders wenn er zusammengerollt auf ihrem Schoß schlief. Sie hatten es sich gemeinsam in dem breiten Ohrensessel bequem gemacht, den Per bei einem finnischen Designer erstanden und in Lens Kinderzimmer gestellt hatte. Noch schlief Len bei ihnen im Schlafzimmer, meistens sogar in ihrem Bett. Er war so winzig und wirkte verloren in der breiten Jugendstilwiege, die Aimée vor Monaten aufgearbeitet hatte. Vorsichtig drückte sie das Kissen unter seinem Körper etwas höher. Len schmatzte laut.

»Das machst du sehr gut, mein Kleiner«, flüsterte sie.

Len war erst seit Kurzem kräftig genug, um an ihrer Brust zu trinken. Er war in der achtundzwanzigsten Woche auf die Welt gekommen, da hatte er gerade einmal siebenhundertneunzig Gramm gewogen. Jede Sekunde hatte sie gebangt, ob er es schaffen würde. Einmal hatte Len Magenblutungen bekommen, dann war einer seiner Lungenflügel kollabiert, und ein anderes Mal hatte es so ausgesehen, als müsste er am Herzen operiert werden. Alles in ihr hatte geschrien: *Bitte, lieber Gott, hilf meinem Kind.* Und Len schaffte es. Er war viel stärker, als sie alle erwartet hatten. Seit vier Wochen waren sie nun zu Hause. Sie spürte seinen Herzschlag unter ihrer Hand, ein schnelles Klopfen, das sie manchmal, wenn er schlief, wie unter Zwang ertastete. Wenn sie das Pochen dann spürte, merkte sie, dass sie die Luft angehalten hatte.

Durch die Tür drangen die gedämpften Stimmen der Gäste unten, leise Musik, helles und dunkles Lachen. Zuerst war sie nicht begeistert gewesen von Pers Vorschlag, ein paar Leute einzuladen. Aber sie hatte gemerkt, wie wichtig ihm diese Feier war, jetzt, wo sie vorsichtig aufatmen konnten. Als Datum für die Babyparty hatte er ihren Geburtstag, ihren dreißigsten, ins Spiel gebracht. Die Vorstellung war ihr unangenehm gewesen, weil der Fokus an diesem Abend dann auf ihr liegen würde, aber irgendwie war es ihr schließlich doch gut erschienen, wenn sich nicht alle nur auf Len stürzten.

Pünktlich um acht, als die ersten Gäste an der Tür klingelten, hatte Len Hunger bekommen. Ihr war das ganz recht, dann konnte sie dazukommen, wenn die Party schon im Gang war. Die Rolle der Gastgeberin in diesem Haus war ihr noch fremd.

Es klopfte. Aimée zuckte zusammen. Len saugte ungerührt weiter.

»Ja?«

Die Tür öffnete sich, Stimmen und Musik drangen ins Zimmer. Und mit ihnen kam Daniel. Er stand im Türrahmen, aber etwas von ihm war schon neben ihr. Früher war es oft gewesen, dass Aimée im hintersten Winkel der Verkaufsscheune gearbeitet hatte, umgeben von den Geräuschen der anderen, das Eingangstor außer Sichtweite, und trotzdem hatte sie gewusst, er war da. Als hätte die Spannung im Raum augenblicklich ihre Fließrichtung geändert.

Daniel räusperte sich. »Per hat mir gesagt, du bist hier oben. Aber ich glaub, ich warte …«

»Nein, bitte, komm rein.« Sie griff nach einem Tuch und legte es sich über die Brust.

Er zögerte, trat dann aber doch ins Kinderzimmer. Leise zog

er die Tür hinter sich zu. Die Geräusche verebbten, der Raum umgab sie wie ein Kokon.

Daniel stellte sich neben den kantigen weißen Kleiderschrank. Er trug Jeans und ein dunkles Karohemd, in der Hand hielt er ein großes Geschenk, das in helles Packpapier eingeschlagen war. Er war unrasiert, und seine Haare wirkten, als wäre er gerade eben mit der Hand durchgefahren.

»Happy Birthday, Aimée.« Für einen Moment sah er ihr ins Gesicht, dann glitt sein Blick hinunter zu Len.

Mit einem leisen Schnalzen löste sich Len von ihrer Brust. Er drehte den Kopf in Daniels Richtung.

Daniel lächelte. »Hallo, Len.«

Sekundenlang blickten die beiden sich an, als sähen sie beide ein Wunder. Oder so als träfen sie eine geheime Verabredung. Dann wandte Len sich wieder ihrer Brust zu. Aimée strich ihm sacht über den Kopf. Sein Saugen wurde schwächer.

Daniel lehnte sich an den Schrank. »Wie geht es dir?«

Die Stoffvögel, die Aimée genäht und mit Nylonfäden an der Decke über Lens Wickeltisch befestigt hatte, drehten sich leise hin und her.

»Ganz gut.«

Seit dem Sommer hatte sie ihn nicht mehr gesehen. Daniel hätte sie gern im Krankenhaus besucht, aber sie hatte das nicht gewollt. Sie hatte ihn nicht sehen können, seit dem Tag, an dem Marilou ins Wasser gegangen war. Mit niemandem von der Kommune hatte sie mehr Kontakt gehabt. Ihre Brustwarze rutschte aus Lens Mund. Seine Augen waren geschlossen, sein Atem ging ruhig. Vorsichtig zog sie den BH hoch und rückte ihr Kleid zurecht.

»Wo hast du eigentlich Zoe gelassen?« Mittlerweile ging ihr der Name einigermaßen natürlich über die Lippen.

»Die ist in London. Sie hat Prüfungen diese Woche. Aber sie lässt dir ganz herzliche Glückwünsche ausrichten.«

Zoe studierte *Arts and Cultural Management*. Sie war in Daniels Alter, aber viel mehr wusste Aimée nicht über sie. Die beiden führten seit Jahren eine Fernbeziehung.

Aimée sah zu Len, der auf ihrem Schoß schlief. »Möchtest du ihn mal halten?«

Daniel krempelte die Ärmel seines Karohemds hoch. »Bist du dir sicher?«

Aimée nickte.

Er stellte das Geschenk ab und kam zu ihnen herüber. Behutsam schob er seine Hände unter Lens Körper. Für einen Augenblick war er ihr dabei sehr nah. Er roch nach Daniel und nach Sommerregen, der auf eine trockene Landschaft fiel. Er hob Len hoch und hielt ihn so selbstverständlich auf seinem Unterarm, als hätte er nie etwas anderes getan. Sie musste an die winzigen Katzen denken, die in seiner Handfläche gelegen hatten, Lilis Junge, aus allen drei Würfen. Wolke war dabei gewesen.

»Hey, Len.« Daniels Stimme war brüchig. Er betrachtete Lens Gesicht. Sein eigenes, das ihr oft so verschlossen vorkam, war in diesem Moment vollkommen offen. »Wie schön, dass du da bist.« Len ruhte auf seinem sehnigen Unterarm wie in einem sicheren Bett.

Daniel nickte zu dem Geschenk auf dem Boden. »Möchtest du das vielleicht auspacken?«

Aimée hockte sich hin, löste die braune Kordel und öffnete den Karton. Es war etwas vom Trödel, das erkannte sie sofort – eine helle runde Lampe, ein kleiner Mond auf einem hölzernen Fuß. Daniel musste sie selbst gebaut haben. Sie drehte das Mondlicht hin und her. Das Glas war neblig-trüb, das Holz hatte ein paar Kratzer. Mit einem Mal spürte sie einen Widerwillen. Die Lampe war schön, sehr schön sogar, aber sie wollte sie nicht hier haben. Sie wollte nichts von damals hier haben.

»Ich dachte, als Nachtlicht …«

Aimée strich sich das Kleid glatt. »Danke.« Sie nahm ihm Len ab. »Geh doch schon mal vor nach unten. Ich komme gleich nach.« Sie konnte Daniel nicht ansehen dabei.

Die Blicke der Gäste waren auf sie gerichtet, ihr langes Kleid aus weinroter Maulbeerseide, das Per ihr eigens für diesen Anlass hatte schneidern lassen, strich ihr weich um die Beine. Sie wusste noch gar nicht so recht, wohin mit sich und ihrem Körper, seit der Schwangerschaft und der Geburt. Per stand am unteren Treppenabsatz und hielt ihr mit einem Lächeln die Hand entgegen.

»Die Dame des Hauses«, flüsterte er ihr ins Ohr. Dabei nahm er ihr das Babyfon ab. Eigentlich hätte sie es lieber behalten, aber er hatte schon recht, sie konnte nicht den ganzen Abend damit herumlaufen.

»Aimée!« Silva, die Frau eines von Pers Kunden, kam auf sie zu. Ihre Pfennigabsätze klackerten auf dem Betonboden. »Meine Liebe.« Sie hauchte ihr Küsse auf die Wangen. »Alles Gute zum Geburtstag. Und natürlich zur Geburt eures kleinen Prinzen!«

Sie war Ärztin, daran erinnerte sich Aimée. Für ihren Mann, Boris, ein kleinerer, etwas dicklicher Typ, der im Immobiliengeschäft tätig war, hatte Per in den letzten Jahren mehrere Stadtvillen entworfen. Sie waren einmal zu viert ausgegangen. Es war seltsam, seit sie hier im Haus lebte, fielen ihr immer zuerst die Berufe der Menschen ein.

»Sieht sie nicht bezaubernd aus?« Silva wandte sich an ihren Mann.

»Zum Anbeißen.« Boris lachte. Sein Jackett spannte über dem Bauch.

Per führte sie an den Grüppchen vorbei weiter hinein in den Wohnraum. Aimée ging wie über einen Teppich aus Klängen und Stimmen.

Das Licht war gedimmt, Kerzen standen in hohen silber-

nen Leuchtern auf dem langen Stahltisch und den gläsernen
Beistelltischen. Mit den vielen Menschen wirkte der Raum
enger als sonst. Per stellte das Babyfon in die Mitte des Ess-
tischs, schenkte Wasser aus einer Karaffe in ein Kristallglas und
reichte es ihr. Er selbst griff nach einem bauchigen Glas mit
dunkelrotem, fast schwarzem Wein und stieß es leicht gegen
ihres. »Auf dich.«

Sie lächelte ihn an. »Auf Len.«

Deliah kam an ihre Seite und umarmte Per und sie. Über
ihrem ausladenden Bauch trug sie ein schwingendes dunkelblaues Kleid. Aimée kannte sie vom Schwangerenyoga. Vor
Lens Geburt hatten sie sich ein paarmal zum Kaffee getroffen
und immer viel gelacht.

Deliah kaute und grinste. »Ich hab mir schon mal ein paar
von den Lachs-Dingern genehmigt. Einsame Spitze. Übrigens«, sie winkte einen Mann in hellgrauem Hemd heran, »darf
ich vorstellen. Marc, mein Mann.«

Marc reichte ihnen die Hand. »Vielen Dank für die Einladung.«

»Sehr gern.« Per legte den Arm um sie. Innerlich zuckte
Aimée zurück. Seit Lens Geburt konnte sie seine Berührun-
gen kaum ertragen. Dass er für ihren Sohn nicht hatte kämpfen
wollen, hatte etwas zwischen ihnen aufgerissen. Sie konnte nur
hoffen, dass sie das irgendwann überwanden.

»Ihr seid mit Getränken versorgt?«, fragte er.

»Alles bestens.« Marc hob sein Glas.

»Wie geht es euch denn?« Sie war wie ausgehungert nach
einer normalen Unterhaltung, in der es nicht um all das
Schreckliche ging, das Per, Len und sie in den letzten Monaten
durchlebt hatten.

»Sehr gut. Wir sollten allerdings so langsam mal mit dem
Haus zurande kommen. Da geht's noch ziemlich drunter und
drüber.«

Die beiden waren im Sommer in ein ehemaliges Bauernhaus gezogen, das sie nach und nach renovierten.

»Wie weit seid ihr denn?«

»Wir sind immerhin schon bei der Auswahl der Türklinken angekommen.« Marc lachte.

Im Hintergrund lief irgendetwas Elektronisches mit einem regelmäßigen Beat. Rebekka war so nett und kümmerte sich um die Musik.

»Aber sag, wie geht es Len?« Deliah sah sie ernst an.

»Gut, wirklich sehr gut. Er nimmt sensationell zu. Viel, viel besser als erwartet, zum Glück. Mittlerweile klappt es auch mit dem Stillen richtig gut.«

Als Len im Brutkasten lag, hatte sie einiges für ihre Milchbildung tun müssen. Pumpen, pumpen, pumpen. Als die ersten Tropfen endlich kamen, hatte sie geweint.

»Oh, da bin ich ja so froh.« Deliah umarmte sie gleich noch einmal.

»Wollen wir die Gäste begrüßen?«, fragte Per leise.

Aimée nickte. Sie hatten ausgemacht, dass Per die Ansprache hielt. Sie selbst konnte noch nicht wieder richtig denken.

Er klopfte mit seinem Siegelring ans Glas. Die Gespräche brachen sofort ab, alle im Raum wandten sich ihm zu. Von Anfang an hatte Aimée seine natürliche Autorität bewundert. Wenn andere laut werden mussten, um sich Gehör zu verschaffen, reichten von ihm ein Wort oder eine Geste. Er gab Rebekka ein Zeichen, und die Musik wurde leiser.

Per hob sein Glas. »Wie wunderbar, dass ihr alle gekommen seid!«

Jemand klatschte, alle anderen fielen ein.

Per wartete, bis es wieder ruhig wurde. »Wie ihr wisst, feiern wir heute die Geburt meines Erstgeborenen, Lennart Friedrich, und den dreißigsten Geburtstag meiner hinreißenden Aimée.«

Wieder wurde geklatscht.

Aimée konnte nicht zu ihm hinsehen. Er klang so stolz. Aber wenn er Len auf dem Arm hatte, sah sie den Argwohn in seinem Blick. Als suchte er nach etwas, das seinen Verdacht bestätigte, dass sein Sohn nicht normal war. Sie hoffte, dass er, wenn Len erst größer war, erkannte, wie gut und richtig es war, dass es ihn gab. Aimée trank einen Schluck Wasser. Hoffentlich konnte sie irgendwann vergessen, was er gesagt hatte.

»Lennart verschläft vermutlich die Party …«

Lachen.

»Aber mit Aimée dürft ihr alle gleich anstoßen. Ein paar von euch haben sie noch nicht persönlich kennenlernen können, deshalb möchte ich an dieser Stelle etwas zu dem Wunder sagen, das sie mir ins Haus gespült hat.«

Das Babyfon vor ihr schwieg. Aimée sah zu Per, der so sicher wirkte mit seinem wohldosierten Lächeln und dem maßgeschneiderten schwarzen Anzug. Das Kleid, das er ihr in knisterndem Seidenpapier überreicht hatte, war ihr für eine Feier in den eigenen vier Wänden erst übertrieben vorgekommen, aber Per hatte sie überzeugt, dass es genau richtig war. Jetzt musste sie ihm recht geben. Alle Gäste trugen Kleider und Anzüge aus hochwertigen Stoffen. Alle bis auf Daniel.

»… mit einer Hingabe, die ich noch nie zuvor bei einem Menschen erlebt habe. Mir blieb gar nichts anderes übrig, als dieses geheimnisvolle Wesen anzusprechen. Und das …«

Wo war er überhaupt?

Unauffällig scannte Aimée den Bereich um den Küchentresen herum, auf dem die Glasplatten mit den Antipasti standen. Ein Mann in weißem Hemd, schwarzer Weste und Fliege zog gerade ein Messer aus dem Block und positionierte Limetten auf einem Holzbrett. Zwei weitere Bedienungen liefen mit Tabletts umher, das hatte Per sich nicht nehmen lassen.

»… aus einem einfachen Holztisch ein Kunstwerk. Sie ist eine …«

Aimée entdeckte Daniel vor dem bodentiefen Fenster. Den harten Zug um seinen Mund erkannte sie sogar von Weitem. Mit einem Mal ärgerte es sie, dass er dieses alte Karohemd trug. Dabei wusste er genau, wann es angebracht war, sich was Schickeres anzuziehen. Bei jeder beschissenen Auktion war er besser gekleidet als an diesem Abend, besser gekämmt und besser rasiert. Er hob eine Bierflasche an den Mund und nahm große Schlucke. Aimée sah weg.

Per verschränkte seine Finger mit ihren. Ihre Hand fühlte sich taub an. »Und jetzt würde ich sagen: Genießt den Abend und lasst uns gemeinsam auf Aimée und Lennart anstoßen.« Er hob sein Glas.

Automatisch hielt auch sie ihr Wasserglas hoch.

Die anderen taten es ihnen gleich, applaudierten, und auch die Musik wurde wieder lauter. Die Bedienungen balancierten Mojitos auf Tabletts, ein paar Leute bewegten sich bereits im Takt.

»Aimée!« Rebekka drückte sich an einer Sechsergruppe vorbei. Ihr Bauch in dem cremefarbenen Kleid war riesig. Aimées eigener Bauch war nie so groß gewesen. Doch mit den nach hinten gesteckten Haaren und der ansonsten schlanken Silhouette sah Rebekka sogar jetzt noch anmutig aus. Manchmal kam Aimée sich ihr gegenüber regelrecht plump vor.

Rebekka schloss sie in die Arme, der große Bauch drückte sich an ihren. »Herzlichen Glückwunsch zum Geburtstag, meine Liebe. Wie geht es dir? Wie geht es Lennart?«

Wie aufs Stichwort kam ein Schrei aus dem Babyfon. Aimée zog es vom Tisch und starrte auf das blinkende Lämpchen. Ihre Brüste spannten.

Per nahm ihr das Gerät behutsam aus der Hand. »Ich sehe mal nach ihm.«

»Danke.« Sie spürte die Erleichterung körperlich, die herauströpfelnde Milch, die sich in ihren Stilleinlagen sammelte.

Sie wandte sich an Rebekka. »Gut. Uns geht es gut. Und dir? Es ist doch jetzt bald so weit.«

»In zwei Wochen. Wenn Constanze pünktlich kommt. Wenn nicht, wird sofort eingeleitet. Ich kann es mir nicht leisten, dass sich das Ganze verschiebt. Meine Kunden müssen ja auch planen können.«

»Und was ist mit Gernot?« Gernot war Rebekkas Mann. Sie arbeitete als selbstständige Innenarchitektin, Gernot war Anwalt in einer eigenen Kanzlei.

»Gernot bleibt im Job. Ich gehe sechs Wochen raus und steige dann sukzessive wieder ein. Mit dem Kindermädchen ist die Steigerung meiner Arbeitszeit genau festgelegt, nach vier Monaten bin ich wieder voll dabei. Vier Monate!« Sie nippte an ihrem alkoholfreien Cocktail und verzog das Gesicht. »Das hat auch bald ein Ende. Per hat erzählt, du stillst?«

»Ja.« Aimées Brüste spannten noch immer. Sie sah hinüber zum Fenster. In der Glasscheibe spiegelten sich fremde Köpfe.

»Ich könnte mir nie vorstellen, so angebunden zu sein, und …«, Rebekka senkte die Stimme, »ich möchte meinen Busen behalten, so wie er ist.« Sie lachte auf.

»Ich sehe …« Daniels tiefe Stimme war dicht an ihrem Ohr. Aimée wich von ihm zurück. Er roch nach Alkohol.

»Du hast interessante Freunde gefunden. Was ist, willst du mich nicht vorstellen?« Er streckte die Hand in Rebekkas Richtung aus.

Aimée spürte, wie Rebekka sich neben ihr aufrichtete.

»Daniel.« Sie hatte selbstbewusst klingen wollen, doch da schlich sich ein flehender Unterton in ihre Stimme.

Ein paar Leute drehten sich zu ihnen um.

Daniel fixierte sie mit einem Grinsen. »Endlich mal was los in der Bude, was?« Er sprach viel zu laut.

Aimée fasste an einen der Stühle. Warum tat er das? Er wusste genau, wie sehr sie es hasste, wenn jemand betrunken war. Dabei konnte sie sich kaum erinnern, dass sie ihn überhaupt jemals in ihrer Gegenwart hatte trinken sehen. Er hatte immer ihren unausgesprochenen Wunsch respektiert.

Aimée heftete ihren Blick auf eine der dunkelroten Amaryllis, die in hohen Vasen im Raum verteilt waren. Bei Per war es etwas anderes, da störte es sie nicht. Er wusste zwar, warum sie selbst keinen Alkohol anrührte, auch wenn sie nicht gerade schwanger war oder stillte. Sie hatte es ihm erzählt, aber er war nicht dabei gewesen; er hatte den ganzen Wahnsinn mit Marilou nicht miterlebt. Sein Glas Wein am Abend hatte nichts mit dem zu tun, was sie all die Jahre durchgemacht hatte. Aber wenn Daniel trank, dann hatte das sehr wohl etwas mit ihr zu tun. Und das wusste er, verdammt.

»Ist das wirklich dein Ernst?« Er trat noch dichter an Aimée heran.

»Was?«

»Alles. Das Haus, die Leute. Dieses Kleid.«

»Natürlich.« Ihre Stimme wurde genauso hart wie seine. »Das ist mein Leben.«

»Ach ja? Und was war das vorher?«

»Ich glaube, du gehst jetzt besser.«

»Und wenn nicht?«

»Daniel, ich lass mir das von dir nicht kaputtmachen. Mein Sohn hat ein Recht auf dieses Leben.«

Alle im Raum sahen sie an. Niemand sagte etwas.

Daniel hustete. »Das bist doch nicht du, Aimée.« Jetzt senkte er wenigstens die Stimme.

»Was ist hier los?« Per stand in der Tür. Er hatte Len auf dem Arm. Lens Augen waren weit geöffnet, Pers hinter der schwarzen Brille wurden schmal. Offensichtlich versuchte er, die Situation zu erfassen. Er reichte ihr Len, wandte sich um und packte Daniel am Arm. Ohne große Anstrengung machte der sich los und trat einen Schritt zur Seite.

»Daniel, bitte geh«, sagte sie leise.

Er zögerte kurz, als ob er etwas erwidern wollte, aber dann sagte er nur: »Schönen Abend noch«, und verschwand im Flur.

Sie hörte noch seine Schritte im Foyer und einen Moment später die Haustür, die ins Schloss fiel.

DRACHENFLIEGE

Noch nie hatte sie eine Libelle von so Nahem gesehen. Oft stand eine über dem See in der Luft, schillernd im Sonnenlicht, drehte sich blitzschnell und tanzte mit dem Wind. Aber unter dem Glas der Lupe konnte sie zum ersten Mal die hauchfeine Aderung ihrer Flügel erkennen, die zarten Borsten rund um den winzigen Kiefer und die riesigen, blau und grün schimmernden Augen mit ihren tausenden Facetten. Kleine fliegende Drachen, nannte Daniel sie.

März 2019

Alles war grün. Jede Ritze zwischen den Felsen war mit langen Gräsern ausgefüllt, mit krautigen Gewächsen und Moosen, die sich über die Steine zogen. Len kletterte ihr voraus und benutzte seine Füße und Hände dabei so geschickt, als hätte er nie etwas anderes getan. Wie eine Bergziege kam er Aimée vor, eine Ziege, die lange Zeit eingesperrt gewesen war und jetzt freigelassen wurde, zurück in ihrem natürlichen Lebensraum. Er drehte sich zu ihr um, sein Gesicht war ein einziges Strahlen.

Unter ihnen donnerten die Wellen an die Felsen, einzelne Tropfen spritzten zu ihnen hoch. Heute Morgen waren sie zusammen aus dem Bulli gekrochen und hatten trotz der klirrenden Kälte bestimmt fünf Minuten nur dagestanden und in das eisige Blau von Himmel und Wasser geschaut. Dann hatten sie überlegt, welchen Teil von St. Ives sie als Erstes erkunden wollten, und sich sofort für die grüne Halbinsel entschieden. Wie ein Hügel ragte sie aus dem Meer. *The Island* stand auf dem Wegweiser, dem sie gefolgt waren.

Ein paar Meter vor ihr stoppte Len an einer breiten Steintreppe. Gemeinsam stiegen sie die Stufen empor auf ein steinernes Podest, in dessen Mitte ein kleines Gebäude thronte, ein Häuschen ganz ähnlich der Kapelle unten auf dem Friedhof. Ein älteres Paar in dicken dunkelblauen Jacken saß mit geschlossenen Augen auf einer Bank, das Häuschen als Lehne im Rücken, die Gesichter zur Sonne erhoben. *St. Nicholas' Chapel* stand auf dem Schild über ihnen. Len und sie hatten den höchsten Punkt der Halbinsel erreicht.

Der Wind blies stärker hier oben, Lens gelb-blaue Jacke bauschte sich wie ein Segel. Er streckte die Arme zur Seite aus und drehte sich. Normalerweise hätte Aimée Sorge gehabt, dass er das Gleichgewicht verlieren und den Hügel hinunter und über die Felsen ins Meer stürzen könnte. Aber heute fühlte sie sich sicher. Das Podest, auf dem sie standen, das Mäuerchen rundherum, die Bänke auf jeder Seite der kleinen Kapelle, die beiden Kreuze auf ihrem Giebel, die Stufen und die Felsen, die sie hinaufgeklettert waren – alles war aus demselben uralten, festen Granit.

»Guck mal!« Len sprach laut gegen den Wind an. »Was sind das da unten für schwarze Punkte im Wasser?« Er trat näher an die Mauer heran. »Die bewegen sich.«

Aimée lehnte sich neben ihm an den Stein. Auch hier spross Gras aus jeder Ritze. Tatsächlich waren in der Gischt Sprenkel zu erkennen, die nicht dorthin gehörten. Aimée kniff die Augen zusammen. Das waren menschliche Körper. Es sah aus, als tauchten sie unter und wieder auf und unter. Ihr wurde heiß.

»Wellenreiter«, sagte jemand von hinten.

Aimée drehte sich um. Die ältere Frau in der dunkelblauen Jacke nickte ihr zu. Wellenreiter. Menschen auf Brettern, die mit voller Absicht im Wasser waren. Am liebsten hätte sie die Frau umarmt.

Die Frau beugte sich vor. »Die surfen sogar im Winter.«

»Echt?« Len sah unter seiner gestreiften Mütze zu ihr hinüber. »Das ist doch viel zu kalt!«

Aimée war überrascht, wie gut er sich auf Englisch ausdrücken konnte. Zum ersten Mal war sie froh über den englischsprachigen Kindergarten.

»Die haben Neoprenanzüge. Deshalb sehen die da unten so schwarz aus. Die Anzüge halten zumindest ein paar Minuten warm. Aber du hast recht, mir wäre das trotzdem viel zu kalt.« Die Frau schüttelte sich.

»Wie kalt ist das Wasser denn?«

Aimée konnte hören, wie es in Lens Kopf ratterte.

»Acht, neun Grad vielleicht.«

»Das wär mir auch zu kalt.« Len hüpfte übers Podest.

Die Luft war sehr klar und rein, Aimée atmete tief ein und wieder aus. Sie spürte, wie die Sonne ihr ein breites Lächeln aufs Gesicht zauberte.

»Mama, komm mal.« Im Laufschritt zog Len sie die Steinstufen hinunter und über die weite, felsengesäumte Wiese zu einem zweiten Gebäude, das auf dem anderen Höcker der Island saß. Es war weiß und blau gestrichen und sah aus wie eine winzige Schiffsbrücke mit Fenstern ringsherum. Von seinem Dach stachen Antennen in den Himmel.

Aimée studierte die Aushänge in einem Glaskasten vor dem Häuschen. »*Eyes along the Coast*«, las sie. »Das muss die Küstenwache sein.«

»Oh, können wir da mal reingucken?«

Aimée klopfte an die Tür. Nichts rührte sich. »Scheint gerade nicht besetzt zu sein.«

Len sah enttäuscht aus.

»Wir machen das ein andermal, okay?«

»Okay.« Schon rannte er in großen Bögen über die bucklige Wiese. Er kam ihr wirklich vor wie ein Tier, das endlich den Platz hatte, den es brauchte.

Aimées Blick glitt über das hügelige Hinterland, wo irgendwo der Zeltplatz sein musste, über die Dächer der Cottages, die sich an den Felsen des Ortes schmiegten, über den Friedhof und die Stelle, wo sie gestern Vormittag den Bulli abgestellt hatten. Außer Atem kam Len zu ihr zurück.

»Was steht da?« Er wies auf eine Holzbank, die ein paar Schritte entfernt auf der Wiese stand. In ihre Rückenlehne war eine goldene Tafel eingefasst.

Aimée trat näher heran. Auf dem Schild stand in schwarzer Gravur: *Sit peacefully together, enjoy the view. Remembering family times, we've shared with you. Our little piece of heaven, a place we hold dear. We'll sit here with you, knowing you're near. In Loving Memory of Viv & Beryl Carter.*

Aimée blickte auf das Schild und dann, plötzlich, sah sie den See bei der Kommune vor sich, die morsche Holzbank am sandigen Ufer. Sie suchte nach Worten. »Ich glaube, da erinnert sich jemand an jemand anderen.«

Früher war die Bank am See noch nicht morsch gewesen. Abends, wenn das Wasser wie ein zweiter Himmel in Gelb und Orange leuchtete, hatten Daniel und sie oft zusammen dort gesessen. Ganz früher. Aimée strich über die Vertiefungen der eingravierten Buchstaben.

»Ich hab Hunger!« Len tat so, als würde er ein langes Pflanzenbüschel mit den Zähnen ausrupfen.

Aimée lachte. »Alles klar. Wer zuerst unten ist.«

Auf dieser Seite der Island ging die Wiese über in ein Gewirr aus Gassen, die alle nach St. Ives hineinführten. Aimée rannte Len nach. Dabei federten ihre Schritte, als liefen sie nicht über Gras, sondern über einen luftigen grünen Teppich.

»Schwarze Johannisbeere mit Lakritz, Karamell mit Meersalz, Bananentoffee, Brownie mit weißer Schokola …«

»Das nehm ich!«

»Okay, und ich nehme …« Aimée überflog die lange Liste an Eissorten, eine ungewöhnlicher als die andere. »Clotted Cream Vanilla Bean. Das klingt interessant.« Sie kramte den Umschlag aus ihrer Tasche. Sie hatte die Scheine, die nach ihrer Anreise noch übrig gewesen waren, vorhin in einer Bank gewechselt. In dreitausendzweihundertachtzig Pfund und zwölf Pence. Aimée mochte gar nicht daran denken, wie ihnen das Geld schon jetzt zwischen den Fingern zerrann.

Wie selbstverständlich bestellte Len für sie beide. Eigentlich waren sie pappsatt, weil sie sich beim Imbiss nebenan eine Riesenportion Fish 'n' Chips geteilt hatten. Aber für ein Eis war noch Platz, da waren sie sich sofort einig gewesen. Len hielt ihr seine Eiswaffel hin.

»Schmeckt auch gut.« Er hatte Schokolade am Kinn. Lenna hatte einen Fleck auf der Stirn.

Sie schlenderten am Hafen entlang und leckten an ihren Eiskugeln. Menschen saßen hier auf Klappstühlen, Bänken und Deckchairs mit gestreiften Stoffen und hielten ihre Gesichter ins Licht, als wollten sie keinen Strahl der ersten Sonne in diesem Jahr verpassen. Dicht an dicht hockten sie vor einer uralten Hafenspelunke aus dem Jahr 1312, dem *Sloop Inn*, wie ein bemaltes Holzschild verriet. Davor lagen rote, gelbe und grüne Holzboote im Sand, die mit langen Tauen an der Hafenmauer verzurrt waren, ausgeblichene Bojen schaukelten im Wasser. Am Ende des steinernen Piers, der das Hafenbecken einfasste, stand ein weißer Leuchtturm. Möwen segelten durch den blauen Himmel wie Paraglider auf ihrem ersten Flug nach einem langen Winter.

Len kommentierte die Dinge nicht, wie es ein Erwachsener täte. Früher hatte Aimée manchmal etwas aus ihm herausquetschen wollen, hatte ihm ein »Schön, oder?« hingeworfen. Aber das hatte sie sich abgewöhnt, denn jedes Wort machte das, was er wahrnahm, unweigerlich kleiner. Wenn sie nichts sagte, konnte sie geradezu sehen, wie all die Bilder und Farben ungebremst in ihren Sohn hineinflossen. Nein, dieses Fließen wollte sie nicht stören.

Sie ließen sich treiben, vorbei an Läden mit Postkarten und Körben voller Muscheln, an unzähligen Kunstgalerien und durch ein Labyrinth von Kopfsteinpflastergassen. Ein Cottage drängte sich hier an das andere, und Aimée musste Len die Namen vorlesen, die auf bunten Keramikschildern an den winzigen Häusern prangten. »Silbernes Seepferd. Unterdeck. Ausguck. Inselblick. Das Geräusch des Meeres.«

Sie liefen enge Treppchen hinauf und hinunter, umschifften Tontöpfe, in denen trotz der Kälte Pflanzen wucherten, drückten ihre Nasen an das beschlagene Fenster der *Fish Pye Pottery*, wo es bemalte Becher und Schalen gab, sie spähten durch Bullaugen und studierten den Aushang vor den *Porthmeor Studios*. Künstler arbeiteten dort Seite an Seite mit Fischerleuten, die in den Kellern unter den Ateliers ihre Netze flickten. Len trabte voraus, über einen winzigen Platz mit Palmen, und verschwand hinter der nächsten Ecke. Aimée atmete in den Himmel.

Als sie um die Ecke bog, stand Len vor einem Laden. »Da drinnen sieht es aus wie in unserer Werkstatt.«

In die Holztür waren gläserne Rechtecke eingelassen. Aimée warf einen Blick ins Innere des Ladens, auf ein altes Grammofon, das auf einer dunklen Kommode stand, geflammtes Mahagonifurnier an den Schubladenfronten, goldgelbe Bandintarsie, georgianischer Stil. Sie trat einen Schritt zurück, um zu lesen, was auf dem Schild stand, das über den hellblauen Flügeln der Eingangstür angebracht war. *Erin and Arthur's – Art and Antiques.*

Len zog an ihrer Hand. »Können wir da rein?«

»Okay, ja, warum nicht.«

Als sie den Laden betraten, bimmelte ein Glöckchen. Ein weißhaariger Herr im Cordanzug und eine Frau in ihrem Alter schauten auf. Die Frau hatte kurze schwarze Haare und trug Jeans und ein weites Hemd. Der Mann fuhr mit einem Tuch über eine halbmondförmige Konsole, die Frau bügelte ein großes, zerlöchertes Stück Stoff. Auf den Dielen hockte ein Mädchen mit langen dunklen Haaren und sortierte kleinere bunte Stoffstücke. Sie war etwas jünger als Len.

»Kann ich euch helfen?« Das Bügeleisen der Frau dampfte. Der alte Eisenofen in ihrem Rücken verströmte eine angenehme Wärme.

»Wir würden uns gerne mal umschauen.«

»Klar, kein Problem.« Die Frau lächelte. Sie trug eine Brille mit Drahtgestell und großen, runden Gläsern.

Beiläufig berührte Aimée ein grünes Kleid, das auf einem Bügel hing. Es war aus unzähligen Stoffen zusammengesetzt, manche seidenweich, andere rau wie die Borsten einer Nagelbürste, es schillerte wie das Meer. Len kniete sich auf den Boden, eine winzige grau-weiße Katze kam unter einer schweren Anrichte hervor. Er näherte sich ihr behutsam mit der Hand und ließ sie daran schnuppern. Aimée zog ihm die Mütze vom Kopf.

In der linken Hälfte des Ladens hingen Bilder und Collagen: nackte Körper auf weißem Tüll und Bäume aus angekokeltem Packpapier, so sah es zumindest aus. Hinter dem Bügelbrett stand ein kleiner Tisch mit vier einfachen Holzstühlen, daran schloss sich eine Küchennische mit Spüle, Herd und Kühlschrank an.

In der rechten Hälfte des Ladens türmten sich antike Möbel, wundervolle Stücke, gleich vorne eine Reihe gut erhaltener Chippendale-Stühle, eine Birkenholzvitrine mit einer hübschen Muschelintarsie neben einer dreitürigen Anrichte aus Eiche, bei der es ihr direkt in den Fingern kribbelte, das Holz von seiner allzu dunklen Färbung zu befreien. Hinten rechts, neben dem Ofen, war die Werkstattecke, wo der Mann mit den weißen Haaren polierte. Es roch nach Wasserdampf, frisch gestärkter Wäsche, darunter eine leicht kramige Note, die jedoch nichts Muffiges hatte – Ethanol, Holz. Vor allem Holz.

Der Laden kam Aimée vor wie die beiden Hälften eines Gehirns. Die Stoffe und genähten Stücke auf der linken Seite hingen und lagen in Reih und Glied, in der rechten Hälfte, bei den Möbelstücken, herrschte kreatives Chaos. Aimée hätte nicht sagen können, zu welcher Seite sie sich mehr hingezogen fühlte. Sie wollte sich zwischen den Stoffen einreihen, sie wollte zwischen den Antiquitäten auf Schatzsuche gehen, sie hätte am liebsten sofort damit angefangen, alles zu sortieren. Ja, wenn sie hier schalten und walten könnte, würde sie für die Pinsel, die überall zwischen den Möbelstücken und auf dem Boden herumlagen, Gläser besorgen, für die Hammer bräuchte man Haken, für die Schraubzwingen Halterungen, für … Sie schüttelte über sich selbst den Kopf.

»Möchtest du einen Tee?« Ohne die Antwort abzuwarten, stellte die Frau ihr Bügeleisen hochkant und drückte sich an dem kleinen Tisch vorbei. Sie legte einen Teebeutel in einen Becher und goss kochendes Wasser aus einem Kessel darüber. »Ich bin Erin. Und das sind Arthur und Ellie, mein Vater und meine Tochter.« Sie lächelte.

Aimée lächelte auch. »Wir sind Aimée und Len.«

Erin fischte den Teebeutel mit einem Löffel aus dem Becher, gab einen Schuss Milch hinein und reichte ihn Aimée. »Freut mich.«

»Danke.« Aus den weiß gekalkten Wänden ragten Granitbrocken hervor, Aimée lehnte sich an einen der Vorsprünge.

»Seid ihr hier im Urlaub?« Erin nahm das Bügeleisen wieder zur Hand und riss mit der Spitze das Loch, über das sie fuhr, weiter auf. Absichtlich.

»So halb.« Aimée legte ihre Hände um die warme Tasse.

Arthur und Erin sahen sie beide an. Ohne Zweifel waren sie Vater und Tochter. Sie hatten dieselbe lange schmale Nase, die etwas Feines und zugleich Bodenständiges ausstrahlte.

Aimée beschloss, ihnen die Wahrheit zu sagen. »Len und ich sind auf der Suche nach einem neuen Wohnort. Einem Zuhause.« Len hockte noch immer auf dem Boden vor der Eichenanrichte. Die kleine Katze lag jetzt in seinem Schoß. Er streichelte sie mit dem Zeigefinger.

»Oh, das klingt nach einer komplizierten Geschichte.« Erin schenkte ihr einen mitfühlenden Blick. Das Bügeleisen dampfte.

Arthur nickte und polierte. Aimée konnte sehen, dass ihn die Bewegung schmerzte. Immer wieder brach er ab und knetete seine Finger.

»Wie heißt sie?« Lens Stimme war hell und klar.

»Sie hat keinen Namen.« Das Mädchen, Ellie, rückte dicht an Len heran und streichelte die Katze unter dem Kinn. Sie trug ein knallbuntes Gewand, fast ein Kostüm, das sicherlich ihre Mutter genäht hatte. Erstaunlicherweise blieb Len einfach sitzen, wo er war, statt Abstand zwischen sich und Ellie zu bringen. »Sie ist erst seit ein paar Tagen bei uns.«

»Ja, das Kätzchen war ganz plötzlich da.« Erin nahm den Stoff vom Brett und schüttelte ihn auf. »Scheint niemandem zu gehören.«

»Die ist gekommen, um zu bleiben.« Arthur versuchte, ein Schraubglas zu öffnen. Der Cord an den Ellenbogen seines Jacketts war abgewetzt. Er presste die Lippen aufeinander.

Erin nahm ihm das Glas ab, drehte es auf und gab es ihm wieder.

Len tippte Aimée ans Bein und zeigte auf die Anrichte. »Ist das Eiche?«

»Ganz schön dunkel, was?« Aimée lächelte. »Der Schrank

stand bestimmt mal in einem Bauernhaus. Da gab es Pferde, und der Stall grenzte wahrscheinlich an den Wohnraum. Der Urin von den Pferden hat das Holz dunkel gefärbt. Im Urin ist Ammoniak. Der hat die Eiche geräuchert.«

Arthur polierte wieder die Konsole. Aimée kannte die Bewegung allzu gut, kreisend und verdichtend, mit leichtem Druck immer tiefer in den alten Lack hinein. Es fühlte sich an, als wäre es ihre Hand, die kreiste.

Schräg hinter ihm stand eine alte Truhe, ganz ähnlich wie die Aussteuertruhe ihrer Mutter mit dem eingeschnitzten *Marielouise*-Schriftzug auf dem Deckel. Die Truhe, in der sie jahrelang ihre geheimsten Schätze aufbewahrt hatte, die sie auf dem Trödelmarkt zurückgelassen hatte. Am liebsten hätte sie sich auf diese Truhe hier gesetzt, wie sie früher oft auf ihrer Schatztruhe gesessen hatte. Aimée fuhr mit der Hand über den rauen Stein, aus dem der ganze Ort zu bestehen schien. Mit einem Mal wollte sie diesen Laden mit seinen Granitbrocken und Deckenbalken, mit den liebevoll aufgearbeiteten Möbelstücken und den Menschen, die einfach da waren, einfach umarmen. Diesen warmen, warmen Laden. Genau so einen hatte sie sich immer gewünscht. Aimée trank einen großen Schluck Tee. Hier wollte sie arbeiten.

Der Gedanke war plötzlich da. Dabei war ja überhaupt nicht klar, ob sie hierbleiben würden. Sie dachte an die weite, felsengesäumte Wiese auf der Island, an die schaukelnden Fischerboote im Hafen, die weißen Möwen vor dem tiefblauen Himmel. Es war so schön hier.

»Wir könnten sie Cloud nennen«, sagte Len. Die Katze lag an seiner Brust. Ihr Köpfchen hatte ungefähr dieselbe Größe wie Lennas Kopf daneben.

»Cloudy!« Ellie klatschte in die Hände. »Ja, so soll sie heißen.«

Die kleine Katze öffnete kurz ein Auge und kuschelte sich noch enger an Len.

Ich möchte hier arbeiten.

Wieder strich sie über das schillernde Kleid auf dem Bügel. Es war lang und schmal geschnitten. Manche der grünen und blaugrünen Stoffstreifen erinnerten an Schlangenhaut, andere sahen aus wie Fischernetze.

»Das Kleid ist wunderschön.«

»Ich hab es für eine Ausstellung genäht. *Wearable Art.*«

Aimée fasste an den Tüllsaum, der silbrig schimmerte. Wann sollte man so etwas tragen?

»Hey, es braucht nur den richtigen Moment.« Erin nahm ihre Brille ab. »Normalerweise mache ich kleinere Dinge, Collagen, Gewebtes, Gefilztes, Bedrucktes. Ich experimentiere viel mit Strukturen.«

Ich möchte hier arbeiten. Sie musste sich konzentrieren. »Textilkunst, richtig?«

»Goldrichtig.«

Marilou hatte solche Sachen getragen, früher. Als Kind hatte Aimée sich manchmal ihre Kleider übergezogen.

Es braucht nur den richtigen Moment.

Sie hielt noch immer den schimmernden Saum. »Darf ich fragen, wie viel das Kleid kostet?«

»Oh, das kann ich nicht verkaufen. Und wenn, dann wäre es unbezahlbar.« Erin machte ein zerknirschtes Gesicht.

»Klar.« Aimée dachte an den Umschlag in ihrer Tasche. Sie musste zusehen, wie sie über die Runden kamen.

»Ihr braucht nicht zufällig noch jemanden hier im Laden?« Jetzt war es raus. Und sie wollte noch mehr sagen, sich erklären. »Ich habe Restaurierung studiert, zwar nicht zu Ende, aber ich restauriere schon mein halbes Leben lang.« Was nicht mal übertrieben war. »Ich arbeite vorsichtig. Zurückhaltend. Ich respektiere die Spuren der Geschichte.«

Sie sah, dass Erin ihrem Vater einen Blick zuwarf. Arthur polierte ungerührt weiter an der Konsole.

»Ich vergolde auch und polstere.«

Arthur nahm den Stoffballen vom Holz. Die Furchen seines wettergegerbten Gesichts vertieften sich. »Danke, aber ich komme gut alleine zurecht.« Er warf den Ballen auf die Werkbank und verschwand durch eine Tür im hinteren Bereich des Ladens.

Aimée trat von dem Kleid zurück.

»Du musst ihn entschuldigen.« Erin stellte sich neben sie. Sie sprach sehr leise. »Er hat große Angst vor dem Tag, an dem er nicht mehr arbeiten kann. Dabei könnte er ganz gut jemanden gebrauchen.«

»Das tut mir leid. Ich wollte nicht …«

»Ich weiß.« Erin lächelte sie an.

Sie musste gehen, sie hatte hier nichts mehr verloren. Aimée stellte ihren Becher ab. Len hockte mit Ellie und der Katze zusammen unter einem der Tische.

»Komm, wir machen uns auf den Weg.«

Len zog das Kätzchen vorsichtig von seiner Brust. Mit geschlossenen Augen spreizte es alle viere von sich. Ellie nahm es ihm ab.

»Können wir bald wiederkommen?«, fragte er.

»Wir schauen mal.«

»Nicht mal schauen!«

Wortlos zog sie Len die Mütze über den Kopf.

»Kommt immer gerne auf einen Tee vorbei.« Erin hielt ihnen die Tür auf, das Glöckchen bimmelte.

Ein Schwall kühler Luft strömte Aimée entgegen. Ihr kam eine Idee. Es war vielleicht anmaßend, aber was hatte sie zu verlieren?

»Ich lass dir meine Telefonnummer da, falls dein Vater es sich anders überlegt.« Sie zog einen Zettel und einen Stift aus der Tasche und notierte ihre Nummer.

Erin nickte und steckte das Papier in die Brusttasche ihres

118

Hemdes. Noch einmal bimmelte das Glöckchen, und die Tür schloss sich hinter ihnen.

Len redete den ganzen Rückweg über ohne Punkt und Komma, von dem Kätzchen Cloud und auch von Ellie, von den Eissorten, die er demnächst probieren wollte, und dass er hoffte, es würde schneien, denn dann könnten sie alle zusammen die Island hinunterrutschen. Vorletzten Winter hatte er Wolke einmal auf seinem Schlitten mitgenommen. Er sprach ganz beiläufig von Wolke, kletterte dabei auf ein kleines Geländer und balancierte.

Aimée konnte ihm gar nicht richtig zuhören. Sie musste nur immer an den wundervollen Laden denken und dass sie unbedingt dort arbeiten wollte.

Es war noch immer hell, als sie beim Zeltplatz ankamen.

»Mama, guck mal.« Len zeigte auf einen Klappstuhl, der vor der Holzhütte am Eingang zum Platz stand. Darüber ausgebreitet lag ein nasser Neoprenanzug. An den Stellen, wo er bereits trocknete, zeigten sich feine weiße Ringe vom Salzwasser. »Ist das so ein Ding, das die Surfer vorhin anhatten? Eine Riesenhaut!«

Der Anzug sah wirklich so aus, als hätte jemand seine Haut abgestreift. Aimée fröstelte. Wer bei diesen Temperaturen im Meer schwamm, musste verrückt sein.

Sie ließ ihren Blick über den Platz schweifen. Die große Wiese am anderen Ende des Campingplatzes lag verwaist da. Sicher standen dort im Sommer dicht an dicht die Zelte. Len rannte den Schotterweg entlang, am Waschhaus vorbei und bog so selbstverständlich rechts ab, als wäre er diesen Weg schon hundertmal gelaufen.

Die Äste der Ulme, unter der ihr Bulli stand, wuchsen alle in eine Richtung, dem Meer zu. Sie lagen fast parallel zum Dach des kleinen Busses. Len stand auf einem der runden Balken des Zauns und sah den Pferden auf der Weide zu. Aimée schloss

119

den Bus auf. Drinnen war es fast genauso kalt wie draußen. Lange konnten sie hier nicht wohnen. Sie drehte die Standheizung höher.

»Len, kommst du rein oder bleibst du noch draußen?«

»Draußen!«

Sie zog die Tür zu und streifte ihren Mantel ab. Kaffee oder Kakao? Entschieden griff sie nach dem Kakaopulver, goss Milch in einen Topf und schaltete den Herd an. Sie würde ihnen beiden jetzt eine schöne heiße Schokolade machen, den Bulli wohnlich herrichten und dann noch ein wenig die Aussicht genießen, bis die Sonne unterging. Len beugte sich draußen über den Zaun und klopfte einem braun-weißen Schecken den Hals. Das Schnauben des Pferdes war bis in den Wagen zu hören.

Ja, sie würde gern hierbleiben. Sie traute sich das gar nicht richtig zu denken, nach nur einem Tag. Aber sie hatte so ein Gefühl, dass dieser Ort der richtige für sie war. Für sie und für Len.

»Hey«, kam es von der anderen Seite des Bullis.

Aimée zuckte zusammen. Daniel. Sie hörte ihn durch den Fensterschlitz.

Len drehte sich um.

»Hast du Lust, mir zu helfen?«

Vom Bus aus konnte sie Daniel nicht sehen. Len suchte ihren Blick durch die Scheibe. Aimée nickte. Er sprang vom Balken und verschwand aus ihrem Sichtfeld.

Gleich darauf tauchten er und Daniel vor der Windschutzscheibe auf. Die Milch brodelte. Aimée nahm den Topf von der Platte und schaltete sie aus. Hinten bei der großen Wiese gingen die beiden in die Hocke. Es sah aus, als untersuchten sie etwas am Boden. Aimée mischte Kakaopulver und Zucker in zwei Bechern, goss Milch in einen und rührte. Daniel zeigte auf etwas in der Ferne. Sekunden später hatte Len ein Fernglas in der Hand und sah hinüber zu den Klippen. Der süße Kakaoduft stieg ihr in die Nase.

Früher einmal hatten Daniel und sie tagelang zwei Eisvögel durchs Fernglas beobachtet. Das leuchtende Türkis und Orange ihres Gefieders hatte vor der Linse geschimmert, sie hatten sich in die lehmige Wand am gegenüberliegenden Ufer des Sees gekrallt. Abwechselnd hatten die Vögel mit ihren Schnäbeln in die Wand gehackt, bis schließlich ein Tunnel entstanden war. Daniel und sie hatten zusammen auf der Bank am Ufer gesessen und dem Vogelpaar beim Bau seiner Bruthöhle zugeschaut. Sie wusste noch genau, worüber sie dabei gesprochen hatten: ob Aimée die Schule nach der zehnten Klasse abbrechen oder Abitur machen sollte. Daniel hatte all ihren Argumenten dafür und dagegen gelauscht. Zu etwas geraten hatte er ihr nicht.

Aimée trank einen Schluck Kakao. Der Wind blies mit einem leisen Pfeifen um den Bulli, es dämmerte. Von irgendwoher kam Motorengeräusch und ein kurzes Hupen. Daniel wandte sich um und hob die Hand. Len ließ das Fernglas sinken. Seite an Seite überquerten sie die Wiese und kamen den Schotterweg entlang zurück. Vor dem Bulli hielt Daniel Len die Hand hin, und Len schlug ein. Dann waren sie verschwunden, und mit einem Ratschen wurde die Tür des Bullis aufgezogen.

»Mama, da waren Seehunde!« Lens Gesicht glühte. »Unten bei den Felsen, bei der Island!«

Aimée goss die Milch in Lens Becher und rührte um. Wie der war das Motorengeräusch zu hören. Sie setzte sich neben Len auf die Bank. Mit schnellen Schlucken schlürfte er die Schokolade. Unter ihnen blies die Heizung warme Luft gegen ihre Beine. War es nicht immer so mit Entscheidungen? Man wägte ab, machte sich eine Liste für jede Seite, um nur ja kein Argument unbeachtet zu lassen. Und am Ende gewann doch das Gefühl, das man schon ganz zu Anfang gehabt hatte. Nur dass man ihm da noch nicht getraut hatte.

Warum eigentlich nicht?

SEILTÄNZERINNENKLEID

Sie hatte das Kleid gesehen und gewusst, dass es ein Seiltänzerinnenkleid war. Es schimmerte grün und golden, sein Rock bestand aus mehreren Lagen Tüll. Mit ausgestreckten Armen balancierte sie auf dem Stamm, den der Sturm aus dem Boden gerissen hatte. Jetzt lag er samt Wurzeln im See, festgefroren im Eis. Sie trug das Kleid unter ihrer dicken Winterjacke, aber das machte nichts. Wenn sie es anhatte, fühlte sie sich schwerelos. »Schau mal!« Sie schlug ein Rad auf dem Stamm, und als sie wieder stand, sah sie zu Daniel hinüber. Er band sich die Schlittschuhe unter der schwarzen Piratenhose. Mit einem Lächeln kam er übers Eis.

März 2019

Vor einer Woche hatten sie für den steilen Berg vom Hafen hoch zur Ayr Terrace noch zwanzig Minuten gebraucht. Jetzt blickte Len auf seine Uhr. Er hatte unbedingt eine haben wollen, eine blaue mit Sternen aus einem der kleinen Läden in der Fore Street. Auch wenn Aimée fand, dass der ständige Blick auf die Zeit für ihn noch früh genug käme.

Als der Sekundenzeiger auf die Zwölf sprang, rief Len: »Los!« Schon flitzte er voraus, am *Sloop Inn* vorbei, glitt zwischen den Wochenendeinkäufern hindurch und über das Kopfsteinpflaster den Bunkers Hill hoch. Aimée musste sich richtig ins Zeug legen, um hinterherzukommen.

An den Gästehäusern drängten sich die Blumenkübel, und überall im Ort standen die Kamelien in voller Blüte. Die Magnolien waren sogar schon verblüht, obwohl es gerade einmal Mitte März war. Von Daniel hatte sie erfahren, dass der Frühling in Cornwall so früh einsetzte, weil die Temperaturen im Winter nur alle paar Jahre mal unter null Grad rutschten, wegen des Golfstroms. Sie hätte gern über andere Dinge mit ihm gesprochen. Ihn gefragt, wie es ihm ging und ob er in der Tiefe seines Herzens glücklich war. Sie hätte ihm gerne von den Jahren mit Per erzählt, aber vielleicht wollte er das überhaupt nicht hören. So wenig, wie er auf sie zukam, hatte sie den Eindruck, dass sie ihn nicht mehr interessierte. Er hatte sein Leben hier, mit Zoe, und alles, was früher gewesen war, spielte keine Rolle mehr. Waren das nicht ziemlich genau die Worte gewesen, die er, andersherum, mal ihr gegenüber gebraucht hatte?

»Mama, gib Gas!« Len raste ihr voraus eine schmale Steintreppe hoch. Rechts und links standen die Cottages einander so dicht gegenüber, dass man keinen Spagat hätte machen müssen, um mit dem einen Fuß auf der einen, mit dem anderen auf der gegenüberliegenden Türschwelle zu stehen. »Heute brechen wir unseren Rekord!«

Im Laufen streifte sie ihren Wollmantel ab, ihr war richtig heiß. Warum musste das eigentlich alles so kompliziert sein? Warum konnten sie sich nicht einfach einen Abend hinsetzen und diese ganzen Missverständnisse und Unterstellungen aus dem Weg räumen? Wenn sie einmal gleichzeitig auf dem Zeltplatz waren, verhielt sich Daniel freundlich-distanziert. Klar, er gab ihr Tipps, was sie sich in St. Ives angucken könnten und wo sie das beste Gemüse bekamen, dabei klang er sogar ganz verbindlich. Eben so, wie man es von dem Manager eines Zeltplatzes erwartete. Aber doch nicht von jemandem, den man fast sein gesamtes Leben gekannt hatte, mit dem man zusammen gewesen war, der einmal der beste Freund gewesen war!

Len hielt sich beim Rennen die Uhr vors Gesicht. »Dreizehn Minuten und dreizehn Sekunden … fünfzehn, sechzehn, komm!«

Woher hatte Len bloß all die Energie? Sie selbst hatte bereits Seitenstiche.

Nur mit Len war Daniel so, wie sie ihn von früher kannte: offen und fürsorglich. Er hatte Len schon ein paarmal als Helfer eingespannt, bei kleineren Reparaturen auf dem Platz. Die Arbeitshose, die Daniel ihm besorgt hatte, wollte Len am liebsten gar nicht mehr ausziehen.

Aimée hielt sich die Seite, die Tasche baumelte ihr in der Armbeuge. Nacheinander bogen Len und sie in die Ayr Terrace ein. Der Wind schob sie von hinten an, als die Einfahrt zum Zeltplatz am anderen Ende der Straße vor ihnen auftauchte. Quer vor dem Platz parkte ein Polizeiwagen. Abrupt bremste Aimée ab.

»Weiter, Mama! Noch bis zum Schotter!«

Zwei Polizisten sprachen mit Daniel. Er trug seinen Neoprenanzug, seine Haare waren nass, er gestikulierte und sah aufgebracht aus. Mitten in der Einfahrt, halb von dem Streifenwagen verdeckt, stand ein Wohnmobil. Ein alter Karmann mit einer schwefelgelben Tür.

Aimée machte einen Schritt zurück. Und noch einen. Len stand bereits vor dem Wohnmobil mit der schlecht gestrichenen Tür und winkte ihr zu. Er hielt den Arm mit der Uhr in die Höhe.

Von Weitem sah sie, wie jemand auf ihn zutrat. Eine Frau mit strähnigen grauen Haaren in einem wadenlangen Kleid in durchscheinendem Orange. Sie sagte etwas zu ihm. Aimée rannte los, so schnell sie konnte, den Rest der Straße hinauf.

»Mama? Das ist Oma.« Len blickte sie an, als wartete er auf eine Bestätigung. Er hatte Marilou noch nie gesehen.

»Ich weiß.« Ihre eigene Stimme klang schroff. Sie wandte sich an Marilou. »Was tust du hier?«

124

»Na, ich mache Urlaub.« Sie lachte zu laut. Aimée roch den Alkohol in ihrem Atem.

Sie konnte sie nur anstarren. Das fahle, müde Gesicht, die gerötete Nase, den frisch aufgemalten Schönheitsfleck rechts oberhalb der Lippe.

»Woher weißt du, dass wir hier sind?«

Len sah sie unverwandt an, Aimée spürte seinen Blick. Es musste seltsam für ihn sein, dass sie ihrer eigenen Mutter mit solcher Abneigung begegnete. Aber er wusste ja nichts. Und sie würde um alles in der Welt dafür sorgen, dass das so blieb.

Marilou zog ihr Kleid am Ausschnitt gerade. »Hab Sanne getroffen, neulich auf dem Markt. Irgend so ein hässlicher Trödel, da stand sie plötzlich vor mir. Ist auch nicht jünger geworden, die Gute.« Wieder lachte sie.

Aimée kickte den Schotter vor sich weg. Sie hätte Sanne und Lothar nach Barbaras Beerdigung im Café nie sagen sollen, dass sie in Deutschland die Zelte abgebrochen hatten. Dass sie erst einmal ein paar Tage hierbleiben würden, um in Ruhe zu überlegen, wo sie leben wollten. Offensichtlich war es für Marilou leichter gewesen, nach St. Ives zu kommen, als bei Per aufzukreuzen. Auch wenn sie dafür über tausend Kilometer Fahrt hatte in Kauf nehmen müssen. Aimée zog ihre Schuhspitze durch den Kies. Wider Willen rührte sie das.

Die Polizisten kamen auf sie zu, Daniel folgte ihnen.

»Sie kennen die Dame?« Der ältere Polizist sprach Aimée direkt an, ein kompakter Mann, dessen Haut gerötet war, als hätte sie sich noch nicht von der letzten Nassrasur erholt

»Das ist meine Mutter.«

Daniel sah Marilou an. Seine Arme waren vor dem Körper verschränkt, im Neoprenanzug wirkte er wie ein Felsblock. »Hau ab!«

»Ich werde doch wohl meine Familie besuchen dürfen.« Marilou trat hinüber zum Bordstein und balancierte darauf wa-

125

ckelig und mit ausgebreiteten Armen. Im Rinnstein pickte eine Möwe an einer Plastiktüte herum.

»Wie auch immer, wir haben Anrufe von Anwohnern erhalten. Das Wohnmobil muss von der Straße.« Der Beamte kratzte sich am Hals.

Marilou stolperte. Der jüngere Polizist, ein großer blonder Mann, war sofort bei ihr und griff ihr unter die Arme. Marilou ließ sich nach hinten fallen und blickte zu ihm hoch, als wäre sie eine Diva in einem alten Hollywoodstreifen und das hier der Moment, in dem das Liebespaar sich küsst.

»Danke, mein Lieber«, hauchte sie.

Aimée nahm Len bei der Hand. Sie wusste nicht, was sie mehr ärgerte. Dass Marilou so mir nichts, dir nichts hier auftauchte, nach fast sieben Jahren. Oder dass sie noch immer trank – nach allem, was passiert war. Am meisten ärgerte sie wohl ihr eigenes schlechtes Gewissen, weil sie sich nicht mehr um Marilou gekümmert hatte. Weil sie von heute auf morgen den Kontakt abgebrochen hatte.

»Könnten Sie der Dame jetzt bitte einen Stellplatz zuweisen?« Der ältere Polizist setzte sich die Uniformkappe auf. »Ausgebucht sind Sie ja offenbar nicht.« Er blickte über den fast leeren Platz.

Daniels Oberarmmuskeln unter der schwarzen Gummihaut spannten sich. Er nickte kurz in Richtung Marilou, die inzwischen wieder balancierte. »Für *sie* sind wir ausgebucht.«

Len griff nach Marilous Hand. Jetzt standen sie zu dritt in einer Reihe, wie eine Mauer beim Fußball. Marilou, Len und sie. Am liebsten hätte Aimée seine Hand aus der von Marilou gezogen. Sie spürte Daniels Blick und sah auf. Er hatte sich die nassen Haare aus dem Gesicht gestrichen, das Grau seiner Iris schimmerte. Für einen Wimpernschlag erkannte sie das stumme Einverständnis in seinen Augen, die geteilte Erinnerung. In der letzten Woche war es ihr so vorgekommen, als hätte er alles vergessen, was sie zusammen erlebt hatten. Was sie zusammen durchgemacht hatten. Es hatte sich angefühlt, als wäre sie ganz allein mit all dem Vergangenheitsscheiß. Mit einem Schrei ließ die Möwe die Tüte im Rinnstein fallen und flog auf.

»Komm, Oma, ich zeig dir, wo unser Bulli steht.« Len ließ Aimées Hand los und zog an Marilous Arm.

Durch Marilous weiche Wangen lief ein Zittern. Mit einem Mal wirkte ihr Gesicht nicht mehr schlaff und müde, eher hatte es einen gütigen Ausdruck bekommen. Aimée betrachtete sie. Marilou war eine Oma.

»Marilou!«, rief Daniel. »Du hast hier nichts verloren!«

»Aber, aber«, sagte der ältere Polizist.

»Hören Sie, ich leite den Platz. Ich entscheide, wer hier einen Stellplatz bekommt und wer nicht.«

»Lass sie«, sagte Aimée.

Daniel starrte sie an.

Sie sah an ihm vorbei Marilou hinterher. Hand in Hand lief ihre Mutter mit Len am Waschhaus vorbei und den Schotterweg hinunter. Da, wo Daniel stand, waren die Steine nass. Aimée schulterte ihre Tasche. Ab jetzt würde es also noch komplizierter werden zwischen Daniel und ihr.

VOR 29 JAHREN

Rosenmontag 1990

Daniel band die Schnürsenkel seiner Schlittschuhe zu. Er hatte schwarze Eishockeyschuhe, mit denen er ganz schnell fahren konnte. Aber er war auch schon elf. Aimée setzte sich auf den eingefrorenen Baumstamm im See, auf ihre Hände mit den dicken Handschuhen. Daniel hatte auch ihre Schlittschuhe dabei, weiße Eiskunstlaufschuhe, die sie von Barbara und Edgar zu Weihnachten bekommen hatte. Sie baumelten an den langen Schnürsenkeln über seiner Schulter.

Die Sonne schien, und das Eis glänzte. Aber an vielen Stellen war es auch stumpf, weil sie in den letzten Tagen schon so oft darauf gefahren waren. Es sah ungefähr so aus wie Mamas Spiegel im Wohnwagen. Daniels Kufen kratzten auf dem Eis, er lächelte sie an. Auch wenn das ziemlich schief aussah unter dem roten Kopftuch, mit der Augenklappe und dem aufgemalten schwarzen Bart. Eigentlich sah es sogar ein bisschen gruselig aus, aber nur ein bisschen. Sie hatte keine Angst vor Daniel. Natürlich nicht. Es war Rosenmontag, und das war nur eine Verkleidung.

Aimée stand vom Stamm auf und zog das Kleid unter ihrer Winterjacke herunter. Es schimmerte im Sonnenlicht, grün und golden wie der Schwanz einer Seejungfrau. Eine Seiltänzerinnenseejungfrau, das war sie. Daniel bremste vor ihr ab, Eisflocken wirbelten auf, die sie an die Kokosraspeln erinnerten, die Barbara manchmal ins Müsli tat.

»Hey.« Daniel zog die Augenklappe hoch. Jetzt sah er überhaupt nicht mehr gruselig aus. Nur wie Daniel.

»Hey«, sagte sie auch. Das hatte sie sich so angewöhnt, seit sie hier auf dem Trödelmarkt wohnten.

»Drehen wir eine Runde?« Daniel knotete die Schnürbänder ihrer Schlittschuhe auseinander und stellte sie vor ihr aufs Eis.

Aimée zog sich die Winterstiefel aus und schlüpfte in die schmalen weißen Schuhe. Sie waren schön warm, weil sie bei Barbara und Edgar vor der Elektroheizung lagerten. Das war der erste Winter, in dem sie Schlittschuh lief. Es klappte aber schon ganz gut, weil sie fast jeden Tag auf dem See waren. Lothar hatte gesagt, dass das Eis bestimmt zwanzig Zentimeter dick war. Wenn das stimmte, war das Eis so dick, wie ihr Fuß lang war.

Daniel hielt ihr die Hand hin. Er hatte nie Handschuhe an, er fror einfach nicht. Wenn sie sich an den Händen hielten, fuhr er langsamer und sie fuhr schneller. So war es für sie beide gerecht. Es war toll, über das Eis zu gleiten, weil das *ihr* Eis war. Alle Kratzer und Spuren, die darauf waren, stammten von ihnen.

Silas hatte keine Lust aufs Schlittschuhlaufen, und die Erwachsenen auch nicht. Zum Glück. Nur einmal hatte Mama sich in Aimées weiße Schlittschuhe gequetscht, obwohl Mamas Füße viel größer waren als ihre. Aber irgendwie hatte sie sie trotzdem angekriegt, war aber sofort hingefallen und hatte über die bloden Schuhe geschimpft. Dabei waren die Schuhe überhaupt nicht blöd.

Daniel drehte sich um und fuhr ein Stück rückwärts. Seine Piratenhose flatterte im Wind. Aimée wünschte sich, sie könnte auch rückwärtsfahren, dann könnte sie in ihrem grünen Kleid neben ihm herfahren, so wie die Eiskunstläuferinnen im Fernsehen. Das guckte Sanne immer, und manchmal durfte sie mitgucken. Daniel drehte große Kurven, und Aimée drei kleine, und das war auch ein bisschen wie beim Eistanzen im Fernsehen. Vom Ufer wehte Musik zu ihnen herüber, Erwach-

senenmusik. Aimée fuhr schneller, im Takt der Musik setzte sie
ein Bein vor das andere. Schließlich war sie ja eine Tänzerin,
und der lange Kratzer unter ihr, den sie nachfuhr, war das Seil.
Sie wurde immer schneller und schneller und sah das Eis nicht
mehr, nur ein Glitzern. Sie flog, und dann stürzte sie. Aber
Daniel fing sie auf.

»Das war richtig schnell.« Daniel zog sie hoch. Und Aimée
fand das schön, dass er sie aufgefangen hatte und hochzog und
auch dass er bemerkt hatte, wie schnell sie gefahren war.

»Pause?«, fragte er.

Sie nickte. Nebeneinander ließen sie sich auf den festgefro-
renen Baumstamm fallen. Dort saßen sie noch in der Sonne,
der Rest vom See lag jetzt schon im Schatten. Daniel schnürte
seinen Rucksack auf und holte die silberne Thermoskanne raus.
Er schraubte den Deckel ab, der auch ein Becher war. Sehr
praktisch.

»Möchtest du?«

Ein süßer Geruch stieg ihr in die Nase. »Ja!«

Er goss ihr von dem dampfenden Kakao ein. Aimée zog die
Handschuhe aus und schloss ihre Hände um den Becher. Sie
nippte. Köstlich. Aber sie roch nicht nur den Kakao, sondern
auch den Stew am Ufer. Das war ein Eintopf mit Fleisch und
Kartoffeln. Den kochte Barbara immer in dem riesigen Blechtopf, wenn es was zu feiern gab. Stew aß man da, wo sie herkam,
in England, das hatte sie ihr erzählt.

Die Erwachsenen hatten Tische und Bänke im Sand aufge-
stellt und die Kochplatte mit dem Topf. Da waren Barbara und
Edgar, Marilou, Sanne und Lothar, Erika und Georg, das waren
Silas' Eltern, und Silas. Außerdem ein paar Leute, die Aimée
nicht kannte. Sie lachten und redeten so laut, dass man sie übers
Eis bis hierher hörte. Alle waren verkleidet. Mama war auch
eine Seiltänzerin, das war Aimées Idee gewesen. Montag war
Akrobatiktag, deshalb passte das doppelt gut. Mama hatte ein

silbernes Kleid an. Sie tanzte im Sand vor dem Lagerfeuer und sah sehr schön aus. Hatte sie etwa nackte Füße? Im Winter? Aimée beugte sich vor. Bestimmt zog sie sich gleich wieder ihre Schuhe an.

Daniel ratschte im Sitzen mit seinen Kufen ins Eis. Da war schon ein ganz tiefer Strich. Aber noch lange nicht zwanzig Zentimeter tief. »Wusstest du, dass auch Meerwasser friert?«

Aimée schüttelte den Kopf und zog sich die Winterjacke unter den Po. Ihr Kleid war schön, aber echt dünn.

»Erst bei tieferen Temperaturen, wegen dem Salz. Wenn ich später mal auf einer Insel wohne, bin ich jeden Tag im Wasser. Und im Winter auf den Eisschollen.« Daniel sagte immer, dass er irgendwann mal auf einer Insel wohnen wollte, weil da überall Wasser war, rundherum, und er sich nichts Schöneres vorstellen konnte.

»Kann ich auch auf deiner Insel wohnen?«

»Klar.« Er grinste.

»Dann können wir immer zusammen schwimmen gehen.«

»Das machen wir.« Er trank den Kakao direkt aus der Kanne.

»Und dann«, sie blickte hinüber zur Scheune, zu den Bauwagen und dem Wohnmobil, »dann wohnen wir in einem richtigen Haus. Mit einem Wohnzimmer und mit einer schönen Küche und dicken Fenstern, durch die kein Wind kommt, und gemütlichen Betten und Heizung.«

Daniel lachte.

Aimée schaute noch immer zum Ufer. Zwischen den Bäumen hingen Lichterketten mit großen bunten Birnen. Sie leuchteten, und es wurde auch schon langsam dunkel. Jetzt tanzten die anderen auch. Aber mit Schuhen. Mama hatte ihre auch wieder an, hellbraune Lederstiefel, die bis über ihre Knie gingen. Aber das sah man nicht, weil ja das silberne Kleid darüber war.

»Mit Mama«, sagte sie bestimmt. Und dachte: Und mit

Papa, dem Franzosen, der François hieß und bestimmt super-
nett war und superschön aussah und supergut roch. Aber das
sagte sie nicht.

Daniel zog seine Augenklappe wieder herunter. »Da, wo
Barbara herkommt, da gibt es echte Piraten.« Er nannte seine
Mama immer Barbara und seinen Papa Edgar.

»Ehrlich?«

Er nickte. »Da laufen alle so rum wie ich heute.«

»Alle?«

»Na ja, fast alle. Manche sind auch Schmuggler.«

Aimée nickte. Sie wusste nicht genau, was Schmuggler waren. Mama saß jetzt bei einem Typen auf dem Schoß. Er hatte
eine Lederjacke an und sah schon von Weitem schmuddelig
aus. Der roch ganz bestimmt nicht gut. Außerdem war er nicht
verkleidet, als Einziger nicht. Mama lachte, und der Typ küsste
sie auf den Hals. So sah es von Weitem zumindest aus. Mama
sollte da nicht sitzen.

Daniel packte alles ein und stand auf. »Wollen wir noch etwas fahren, bevor es ganz dunkel ist?«

Schnell stopfte sie ihre Handschuhe in die Jackentasche.
Okay, eine Runde noch, aber dann musste sie zu Mama. Daniel
gab ihr die Hand, und diesmal hatten sie beide keine Handschuhe an.

Zusammen fuhren sie eine Spirale, erst am Außenrand vom
See entlang, dann in Kreisen immer mehr zur Mitte. Eigentlich
fand sie das gut, aber jetzt rutschte sie dauernd aus auf dem Eis.
Sie musste ja auch darauf achten, was Mama machte. Sie saß
noch immer bei dem Typen auf dem Schoß, aber nur noch so
halb, und sie redete mit Daniels Papa, mit Edgar, der als Polizist
verkleidet war. Das war gut. Jetzt konnte Aimée wieder richtig
fahren.

»Wer zuerst am Ufer ist!«, rief sie und raste voraus.

Daniel kam ihr hinterher, aber sie war schneller. Sie konnte nämlich wirklich ganz schön schnell fahren. Sie raste am Schilf vorbei, das im Winter aussah wie weißes Stroh.

Fast gleichzeitig bremsten sie am Ufer ab. Noch mehr Kokosraspeleis wirbelte auf. Sie setzten sich auf den harten Sand und zogen ihre Schlittschuhe aus. Bei den Tischen wurde getanzt. Und das Feuer brannte auch noch. Daniel holte ihre Winterstiefel aus dem Rucksack, und sie zogen beide wieder ihre normalen Schuhe an. Im Topf dampfte und duftete das Stew. Mann, was hatte sie für einen Hunger.

»Na, seid ihr schon erfroren?« Georg hatte einen braunen Umhang an. Er war als Mönch verkleidet, das hatte er Aimée vorhin erklärt, und Erika ging als Nonne.

Die Musik war sehr laut. Aimée zog sich drei Käsewürfel aus dem Rücken des Gurkenkrokodils, das Sanne gemacht hatte.

Daniel war bei Barbara und legte ihr eine Decke um die Schultern. Die Decke hatte Barbara selbst genäht, aus ganz vielen kleinen, viereckigen Stoffteilen. Barbara winkte ihr zu, und Aimée winkte zurück. Sie schnappte sich noch mehr Käsewürfel und ein paar von den Krokodil-Weintrauben und sprang auf die Bank, die am Ufer stand. Sie balancierte auf der Rückenlehne und steckte sich eine Traube in den Mund. Erst die Vorspeise, dann der Eintopf. Sie balancierte hin und her, aber dann kam Silas in seinem komischen Kostüm auf sie zu, und sie sprang lieber wieder auf den Boden. Bei dem wusste man nie. Neulich hatte er sie im Vorbeigehen einfach so an den Haaren gezogen, und einmal hatte er ihr einen Frosch an den Hals gesetzt, der dann in ihren Pulli-Ausschnitt reingefallen war. Und dabei hatte er auch noch gelacht! Jetzt lief er an ihr vorbei und beachtete sie gar nicht. Sein brauner Umhang sah aus wie der von Georg, aber er war kein Mönch, sondern Obi-Wan Kenobi. Das hatte Georg gesagt. Keine Ahnung, wer das sein sollte. Ihr Magen knurrte jetzt richtig laut. Wenn sie nur an das Stew dachte, lief ihr das Wasser im Mund zusammen.

Aimée wich der Polonaise aus, die sich wie eine Schlange über den Strand zog. Ganz vorne lief Lothar als Sheriff, dahinter Erika, die Nonne, dann ein paar Leute, die Aimée nicht kannte: ein Mann als Elefant, zwei Frauen als Hasen, ein Teufel, dann Sanne als Cowboy, zum Schluss Georg.

Am Tisch saßen nur noch Barbara und Daniel mit einem Teller Suppe in der Hand. Mama war nicht mehr da. Und der stinkende Typ mit der Lederjacke auch nicht. Die Polonaisenschlange schlingerte, die Leute lachten. Schnell blickte Aimée über die Wiese, aber auch da war keiner. Das Bunte der Lichterkette verschwamm vor ihren Augen.

»Alles klar?« Daniel stand neben ihr.

Sie schüttelte den Kopf. »Mama ist nicht da.«

»Wir suchen sie.«

Schnell liefen sie zur Scheune. Daniel sagte, sie solle am Eingang stehen bleiben, er selbst holte sich eine der starken Taschenlampen, die Georg verkaufte, und durchsuchte das Innere. »Fehlanzeige.«

Sie gingen einmal um die Scheune rum, und Daniel leuchtete den Feldweg entlang. Da war auch keiner. Nur eine Eule flatterte vor ihnen auf. Sie liefen rüber zu den Bauwagen. Die Wiese leuchtete im Schein der Lichterkette. Rot, grün, gelb, blau. Die Blutbuchen und Kastanien warfen lange Schatten auf das gefrorene Gras. Das sah unheimlich aus, als stünden überall riesige dunkle Männer. Aimée drückte sich an Daniel, schön warm war er. Sie liefen einmal quer über die Wiese, an den Bauwagen vorbei bis zu ihrem Wohnmobil. Da blieben sie stehen. Aimée sagte nichts, Daniel auch nicht. Sie starrten beide nur auf den schwachen Lichtschein hinter der dünnen Gardine.

Das Wohnmobil bewegte sich, es sah aus, als ob es wippte und kippte. So hatte sie es noch nie gesehen. Sie ging auf den Eingang zu, stieg die Stufen hoch und drückte die Klinke. Langsam zog sie die Tür auf. Es roch ekelerregend. Sie machte einen Schritt zurück. Neulich hatten sie faule Kartoffeln im Eimer unter der Spüle gehabt, das hatte entsetzlich gestunken. Aber das hier war schlimmer, viel schlimmer. Aimée drückte sich den Ärmel ihrer Jacke vor die Nase und hörte ein Stöhnen.

»Mama?«, flüsterte sie, aber sie wagte nicht, um die Ecke zu sehen.

Es kam keine Antwort. Doch das Stöhnen wurde lauter. Eine andere Stimme keuchte tief und angestrengt.

Daniel stand direkt hinter ihr. »Komm, Aimée, wir gehen.«

Sie schüttelte den Kopf. Auf dem Boden des Wohnmobils lag eine ausgekippte Weinflasche. Neben dem gelben Farbfleck war jetzt ein dunkler. Aimée beugte sich vor und lugte in den Wagen hinein. Hinten auf der Eckbank waren zwei Menschen. Im trüben Schein der kleinen roten Lampe erkannte sie Mama, die auf dem Rücken lag, und über ihr Edgar, der die Polizistenhose halb heruntergezogen hatte.

Daniel schob sie zur Seite und trat an ihr vorbei in den Wagen. Reglos blickte er auf die beiden ächzenden Menschen. Die merkten gar nicht, dass jemand ins Wohnmobil gekommen war. Aimée zitterte. Sie wusste nicht, was Mama und Edgar da machten, aber es war falsch. Sie wollte sich an Daniel drücken, aber der war ganz kalt. Sie fror.

»Edgar!«, brüllte Daniel. Aimée hatte ihn noch nie so laut schreien gehört. Die Wände des Wagens wurden fast auseinandergesprengt, so laut hatte er gebrüllt.

Ruckartig setzte Edgar sich auf. Er saß noch immer auf Mama, sein Gesicht war rot und nass. Mama hatte die Augen geschlossen.

Mit schnellen Schritten war Daniel bei ihnen. Er griff nach Edgars Arm und drehte ihn nach hinten in den Polizeigriff. Edgar schrie auf. Daniel zerrte ihn weg von Mama und von der Bank und verdrehte seinen Arm immer weiter.

Aimée wurde zur Seite gedrängt. Daniel zog Edgar aus dem

Wohnmobil, die Treppe runter auf die Wiese. Mama lag noch immer auf der Bank, ihr Kleid war so verrutscht, dass man ihre Brüste sah. Sie tat so, als bekäme sie nichts mit, aber das konnte ja nicht sein. Draußen kniete Edgar auf allen vieren. Daniel hob die Hand, als wollte er ihn schlagen, aber dann spuckte er ihm ins Gesicht. Edgar drehte den Kopf zur Seite.

»Keiner sagt was zu Mama.« Es war das erste Mal, dass Daniel Barbara so nannte. Er schlug Edgar jetzt doch, boxte ihn mit geballter Faust in die Schulter. Dann rannte er in die Dunkelheit.

Edgar rappelte sich langsam auf. Er drehte sich zum Wohnmobil um und blickte Aimée direkt ins Gesicht. Sie drückte sich an die Spüle, sie wollte sich unsichtbar machen. Da humpelte auch Edgar davon.

Aimée zitterte immer stärker. Mama lag auf der Bank, die Knie mit den Armen umschlungen, und wiegte sich mit geschlossenen Augen hin und her. Dabei wimmerte sie. »Nicht ein Stück vom Glück. Nicht ein Stück vom Glück.« Das sagte sie immer wieder.

»Mama?«, flüsterte Aimée ganz leise.

Sie antwortete nicht.

Aimée ging vorsichtig näher zu ihr hin. »Mama? Geht's dir gut?«

»Nicht ein Stück vom Glück!«

Aimée taumelte rückwärts und stieß gegen die Weinflasche. Die krachte gegen die Holztruhe. Aimée rannte aus dem Wohnmobil und knallte die Tür hinter sich zu.

Wo sollte sie hin? Hinten am Ufer lachten und redeten alle durcheinander, die Musik war laut und schief. Aimée stolperte in die Dunkelheit. Wo sollte sie schlafen? Zu Daniel konnte sie nicht. Und musste sie Barbara jetzt immer anlügen? Oder war das gar keine Lüge? Und was, wenn Edgar mit ihr reden wollte? Sie fühlte sich so dreckig.

Langsam lief sie über die gespenstisch leuchtende Wiese.
Der Gestank aus dem Wohnmobil klebte an ihr. Weg von diesem Ort, weg vom Markt, weg von den anderen. In den Wald,
wo keiner, erst recht nicht Daniel, sie ansehen musste.

POSTKARTE MIT OVALER MARKE

Diese eine Karte von den vielen, die sich in den Kisten und Kästen fanden, war ihr die liebste. Die wollte sie aufbewahren, nur die. Sie hatte noch nicht einmal nachgeschaut, wo die Karte herkam. Aber die Briefmarke gefiel ihr. Sie war nicht eckig, sondern oval mit einem alabasterfarbenen Frauenkopf auf braunem Grund. Die Marke sah aus wie eine Brosche. Aber das eigentlich Wichtige an der Karte war ihr Text, in alter, ausgeblichener Schrift, kaum zu entziffern. Da stand: »Meine Alma, nächste Woche komme ich. Und diesmal bleibe ich. Dein Franz.«

März 2019

Aimée legte die Hände auf den Weidezaun. In den vielen kleinen Fenstern der Cottages brannten Lichter, die Wellen donnerten im Dunkeln gegen die Felsen. Es klang wie zerspringendes Glas, als könnte Wasser wirklich brechen. Len lief hinter ihr herum. Aimée fuhr die Rundung des Holzes nach. Es waren nur ein paar Schritte bis zu dem anderen Fahrzeug. Zehn, vielleicht zwanzig Meter, das war alles. Aber es kam ihr vor, als würden Len und sie sich gleich zum anderen Ende der Welt aufmachen, als hätten sie Ozeane zu überqueren.

Aimée sah zum Wohnmobil hinüber. Ganz still stand es auf der anderen Seite der schiefen Ulme. Es neigte sich weder nach vorne noch nach hinten, sondern schien vollkommen im Gleichgewicht zu sein. Seit einer Woche war es dort. Len hopste bereits auf die gelbe Tür zu. Aimée atmete tief durch.

»Oma!«

Sie konnte es kaum aushalten, dass er Marilou so nannte. Er hatte sie doch gerade erst kennengelernt, er wusste von nichts.

Die Tür wurde geöffnet, und der Geruch von Räucherstäbchen wehte ihnen entgegen. Marilou stand da und lächelte. Sie trug ein graues Kleid aus unterschiedlich langen Stoffen, die oberste Lage war aus dünner türkisfarbener Wolle. Dazu hatte sie lange Silberketten um ihren Hals gelegt. »Ja, wen haben wir denn da?«

»Wir sind's!« Len hopste noch immer herum.

»Dann kommt mal rein.« Marilou warf Aimée einen schnellen Blick zu, dann wandte sie sich wieder an Len. »Hast du Hunger mitgebracht?«

»Und wie!« Len zog seinen Pulli hoch. »Siehst du, da ist ein Loch.«

Marilou lachte.

Okay, sie würde da jetzt reingehen, essen und dann wieder abhauen. Wobei abhauen lächerlich war angesichts der Tatsache, dass sie auf der anderen Seite desselben Baumes wohnte.

Aimée stieg hinter Len die Stufen hinauf. Auf der Schwelle hielt sie inne. Ihr gegenüber war die braune Tür zum Bad, zur Nasszelle, daran schloss sich die Küchenzeile mit zwei Gasplatten an, Hängeschränke aus billigem Holzimitat, weiter links, im Heck, ein großer Tisch, darüber ebenfalls Schränke, links neben ihr ein hoher Spind, am Boden beigefarbenes PVC. Es war nicht der Ford Transit, aber es war ein Wohnmobil wie alle anderen, in denen Marilou gewohnt hatte. Für einen Moment sah sie sich selbst als Kind vom Alkoven hängen, den Fuß oben zwischen Wand und Matratze eingeklemmt, Marilou auf dem Fahrersitz vor ihr. Sie spürte das Rattern unter ihrem Bauch, den Druck in der Brust, die Enge. Sie musste sofort raus hier.

»Oh, lecker! Mein Lieblingsessen!«

Sie verscheuchte die Erinnerung. Len saß bereits auf der

Bank am Tisch. Sein Gesicht strahlte im Schein einer weißen Stumpenkerze.

Aimée zog die Tür hinter sich zu. »Meinst du nicht, dass es gefährlich ist, hier drinnen Feuer zu haben?«

Marilou zeigte zur Decke, wo ein Feuermelder angebracht war. »Und wir sind ja alle hier.«

Aimée konnte sich gerade noch ein *Trotzdem* verkneifen. Sie fühlte sich schwer, als zögen Gewichte sie nach unten.

»Guck mal, Mama, es gibt Nudeln mit Tomatensoße. Und Streukäse.«

Aimée durchquerte den Raum, der riesig war im Vergleich zu den fünfeinhalb Quadratmetern, auf denen Len und sie hausten. Ihr fiel auf, wie aufgeräumt es hier war. Nichts lag herum, keine Klamotten, kein Geschirr, keine Essensreste, keine zerknitterten Zettel, Schmuckstücke, kein Trödelkram. Alles war unsichtbar verstaut. Und es roch auch nicht muffig, sondern so, als hätten bis vor Kurzem Fenster und Türen sperrangelweit aufgestanden. Darunter mischte sich noch etwas anderes, ein süßer Geruch, der sie schlucken ließ. Aus einem Lautsprecher unter der Decke kam leise Trommelmusik. Aimée setzte sich zu Len an den Tisch.

Len und Marilou redeten und lachten, Aimées Finger gruben sich in das raue Polster der Bank. Wieder fühlte sie das Rattern, diesmal unter ihrem Po. Sie sah Stapel von Postkarten vor sich, auf diesem Tisch oder einem ähnlichen. Schwarz-weiße Karten, fleckig, die Ränder ausgefranst. Tagelang hatte sie die Karten immer wieder umsortiert, nach den Orten, die abgebildet waren, von Nord nach Süd, von Ost nach West, nach dem Datum der Poststempel, nach Kriegs- und Urlaubskarten.

Aimée sah auf in die Gesichter ihres Sohnes und ihrer Mutter. Beide wirkten vollkommen entspannt. Marilou füllte Spiralnudeln und Tomatensoße in die Teller. Len kippte sich die ganze Schale Käse darüber.

»Hey, andere wollen auch noch was.« Aimée nahm ihm die Schale ab.

»Ach was.« Marilou stand auf und holte eine weitere Plastiktüte mit geriebenem Cheddar aus dem Kühlschrank. »Und wenn das nicht reicht, gibt es auch noch mehr.« Sie riss das Tütchen auf und schüttete neuen Käse in die Schale.

Len stellte die Ellenbogen auf den Tisch. In seinem Blick lag ein unausgesprochenes *Siehst du!*. Aimée streute sich etwas Käse über die Nudeln, obwohl sie eigentlich gar keinen wollte.

Marilou nahm ihnen gegenüber Platz. »Wie schön, dass wir hier alle zusammen sind.« Ihre Augen leuchteten.

Len streckte beide Arme aus und fasste nach Marilous und Aimées Händen.

»Ach, lass …«

»Ihr müsst euch auch die Hand geben.« Len kniete sich auf die Bank.

Ohne Marilou anzusehen, griff Aimée nach ihrer Hand. Sie war warm und rau wie Schmirgelpapier.

Len bewegte die Arme auf und ab. »Piep, piep, piep, wir haben uns alle … Ihr müsst mitmachen!«

Aimée räusperte sich. »Piep, piep, piep, wir haben uns alle lieb.« Lens und Marilous Stimmen waren laut, Aimée bekam nicht mehr als ein Flüstern heraus. *Bla, bla, bla, das ist ja gar nicht wahr.* Sie zog ihre Hand zurück. Die rote Soße auf ihren Nudeln dampfte schon nicht mehr.

»Oh, wir haben ja noch gar nichts zu trinken.« Marilou sprang auf. »Wer möchte was? Ich habe Cola, Limo, Wein.«

»Cola!« Len riss den rechten Arm in die Höhe.

»Dann kannst du doch gleich nicht schlafen.«

»Kann ich wohl. Oder, Oma?«

»So ein bisschen Koffein hat noch keinem geschadet.« Marilou nahm eine Anderthalbliterflasche aus dem Kühlschrank und goss Len ein großes Glas voll.

Aimée starrte in die Flamme der Kerze. Okay, sie musste loslassen. Nur für diesen einen Abend. Die Flamme flackerte.

»Ich hätte gern ein Wasser.«

Marilou füllte ihr ein Glas und sich selbst einen Kelch voll Rotwein. Sie hob den Kelch, der wirklich ein Kelch war.

»Cheers – das sagt man doch hier.« Sie trank einen riesengroßen Schluck, und Aimée konnte nur in dieses dunkle Rot hineinstarren. In Gedanken beugte sie sich über ihre Mutter: *Mama, schläfst du? Mama, sag doch was.* Wie viele Male hatte sie nicht gewusst, ob Marilou wirklich schlief, wie oft gedacht, jetzt ist alles vorbei, jetzt bin ich allein. Sie musste an blutiges Leinen denken, und es kam ihr vor, als läge ihr ganzes Leben in diesem weingefüllten Kelch. Abrupt nahm sie ihr Wasser.

»Oma, du hast das Besteck vergessen.« Len steckte sich mit der Hand eine Nudel in den Mund.

»Heute ist Sonntag. Und weißt du, was Sonntag bedeutet?«

»Nein.«

Aimée stöhnte. Nicht auch noch das.

»Vielleicht kann dir das deine Mama erklären?« Marilou blickte sie an.

»Sonntag …« Aimée räusperte sich. »Sonntag ist Essen-ohne-Besteck-Tag.« Sie kam sich vor wie eine Schauspielerin, die ihren Text mechanisch gelernt hatte, ohne zu fühlen, was sie da spielte. Weil sie es nicht mochte. Und ja, verdammt, weil sie es nicht fühlen wollte.

»Ehrlich?« Len richtete sich auf. »Und die Soße?«

»Wofür haben wir Schaufeln.« Marilou beugte sich über den Teller und schaufelte mit der hohlen Hand Nudeln in ihren Mund. Als sie grinsend aufblickte, war ihr Gesicht bis hoch zur Nase rot verschmiert.

Len lachte auf und brach sofort ab. Er warf Aimée einen schnellen Blick zu. Dann ging er nah an den Teller heran und schippte sich mit beiden Händen eine ganze Ladung Nudeln

mit Soße in den Mund. Aimée hätte sich am liebsten wegge-
dreht. Als er aufsah, war sein Gesicht bis zum Haaransatz ebenfalls rot. Sogar Lenna hatte Soße abbekommen.

Er leckte sich die Hände ab. »Mach auch mal, Mama.«

Aimée sah sich nach einem Tuch um. Genau wie Len hatte
sie als Mädchen auch dagesessen, mit den Händen im Essen
gegraben, sich Kartoffelbrei, Milchreis, Apfelkompott ins Gesicht geschmiert. *Mama, diesen Sonntag machen wir Suppe, ja?*
Unwillkürlich musste sie lächeln bei dem Gedanken, wie Marilou und sie sich gegenseitig mit der lauwarmen Dosen-Erb-
sensuppe gefüttert hatten. Sie zog eine trockene Nudel von
ihrem Teller. Langsam tauchte sie die Nudel in die Soße, legte
den Kopf in den Nacken und ließ sich die Nudel von oben in
den geöffneten Mund fallen.

Len machte es ihr sofort nach. »Mein Mund ist das Meer,
und die Nudel ein Delfin.« Er kaute. »Weißt du, Oma, hier gibt
es echte Delfine!«

Marilou legte den Kopf zurück. »Wirklich?«

»Hat Daniel gesagt.« Len bekam sein stolzes Gesicht mit
dem breit gezogenen Mund und den tiefen Grübchen rechts
und links.

Ihr eigenes Gesicht musste inzwischen auch ziemlich soßen-
verschmiert sein. Aber es störte sie nicht. Eine Nudel nach der
anderen ließ sie sich in den Mund fallen. Sie dachte an sprin-
gende Delfine und daran, wie sie einmal bei einer vollkommen
unpassenden Gelegenheit geflüstert hatte: *Mama, heute ist doch
Sonntag.* Marilou hatte ihr zugezwinkert, und unisono hatten
sie die Bratenscheiben mit der Hand von den Tellern gezogen
und große Stücke abgebissen. Und die Knödel hatten sie auch
in die Hand genommen und erst recht den Rotkohl. Und dann
mussten sie gehen …

Aimée grinste. Aus dem Lautsprecher unter der Decke kam
noch immer das leise, rhythmische Trommeln.

Marilou goss sich Wein nach. »Auf die Familie!«

Len stellte sich auf die Bank und griff über den Tisch nach der Colaflasche. Er füllte sich das Glas noch einmal und hob es wie Marilou. »Auf die Familie!« Er klang wie ein Mann.

»Wo wir schon beim Thema sind …« Marilou nahm einen großen Schluck. »Braucht ihr Geld?«

»Nein!« Aimée knallte ihr Glas auf den Tisch. »Wir kommen klar.«

»Wovon lebt ihr?«

»Wovon lebst *du?*«

Marilou spielte mit einer Nudel. »Ich hab was geerbt. Meine Eltern, deine Großeltern, sind gestorben.«

»Und die haben dir was vererbt?«

Alles, was Marilou verkörperte, war immer wie ein Schlag ins Gesicht ihrer Eltern gewesen.

»Mich hat's auch gewundert.«

»Aber du hast das Erbe angenommen.« Marilou hasste ihre Eltern. Sie beide hatten sie gehasst.

Marilou zupfte eine Nudelspirale auseinander. »Auf jeden Fall möchte ich euch gerne etwas davon abgeben.«

Aimée dachte an den Umschlag in ihrer Tasche, der von Tag zu Tag dünner wurde. Sei's drum. Sie würde nichts von Marilou annehmen und erst recht nichts von ihren Großeltern. Sie konnte allein für Len und sich sorgen.

»Wir brauchen nichts.«

»Aber Mama.« Len zupfte an ihrem Pulli. »Wir könnten doch vielleicht ein bisschen …«

»Nein.«

»Aber können wir denn trotzdem hierbleiben?« Len bekam eine kleine Falte zwischen den Brauen. Manchmal fand Aimée es erstaunlich, welche Verbindungen er zog.

Am liebsten hätte sie ihm jede Angst genommen, aber sie konnte ihn nicht anlügen. »Wir schauen mal.«

»Aber ich muss im Sommer noch hier sein. Da gibt es noch mehr Delfine. Sagt Daniel. Die muss ich dir und Oma doch zeigen!«

»Möchte noch jemand Nudeln?« Marilou hielt den Topf in der Hand.

Aimée mochte keine mehr, und Len reagierte nicht.

»Gut, ich bin auch fertig.« Marilou stellte den Topf zurück auf den Herd. »Dann können wir ja ein bisschen feiern. Wer tanzt mit mir?« Mit dem Weinkelch in der Hand stellte sie sich in die Mitte des kleinen Raums. Sie leerte das Glas in einem Zug, öffnete eine zweite Flasche und schenkte sich nach. Dann streckte sie die soßenroten Hände aus.

»Ich!« Len kam an ihre Seite, ergriff ihre Hände und machte federnde Tanzbewegungen, die Aimée noch nie bei ihm gesehen hatte.

Sie umfasste die Kante der Bank. Etwas Steifes zog sich wie ein Stock von ihren Zehenspitzen bis zur Kopfhaut.

»Mama, tanz auch.«

Aimée schüttelte den Kopf. Sie sah sich selbst von außen, sah, dass sie auf Len wie eine Spielverderberin wirken musste. Unter ihren Fingern löste sich die Furnierumrandung der Bank. Immer wenn sie früher losgelassen hatte, wenn sie Marilou hatte machen lassen oder selbst mitgemacht hatte, war ein Unglück passiert. Sie musste festhalten. Wer sonst, wenn nicht sie.

Jetzt trommelten Marilou und Len zur Musik auf die Tür des Spinds. Ihre Hände hinterließen orangerote Abdrücke. Marilou zeigte Len, wie er den Rhythmus hielt, aber dann kam sie selbst aus dem Takt. Irgendwann trommelten beide nur noch wie wild gegen die Tür.

Aimée sah sich selbst gegen die Wohnmobiltür trommeln: *Mama, bist du da drin? Mach auf, bitte!*

Sie schob ihren Finger unter den Furnierstreifen. Die Luft

war schlecht, die Kerze schluckte den Sauerstoff. Sie trank ihr Wasser aus. Die Tür, auf die Marilou und Len schlugen, klappte auf. Wie in Zeitlupe sah Aimée die Schranktür sich auf Lens Kopf zubewegen. Sie fuhr hoch. Die Tür knallte gegen seine Stirn.

»Len!« Sie schrie viel zu laut.

Len saß auf dem Boden und fasste sich an den Kopf. Aimée drückte sich an Marilou vorbei. Sie schlang die Arme um ihn.

»Tut gar nicht weh.«

Auf seiner Stirn prangte der Abdruck der Türkante. Wie ein Mal, ein Zeichen, dass sie versagt hatte. Marilou nahm eine Saftflasche aus dem Kühlschrank, hockte sich hin und wollte sie an Lens Kopf drücken.

Aimée zog ihren Arm weg. »Nicht.«

»Aber das muss man kühlen.«

»Tut wirklich nicht weh.« Len stand auf. »Trommeln wir weiter?«

»Wir gehen jetzt nach … rüber. Es ist schon spät.«

»Aber ich bin noch gar nicht müde.«

Kein Wunder, nach all der Cola. Aimée schluckte den Satz hinunter.

»Komm.« Sie nahm ihren Mantel und Lens Jacke.

»Aber …«

»Wir trommeln bald wieder.« Marilou schob eine Locke aus Lens Stirn und strich über seine Verletzung. »Wir sind ja jetzt Nachbarn.«

Aimée drückte die Tür auf. Kalte Luft strömte ihr entgegen. Sie stieg die Stufen hinunter. Len wechselte noch ein paar Worte mit Marilou und landete dann mit einem Satz hinter ihr im Gras. Sie drehte sich noch einmal um. Ihre Mutter stand in der Tür des Wohnmobils, das Gesicht verschmiert, in ihren Augen ein Ausdruck, von dem Aimée nicht wusste, ob er anklagend oder entschuldigend war. Oder einfach nur unsicher.

»Danke für das Essen.«

Marilou nickte. »Es war schön, euch hierzuhaben.« Überraschend leise schloss sie die Tür.

Es waren viel zu wenige Schritte, die sie zu laufen hatten. Aimée hätte gerne noch einen Spaziergang gemacht und ihre Lungen mit frischer Luft gefüllt, aber sie wollte Len so schnell wie möglich im Bett haben. Sie musste mit ihren Gedanken alleine sein.

Im Bulli war es kühl. Nicht kalt, aber doch kühler als drüben im Wohnmobil. Sie hielt ihre Hand unten an die Rückbank, wo die Standheizung saß. Das Ding funktionierte, trotzdem wurde es nicht mollig warm. Außerdem mussten sie das Beifahrerfenster einen Schlitz offen lassen, für das Stromkabel, sonst müssten sie im Dunkeln sitzen. Aimée fröstelte. So konnte es nicht weitergehen. Wenn Len gleich schlief, würde sie sich einen Plan überlegen. Sie zog sich eine Fleecejacke an und legte Len eine der Decken über die Schultern. Ihr Telefon zeigte zweiundzwanzig Uhr an. Jetzt wurde es wirklich höchste Zeit, dass er ins Bett kam. Aus dem Kühlschrank holte sie ein Kühlpad, wickelte es in ein Geschirrtuch und gab es ihm. Er drückte es sich an die Stirn.

»Oma ist echt lustig.« Er grinste unter dem karierten Tuch.

Sie legte den Kippschalter am Wasserhahn um und hörte das leise Brummen der Pumpe. Aus dem Hahn kamen nur ein paar Tropfen. So gut es ging, rieb sie ihm mit dem feuchten Waschlappen die Soße aus dem Gesicht und von den Händen. Später, wenn Len schlief, würde sie Wasser nachfüllen. Sie suchte ihm einen frischen Schlafanzug heraus und half ihm beim Ausziehen. Eigentlich zog er sich alleine an und aus, schon lange, aber in diesem Augenblick hätte sie nicht gewusst, wohin mit sich.

»Mama?« Len streifte sich das Schlafanzugoberteil über den Kopf. »Warum kenne ich Oma erst jetzt? Ich meine, warum kannte ich sie nicht schon immer?«

Aimée setzte sich aufs Bett. Bitte nicht jetzt. *Weil Dinge passiert sind, die du nicht wissen sollst.* Es war das Einzige, was sie ihm hätte sagen können. Aber dann würde er nachfragen, zu Recht. Und sie konnte ihm nicht antworten. Ebenfalls zu Recht.

Len steckte sich Lenna ins Schlafshirt und kletterte auf die Liegefläche. Sie strich ihm über den Kopf und versuchte, sich nur auf dieses Streicheln zu konzentrieren. Nicht an früher denken. Die Beule an seiner Stirn changierte schon ins Blaue.

»Irgendwann erzähl ich dir alles.«

»Was denn?«

Sie schüttelte nur den Kopf.

»Und wann?« Len sah sie an mit diesem Blick, bei dem sie ihm normalerweise nichts abschlagen konnte.

»Ich weiß es nicht.« Sie fuhr ihm durchs Haar. »Irgendwann.«

»Das ist gemein.«

»Ja, das muss dir so vorkommen. Aber das ist es nicht.«

»Ist es wohl!« Er sprang von der Matratze und lief durch den Bulli wie ein Hamster in seinem Laufrad. Kein Wunder bei all der Cola und dem wilden Getanze so spät am Abend. Sie hätte doch eingreifen sollen.

»Komm, Len. Leg dich mal hin.«

»Nein!« Er lief schneller.

Sie hielt ihn fest.

»Aua!«

»Hey, ich hab dich nur ganz leicht festgehalten.«

»Stimmt nicht! Du hast so gemacht!« Er kniff sie fest in den Arm.

»So, Len!«, sagte sie laut. »Erstens hab ich dich nicht gekniffen, und zweitens: Jetzt – wird – geschlafen!«

Len weinte. Sie hasste es, wenn er so überdreht war. Sie zog ihn aufs Bett, und diesmal ließ er es zu.

»Ich bin so müde«, sagte er. »Ich kann gar nichts mehr.«

»Ich weiß.« Sie deckte ihn zu, löschte das Licht und knipste die kleine Mondlampe an.

Das schief hängende Mobile drehte sich hin und her, hin und her. Bald würde er wieder nach Marilou fragen, und irgendwann musste sie ihm eine Antwort geben. Aber nicht mehr heute Abend. Lens Lider flatterten. Aimée atmete aus. *My Bonnie* hätte sie heute Abend nur noch mit viel Mühe singen können.

Sie beugte sich über ihn und küsste ihn auf die Stirn. »Schlaf schön, mein Liebster.«

Len seufzte leise. Eine Weile blieb Aimée reglos auf der Bettkante sitzen. Durch den Schlitz des Beifahrerfensters hörte sie den Wind. Alle paar Sekunden brandeten die Wellen auf. Sie rieb sich über die Arme. Ihr war kalt, sie brauchte dringend eine heiße Dusche. Aimée wartete, bis Lens Atem ruhiger und tiefer wurde, dann packte sie Duschzeug, Badelatschen und Handtuch in einen Beutel und nahm die Gießkanne aus dem Schrank unter der Spüle. Sie öffnete die Schiebetür und trat hinaus ins Freie. Lautlos zog sie die Tür hinter sich zu. Schnell schnappte sie sich noch die Wanne mit dem Schmutzwasser, die unter dem Bulli stand, unter dem Schlauch, in den der Abfluss vom Spülbecken mündete. Gerade wollte sie loslaufen, als sie das Trommeln der Musik aus Marilous Wohnmobil hörte. Gedämpft drang es zu ihr hinaus in die Dunkelheit. Hinter der Gardine brannte noch Licht.

Widerwillig stellte Aimée Wanne, Gießkanne und Beutel ab und ging hinüber. Leise klopfte sie an die Tür. Nichts.

Sie klopfte lauter und wartete. Sie wusste nicht genau, was sie hier eigentlich wollte. Nur schnell nachsehen, ob mit Marilou alles in Ordnung war. Dieser alte Zwang, der sie so viele Jahre ihres Lebens begleitet hatte, er war wieder da. Sie hasste dieses Gefühl, aber wenn es da war, konnte sie es nicht ignorieren. Vorsichtig drückte sie die Klinke, die Tür sprang auf.

Marilou lag am Boden, auf dem Rücken, neben ihr die leere Weinflasche.

Aimée wollte schon zu ihr stürzen. Sie schloss die Augen und zählte innerlich bis zehn. Da hörte sie Marilous Schnarchen. Sie ging in die Hocke und betrachtete sie. Ihr schlaffes Gesicht, die Spucke im Mundwinkel, die roten Adern auf Wangen und Nase, der verschmierte Kajal von ihrem aufgemalten Fleck inmitten von Tomatensoße.

»Jetzt bist du also wieder da«, flüsterte sie. »Und ich muss mich … Ich muss mit dir umgehen.« *Mich kümmern*, hatte sie sagen wollen. Aber das hätte nicht ausgereicht. Wenn Marilou in ihrer Nähe war, floss alles, was sie war, ungebremst von ihr herüber in den Raum, den Aimée sich mühsam geschaffen hatte. Es flutete den Raum, es flutete sie.

Aimée zog die Bettdecke von der Matratze im Alkoven und legte sie über Marilou. Dann nahm sie die Decke noch einmal hoch und drehte Marilou auf die Seite, für den Fall, dass sie sich übergab. Sie war schwer, viel schwerer, als sie aussah – auch wenn Aimée sie hier nicht durch Wasser ziehen musste. Es war nur ein beschissener PVC-Boden und nur eine halbe Drehung.

Sie wandte sich ab und schaltete das Trommeln aus. Kurz überlegte sie, ob sie die halbvolle Flasche, die auf der Spüle stand, auskippen sollte, ließ es dann aber bleiben. Sie blies die Kerze aus und verließ den Wohnwagen.

Unschlüssig stand sie unter der schiefen Ulme. Die Island erhob sich wie ein schwarzer Brocken aus dem Wasser, in den Fenstern der Cottages brannte kaum noch Licht. Alle Kraft floss aus ihr heraus wie das Schmutzwasser unten aus dem Bulli. Und jetzt?

Duschen wollte sie. Sie griff sich die Wasserwanne, die Gießkanne und den Beutel und lief den Schotterweg hinunter. Die Steine knirschten laut unter ihren Füßen. Hinten bei der Wiese standen ein paar Zelte, in einigen brannten Taschenlampen. In großen Abständen parkten Wohnwagen, es waren nicht viele, die Saison hatte noch nicht begonnen.

Aimée betrat die Waschräume. Sie ließ das Schmutzwasser in die Toilette laufen und spülte ab. Die Gießkanne stellte sie ans Waschbecken. Sie würde sie später mit frischem Wasser füllen. Dann streifte sie ihre Klamotten ab, schlüpfte in die Badelatschen und stellte sich unter eine der Duschen. Als das Wasser auf ihren Kopf prasselte, schloss sie die Augen.

Sie konnte nicht mehr. Marilou, der enge, kalte Bulli, Len und sie, die sie einander überhaupt keinen Raum lassen konnten, und Daniel, mit dem sie keine gemeinsame Ebene fand. Es war zu viel.

Das heiße Wasser lief ihr über den Körper. Zwei Wochen waren sie jetzt hier, und ihr Geld schwand zusehends. Eintausendachthunderteinunddreißig Pfund hatten sie noch, sie hatte die Scheine und Münzen heute Nachmittag gezählt. Sie gaben kaum etwas aus, und trotzdem war schon so viel weg. Außerdem war Len ab dem Sommer schulpflichtig. Sie hatte nicht einmal mehr ein halbes Jahr, um einen Ort zu finden, wo sie wohnen konnten. Ein Zuhause. Aimée öffnete die Augen und blickte auf die weißen Kacheln. Sie sahen aus wie kariertes Papier. Sie brauchte einen Job. Dringend. Egal welchen.

»Ist das hier die Männerdusche?«, rief von draußen jemand.

»Frauen!« Aimée stellte den Wasserhahn ab.

»Egal!« Einer lachte, und ein paar andere Männer fielen ein.

Die Tür zum Waschhaus wurde aufgezogen. Schnell griff Aimée sich ihr Handtuch und wickelte sich ein. Gerade noch rechtzeitig, da kamen die Männer schon in den Duschraum.

»Hey, ich sagte, das ist die Frauendusche!«

»Und was, wenn wir auch hier duschen?« Der Mann sah sich nach seinen Freunden um.

Aimée stopfte ihre Sachen in den Beutel und drängte sich an den Männern vorbei. Sie musste sich zurückhalten, um nicht einem von ihnen das Knie in den Schritt zu rammen. Unter dem Gelächter der Kerle lief sie über den Platz. Beim Bulli angekommen, riss sie die Tür auf und setzte sich im Handtuch auf den Vordersitz. Wie sie das alles hasste!

Von wegen, dieser Ort war richtig für sie!

Automatisch steckte sie den Schlüssel ins Zündschloss und drehte ihn. Nichts. Sie versuchte es noch einmal. Wieder nichts. Sie wiederholte es noch ein paarmal, immer ruckartiger bewegte sie den Schlüssel hin und her, aber der Motor blieb stumm. Jahrelang hatte die Kiste in der Garage gestanden und war ohne Probleme gelaufen. Und jetzt? Hart schlug sie aufs Lenkrad.

Sie saßen fest.

GLÜCKSKLEE

Jahrelang hatte sie auf der Wiese zwischen den Bauwagen nach einem vierblättrigen Kleeblatt gesucht. Und dann fiel es ihr einfach zu, buchstäblich in die Hände, als sie im Sommer unter den Buchen picknickte. Da lag es plötzlich auf ihrer Decke, direkt neben ihrem kleinen Finger. Vorsichtig presste sie das Blatt in einem dicken Buch und legte es anschließend zwischen Glas. Sie wusste, das Glück brauchte einen Rahmen.

März 2019

Die großen Silberbleche mit den knusprigen Teigtaschen lachten Aimée durch die Schaufensterscheibe hindurch an. Sie musste Len unbedingt eine mitbringen, nachher, wenn ihre eigentliche Mission erfüllt war. Und für Daniel würde sie auch eine besorgen. Ein kleiner Beitrag zum Frieden. Vorhin waren Len und er mit Ferngläsern und einem Werkzeugkasten ins Gebüsch hinter dem Zeltplatz geschlichen. Daniel hatte ihr gesagt, sie könne sich Zeit lassen. Sie hatte ihnen nachrufen wollen, worauf sie achtgeben sollten, was in einem Notfall zu tun sei, aber dann hatte sie gemerkt, dass es nur ein Reflex war. Ihre Brust war erstaunlich weit geblieben.

Entschlossen trat Aimée durch die Tür unter der roten Markise. Vor ihr im Laden von *Pengenna Pasties* stand eine Frau, die am Tresen ihre Bestellung aufgab. Pünktlich zum Frühlingsanfang trug sie Flipflops und Shorts mit Blumenprint, als wollte sie mit aller Kraft das passende Wetter zum Datum heraufbeschwören. Dabei war es noch ziemlich kühl draußen. Sonnig, aber kühl. Aimée zog ihren Schal ab und wartete, bis die Frau bezahlt und ihre Papiertüte in Empfang genommen hatte, dann trat sie selbst an den Tresen.

Ein junger Mann in weißer Bäckerkluft sah sie freundlich an. »Was kann ich für Sie tun?«

»Mein Name ist Aimée Thaler. Ich bin auf der Suche nach einem Job.« Sie schenkte ihm ein strahlendes Lächeln. »Brauchen Sie hier im Laden vielleicht noch jemanden?«

Für den Anfang gab es eindeutig Schlechteres, als in den Duft all dieser wunderbaren Backwaren einzutauchen. Pfefferkuchenmänner lagen da, im März!

»Oh«, der Mann rückte an seiner weißen Kappe, »wir sind voll besetzt. Tut mir leid. Aber kommen Sie doch gerne kurz vor Ostern wieder. Da kann es schon ganz anders aussehen.«

»Okay, vielen Dank.« Aimée lächelte tapfer weiter, aber innerlich stöhnte sie auf. In sieben Läden hatte sie bereits gefragt – zwei Eisdielen, ein Andenken- und Postkartenladen, in zwei der hübschen Cafés am Hafen, in der *Waterside* und in der *Whistlefish Gallery* – und siebenmal hatte sie die gleiche Antwort erhalten: vielleicht später, wenn die Touristensaison begann. Aber Ostern lag spät in diesem Jahr, erst Ende April, bis dahin reichte ihr Geld auf keinen Fall.

Aimée trat auf die schattige Straße hinaus. Jetzt bloß nicht stehen bleiben. Sie hatte einen Plan. Schritt eins: Sie musste Arbeit finden. Dann eine Wohnung. Wenn alle Stricke rissen, könnte sie immer noch Marilou um Geld bitten, die würde es ihr mit Kusshand geben. Aber das fühlte sich an wie ein Rückschritt. Nein, sie musste es alleine schaffen. Aimée schlang sich den Schal wieder um den Hals und schaute sich um. Sie brauchte einen Laden, eine Branche, die unabhängig von der Saison funktionierte. Kurzerhand folgte sie der Straße und bog in den Tregenna Place ein. Zu ihrer Linken lag ein Supermarkt.

Aimée straffte die Schultern, als sie durch die offen stehende Tür trat. Das Licht im Laden hatte etwas Grünliches, es roch steril und nach Plastik. Nur ein Anfang, dachte sie, eine Basis, von der aus sie mit etwas mehr Ruhe weitersuchen konnte.

Es war wenig los an diesem Vormittag. Die Gänge und Kassen waren leer, eine Frau in grauem Fleece mit *Coop*-Logo sortierte abgepackte Bananen ins Kühlregal.

»Entschuldigung. Mein Name ist Aimée Thaler.«

Die Frau sortierte weiter, ohne aufzusehen.

Aimée hasste es, wenn Menschen so waren. Zum Ausgleich legte sie extra viel Wärme in ihre Stimme. »Ich wollte mich erkundigen, ob Sie noch Mitarbeiter suchen.«

Die Frau lachte auf. »Wir können froh sein, wenn *wir* unseren Job behalten.«

»Das heißt Nein?«

Jetzt endlich blickte die Frau auf. »My love, es ist keine gute Zeit. Wir hatten schon ein paar betriebsbedingte Kündigungen. Ich wünsch dir woanders mehr Glück.« Stoisch packte sie weiter Bananen aus großen Kisten in kleine.

Unzählige Absagen später, dazu ein Blick ins Schaufenster des Immobilienmaklers, der auch Mietwohnungen im Angebot hatte, und Aimées Laune war im Keller. Oh ja, bei *Oxfam*, da hätte man sie haben wollen. Bei der Wohltätigkeitsorganisation hätte sie gespendete Klamotten und zerlesene Taschenbücher verkaufen können. Ehrenamtlich. Sie warf ein paar Münzen in den Koffer eines Gitarrenspielers, der in der kühlen Frühlingssonne vor schaukelnden Fischerbooten und tief fliegenden Möwen *Blowin' in the Wind* spielte. Der konnte wenigstens mit seiner Musik Geld verdienen. Und sie? Was konnte sie?

Aimée lief am Hafenbecken entlang. Damals auf dem Trödelmarkt, da hatte sie alten Möbelstücken etwas von dem Glanz vergangener Zeiten zurückgegeben, auch dann noch, wenn andere sie längst abgeschrieben hatten. Und während der drei Semester an der Uni hatte ihre Professorin ihr Talent erkannt und sie gezielt gefördert. Sogar in den ersten Jahren mit Per war sie noch von diesem Gefühl getragen worden, dass sie etwas gut konnte.

Aimée war den kleinen Hügel vom Hafen hochgelaufen, ohne es richtig zu merken. Jetzt stand sie vor der hellblauen Flügeltür zu *Erin and Arthur's – Art and Antiques*. Ihr wurde heiß. Arthur hatte ihr unmissverständlich klargemacht, dass er keine Hilfe brauchte. Sie wollte sich gerade wieder zum Gehen wenden, als ihr Blick auf einen kleinen Tisch fiel. Er lag an der Wand neben dem Eingang, achtlos auf die Seite gekippt wie Sperrmüll. Aimée stellte ihn auf, sie konnte nicht anders. Es war ein viktorianischer Kleeblatttisch. Wegen der vierblättrigen Form seiner Platte hieß er so. Das dunkle Palisanderfurnier war an einigen Stellen herausgebrochen, an anderen war es durch Unachtsamkeit so dünn geschliffen worden, dass das billige Blindholz durchschimmerte. Es war ein schöner Tisch, und es kribbelte Aimée in den Fingern.

»Hi.«

Rasch drehte sie sich um.

Die Frau mit den kurzen schwarzen Haaren stand hinter ihr. Erin. Sie trug eine Lederjacke und ein wild gemustertes Tuch. In der Hand hatte sie eine Papiertüte mit dem braunen Schriftzug von *Pengenna Pasties*.

»Schönes Stück, was?« Erin nickte in Richtung Tisch und zog einen der Türflügel auf. Das Glöckchen bimmelte leise. »Leider ein hoffnungsloser Fall. Du siehst es ja selbst.«

In Aimées Kopf überschlugen sich die Gedanken. Sie könnte schweigen und sich anschließend ärgern, weil sie niemals erfahren würde, ob das hier eine echte Chance gewesen wäre. »Ich glaube, da ließe sich noch etwas machen.«

Erins braune Augen hatten etwas sehr Aufmerksames. Eine

Brille trug sie heute nicht. Sie blickte Aimée nur an und sagte nichts weiter. Schließlich klemmte sie sich die Papiertüte unter den Arm, nahm das Tischchen und trug es mit seinen konischen Beinen voran in den Laden. »Komm mit.«

Der Laden sah aus wie bei Aimées erstem Besuch vor einer Woche: links Erins Textilkunst und das grün schillernde Kleid, rechts die Antiquitäten ihres Vaters. Sie erkannte die halbmondförmige Eibenkonsole, die Arthur beim letzten Mal poliert hatte. Ein weißer Zettel lag darauf: *Verkauft.*

»Du kannst alles benutzen, was du findest. Dahinten«, Erin wies auf eine angelehnte Tür, »ist das Lager. Da kannst du auch wühlen. Übrigens, Arthur kommt heute nicht mehr rein.« Bei den letzten Worten senkte sie die Stimme, und es fühlte sich so an, als wären sie Komplizinnen.

Aimée lächelte. »Alles klar.«

Erin streifte die Lederjacke ab und setzte sich an den kleinen Tisch, der zwischen Küchennische und Holzofen stand. Wie beim letzten Mal trug sie ein weites Herrenhemd. »Und wenn du Hunger hast«, sie nahm die Pasty aus der Tüte, »die Dinger sind enorm.«

Aimée legte Jacke und Schal auf der Eichentruhe ab. Okay, als Erstes brauchte sie breites, durchsichtiges Klebeband und einen wasserfesten Stift. Sie hob ein paar Pinsel vom Boden auf. Arthurs Bereich war noch unordentlicher, als sie ihn in Erinnerung hatte. Es ließ sich kaum ausmachen, welche Stücke in Bearbeitung waren und welche zum Verkauf standen. Alles war Ablage für alles. Unter einem Stuhl fand sie schließlich ein Klebeband und zwischen Streifen von Schmirgelpapier einen Stift. Jetzt kam es darauf an, dass sie zeigte, was sie konnte.

Aimée beugte sich über das größte Loch im Furnier, das ziemlich genau in der Mitte des Kleeblatts lag. Es hatte unschöne, zackige Ränder und maß gut acht mal zehn Zentimeter. Sie schnitt sich zwei Stücke von dem Klebeband zurecht, legte sie überlappend auf das fehlende Stück Furnier und drückte sie vorsichtig an. Ihre Hände waren feucht.

»Du hast deinen Sohn heute nicht mitgebracht.« Erin biss von der Teigtasche ab.

»Len ist bei … einem Freund.« Es tat gut, es auszusprechen. Daniel war ein Freund.

Mit dem Stift fuhr Aimée die Umrandung der fehlenden Stelle auf dem Klebeband nach und gab an allen Seiten einen halben Zentimeter Puffer hinzu.

»Er ist der Groundsman oben auf dem Zeltplatz.«

Len und Daniel waren schon mehrere Stunden zusammen, und noch immer regte sich nichts in ihrer Brust. Nicht das leiseste Flattern, kein Hauch von Enge.

»Ah, okay. Ellie ist in der Schule.«

»Wirklich?« Aimée sah auf.

Erin steckte die halbe Pasty zurück in die Tüte.

»Irgendwie dachte ich, sie wäre jünger als Len.«

Die kleine grau-weiße Katze kam aus dem Lager und strich ihr um die Beine. Aimée hockte sich hin und streichelte das Kätzchen. Cloud.

»Ellie ist fünf. Fünfeinhalb.«

»Dann geht sie schon zur Schule?«

Erin lachte. »Bei uns beginnt die Grundschule mit fünf.« Sie stand auf und wusch sich die Hände. »Wenn du willst, frag ich mal nach, ob sie Len mitten im Schuljahr aufnehmen. Helen, Ellies Lehrerin, ist großartig. Da lässt sich sicher was machen.«

»Also, das wäre …« Aimée suchte nach Worten, die ausdrücken konnten, was sie fühlte. Sie war dankbar und gerührt, aber sie hatte auch Angst. Die Reihenfolge in ihrem Kopf war eine andere gewesen: Job, Wohnung … Weiter hatte sie nicht gedacht. Aber ja, so war es richtig. Lens Betreuung musste gesichert sein, bevor sie ernsthaft in einem Job anfing. Sie konnte ihn schließlich nicht immer bei Daniel lassen.

Aimée legte den Stift ab. »Das wäre unheimlich nett.«

Erin nickte und ließ Wasser in den schwarzen Kessel laufen. »Tee?«

»Gerne.« Aimée bahnte sich einen Weg durch Arthurs Antiquitäten. »Ich bin mal kurz im Lager.« Sie schlüpfte durch den Türspalt und fand sich in einem großen Raum wieder, der von einer nackten Glühbirne beleuchtet wurde.

Augenblicklich nahm sie alles zurück, was sie über Arthurs Teil des Ladens gedacht hatte. Tadellos war sein Bereich draußen, vortrefflich aufgeräumt. Das echte Chaos lag hier, vor ihr.

Zahllose Möbelstücke waren so eng aufeinandergestapelt, als hätte jemand jede noch so kleine Lücke im Raum füllen wollen. Alles war kreuz und quer ineinander verkeilt, Stühle, Sessel, Hocker, Schränke, Hängeregale, Zeitungsständer, einzelne Schubladen und jede Menge Tischbeine. Obwohl es kein Fenster gab, nur eine zweite Tür am anderen Ende des Raumes, war die Luft im Lager nicht abgestanden. Es roch schlicht nach Holz. *Wühlen*, hatte Erin gesagt. Von wegen. Hier half nur noch Klettern.

Aimée stieg auf einen wackligen Schaukelstuhl und von dort weiter auf eine schwere Eichenkommode. Neben ihrem Fuß lag eine Armbanduhr mit einem brüchigen braunen Lederband und eine angebrochene, übergroße Tafel Schokolade. Nuss. Sie stellte sich Arthur vor, wie er hier heimlich Süßes naschte, und ließ ihren Blick über die Antiquitäten gleiten, über einen Biedermeier-Schachtisch und eine alte gusseiserne Nähmaschine. Wie sollte sie hier um alles in der Welt Furnier finden? Noch dazu Palisander im richtigen Farbton. Was gäbe sie darum, in diesem Raum ein, zwei Wochen lang klar Schiff machen zu dürfen. Hier lagerten Schätze, und sie war eine ziemlich gute Schatzgräberin. Zuerst würde sie einen Pfad durch das Chaos schaffen und sich dann jedes Teil einzeln vornehmen.

Sie stieg auf einen Tisch, als sie links einen Weichholzschrank ohne Tür entdeckte. Das waren doch Furniere, die da im Schrank standen! Sie stieg über eine Bank und schob zwei filigrane Nachttische beiseite. Ein ganzer Stoß stand da, hochwertige Echtholzfurniere in allen Farben und Größen. Da war er schon, der Schatz, nach dem sie gesucht hatte. Sie griff sich den ganzen Packen, schleppte und balancierte ihn zurück in den Laden.

Erin bügelte. »Du bist fündig geworden.« Sie trug wieder ihre runde Brille. Der alte Eisenofen in ihrem Rücken bullerte.

»Jetzt muss nur noch der richtige Ton und die richtige Streifung dabei sein.« Aimée legte das Furnier auf den Boden, und noch während sie es ablegte, sah sie ein großes Stück aus dunklem Palisanderholz, dessen Ton ganz leicht ins Violette changierte. Sie zog es heraus und hielt es an die Kleeblattplatte des kleinen Tisches. Die Maserung mit ihren leicht verwaschenen Kurven passte nahezu perfekt. »Bingo!«

Erin lächelte und tippte dabei das Bügeleisen in schnellen Abständen auf ein kleines Stoffstück. Es sah aus, als würde sie mit dem Eisen Tupfen aufmalen.

Aimée hielt das neue Furnier an die Tischplatte und legte die perfekte Stelle zum Ausschneiden fest. Ein Messer fand sie auf Arthurs Werkbank, ein Schnitzmesser, mit dem sie eh besser arbeiten konnte als mit einem herkömmlichen Skalpell.

»Der Tee auf dem Tisch ist deiner.«

»Danke.« Der Tee war hellbraun, Erin hatte schon Milch hineingetan. Aimée nahm einen großen Schluck.

Sie arbeitete sehr konzentriert, und in kürzester Zeit hatte sie ein Stück Palisanderfurnier in der passenden ovalen Größe vor sich liegen. Erin war in ihrem Teil des Ladens ebenso aufmerksam bei der Sache. In breiten Streifen fiel die Sonne durch das Glas der Flügeltür. Aimée konnte sich keinen Ort vorstellen, an dem sie in diesem Augenblick lieber gewesen wäre.

Das Bügeleisen stieß lautstark Dampfwolken aus. Ein seltsam stechender Geruch stieg ihr in die Nase.

»Was machst du da eigentlich?« Aimée beendete ihre Schneidearbeit, zog die Klebestreifen vom Holz und trat zu Erin heran. »Ist das eine Tüte?« Sie besah sich das kleine, halb geschmolzene Ding auf dem Bügelbrett genauer. Es *war* eine Tüte. Jetzt war ihr auch klar, was hier so komisch roch. Erin bügelte Plastik.

Erin stellte das Eisen auf die metallene Ablage. »Um genau zu sein: eine *Coop*-Tüte. Eine von den dünnen Dingern, die man an den Kassen hinterhergeschmissen bekommt. Weißt du, ich experimentiere gerade mit Stoffen, die normalerweise weggeworfen werden.« Erin deutete auf das Bild einer Möwe, das an einem Granitvorsprung hing. »Dafür habe ich Plastiktüten und einen schwarzen Müllsack in Streifen geschnitten und übereinandergelegt, dann kurz drübergebügelt, anschließend an den passenden Stellen mit der Maschine Zickzacknähte gesetzt. Cloud, runter da!« Sie scheuchte die Katze vom Bügelbrett. »Na wunderbar.« Erin strich die gerade gebügelte Tüte glatt. Die Krallen des Kätzchens hatten deutliche Risse hinterlassen. Sie hielt die Tüte hoch und besah sie sich im Licht. »Eigentlich gar nicht so schlecht. Daraus könnte man …« Sie drehte die Tüte hin und her. »Das eröffnet ganz neue Möglichkeiten.« Erin sah sich nach der Katze um, die auf den warmen Dielen vor dem Ofen kauerte. »Vielen Dank, Cloudy.«

Dass es hier jetzt eine kleine Wolke gab, rührte Aimée ans Herz. Sie trank noch einen Schluck Tee und entdeckte dabei unter der Werkbank eine Warmhalteplatte mit einem gusseisernen Töpfchen voll Hasenleim. Unwillkürlich musste sie lächeln. So unterschiedlich arbeiteten Arthur und sie gar nicht. Aimée schaltete die Platte an.

»Wie alt ist denn dein Vater?«

Erin legte eine neue Plastiktüte auf das Bügelbrett. »Er ist letzten Herbst siebzig geworden. Eigentlich sollte er längst nicht mehr arbeiten.« Sie tupfte mit dem Bügeleisen auf der

161

Tüte herum. »Er hat Arthrose, in den Händen und Fingergelenken, und oft Schmerzen, wenn er arbeitet. Aber er will partout nicht mit dem Restaurieren aufhören. Manchmal ist er mehr Stunden in der Woche hier als ich.« Auf ihrer Stirn bildete sich eine Falte. »Ich wünschte, er würde es nicht als Scheitern sehen, wenn er jetzt aufhört. Ich meine, bei einem Angestellten würde sich die Frage gar nicht stellen.«

Aimée nahm einen Pinsel von der Werkbank. Das hier war Arthurs Lebenswerk, der Laden, die Werkstatt und all die Möbel, denen er mit seinen eigenen Händen neues Leben eingehaucht hatte. Es war nicht leicht, so etwas aufzugeben. Sie drehte den Pinsel zwischen den Fingern. Neben der Eingangstür schillerte das Grün des Kleides im Sonnenlicht.

Sie tauchte den Pinsel in das Töpfchen auf der Platte und verteilte den warmen Leim großzügig auf dem Blindholz und auf der Unterseite des neuen Furnierstücks. Dann setzte sie das Furnier ein, tupfte den überschüssigen Klebstoff mit dem feuchten Tuch ab und drückte einen Furnierhammer auf die Stelle.

Erin zog den Stecker des Bügeleisens aus der Steckdose. »Bist du fertig?«

»Na ja, mit einem Stück.«

Erin kam zu ihr hinüber, und Aimée nahm den Hammer beiseite.

Erin kniff die Augen zusammen, ging um die Tischplatte herum und betrachtete sie aus unterschiedlichen Perspektiven. Schließlich nahm sie die Brille ab. »Gib's zu, da war nie ein Loch.« Sie grinste. »Sag schon, wie hast du das gemacht?«

Doch bevor Aimée antworten konnte, wurde die hellblaue Tür aufgezogen, und ein Schwall kühler Luft drang in den Laden. Das Glöckchen bimmelte, und Arthur kam herein. Seine weißen Haare lagen in besonders ausladenden Wellen.

Erin ging auf ihn zu und umarmte ihn. »Ich dachte, du wolltest heute mal zu Hause bleiben.«

»Ich brauche einen Hobel.«

Erin zog eine Augenbraue hoch. »Möchtest du Tee?« Ohne eine Antwort abzuwarten, trat sie in die Küchennische und holte einen weiteren Becher aus dem Regal.

Aimée legte den Furnierhammer leise auf die Werkbank.

»Das ist übrigens Aimée.« Erin goss Milch in den Becher. »Ihr habt euch ja schon kennengelernt.«

Arthur wischte sich die rechte Hand an seinem Cordanzug ab und reichte sie ihr. Seine Fingergelenke waren verdickt, Wärme pulsierte darin. Sie konnte sich nicht vorstellen, dass er sich freute, sie hier zu sehen. Wortlos nahm er den Becher entgegen, den Erin ihm reichte. Das passierte völlig beiläufig – die Tochter kochte Tee, der Vater nahm den Becher. Leise Gitarrenmusik zog durch das gekippte Fenster herein. Aimée musste sich abwenden.

»Was haben wir denn hier?« Arthur trat an den Kleeblatttisch heran. »Den hatte ich doch rausgestellt. Erin, wenn ich etwas vor die Tür stelle, heißt das, dass ...« Er brach ab. Ähnlich wie Erin kniff er die Augen über der schmalen Nase zusammen und wanderte um den Tisch herum. Als er wieder aufblickte, hing ihm eine Haarsträhne vor den Augen.

»Nicht schlecht, oder?« Erin strich ihm über den Rücken.

»Was ...«

»Du erinnerst dich? Aimée war vor Kurzem schon mal hier. Sie ist Restauratorin. Und offenbar eine ziemlich begnadete.« Erins Stimme klang fröhlich und unbeschwert.

Jetzt sah Arthur sie an. Seine braunen Augen waren sehr starr. Unter seinem Blick kam Aimée sich vor wie ein Prüfling.

Schließlich räusperte er sich. »Hier – arbeite – ich.« Seine Stimme klang belegt, aber fest. Damit wandte er sich ab.

Aimée wickelte sich den Schal um den Hals. Sie hatte sich eingebildet, das hier wäre eine Chance. Eine, die nur darauf gewartet hatte, dass sie, Aimée Thaler, sie ergriff.

Arthur kramte in einer der Kisten hinten bei der Werkbank.

»Sorry, Erin«, sagte sie leise. »Ich wollte dir keinen Ärger machen.«

Erin fasste sie am Arm. »Ich bitte dich. Also …«, sie atmete hörbar aus, »ich frag jetzt erst mal Helen wegen einem Platz in Ellies Klasse, okay?«

Aimée nickte. »Okay.« Zu Begeisterungsstürmen war sie gerade nicht in der Lage.

»Deine Nummer hab ich.«

Aimée zog ihre Jacke an. Die Truhe sah wirklich aus wie die, auf der sie als Mädchen immer gesessen hatte. Massive Eiche, der gleiche braungräuliche Ton, kantig, allerdings ohne Namensschnitzerei, wobei man den Schriftzug bei ihrer Truhe ja auch nicht mehr hatte lesen können. Ihre Truhe hatte im Deckel einen Spiegel gehabt.

Im Hinausgehen warf Aimée einen letzten Blick auf die schimmernden, ordentlich gebügelten Stoffe und die glänzenden, kreuz und quer stehenden Antiquitäten, zwischen denen sie sich für einen flüchtigen Moment zu Hause gefühlt hatte.

Keine zehn Minuten hatte sie vom Hafen hoch zum Zeltplatz gebraucht. Jetzt blieb sie stehen, stellte die Tüte mit den Pastys in den Schotter und stützte sich mit den Händen auf den Oberschenkeln ab. Langsam kam sie wieder zu Atem. Sie war noch einmal bei *Pengenna* gewesen und hatte eingekauft. Jetzt erst recht. Wenn sie sich dem Gefühl hingeben würde, das sie beim Verlassen von *Erin and Arthur's* gehabt hatte, konnte sie ihre Jobsuche gleich vergessen.

Schritte näherten sich im Kies, Aimée richtete sich auf. Zoe stand mit dem Rücken zu ihr an dem dunkelgrünen Pick-up.

Aimée griff nach der Tüte und ging auf sie zu. »Zoe, hallo.«

Sie drehte sich um. »Aimée. Hi.« Zoe schaute sie gar nicht

richtig an. Ihr Gesicht war noch blasser als sonst, ihre Augen gerötet. Sie zog die Fahrertür auf.

»Alles klar?«, fragte Aimée. Sie war nicht neugierig, aber wenn es jemandem nicht gut ging, hatte sie sofort das Gefühl, etwas tun zu müssen.

Neben ihnen kam ein Paar aus dem Waschhaus. Feuchte Waschmaschinenluft hüllte sie für einen Moment ein.

»Ja.« Zoe setzte sich in den Wagen.

»Okay. Dann …«

Aber Zoe hatte die Tür schon zugezogen. Der Motor sprang an, und der Pick-up setzte sich in Bewegung. Als der Wagen aus der Einfahrt fuhr, sah Aimée, dass auf der Ladefläche mehrere Koffer und große Kartons standen. Das war kein Reisegepäck. Eher sah es so aus, als würde jemand umziehen. Zoe? Zog sie aus? Aus dem Cottage? Wahrscheinlich transportierte sie nur Sachen für eine Freundin, die umzog. Okay, jetzt war sie doch neugierig.

Sie schlug den Weg zum Bulli ein. Das Gras unter ihren Füßen war so leuchtend grün, als wären hier in den letzten paar Stunden Farbbeutel explodiert. Sie legte die Tüte mit den Pastys auf einen der Holztische, die dicht an der Weide standen, und setzte sich. Die Tischplatte war von einer feinen Salzschicht überzogen. Appetit hatte sie keinen. Dabei müsste sie eigentlich riesigen Hunger haben, sie hatte nur gefrühstückt, und das war schon ziemlich lange her.

Hinten auf der großen Wiese werkelten Len und Daniel zwischen einer Gruppe Zelten an irgendetwas. Das war gut, aber alles andere war nicht gut. Überhaupt nicht.

Aimée schob mit dem Fingernagel etwas Salz von der Platte. Sie hatte immer noch keinen Job und auch keine zündende Idee, wo sie einen finden sollte. Und der Laden ging ihr nicht aus dem Kopf. Dass Arthur ihr zum zweiten Mal eine Abfuhr erteilt hatte, war schrecklich gewesen. Sie durfte gar nicht daran denken. Von allem anderen ganz zu schweigen. Und der Bus sprang nicht mehr an.

Das Meer unten zwischen den Felsen war ruhig, die Wellen am Porthmeor Beach bildeten nicht mehr als ein flaches Weiß über dem Blau. Nur wenige Menschen spazierten am Strand, dunkle Pünktchen auf dem goldenen Braun. Len kam über die Wiese gerannt, er winkte ihr zu. Lennas Zöpfe schwangen unter seinem Kinn. Außer Atem kam er bei ihr an.

»Wir haben drei neue Holzbalken an den Zaun geschraubt. Drei! Die alten waren alle morsch.« Er wischte sich die Haare aus dem Gesicht. »Also, erst mussten wir die alten abbauen und wegtragen und dann haben wir die neuen in die richtige Länge gesägt. Daniel hat eine Kreissäge!«

»Eine grüne?« Sie erinnerte sich, wie er ihr damals gezeigt hatte, wie die Säge funktionierte. An das hohe, scharfe Geräusch hatte sie sich schnell gewöhnt.

»Nee, die ist blau.« Len ließ sich neben ihr auf die Bank fallen. »Pastys! Ich sterbe vor Hunger!« Er zog sich eine aus der Tüte.

Aimée lehnte sich an die Tischplatte. Sie sollte nicht so viel nachdenken, sondern lieber auch etwas essen. Sie nahm sich ebenfalls eine Pasty aus der Tüte und biss hinein. Der Mürbeteig war buttrig, die Cheddar-Zwiebel-Füllung pikant und sogar noch warm. Köstlich.

»Ich liebe Pastys!« Herzhaft biss Len zu.

Die Pferde auf der Weide streckten ihre Köpfe über den Zaun, ihre Nüstern blähten sich beim Schnuppern.

»Darf ich denen was geben?« Len riss schon ein Stück von seiner Teigtasche ab.

»Lieber nicht. Ich glaube, von Käse und Zwiebeln wird ihnen schlecht.«

»Aber dann hol ich gleich Äpfel aus dem Bulli, okay?«

»Na klar.« Sie könnte Len davon erzählen, dass Erin für ihn bei Ellies Lehrerin nachfragen wollte, aber dann entschied sie, lieber zu warten. Sie wollte ihm keine falschen Hoffnungen machen.

Daniel kam über den Kiesweg auf sie zu. Er trug einen dicken dunklen Pulli über der Jeans, der seine breiten Schultern betonte. »Bin gleich fertig!«, rief Len. Er kaute schneller.

»Hey.« Daniel hielt eine Kreissäge in der Hand, die viel kleiner war als die grüne, die Aimée in Erinnerung hatte.

»Hey.« Sie rückte auf der Bank zur Seite. »Möchtest du eine Pasty?«

Daniel zögerte. Dann sagte er: »Gern«, stellte das Werkzeug ab und setzte sich zu ihnen. »Und? Warst du erfolgreich?«

Sie hatte ihm erzählt, warum sie heute Morgen ohne Len losgezogen war. Sie schob die Tüte mit den Pastys zu ihm hinüber. »Leider nein. Die meisten Läden brauchen erst ab Ostern jemanden.« *Wenn überhaupt.* Das schluckte sie hinunter.

Daniel nickte und zog sich die letzte Teigtasche aus der Tüte. »Wir können auch noch mal zusammen überlegen.« Er sah sie kurz an. »Und du kannst Len gerne wieder bei mir lassen, wenn du weitersuchst. Ich kann seine Hilfe hier sehr gut gebrauchen.« Jetzt schenkte er ihr einen festen Blick.

Unter ihr im Gras wuchsen zarte Gänseblümchen. Es war lange her, dass jemand sie unterstützt hatte. Klar, Per hatte alles bezahlt, aber es fühlte sich anders an, wenn jemand mitdachte und ihr den Rücken stärkte. Wenn jemand gerne mit Len zusammen war.

»Daniel und ich haben Holz gehackt.« Len hatte den dicken Teigrand aufbewahrt und legte ihn sich ums Handgelenk.

Die Pasty in ihrer Hand war abgekühlt. Sie aß weiter.

»Für die Feuertonnen. Ich hab dreiundsiebzig Baumstämme zerhackt. Alleine!«

Lächelnd fuhr Aimée ihm durchs Haar. »Mindestens dreiundsiebzig.«

Die Sonne stand tief, das Licht legte sich sanft über all das sprießende Grün auf dem Campingplatz. Irgendwo hämmerte ein Specht.

»Sag mal, Daniel, ich hab gerade Zoe getroffen. Sie sah ziemlich … mitgenommen aus.« Sie musste jetzt einfach mal offensiv sein, sonst würden sie auch in drei Jahren noch übers Wetter sprechen.

Daniel ließ seine Pasty sinken. Eine Wollmasche stand aus seinem Pullover heraus. »Wir hatten Streit. Einen ziemlich heftigen. Mal wieder.« Er legte die Pasty auf den Tisch. »Zoe ist ausgezogen.«

»Oh, okay.« Unwillkürlich sah sie zum Cottage hinauf. Von diesem Platz aus war das Haus nicht viel mehr als ein granitener Schatten hinter alten Bäumen. Nur der Dachstuhl mit den Gauben lag frei. Seit sie hier war, hatte sie ein paarmal versucht, sich das Innere des Hauses vorzustellen, aber es war ihr nicht gelungen. Immer war Zoe in ihren Gedanken aufgetaucht, hatte am Küchentisch gesessen oder wie zur Begrüßung in der Haustür gestanden. Die Gaubenfenster standen heute weit offen. »Daniel, das …«

»Nicht zum ersten Mal übrigens.« Er klopfte ein paarmal auf die Tischplatte. »Wahrscheinlich nennt man das On-Off-Beziehung.«

Sie dachte an die Umarmung, die sie nach Barbaras Beerdigung beobachtet hatte. Zoe hatte Daniel über den Rücken gestrichen, und er hatte losgelassen, so richtig. Der Schecke vor ihnen steckte seinen Kopf in die Tränke, die eigentlich eine alte Badewanne war.

»Len, hol doch mal die Äpfel für die Pferde«, sagte Aimée.

»Wird gemacht!« Len rannte davon.

Am liebsten hätte sie Daniel *Warum?* gefragt, aber darauf gab es sicher keine einfache Antwort.

»Von mir aus müsste das nicht so sein.« Irgendwo klopfte wieder der Specht, und jetzt sah Aimée, dass auch Daniel Ringe unter den Augen hatte. »Zoe geht es nicht sonderlich gut. Generell nicht.« Sein Blick heftete sich auf einen weißen Fleck auf der Tischplatte, kristallisiertes Salz. »Sie ... mag sich selbst nicht besonders. Das lässt sich alles erklären, woher das kommt, aber das hilft uns auch nicht. Ehrlich gesagt, ich weiß nicht mehr weiter. Ich hab alles probiert. Alles.« Er atmete tief durch. »Ich kann ihr nicht helfen.«

Aimée legte die Hand auf seinen Arm. »Es tut mir so leid.«

Sie meinte das ernst. Für Zoe tat es ihr leid, natürlich, aber besonders für Daniel. Es war ihr wichtig, dass es ihm gut ging. Wie oft hatte Daniel Barbara damals in der Kommune eine Decke über die Schulter gelegt. Unzählige Male. Jetzt saß er allein in ihrem Haus.

Len kam mit Äpfeln und Karotten aus dem Bulli. »Mama, ist Oma da?«

Aimée sah hinüber zum Wohnmobil. Der untere Teil war mit Schlammspritzern übersät. Es war leer. Sie konnte niemandem erklären, wie sie das dem Wagen von außen ansah, aber sie wusste, Marilou war nicht da.

»Ich glaube nicht.«

»Ich kann ja mal bei ihr klopfen.« Len lief mit den Karotten und Äpfeln zum Wohnmobil.

»Weißt du, wann sie fährt?« Daniels Stimme klang sehr müde.

Aimée nahm die Hand von seinem Arm. »Keine Ahnung.«

Er biss von der Pasty ab. Die Muskeln seiner Wangen traten beim Kauen hervor. Er konnte Marilou noch weniger ertragen als sie. Ein Jahr, nachdem das mit seinem Vater und Marilou passiert war, hatte Edgar seine Familie verlassen. Er hatte irgendeine andere Frau kennengelernt und war mit ihr abgehauen. Es hatte nichts mehr mit Marilou zu tun gehabt, aber für Daniel hatte die Trennung seiner Eltern in jener Rosenmontagsnacht ihren Anfang genommen. Seither hatte er keinen Vater mehr gehabt, und er machte Marilou dafür verantwortlich. Aimée verstand ihn nur zu gut.

Len kam von der anderen Seite der Ulme zurück, die Hände noch immer voll bepackt. »Keiner da.«

»Ich möchte, dass sie in drei Tagen weg ist.«

»Wer?« Eine Möhre fiel Len aus der Hand. Er bückte sich und ließ gleich alles andere fallen.

Ein leichter Wind wehte vom Meer herüber. Aimée legte die Hand auf die leere Papiertüte vor ihr. »Und was soll ich deiner Meinung nach tun?«

»Sag ihr, dass sie fahren soll.«

»Warum ich?«

»Sie ist deine Mutter.«

»Oma?«, fragte Len.

»Ja und? Sie zahlt ganz normal für den Campingplatz. *Du* bist es, der möchte, dass sie wieder fährt.«

»Und du willst, dass sie bleibt? Tatsächlich?« Daniel stützte die Hände auf den Tisch.

Jetzt waren sie also wieder zu diesem Thema abgebogen. Natürlich wollte sie Marilou nicht hier in ihrem neuen Leben haben. Sie wollte nichts mit ihrem Trinken zu tun haben, sie wollte nicht alles immer so hindrehen müssen, dass Len nichts von den Spannungen zwischen seiner Mutter und seiner Oma mitbekam. Aimée blickte zu der schwefelgelben Tür des Wohnmobils hinüber. An einigen Stellen blätterte die Farbe ab, darunter kam Braun zum Vorschein.

»Natürlich will Mama, dass Oma bleibt.« Len baute sich vor ihnen auf. »Wir wollen doch alle zusammen Delfine gucken.«

Erst gestern Abend hatten sie zusammen die Nudeln als Delfine in ihre Münder springen lassen. Für ein, zwei Wimpernschläge waren sie glücklich gewesen. Aimée wischte die Pastykrümel vom Tisch und knüllte die leere Tüte zusammen.

»Ja, ich will, dass sie bleibt.«

»Sag ich doch!«

»Len! Lass uns bitte mal kurz alleine reden.«

Er sah sie böse an, aber er bückte sich, sammelte die Äpfel und Karotten ein und ging zu den Pferden.

Daniel stand auf. »Dann hab ich über die Jahre anscheinend alles falsch verstanden.«

Aimée erhob sich ebenfalls. Sie konnte nicht sitzen, während er stand. »Daniel ...«

»Was?« Er nahm die Kreissäge in die Hand.

»Sie ist meine Mutter!«

In diesem Moment klingelte das Telefon in ihrer Handtasche. *Marilou.* Irgendetwas musste mit ihr sein. Ihre Brust wurde eng. Das hatte sie schon ewig nicht mehr gedacht. Sie nickte Daniel kurz zu, der sich mit einem Schulterzucken umdrehte. Mit einem flauen Gefühl nahm Aimée das Gespräch an.

»Aimée? Hier ist Erin.«

Ganz unterwartet machte ihr Herz einen kleinen Sprung.

»Hey, Erin.« Durchs Telefon hörte sie, wie das Bügeleisen zischte.

»Hör zu, du hast den Job.«

Aimée wurden die Knie weich, sie musste sich wieder setzen. »Aber ... wieso?«

»Ich hab noch mal mit meinem Vater gesprochen. Als er sich erst mal beruhigt hatte, war er wirklich beeindruckt von deiner Arbeit.« Sie lachte. »Also, wie sieht's aus?«

Aimée stellte sich vor, wie Erin im weiten Hemd vor dem Bügelbrett stand, in diesem wundervollen Laden.

»Natürlich«, sagte sie und musste sich räuspern, weil sie nur ein Krächzen herausbrachte. »Das ist toll. Danke.«

»Großartig! Und ich muss *dir* danken. Ohne dich hätte ich ihn nie so weit gebracht, dass er kürzertritt. Wir haben uns jetzt auf halbtags geeinigt. Das ist doch schon mal was. Du könntest also die andere Hälfte übernehmen.« Es rumpelte bei Erin.

»Ach so, und ich hab vorhin auch gleich mal Helen angesprochen. Sie muss natürlich noch die Schulleiterin fragen, aber sie sagt, sie wüsste nicht, was dagegenspräche, dass Len zu Ellie in die Klasse kommt.«

Tränen schossen ihr in die Augen. Daniel und Len standen am Weidezaun. Len streckte seine flache Hand mit einem Apfel vor, der Schecke schnupperte daran.

»Erin, du bist … die Beste.«

»Komm einfach morgen Vormittag vorbei. Und bring Len mit. Ellie ist auch da, sie hat schulfrei.«

Aimée steckte ihr Telefon zurück in die Tasche. Mit wackligen Beinen stand sie auf, aber dann konnte sie die Freude doch nicht mehr zurückhalten: Mit der flachen Hand schlug sie auf den Tisch. Verdammt, sie hatte einen Job! Sie hatte *den* Job!

Daniel und Len drehten sich zu ihr um. Sie musste grinsen, als sie zu den beiden hinüberging.

»Kennt ihr den kleinen Laden am Norway Square?«

Len wischte sich die Hand an der Hose ab. »Den mit der Katze? Mit Cloud?«

»Genau den.« Sie ging in die Hocke. »Da kann ich arbeiten. Möbel restaurieren.«

»Dann haben wir ja Geld! Wir können hierbleiben!« Len packte sie an den Händen und schaute zu ihr hoch. »Oder?«

»Ich würde sagen, es sieht gut aus.«

Sie richtete sich auf. Daniel tat so, als wäre er mit dem Pferd beschäftigt, aber … Am liebsten hätte sie gleich noch einmal auf den Tisch gehauen. Egal, was er jetzt sagte, sie hatte die Freude eindeutig über sein Gesicht huschen sehen.

Er drehte sich zu ihr. »Ich freu mich.«

Na bitte. Ging doch.

VOR 27 JAHREN

Sommer 1992

Daniel winkte ihr vom See aus zu. Er war schon im Wasser, und Aimée gab ihm ein Zeichen, dass sie gleich nachkommen würde. Sie musste noch kurz nach Lili sehen. Daniel kraulte hinaus. Die Sonne schien wie verrückt, sie konnte ihn kaum noch erkennen.

Aimée lief zur Scheune hinüber. Drinnen kroch sie unter die Tische mit Sannes Porzellan. Keine Spur von Lili. Bei Barbara war wie immer alles aufgeräumt. Manchmal fasste Aimée heimlich die schönen Kleider auf den Bügeln an. Edgars Werkzeuge und Schrauben waren in kleine Behälter sortiert. Auch hier war Lili nicht. Bei Silas' Vitrinen konnte sie nicht sein, da war es nicht gemütlich. Dann schon eher bei ihnen, hinten in der Melkkammer. Da lag Lili in den letzten Wochen gern, auf einem weichen Samttuch oder einem der Wollmäntel, die Mama noch vom letzten Winter da liegen hatte.

»Lili«, flüsterte sie und knipste die kleine Lampe an. Aber auch hier war Lili nicht.

Ihr anderer Lieblingsplatz war die Kiste in Daniels Bauwagen. Sie hatten Lili zusammen ein Wurflager gebaut, aus einem Karton, den sie mit Decken und Kissen ganz bequem gemacht hatten. An der Seite hatten sie eine Öffnung in den Karton geschnitten und drum herum einen kleinen Auslauf aus Holzquadraten gebaut, die sie mit Scharnieren verbunden hatten. Das Wurflager musste drinnen stehen, damit es die kleinen Katzen auch nachts warm hatten und damit keine anderen Tiere kamen und ihnen etwas antun konnten. Und ein ruhiger Ort musste es sein. Deshalb ging es nicht in der Scheune, da war zu viel los. Und im Wohnmobil war es auch nicht ruhig, weil Mama nicht ruhig war.

Aber Daniel hatte seinen eigenen Bauwagen, schon seit er elf war. Er wollte nicht mehr mit Edgar in einem Raum schlafen. Die Holzstelzen dafür hatte er selbst gebaut und zusammen mit Lothar und Silas' Papa Georg hatte er den Bauwagen auf die Seite gelegt und die Stelzen darunter angeschraubt. Und dann hatten sie sich alle drei auf ein Podest gestellt und den Wagen vorsichtig samt der Stelzen wieder aufgerichtet. Jetzt sah er aus wie ein Bauwagen auf langen Storchenbeinen, mit einer Treppe. Selbst Silas konnte untendrunter durchlaufen, und der war bestimmt zwei Meter groß. Die Treppe, die hinaufführte, war flach, da kam Lili gut hoch. Und drinnen war es schön ruhig.

Immer wieder hatten sie Lili in den letzten Wochen in den Karton gesetzt, ganz behutsam, damit sie diesen Ort kennenlernte. Seit ein paar Tagen nicht mehr, Lili wollte nicht mehr angefasst werden. Bestimmt war es bald so weit. Aimée konnte nur hoffen, dass sie wirklich zur Geburt in Daniels Baumhaus-Bauwagen ging.

Leise stieg sie die breiten Holzstufen hinauf. Die Tür war angelehnt. Barbara hatte ein kleines Kissen mit zwei Schlaufen genäht, eine war an der Außenklinke befestigt, eine innen, damit die Tür nicht zufiel. Lili sollte ja immer rein- und rauskönnen.

»Lili, bist du da?«

Sie hörte ein Miauen aus dem Inneren und war erleichtert. Seit ein paar Tagen aß Lili nichts mehr, schlich nur immer hin und her, von der Scheune zum Bauwagen und wieder zurück. Und sie putzte sich ständig. Aimée schob die Tür auf. Es war stickig hier.

Lili saß nicht im Karton, sondern auf Daniels Bett, auf der blau-grau-grünen Patchworkdecke, die Barbara genäht hatte. Sie lag auf der Seite und miaute sehr laut. Die Zitzen auf ihrem weißen Bauch waren dick und rot. Mühsam stand sie auf, lief auf dem Bett hin und her und legte sich wieder hin. Das tat sie immer wieder und miaute dabei. Es sah aus, als würde sie etwas suchen. Sie war wirklich sehr dick. Sanne hatte vor zwei Wochen mal ganz sacht an Lilis Bauch gefühlt und gesagt, sie glaube, dass es mindestens fünf Junge würden. Puh. Es war wirklich sehr heiß hier. Aimée öffnete das Fenster über der Anlage. Daniel hatte schon eine mit Schallplattenspieler, CD-Player und einem doppelten Kassettenrekorder. Aimée hielt ihre Hand übers Bett und über die Wurfkiste, weil sie spüren wollte, ob da jetzt ein Luftzug war. Lili sollte ja nicht im Durchzug sitzen. Aber da wehte nichts. Und es war gleich viel angenehmer im Wagen.

Sie setzte sich zu Lili aufs Bett und machte leise »Sch-sch«, immer wieder ganz leise »Sch-sch«.

In Daniels Wagen war alles aus Holz. Der Boden, die Wände, die Decke und die Möbel. Der Raum sah gar nicht mehr blechig aus wie die anderen Bauwagen. Lili legte sich hin und blieb endlich ruhig liegen.

Aimée stand vorsichtig auf. »Ich hol Daniel.«

Sie lief die Stufen hinunter und rannte über die Wiese. An der Bank zog sie schnell ihre Sachen aus, den Badeanzug hatte sie schon drunter. Silas streifte vor ihr durchs Schilf, in der Hand hielt er einen Stock. Hinten im See hatte Daniel sich auf dem umgekippten Baumstamm ausgestreckt. Von hier aus sah er aus wie eine Rieseneidechse oder ein Chamäleon, er war so braun wie der Stamm. Sie tat so, als würde sie Silas nicht bemerken, dann ließ er sie meistens in Ruhe.

Aimée tauchte ins Wasser. Sie war erst in der dritten Klasse, aber sie konnte schon gut schwimmen, und schnell. Als sie schon fast bei Daniel war, sah sie die Tröpfchen auf seinem Rücken glitzern. Sie legte ihm die Hand darauf. Daniel zuckte zusammen, er spritzte ihr Wasser ins Gesicht. Aimée machte eine Rolle im Wasser und schwamm unter dem Baumstamm hindurch. Auf der anderen Seite hängte sie sich an Daniels Fuß.

»Ich glaube, Lilis Junge kommen bald.«

»Dann sollten wir zu ihr.«

»Bin schon unterwegs.« Aimée tauchte unter. Das Wasser war grünlich und trüb, aber das war nicht schlimm. Für Fische war das auch nicht schlimm, und sie war ja fast ein Fisch. Lothar hatte gesagt, sie müsse aufpassen, dass ihr keine Schwimmhäute wuchsen. Sie tauchte noch ein bisschen weiter, dann holte sie Luft. Daniel war schon vor ihr. Er schwamm Delfin, sein Körper sah dabei aus wie ein liegendes S. Das hatte sie auch schon mal versucht, aber es war echt schwer. Aber sie übte, und irgendwann konnte sie ganz bestimmt auch Delfinschwimmen.

Daniel wartete kurz vor dem Ufer auf sie, und gemeinsam stiegen sie aus dem Wasser. Schon von Weitem hörten sie lautes Miauen.

»Sie ist bei dir!«, rief Aimée.

In Badeanzug und Badehose rannten sie über die Wiese. Jetzt fauchte Lili, es klang, als würde eine Schlange zischen. Daniel stieg die Bauwagenstufen hoch, sie hinterher. Zwischen Daniels Beinen hindurch erkannte sie Silas, der mit seinem Stock in der Wurfkiste stocherte.

»Nein!«, schrie sie.

Da war Daniel schon bei ihm und riss ihm den Stock aus der Hand. Er holte aus und verpasste Silas eine Ohrfeige, dass es schallte. Kurz war alles still. Lili fauchte nicht mehr. Aimée hockte sich neben den Karton. Lili drückte sich in eine Ecke. Am liebsten hätte sie sie gestreichelt, aber sie wollte sie nicht noch mehr erschrecken.

»Sag mal, spinnst du?«, brüllte Silas, aber zurückschlagen

würde er nicht. Stattdessen ging er rückwärts. Dabei stieß er die Holzquadrate um Lilis Kiste herum um.

Daniel war kleiner als Silas, aber er wirkte viel größer.

»Raus«, sagte er. Seine Stimme zischte wie Lilis Fauchen vorhin, nur ganz leise.

»Schon gut, Mann.« Silas hob die Hände. Er lief weiter rückwärts, bis zur Tür, dann drehte er sich um und rannte die Stufen hinunter.

Aimée stellte den Auslauf wieder auf. Daniel kniete neben ihr. Lili atmete sehr laut.

»Alles ist gut, Lili. Ja. Du machst das sehr gut.« Seine Stimme klang so ähnlich wie ihr eigenes *Sch-sch* vorhin.

»Guck mal.« Er rückte zur Seite.

Ein winziges schwarzes Köpfchen schaute aus Lili heraus. Aimée konnte sehen, wie Lili presste.

Sie saßen ganz still nebeneinander. Ihre Haut war schon wieder trocken, nur ihr Badeanzug war noch feucht.

Da, plötzlich, flutschte das Kätzchen heraus. Es war so winzig wie eine Maus. Um das Kätzchen herum war eine dünne Haut, die Lili aufbiss und mit der Zunge säuberlich entfernte. Dann leckte sie sacht über das Gesicht ihres Babys.

»Was sollen wir tun?«, flüsterte Aimée.

Daniel saß reglos neben ihr. »Nichts«, sagte er. »Wir müssen nichts tun. Eine Mutter weiß, was ihr Kind braucht.«

177

SCHWANENMUSCHEL

Immer wieder fanden sie Muscheln im See. Aber nur diese eine be-
wahrte sie auf. Sie war fast zwanzig Zentimeter groß, und ihre
gelblichen Schalen hingen noch zusammen. »Muscheln haben auch
Herzen«, sagte sie und fuhr über die kalkigen Erhebungen der Scha-
len. »Und einen Beutel mit Flüssigkeit, der das Herz umschließt.
Das verhindert eine zu starke Reibung des Herzens.« Es war eine
Süßwassermuschel, eine Schwanenmuschel, aber als Aimée sie ans
Ohr hielt, hörte sie das Meer. Ein leises Rauschen wie von Glück.

Mai 2019

Die schwarzen Neoprenanzüge baumelten an einem hölzernen
Gestell und drehten sich im Wind. Aimée stand vor der Surfschule und schaute über den weiten Strand aufs Meer. Porthmeor Beach. Jetzt war sie hier.

Das Wasser hatte sich zurückgezogen, und doch war sie
ihm so nah wie schon seit Jahren nicht mehr. Erin, Ellie und
Marilou liefen voraus, über den nassen Sand, der schäumenden
Gischt entgegen, nur Len stand noch neben ihr.

Seit sie in St. Ives waren, hatte er sie immer wieder gefragt,
warum sie nicht an den Strand gingen, warum sie über die Island liefen, aber nie die Felsenstufen zum Wasser hinab. Die
Gründe, die sie ihm nannte, klangen selbst in ihren Ohren
schal. Die feuchten Anzüge schimmerten schwarz, sie hinterließen Tropfspuren im Sand. Irgendwann musste sie Len sagen,
was an jenem brütend heißen Sonntag im August vor fast sie-

ben Jahren passiert war. Als er noch in ihrem Bauch gewesen und Marilou ins Wasser gegangen war. Irgendwann musste sie ihm sagen, was wirklich geschehen war.

Erin winkte. Marilou hatte sich schon auf der roten Decke niedergelassen. Sie war vorhin im Laden aufgetaucht, und da hatten sie alle zusammen, Erin, Ellie, Len und Marilou, beschlossen, heute Nachmittag an den Strand zu gehen. Alle waren voller Vorfreude gewesen, und schließlich hatte Aimée eingewilligt.

Gegen den Wind liefen sie zu den anderen. Die Wellen sahen aus wie Wolken, auf die man vom Flugzeug aus guckte, nur dass sie sich laut am Ufer brachen.

»Hi!« Erins kurze schwarze Haare standen in die Höhe. Sie hämmerte die Stangen eines leuchtend blauen Windschutzes in den Boden.

Len setzte sich neben Marilou. Er ließ Sand zwischen seinen Fingern zerrieseln. Es war das erste Mal, dass er Sand woanders als auf Spielplätzen berührte. Ellie lief mit einem Eimer vor ihnen auf und ab und sammelte Muscheln. Sie trug ein langes gelbes Kleid mit einem schalartigen lila Kragen. Bestimmt hatte Erin es genäht.

»Komm auf die Decke, Aimée, hier ist es windstill.« Marilou rückte ein Stück zur Seite. Sie trug ein schwarzes Strickkleid und hatte roten Lippenstift aufgelegt.

Aimée setzte sich. Marilou hatte schon eine große Picknicktasche ausgepackt. Cola, Kekse und jede Menge Sandwichs in Plastikverpackungen lagen um sie herum. Sie selbst hielt ein altmodisches Kristallglas in der Hand. Flohmarktware. Eine Flasche Rosé stand vor ihr im Sand. Aimée blickte über eine Reihe herumliegender Surfbretter hinaus auf das leuchtende Meer. Heute würde sie sich von Marilous Trinkerei nicht irritieren lassen.

Als der Windschutz stand, ließ auch Erin sich zu ihnen auf die Decke fallen. »Herrlich.«

Die Brandung rauschte, Len beugte sich mit Lenna unterm Kinn einige Meter entfernt über eine Wasserlache.

»Wein?« Marilou nickte Erin zu und berührte die Flasche mit ihrem nackten Fuß.

»Später vielleicht, danke. Darf ich mal?« Erin befühlte den Stoff von Marilous Kleid. »Alpaka, oder?«

»Keine Ahnung. Als ich's gekauft hab, hatte es schon kein Schildchen mehr.« Ihr Englisch war kaum verständlich. Sie lachte.

»Warst du hier in der Gegend eigentlich schon auf Trödelmärkten?«

Marilou schüttelte den Kopf. »Gerade mach ich von alldem eine Pause. Eine kreative Pause.«

Aimée saß zwischen den beiden. Die Situation hatte etwas Unwirkliches, als wäre sie einem französischen Film entsprungen. Hier saß sie also zusammen mit ihrer Mutter und ihrer neuen Chefin-Freundin auf einer Decke im Sand, vor sich das Wasser. Innerlich schüttelte sie den Kopf.

»Ja, eine Pause tut auch mal ganz gut.« Erin öffnete eine der Kekspackungen. »Wenn ich die ganze Zeit arbeite, dann gehen mir irgendwann die Ideen aus. Dann muss ich raus.«

»Oh ja. Wenn ich immer nur auf Märkten bin, seh ich irgendwann auch nichts mehr. Da könntest du mir den billigsten Ramsch andrehen, ich würd dir glauben, dass er wertvoll ist.« Marilou nahm einen Schluck Wein. »Gerade überlege ich allerdings, ob ich nicht was ganz anderes mache.«

Aimée griff nach einer Alge. Seit Ewigkeiten hatte sie Marilou nicht mehr so reden gehört. Manchmal dachte sie, sie wüsste nichts über ihre eigene Mutter.

»Spannend. Hast du schon eine Idee?« Erin schob mit dem Fuß etwas Sand beiseite.

»Ein paar, aber nichts Konkretes.«

Vorne am Wasser patrouillierten zwei Typen von der Seenotrettung. Sie trugen rote Shorts und gelbe Longsleeves, der eine hatte ein Fernglas in der Hand. Die schwarze Alge zwischen Aimées Fingern war hart. Sie fühlte eine Unruhe in sich und wusste nicht genau, warum. Schließlich stand sie auf. Sie umrundete ein paar Surfbretter und Bodyboards.

»Mama, schau mal. Da schwimmen Fische. Ganz kleine.«

Aimée beugte sich neben Len über die Lache.

»Da! Ein ganzer Schwarm.«

»Oh ja, wirklich.«

Hier lag frischer Tang herum, grün und pickelig wie Gurken aus dem Glas. Sie zerquetschte eine der Blasen zwischen den Fingern, eine geleeartige Flüssigkeit quoll heraus.

»Was ist das?« Len legte eine Alge auf seine Handfläche und inspizierte sie.

»Blasentang, eine Art Meerespflanze.«

»Ich bau eine Burg, und damit schmücken wir sie.« In Deutschland hatten sie Sandspielzeug gehabt, hier buddelte Len mit den Händen.

Ellie kam angerannt und grub sofort eifrig mit. Zusammen hoben sie einen Graben aus.

Aimée setzte sich ein paar Meter entfernt auf ein halbwegs trockenes Sandstück. Sie atmete tief ein. Die Luft war hier unten noch eine Spur salziger als oben auf dem Zeltplatz. Sie schmeckte es auf der Zunge. Das Meer war am Horizont dunkelblau, wurde dann zu einem Grünblau, einem kräftigen Türkis und weiter vorne immer heller und heller. Wellenreiter lagen auf ihren Brettern, ein Stückchen rechts, in Richtung Island. Sie paddelten im weißen Schaum, nur wenige standen auf ihrem Board. Möwen segelten über den endlosen Himmel. Erin hatte recht, es war wirklich herrlich hier. Aimée fühlte es im ganzen Körper. Die Weite hier machte auch sie selbst weit und empfänglich für all das Schöne um sie herum und Len erst recht. Dieser Ort war so was von richtig für sie!

Sie wandte sich zu dem blauen Windsegel um. Dort machte sich eine schmale Frau mit langen grauen Haaren, die einst blond gewesen waren, auf der Decke breit. Diese Frau war ihre Mutter. Marilou lachte, und Erin, die gerade in ein Sandwich biss, lachte auch. Die beiden waren aus zwei unterschiedlichen Leben entsprungen, auch aus der Entfernung war ihr Anblick nicht minder absurd.

»Mama, darf ich meine Schuhe ausziehen?«

»Klar.«

Len hatte Unmengen von nassem Sand in den Haaren.

»Weißt du was? Ich zieh meine auch aus.« Aimée schnürte ihre Schuhe auf.

Len zog seine Sandalen von den Füßen, tanzte einmal um sie herum und warf die Schuhe dabei in die Luft. Lennas Zöpfe wirbelten herum.

Aimée drückte ihre nackten Füße in den Sand. Seit zwei Monaten ging Len jetzt schon in Ellies Klasse. Die Schulleiterin hatte zum Glück sofort zugestimmt. Len ließ zwar nicht so richtig durchblicken, wie es ihm dort gefiel, aber er sträubte sich nie hinzugehen, wie er es im Kindergarten getan hatte. Von Helen, seiner Lehrerin, hatte sie bislang auch nichts gehört. *Noch nicht.* Vielleicht konnte sie irgendwann einfach glauben, dass alles in Ordnung war.

Eine Wohnung hatten sie immer noch nicht. Die meisten freien Unterkünfte standen zum Verkauf, nicht zur Miete, und die wenigen Angebote *to rent* lagen weit über ihrem Budget. Doch im Moment war sie halbwegs entspannt. Und dankbar. Sie hatte einen wundervollen Job, und Len ging es besser denn je. Und es wurde immer wärmer.

Möwen trippelten über die weite Sandfläche vor dem Wasser, Len baute noch immer am Graben, während Ellie bereits die Burgtürme mit Algenblasen und einer großen Möwenfeder verzierte.

Jeden Morgen brachte sie ihn zur Schule und ging von dort aus direkt in den Laden. Meistens war sie als Erste da und setzte schon einmal Wasser auf. Wenn Erin kam, tranken sie in aller Ruhe ihren Tee und redeten. Oft ging es dabei um Ian, Erins Ex, Ellies Vater. Sie waren erst seit Weihnachten getrennt, als Ian Erin aus dem Nichts eröffnet hatte, dass er mit einer anderen Frau zusammen sei und mit ihr nach London ziehen würde. Silvester war er weg gewesen. Erin konnte es meist ganz gut überspielen, aber es ging ihr nicht gut.

Manchmal kam Arthur dazu. Erin beteuerte immer wieder, wie froh ihr Vater tief in seinem Herzen war, dass sie einen Teil seiner Arbeit übernahm. Davon merkte Aimée allerdings nicht viel. Arthur war nicht unfreundlich zu ihr, aber auch nicht gerade herzlich. Eher hatte er etwas Misstrauisches. Sie durfte es nicht persönlich nehmen, und es hatte auch nichts mit ihrer Arbeit zu tun. Aber das war nicht so leicht. Und manchmal konnte sie kaum hinschauen, wenn er sich offensichtlich unter Schmerzen mit einem Messer oder einer Schraubzwinge abmühte.

Aimée strich über den Sand. Es war großartig, wieder altes Holz unter den Händen zu spüren. Und es war tief befriedigend, die restaurierten Möbel auszuliefern und zu sehen, dass sich Kunden, leibhaftige Kunden, darüber freuten und bereits einen Platz in ihren Häusern und Wohnungen für ihre Stücke freigeräumt hatten.

Ein Schatten fiel über ihre Beine. Daniel stand im Neoprenanzug vor ihr. Unter seinem Arm klemmte ein weißes Board.

»Ihr seid am Strand.« Es war eine einfache Feststellung, aber sie wussten beide, was darin mitschwang.

»Irgendwann mussten wir mal runterkommen.«

»Daniel!« Len raste auf ihn zu und umarmte seine Beine.

Daniel fuhr ihm durch die Locken. Es rührte Aimée jedes Mal aufs Neue, wenn sie sah, wie vertraut die beiden miteinander waren.

Len schaute zu ihm hoch. »Kann ich mitsurfen?«

»Ein andermal. Wenn du schwimmen kannst.«

»Oh ja, schwimmen!« Ellie zog sich ihr gelbes Kleid über den Kopf. Darunter trug sie einen Badeanzug. Schon lief sie zu dem Windsegel.

Erin redete noch mit Marilou. Dabei zog sie einen kleinen Neoprenanzug aus der Tasche und hielt ihn Ellie beiläufig hin. In Windeseile schlüpfte Ellie hinein und rannte aufs Meer zu. Len starrte ihr hinterher. Aimée stand neben ihm und sah zu, wie Ellie über kleinere Wellen sprang.

Daniel nahm sein Brett wieder hoch. »Ich bin dahinten, bei den schwarz-weißen Flaggen. Wenn was ist …«, er wandte sich zum Gehen, »gib mir einfach ein Zeichen.«

Aimée blickte ihm nach, wie er auf die Island zuhielt. Hier und da erhoben sich schwarze Felsen aus dem Sand, glänzend wie flüssiger Teer. Am Fuß der Island, wo mehr Fels als Wasser war, wehte eine rote Flagge.

»Mama, kann ich zu Ellie?«

»Nein.« Sie hatte gewusst, dass er sie bitten würde, aber sie konnte ihn nicht ins Wasser lassen.

Len suchte ihren Blick. »Warum nicht?«

»Weil ich es nicht möchte.« Sie bohrte ihre Ferse in den Sand.

»Mama, was ist denn mit mir? Ich meine, weil ich nicht darf.«

Sie schloss die Augen. »Mit dir ist alles okay.«

»Entweder du sagst mir, warum nicht, oder ich geh jetzt ins Meer.«

»Len.« Sie öffnete die Augen. »Es ist Mai, das Wasser hat, wenn's hochkommt, zwölf Grad. Wir haben keinen Neoprenanzug und auch keine Schwimmflügel.« Sie stand auf, wollte ihm durch die Haare fahren, doch er wandte sich ab. Aimée stapfte durch den Sand zurück zum blauen Windfang.

Warum hatten sie sich keinen Ort in den Bergen ausgesucht? Aber bei ihrem Glück hätte es da sicher einen verdammten Bergsee gegeben.

Erin winkte ihr zu. Aimée atmete tief durch. Sie wollte nicht auch noch Erin in diese Sache hineinziehen. Sie ging zu der roten Decke, vor der noch immer die Flasche Rosé im Sand lag. Hundertfünfzig Milliliter waren noch darin, plus/minus zehn. Früher hatte sie ewig gezählt und gerechnet und immer genau gewusst, wann sie Marilou wie zu nehmen hatte.

Erin zog ihren Pulli aus. Sie hatte ebenfalls einen Badeanzug darunter. »Kommst du mit?«

Aimée schob die leeren Sandwichpackungen zur Seite und setzte sich auf die Decke. »Schwimmen ist nicht so meins.«

Marilou zog ein Stück vom Flaschenetikett ab.

»Soll ich Len mitnehmen?« Erin streifte sich die Hose ab.

Aimée spielte mit einer Miesmuschel, die die Flut hierhergespült hatte. »Wir haben keinen Neoprenanzug, und außerdem kann er noch nicht schwimmen.«

Len ließ sich zwischen Marilous Beine fallen. Sie umarmte ihn von hinten, das halb volle Weinglas in der Hand.

Erin stopfte ihre Klamotten in die Strandtasche. »Ach, das ist kein Problem. Wir leihen ihm alles vorne bei der Surfschule. Anzug, Weste, Flügel, was immer er braucht.«

Len sprang auf. »Ja!«

Aimée klappte die leere Muschelschale auf. Unter ihren Fingern klappte sie sich von alleine wieder zu. »Danke. Aber ich glaube, das ist keine so gute Idee.«

Erin hatte gerade den Reißverschluss der Strandtasche zuziehen wollen, doch jetzt hielt sie inne. »Okay, klar.«

»Ich will ins Meer!«, schrie Len.

Marilou stellte ihr Glas in den Sand und fasste seine Hände.

»Alles okay?«, flüsterte Erin.

Die Muschel in Aimées Hand leuchtete lila. Wenn sie es jemandem erzählen konnte, dann Erin. Aber auf keinen Fall jetzt und hier, wenn Marilou danebensaß.

»Alles okay. Ich hab einfach Angst, dass ihm etwas passiert.«

»Oh, das versteh ich. Mit der Strömung hier ist nicht zu spaßen. Aber, na ja, umso wichtiger, dass die Kinder schwimmen können. Oder?«

Aimée sah die Mütter im Kindergarten vor sich, Rebekka mit ihrem festgezurrten Lächeln, Sandras zur Schau gestelltes Entsetzen darüber, dass Len noch kein Seepferdchen hatte. Erin wollte sie nicht vorführen. Vorne am Wasser ließ Ellie sich rückwärts in die Wellen fallen und tauchte unter. Aimée wurde heiß. Spaziergänger liefen vorbei, blieben stehen und verstellten ihr den Blick. Am liebsten wäre sie aufgesprungen und so schnell sie konnte zu Ellie gerannt.

»Ich will auch!« Len zog an Marilous Händen.

Ellies Kopf tauchte wieder auf.

Aimée holte tief Luft, als wäre sie selbst untergetaucht. Sie sah zu den schwarz-weißen Flaggen hinüber und erkannte Daniel im flachen Wasser. Mit sechzehn hatte er sein goldenes Rettungsschwimmabzeichen gemacht, sie war damals zwölf gewesen. Wochenlang hatte er im See dafür geübt, und sie hatte ihm geholfen. Immer wieder waren sie angezogen ins Wasser gegangen, Aimée hatte die Ertrinkende gespielt und sich von ihm ans Ufer ziehen und schleppen lassen. Sie hatte nie auch nur einen Funken Angst dabei verspürt. Daniel sah zu ihr herüber, und Aimée hob automatisch die Hand. Sie wusste nicht, warum, nur dass es kein Gruß war.

Len zerrte an Marilou herum. Wenn ihm etwas einleuchtete, kam man bei ihm ziemlich weit. Dann zogen sie fast immer an einem Strang. Aber wie sollte ihm das hier einleuchten?

Bei der schwarz-weißen Flagge zog Daniel sein Board an Land und kam in ihre Richtung. Seine Schritte waren groß, seine Körperhaltung aufrecht. Direkt vor ihr blieb er stehen.

»Alles klar?«

»Ich will ins Meer!« Len machte sich von Marilou los.

Daniel sah nicht ihn, sondern Aimée an. Sie erkannte die Frage in seinen Augen.

»Wenn du mitgehst.«

»Echt?« Len drehte sich zu ihr um.

»Okay, Kumpel, komm.« Daniel griff nach Lens Hand. »Zuerst holen wir uns ein paar Sachen, das Wasser ist eisig.«

Die beiden liefen den Strand hoch zur Surfschule. Erin hob einen Daumen und ging in die andere Richtung zum Wasser.

Aimée blieb neben Marilou auf der roten Decke sitzen. Das blaue Segel flatterte, aber da, wo sie saßen, war kein Wind. Marilou wollte offensichtlich etwas sagen, aber sie hielt den Mund, und Aimée war froh, dass sie schwieg. Zugleich war es ihr unerträglich, dass sie etwas sagen wollte und es nicht tat. Aus Angst davor, dass sie das winzige Bisschen Nähe, das sie hatten, aufs Spiel setzte. Davor, dass sie ihren Enkel, den sie gerade erst kennengelernt hatte, wieder verlieren könnte.

Aimée griff nach der Keksschachtel, und Marilou musste denselben Gedanken gehabt haben. Ihre Hände berührten sich. Sie blickten sich kurz an, und Marilou fing an zu lachen, dann hustete sie. Aimée reichte ihr die Packung, und Marilou zog sich einen Schoko-Hafer-Keks heraus. Aimée nahm sich auch einen.

»Mama, Oma!« Len trug einen dunkelblauen Neoprenanzug, der über seine Arme und seine Beine ging, dazu eine orangefarbene Schwimmweste. Lenna hatte er in den Kragen des Anzugs gestopft.

Mit einem gelben Bodyboard unterm Arm lief Daniel neben ihm. Sie hielten aufs Wasser zu.

Ihr Sohn ging schwimmen.

Aimée saß aufrecht auf der Decke. Marilou neben ihr war genauso angespannt. Len war bereits mit den Füßen im Wasser. Er bewegte sich eine Weile gar nicht, als würde ihn die

Kälte erschrecken. Vielleicht war es auch die schiere Weite des Ozeans, die ihn zurückhielt.

Daniel platzierte das Brett vor ihm. Er sprach mit Len, und Len nickte und legte sich mit der Brust darauf. Aimée zerbröselte den Keks in ihrer Hand. Len ließ sich von Daniel durchs Wasser ziehen, er paddelte mit den Armen, dabei hatte Daniel eine Hand auf seinem Rücken liegen. Len hatte den Kopf leicht angehoben, er wirkte vollkommen entspannt.

Marilou rückte näher an den Rand der Decke. »Das macht er gut.« Ihre Stimme war belegt. Vermutlich meinte sie Len.

»Ja, das macht er.« Aimée meinte beide.

Sie tauschten einen kurzen Blick. Marilous Lippenstift war verblasst, nur die Umrandung war noch tiefrot. Aimée wischte sich die Kekskrümel von den Händen. Sie griff wieder nach der Miesmuschelschale. Irgendwas brauchte sie, an dem sie sich festhalten konnte.

Ellie und Erin schwammen auf Len zu. Ellie legte sich neben ihn ins Wasser und ließ sich wie er treiben. Aimée hörte das Lachen der Kinder und sah Daniels Hand auf Lens Rücken. Das Türkis vor ihren Augen wurde immer heller und der Sand immer goldener. Der Nachmittag bekam etwas Durchscheinendes. Aimée sank tiefer in die Decke, oder vielleicht fühlte es sich auch nur so an, weil sie losließ. Sie konnte loslassen, das wusste sie, solange Daniel bei Len war.

Nach einer Weile kam Erin mit den Kindern aus dem Wasser. Ihre Haare und Anzüge tropften und glitzerten im Sonnenlicht. Erin reichte Len und Ellie Handtücher. Aimée zog Len den Anzug aus und wickelte ihn in das große Tuch.

»Das war so toll!« Er plapperte in einer Tour, während Aimée ihn abrubbelte und zu sich heranzog. Sie konnte nicht anders, sie musste ihn ganz nah bei sich haben.

Marilou holte eine kleine Strickdecke aus ihrer Tasche und deckte Len damit zu. Nur noch sein Kopf schaute heraus.

»Wir gehen nachher alle noch mal!«, sagte er.

Aimée strich ihm die nassen Haare aus dem Gesicht und gab ihm einen Kuss auf die Stirn. Es machte sie glücklich, ihn so frei und ausgelassen zu sehen. Sie blickte zu Daniel hoch, der das Board an den Pfosten des Windsegels lehnte, und formte mit den Lippen ein lautloses »Danke«.

»Und dann kommt Aimée mit.« Ellie stand nackt auf der Decke und packte sich ein Sandwich aus.

»Ja, Mama kommt mit!« Len drehte sich zu ihr um.

Sie spürte auch Erins fragenden Blick.

Aimée fühlte die Muschel in ihrer Handfläche, die Kanten, die flache Wölbung. Die Sonne stand tief, und je länger sie zum Horizont sah, desto mehr verschwammen Wasser und Himmel.

Die Kinder riefen durcheinander, Ellie zupfte an ihrem Shirt. »Aimée kommt mi-hit!«

»Lasst sie.« Daniel stand noch immer am Windsegel, aber seine Stimme war so nah, als säße er neben ihr.

Aimée umschloss die Muschel in ihrer Hand.

Die anderen verstummten. Sein Blick streifte sie, flüchtig, aber das warme Gefühl blieb.

Aimée lehnte sich an den Zaun zur Weide. Die beiden Pferde grasten vor einem Himmel mit leuchtenden Streifen von Gelb, Orange und Rosarot, den Len Rührei-Himmel genannt hätte, wäre er noch wach gewesen. Die Sonne ging über dem Porthmeor Beach unter. Aimée kuschelte sich in ihren Wollponcho und lauschte dem fernen Rauschen des Meeres.

Unten in den Häusern gingen nach und nach die Lichter an, auf der Wiese am Ende des Platzes flackerten ein paar Feuer. Die runden und spitzen Formen der Zelte gaben ihr schon jetzt eine Vorstellung davon, wie es hier im Sommer aussehen würde, wenn der Platz voll besetzt war.

Hinter ihr auf dem Kies näherten sich Schritte. »Aimée.«

Sie drehte sich um. Daniel trug eine Feuertonne. Wo er stand, lag der Weg schon im Schatten. »Wenn dir kalt wird, vorne bei der Hütte ist ein Feuer.«

Es könnte eine Einladung sein, aber sicher war sie sich nicht. Daniel nickte nur und entfernte sich.

Der Himmel verlor langsam an Farbe, am Horizont glühte nur noch ein dünner Streifen Gelb. Aimée rieb sich die Arme. Ihr wurde tatsächlich langsam kühl, trotz des Ponchos. Sie könnte jetzt in den Bulli gehen, im Schein der Mondlampe noch ein paar Seiten lesen und den Tag ausklingen lassen.

Nicht ein einziges Mal war Len nachts aufgewacht, seit sie hier in St. Ives waren. Und wenn er heute Abend doch aufwachte, würde er die Tür aufziehen und nach ihr rufen. Amiée sah sich um. Das Wohnmobil stand dunkel und leer hinter der Ulme. Marilou hatte sich bei der Surfschule von ihnen verabschiedet und den Weg zum Hafen eingeschlagen.

Sie ging in Richtung Eingang, und ihre eigenen Schritte knirschten auf dem Kies.

Daniel saß vor der Hütte. Er hatte die Hände hinter dem Kopf verschränkt und die Augen geschlossen. Vor seinen Füßen prasselten die Flammen in einer großen blechernen Wanne. Neben seinem Klappstuhl stand ein zweiter. Aimée umrundete das Feuer und setzte sich. Daniel öffnete die Augen, über sein Gesicht huschte ein Lächeln.

»Danke für die Einladung.« Der leere Klappstuhl konnte nur als Einladung gemeint sein.

»Schön, dass du gekommen bist.«

Das Feuer knisterte und knackte im Dämmerlicht, Bäume und Büsche wurden zu Schemen, die Zeit schien sich zu dehnen. Der Moment, auf den sie so lange gewartet hatte, war da: Jetzt endlich konnten sie in aller Ruhe sprechen.

Daniel beugte sich vor und öffnete den Verschluss einer Thermoskanne. »Tee?«

»Gern.«

Er goss dampfenden Tee in die kleine Tasse der Kanne und reichte sie ihr. Auf seiner Haut lag ein warmer Schimmer.

Ein junger Mann kam zu ihnen ans Feuer. »Entschuldigung Bekomm ich hier noch eine Tonne und Holz?«

»Klar.« Daniel stand auf und verschwand hinter der Hütte.

Der Mann rieb seine Hände über dem Feuer. »Wird doch noch ganz schön kalt abends.«

Aimée nickte und trank einen Schluck von dem heißen Tee. Daniel kam mit einer Blechtonne und einer Ladung Holzscheite wieder. Der Mann kramte in seiner Jackentasche.

»Ich schreib's auf.« Daniel kippte den Sack mit den Scheiten in die Tonne. »Nate, richtig?«

»Korrekt. Danke.« Der Mann hievte die Feuertonne hoch. »Schönen Abend noch.« Er verschwand hinter dem Pick-up. Der Mond war heute Abend nur eine dünne Sichel.

Daniel stellte ein paar neue Scheite in der Wanne auf. Die Haare fielen ihm dabei ins Gesicht. »Die hat Len gehackt. Hat ganz schön viel Ausdauer, der Kleine.«

»Es macht ihm aber auch echt Spaß, dir zu helfen.«

Daniel ließ sich wieder auf den Stuhl fallen. »Er ist wirklich 'n toller Junge.«

Wärme durchströmte Aimée. Sie zog den Wollponcho etwas auf. »Danke, dass du dich so liebevoll um ihn kümmerst.«

»Hey, Len und ich sind Freunde.« Sein Profil war scharf, der Vollbart machte sein Kinn noch markanter.

Sie lächelte. »Dann bist du sein erster Freund.«

Du warst auch mein erster Freund.

Das Feuer züngelte am Holz empor.

»Was ist mit seinen Freunden in Deutschland?«

»Nichts. Er hat nie wirklich Anschluss gefunden.«

Daniel drehte sich zu ihr. »Er ist nicht so beliebt wie seine Mutter?«

»Seine Mutter war nicht beliebt.«

»Ach, und warum haben dich dann ständig irgendwelche Mädchen aus deiner Klasse besucht? Noch Tee?« Er nahm ihr den Becher ab und goss nach. »Mädchen und Jungs.«

»Die waren neugierig. Wollten nur mal sehen, wie es sich in so einer Kommune lebt.«

Daniel lehnte sich zurück. »Manchmal waren da wirklich viele Jungen.« Er grinste sie über den Rand der Tasse an. Feine Falten gingen wie schattige Strahlen von seinen Augen ab.

»Maßlos übertrieben.« Sie nahm ihm die Tasse aus den Händen.

»Hatte er wirklich keine Freunde?«

Aimée fuhr den Rand der Tasse nach. »Er hat sich schwergetan. Mit den Kindern im Kindergarten. Die Strukturen … haben nicht zu ihm gepasst.«

Daniel beugte sich vor und griff nach einem Stock.

»Okay.« Sie seufzte. »*Ich* hab mich schwergetan. Das ganze Leben dort, Per, sein Haus, seine Freunde, die anderen Mütter im Kindergarten, das alles war so weit weg von mir. Ich hab gedacht, ich könnte irgendwann eine Verbindung herstellen, dieses Leben zu meinem machen. Dass ich mich nur anstrengen müsste. Aber es hat nicht geklappt. Ich habe mich die ganze Zeit fremd gefühlt.«

Daniel stocherte im Feuer. Feine Funken flogen in die Dunkelheit.

»Es war ein Fehler«, sagte sie.

Sie hatte gedacht, es würde sich seltsam anfühlen, wie ein Schuldeingeständnis, wenn sie Daniel gegenüber zugab, dass sie sich getäuscht hatte. Dass das Leben mit Per sie nicht glücklich gemacht hatte, dass Daniel recht behalten hatte. Aber da war nur die Ruhe und Schwere in diesem Stuhl, an diesem Feuer, unter dem weiten sternenklaren Himmel.

Er räusperte sich. »Es tut mir leid.«

Am Boden der Wanne glomm die Glut.

Und plötzlich konnte sie ihm alles erzählen. Wie aufgehoben sie sich anfangs bei Per gefühlt hatte. Wie unendlich dankbar sie ihm gewesen war. Wie sehr sie sich immer ein Haus als Zuhause erträumt hatte, vier unverrückbare Wände und ein Dach, das sie schützte. Seit sie denken konnte, hatte sie sich mit jeder Faser ihres Körpers nur eines gewünscht: irgendwo anzukommen.

Das wusste Daniel. Natürlich.

»Ich hab geglaubt, ich liebe diesen Mann. Ich hab's wirklich geglaubt.«

Daniel stocherte noch immer im Feuer. Er hatte die Ärmel seines Pullovers hochgeschoben, die Muskeln seines Unterarms waren gespannt.

»Die ersten zwei Jahre ging es mir gut. Es war zwar eine fremde Welt, aber ich war einfach nur froh, dass ich die Kommune hinter mir gelassen hatte.«

Die Kommune.

Dazu hatte auch Daniel gehört. Sie war froh gewesen, dass sie ihn nicht mehr ständig vor Augen hatte haben müssen. Ihn und Zoe.

Daniel neben ihr schwieg. Irgendetwas in diesem Schweigen forderte sie heraus weiterzuerzählen.

»Mit Lens Geburt wurde alles anders. Wenn es nach Per gegangen wäre …« Sie musste schlucken. Daniel wusste nicht, wie Per zu Len stand. Sie hatte es ihm nie erzählt. »Wenn es nach ihm gegangen wäre, würde es Len gar nicht geben.«

Daniel legte ihr die Hand auf den Rücken. Am liebsten hätte sie sich gegen ihn sinken lassen, aber sie musste weitersprechen. Sie musste die Jahre, die sie einander nicht gesehen hatten, überwinden.

Sie sprach davon, dass Per Len nie so hatte annehmen können, wie er war. Dass er sich vom allerersten Moment an, als

Len noch im Brutkasten gelegen hatte, einen stärkeren Sohn gewünscht hatte. »Ich dachte immer, ich muss Len vor Per retten. Dass ich sein Leben persönlich beschützen müsste. Das hab ich nie abstellen können.« Aimée schloss ihre Hände fest um die Tasse. »Als Per Wolke hat einschläfern lassen, ist alles wieder hochgekommen. Es wäre damals bei Len genauso gewesen, nur ein …« Ihre Stimme brach.

Daniel strich über ihren Rücken. Von Ferne hörte sie das leise Rauschen des Meeres.

»Hat er sich mal gemeldet, seit ihr hier seid?« Daniels Stimme war rau, als hätte er seit Stunden nicht gesprochen.

Aimée schüttelte den Kopf. »Es überrascht mich nicht. Per und ich, wir haben beide etwas ineinander gesehen, was wir nicht sind.«

Vor zwei Wochen hatte Len sie aus dem Nichts gefragt: *Ist Papa jetzt alleine?* Irgendwie hatte sie die Frage sogar beruhigt. Vorher hatte sie ein paarmal versucht, mit ihm über Per zu sprechen, aber er hatte immer abgeblockt. Es war gut, dass es nun von ihm gekommen war. Auch wenn es ein komisches Gefühl war zu wissen, dass er sich vielleicht noch ganz andere Gedanken machte. Manchmal wünschte sie, sie könnte alles Schreckliche, was Len schon erlebt hatte, einfach ausradieren. Löschen wie Daten von einer Festplatte. Sie trank ihren Tee aus. Sie hatte Len angeboten, dass sie zusammen bei Per anrufen und ihn fragen könnten, wie es ihm ging. Aber das wollte er dann doch nicht.

In Daniels Augen spiegelten sich die Flammen. »Ich bin froh, dass ihr hier seid.«

Sie wäre gern mit ihrem Stuhl näher an seinen gerückt, hätte auch diese kleine Lücke geschlossen. Aber erst musste sie wissen, wie es ihm in den letzten Jahren ergangen war.

Er nahm den Stock wieder in die Hand. »Nicht alles läuft perfekt in meinem Leben, aber hey, immerhin bin ich am richtigen Ort.« Das Lächeln unter seinem Bart war deutlich zu sehen.

Aimée dachte daran, wie sie und Len im dichten Nebel hierhergefahren waren, zwischen den heckengesäumten Straßen wie durch einen wattig weißen Tunnel. Als hätte St. Ives sie magisch angezogen.

»Wie war es für Barbara, als sie zurückgekommen ist?« Sie reichte ihm die leere Tasse.

»Am Anfang sehr gut. Barbara ist es in der Kommune immer schlechter gegangen, gesundheitlich meine ich. Aber als wir hier waren, ist sie aufgeblüht. Sie hat lange Spaziergänge gemacht, am Strand und über die Klippen, einmal sogar bis nach Zennor. Sie hat Vorträge besucht und Konzerte im Arts Club und selbst Workshops zum Quilten gegeben. Es ging ihr blendend.«

Aimée lehnte sich zurück und blickte in den Himmel. Unmengen von Sternen glitzerten dort, so viel Weiß in der Schwärze der Nacht. Direkt über sich erkannte sie das Kreuz des Nordens, das Sternbild des Schwans, für das es eigentlich noch zu früh im Jahr war. Der Schwan, so sah es aus, breitete seine Flügel aus, streckte seinen langen Hals und flog davon.

Barbara hatte ein Loch im Herzen gehabt, ihr hatte von Geburt an die Lungenschlagader gefehlt. Aimée erinnerte sich an die fliederfarbenen Tabletten, die sie all die Jahre eingenommen hatte, und an ihren immer flachen Atem. Sie hätte Barbara so gern einmal losgelöst erlebt.

»Wir hatten vier sehr gute Jahre. Aber dann wurde sie immer kurzatmiger, ihr Lungendruck immer höher. Ihr Herz konnte das irgendwann nicht mehr ausgleichen. Eines Morgens ist sie nicht mehr aufgewacht.« Er strich sich über den Arm.

Das Feuer war heruntergebrannt, aber die Glut strahlte noch Wärme ab.

»Wie geht es dir jetzt damit?«

»Es gibt gute und weniger gute Tage. Manchmal überfällt's mich schon sehr.« Daniel faltete die Hände im Schoß. »Es war

195

nicht immer leicht, als sie noch gelebt hat. Zwei Frauen unter einem Dach. Zoe und Barbara haben sich nicht besonders gut verstanden.«

»Wirklich?«

Damals hatte Barbara Zoe mit offenen Armen empfangen. Aimée hatte sie damit sehr verletzt, aber sie hatten darüber sprechen können. Barbara war glücklich gewesen, wenn Daniel glücklich war. Jetzt, da sie selbst Mutter war, konnte sie das viel besser verstehen.

»Sie hat natürlich mitbekommen, dass Zoe und ich uns nicht immer guttun. Und da hat sie schon irgendwann eine ziemlich vehemente Meinung vertreten. Dass ich mich trennen soll. Das hat Zoe gespürt, klar. Da war die Stimmung eher eisig.«

Aimées konnte nicht mehr weit sehen, nur ein winziges Stück den Hügel hinunter, der von schwach leuchtenden Laternen gesäumt war. Der Pick-up vor dem Waschhaus war kaum zu erkennen, der Platz selbst lag vollkommen im Dunkeln.

Daniel klackte den Deckel auf die Thermoskanne. »Zoe ist wieder eingezogen.«

Aimée starrte ihn an.

Er sah in die Glut. »Gestern.«

Ihr Blick rutschte über ihn hinweg hoch zu Barbaras Haus, ein Rechteck, noch schwärzer als das Schwarz dieser Nacht. Daniel und Zoe hatten gestern Abend Sex gehabt. Sie wusste es, spürte es. Als ob es irgendeinen Unterschied machte, ob die beiden vor Zoes Auszug miteinander geschlafen hatten oder danach. Als ob es für *sie* einen Unterschied machte.

Sie straffte sich. »Okay. Und, wie ist das für dich?«

Er zuckte mit der Schulter. »Wie jedes Mal. Erst mal bin ich froh, dass sie wieder da ist. Am Anfang ist es dann ja auch immer gut.«

Nicht dran denken, Aimée!

Im schwachen Lichtschein der Laternen bewegte sich etwas,

eine Gestalt wankte den Hügel hinauf. Sie kreuzte die Straße in einem weiten Bogen und hielt auf den Eingang zum Zeltplatz zu. Marilou. Aimée stöhnte auf, erhob sich und ging ihr entgegen.

Marilou sang, irgendetwas von Fischern und alten Zeiten. Als Aimée sie am Arm fasste, machte sie sich los. Stolpernd passierte sie den Eingang zum Zeltplatz.

»Hey, Danny!«

Daniel stand vor dem Feuer, die Arme vor der Brust verschränkt.

Marilou lachte, stolperte weiter in Richtung Waschhaus und verschwand in der Dunkelheit.

Daniel und sie standen voreinander, ohne dass einer von ihnen etwas sagte. Sein Gesicht war ohne jede Regung, es sah aus wie ein Schwarz-Weiß-Foto.

Irgendwann hielt sie es nicht mehr aus und wandte sich ab.

»Ich glaube, ich geh jetzt schlafen.«

»Okay.« Er umarmte sie. Er nahm sie richtig in den Arm, sie selbst war steif dabei. »Wir sehen uns morgen.«

»Ja.«

»Gute Nacht, Aimée.«

»Gute Nacht.«

Hinterm Waschhaus kickte sie in den Kies, Steinchen spritzten auf. Sie war so wütend. Auf Marilou, auf Daniel und auf sich selbst. Und die Sterne am Himmel leuchteten, als wäre nichts. Und es war ja auch nichts!

Aimée legte den Kopf in den Nacken. Wahrscheinlich war der Schwan dort oben überhaupt kein Schwan. Wahrscheinlich hatte sie die Linien zwischen den Sternen vollkommen falsch gezogen. Sie fasste den Poncho eng zusammen und stapfte davon.

SCHIEFERTAFEL

Das erste Stück, das sie restaurierte, war eine alte Tafel aus Schiefer, eingefasst von einem Holzrahmen. Der Rahmen war wurmstichig, und an der einen Seite hatte jemand ein Loch ins Holz gebohrt, damit man die Tafel an einen Nagel hängen konnte. Durch die Bohrung hatte der Rahmen einen Riss bekommen, der sich vom Nagelloch ein paar Zentimeter durchs Holz zog. Sie mischte Kitt und Schleifstaub und widmete sich zuerst den Wurmlöchern. Dann wandte sie sich dem Riss zu und füllte ihn. Aufmerksam betrachtete sie den Rahmen im Licht. Vom Riss war kaum mehr etwas zu sehen. Sie hatte dem Rahmen seine Geschichte genommen. Am Ende kratzte sie das Füllmaterial wieder heraus. Es war ehrlicher. Und stabil war der Rahmen trotzdem.

Juni 2019

Wenn Aimée beim Arbeiten summte, waren das selten ganze Melodien, sondern einzelne Töne, die tief aus ihrem Inneren kamen. Sie fuhr über die Sitzfläche des Windsor-Stuhls. An einer Seite hatte sich der Lack schollenförmig aufgestellt, der Stuhl musste früher einmal, in den Fünfzigerjahren, an einer Heizung gestanden haben. Die letzten siebzig Jahre war er auf einem kalten, trockenen Dachboden vergessen worden. Aimée lächelte. Was Len wohl dazu sagen würde, wenn sie ihm erzählte, dass der Stuhl an einer Heizung gestanden hatte zu einer Zeit, in der Warmwasserheizungen der reinste Luxus gewesen waren. Sie liebten beide solche Geschichten.

Summend nahm sie einen Lappen und entstaubte die dünnen Holzstäbe der Rückenlehne. Dorothy Cade, eine alte Dame, hatte den Stuhl gestern vorbeigebracht. Sie hatte ihr erzählt, dass er das einzige Möbelstück gewesen war, das im Zweiten Weltkrieg nach einer Bombennacht vom Haus ihrer Großeltern übrig geblieben war. Sie selbst hatte den Stuhl ein paar Tage später im Straßengraben gefunden.

»Mittagspause.« Erin stand in der Tür und schwenkte eine Plastiktüte.

Aimée erkannte den himmelblauen Aufdruck des Fish-'n'-Chips-Shops unten am Hafen. *Balancing Eel.* Ihr Magen knurrte. Wenn sie arbeitete, merkte sie oft gar nicht, dass sie Hunger hatte. Sie rückte den Stuhl an die Wand. Später würde sie die Sitzfläche abschmirgeln, nur gerade eben so viel wie notwendig. Alte Möbelstücke sollten nicht wie neu aussehen.

»Ich setz mich schon mal nach draußen.« Das Glöckchen bimmelte, und Erin verließ den Laden. Kurz erschien ihr schwarzer Haarschopf vor dem Fenster.

Aimée legte den Lappen zu den anderen, band sich die Schürze ab und hängte sie über die Hobelbank. Kurz vergewisserte sie sich, dass alles da war, wo es hingehörte, die Pinsel im Einweckglas, die Hammer am Haken, Schraubzwingen in der Halterung, Leime und Lacke im Regal. Alles hatte seinen Platz. Aimée drehte sich einmal um die eigene Achse. Manchmal konnte sie es kaum glauben, dass sie diesen Laden gefunden hatte, oder er sie, wer wusste das schon so genau.

Im Hinausgehen fiel ihr Blick in den Spiegel des Waschtischs, für den Erin das schillernde Kleid auf seinem Ständer ein Stück zur Seite geschoben hatte. Ihre Wangen waren gerötet, die Locken hingen ihr wirr ums Gesicht, ihre Augen blitzten.

»Aimée Thaler, du hast mehr Glück als Verstand.«

Sie trat hinaus und drückte die Ladentür hinter sich zu. Automatisch griff sie nach dem Schlüssel in ihrer Tasche. Sie konnte sich einfach nicht daran gewöhnen, nicht abzuschließen, wenn niemand im Laden war. Aber Arthur und Erin vertrauten den Menschen hier in St. Ives.

Möwen flogen kreischend durch die Gassen, als spielten sie in der Luft fangen. Aimée sog den Duft des Frühsommertags tief ein. Es roch nach Blumen und Meer.

Erin saß bereits auf einer der Bänke an dem kleinen Platz. Der Norway Square war eher ein Steingarten, der von einem niedrigen Mäuerchen eingefasst war. In Erins Rücken lagen die *Porthmeor Studios*. Aimée und Len hatten schon häufiger in die Fenster der Ateliers hineingespäht, um einen Blick auf die Künstler und Fischer mit ihren Netzen zu erhaschen, die dort Seite an Seite arbeiteten. Erin saß da unter einem knallblauen Himmel und sattgrünen Palmen. Der Anblick kam ihr ziemlich verrückt vor.

Erin reichte ihr eine der hellen Verpackungen, als Aimée sich neben sie setzte. Erst neulich hatte Erin eine dieser *Balancing-Eel*-Schachteln auseinandergerupft und die Stücke zu einem Aal gebügelt. Er balancierte jetzt auf einem der Vorsprünge im Laden.

»Dank dir.« Der Geruch von frittiertem Bierteig und Essig stieg ihr in die Nase. Sie hätte nicht gedacht, dass ihr diese Mischung jemals das Wasser im Mund zusammenlaufen lassen würde. Mit einer kleinen Holzgabel trennte sie ein Stück von dem Riesenfisch ab und schob es sich in den Mund. Der Kabeljau war so zart, dass er auf ihrer Zunge schmolz.

Vom Hafen drangen leise Stimmen und Motorengeräusche zu ihnen herauf. Jetzt im Juni waren schon viele Touristen im Ort und genossen die Sonne und das Meer.

Erin verscheuchte eine Möwe von der Rückenlehne der Bank. »Ian kommt am Wochenende«, sagte sie unvermittelt.

»Okay.« Aimée ließ die Gabel sinken. Erins Ex, Ellies Vater, war seit Silvester nur noch sehr selten in St. Ives aufgetaucht.

Erin schob sich eine Pommes in den Mund. Sie kaute sehr lange. »Ich weiß, ich sollte mich nicht freuen. Aber was soll ich machen?«

»Wird er bei euch wohnen?«

Erin nickte. Ihr zart gebräuntes Gesicht bekam einen weichen Ausdruck. Sie würde es Ian am Wochenende so schön wie möglich machen, um ihm zu zeigen, was er noch immer haben konnte: seine Familie. Dabei war Erin sonst gar nicht so anbiedernd. Aimée piekste ein weiteres Stück Fisch auf. Ihr wurde ganz anders, wenn sie daran dachte, wie sie selbst sich für Per passend gemacht hatte, wesentlich länger als nur für ein Wochenende.

Erin legte einen Arm auf die Mauer. Gänseblümchen lugten zwischen den Steinen hervor. Mit ihren kräftigen braunen Stängeln sprossen sie aus jeder Ritze im Ort. »Was ist eigentlich mit Daniel?«

Aimée sah sie von der Seite an. Erin kaute, als wäre dieser brachiale Themenwechsel völlig normal. Die Möwe schlich sich über das Mäuerchen wieder an.

»Was soll mit ihm sein?«

Erin zerteilte ihren Fisch, der unter dem Teig noch immer dampfte. »Na ja, ich hab mich gefragt, ob da was ist zwischen euch?«

»Nein.« Aimée merkte, dass sie eine Spur zu laut wurde. Sie senkte die Stimme. »Wirklich nicht.«

»Und früher?«

»Früher sind wir mal zusammen gewesen. Aber das ist lange her.«

»Und warum seid ihr nicht mehr zusammen?« Erin winkte einem dunkelhaarigen Mann zu, der aus den *Porthmeor Studios* kam. Er trug eine große Mappe unter dem Arm.

»Weil …« Etwas knallte ihr hart ans Bein. Abrupt duckte Aimée sich zur Seite. Auf ihrem Schoß schlug die Möwe wild mit den Flügeln. Im nächsten Moment flog sie mit dem Fisch im Schnabel davon. »What the …« Aimée starrte in ihre Schachtel, in der nur noch ein paar zerdrückte Pommes lagen.

Der Mann war zu ihnen gekommen. »Darf ich?« Er klaubte eine Fritte von ihrem Knie.

Die Möwe war mit ihrer Beute in Richtung Hafen davongeflogen, sie war nur noch ein schwarzer Punkt am Himmel. Unglaublich!

»Wir haben den Vögeln ihre natürliche Nahrung genommen. Überfischung und so. Was sollen sie tun?« Der Mann grinste sie an. »Jack.«

»Von wegen Überfischung! Faule, gierige Diebe sind das.« Erin stieß mit der Gabel in die Luft. »Flugratten!«

»Aimée.« Sie erwiderte Jacks Händedruck.

»Du arbeitest bei Arthur, richtig?« Er lehnte die Mappe an die Mauer.

Sie nickte. »Und was machst du?« Noch während sie fragte, kapierte sie es. Die Mappe – übergroß, schwarz und mit Stoffbändern zusammengebunden.

»Jack Forbes? Der Maler?« Erin hielt ihr ihre Schachtel hin.

»Tut mir leid.«

»Die Tate hat ihn ausgestellt.«

Aimée nahm sich ein Stück von dem Fisch.

»Hey, genug.« Jack hatte auffallend blaue Augen unter den dunklen Brauen. »Ich muss das hier kurz wegbringen«, er tippte auf die Mappe, »dann hol ich mir auch was vom *Balancing Eel*. Soll ich dir noch mal was mitbringen?«

»Danke. Ich glaube, die Möwe hat mich gerettet. Nach so einem ganzen Fisch hätte ich nicht mehr arbeiten können.«

Jacks Züge hatten etwas Jungenhaftes, in seinem Kinn war ein kleines Grübchen. Ein leises Kribbeln zog sich über ihre Arme, sie spielte an ihrer Schachtel herum.

»Komm doch mal vorbei auf einen Tee.« Er nickte in Richtung *Porthmeor Studios*. »Atelier 3.«

»Das musst du dir wirklich mal ansehen.« Erin zwinkerte ihr zu. »Der Raum ist wundervoll. Eine riesige Fensterfront. Man sitzt quasi direkt am Strand.«

Jack klemmte sich seine Mappe wieder unter den Arm. »Hat mich sehr gefreut, Aimée. Bis bald, ihr beiden.« Er lächelte ihr noch einmal zu, dann verschwand er hinter der nächsten Häuserecke.

Aimée klappte die Schachtel zu und stellte sie neben sich. »Ist der immer so nett?«

»Zu mir nicht.« Erin grinste.

Aimée legte den Kopf in den Nacken und ließ sich die Sonne ins Gesicht scheinen.

»Jack ist aus Birmingham«, sagte Erin. »Er kam vor ein paar Jahren als Stipendiat nach St. Ives, als *Artist in Residence*. Eigentlich wollte er nur für ein paar Monate bleiben.«

Cloud sprang von irgendwoher auf ihren Schoß. Aimée streichelte ihr weiches, sonnenwarmes Fell und lauschte dem Wind in den Palmen. In Momenten wie diesem kam ihr ihr Leben nicht ein Stück unperfekt oder provisorisch vor. Dann spielte es keine Rolle, dass sie auf fünfeinhalb Quadratmetern hauste, wie früher, neben ihrer trinkenden Mutter. In Momenten wie diesem war alles gut so, wie es war. Die Bienen summten, und als sie das Rumpeln eines Wagens hörte, öffnete sie die Augen. Arthur saß auf dem Fahrersitz seines Transporters.

Erin beugte sich zu ihr. »Nur weil uns die Möwe dazwischengekommen ist, hab ich meine Frage nicht vergessen.« Pfeifend stand sie auf und warf die beiden Schachteln in einen Müllkorb.

Arthur rangierte den Transporter, sodass er mit dem Heck vor dem Außeneingang des Lagers stand. Mit langsamen, vorsichtigen Bewegungen stieg er aus. Erin ging zu ihm und drückte seinen Arm.

»Hey, du warst erfolgreich.« Sie öffnete die Klappe des Transporters, kletterte im flatternden Hemd auf die Ladefläche und inspizierte die Möbel.

Aimée ging langsam zu den beiden hinüber. Sie sahen sich wirklich sehr ähnlich. Es war nicht nur die schmale, lange Nase, da lag auch ein bestimmter Ausdruck in ihren braunen Augen, eine Neugierde auf die Welt, wie Kinder sie hatten.

Arthur trat ebenfalls an die Ladefläche heran. »Man weiß ja nie, was einen erwartet. Aber diese Frau hatte Schätze im Keller. Ich glaube, sie wusste selbst nichts davon. Und sie wollte nichts dafür haben. Glaubt man das?«

Erin sprang auf den Boden und umarmte Arthur. »Dir hat jemand beim Einladen geholfen, oder?«

»Jaja, der Sohn war da.«

Aimée stieg neben Erin auf die Ladefläche. Sie sichtete die Neuzugänge: ein Tischchen mit einer Platte aus blau-weißen Fliesen mit Segelschiff-Motiven, zwei Sheraton-Stühle aus glänzendem Seidenholz, ein Mahagonitisch mit geschwungenen Beinen, wahrscheinlich ein Hepplewhite, mit jeder Menge Kratzern auf der Platte. Sie konnte es kaum erwarten, mit ihrer Arbeit loszulegen.

An der Rückwand, hinter einem Nähmaschinentisch, stand ein feingliedriger Stuhl, der mit altrosa Rauten bemalt war. An einigen Stellen war die Farbe so ausgeblichen, dass man sie kaum erkennen konnte. Aimée hätte nicht sagen können, aus welchem Holz der Stuhl war und auch nicht, ob er wertvoll war oder nicht. Aber in seiner luftigen Leichtigkeit war er wunderschön. Augenblicklich sah sie ihn in einem gemütlichen Zimmer vor sich, auf einem Dielenboden, eingetaucht in warmes Licht. Sie seufzte. Auf dem Stuhl stand eine helle, große Schmuckschatulle.

»Wundervolle Stücke, Arthur.« Aimée reichte ihm die Schatulle hinunter. Sie war schwer.

Er klappte den Deckel auf und zog eine Kette aus grünlichen Steinen heraus. »Kennst du dich mit so was aus?« Seine Frage klang schroff. Aimée hatte immer das Gefühl, dass er sich nur widerwillig mit ihr unterhielt. Dabei hätte es so schön sein können, sie beide, Seite an Seite im Laden. Sie könnten bei der Arbeit plaudern und sich gegenseitig Tipps geben.

»Leider nein.«

Von irgendwoher zog ein intensiver Patchouliduft zu ihr hoch.

»Aber ich kenn mich aus«, sagte eine Frauenstimme.

Im nächsten Moment kam Marilou von der Vorderseite des Transporters zu ihnen an die Ladefläche. Die Haare hatte sie sich zu einem hohen Dutt gebunden, um die Stirn trug sie ein paillettenbesticktes Stoffband. »Darf ich?« Sie nahm Arthur die Schatulle ab.

Aimée schloss die Augen. Marilou musste sich in jeden Raum drängen, den Aimée für sich erschlossen hatte. Erst einen Fuß, dann ein Bein, und am Ende war es nicht nur ihr Körper, der diesen Raum in Beschlag nahm. Sie konnte nur schwer etwas gegen den Widerwillen tun, der in ihr hochkam. Im Lager hörte sie Erin rumoren. Ihr wurde klar, dass Marilou und Arthur sich gerade zum ersten Mal begegneten. Marilou war zwar hin und wieder im Laden aufgetaucht, aber immer genau dann, wenn Arthur nicht da gewesen war. Ergeben öffnete Aimée die Augen.

»Arthur, darf ich vorstellen, das ist Marilou, meine Mutter. Marilou, das ist Arthur, Erins Vater.« Sie versuchte, ihrer Stimme einen unbeschwerten Klang zu geben.

Arthur schenkte Marilou ein Lächeln. »Sehr erfreut.«

Marilou nahm nacheinander zwei lange grüne Ohrringe, ein grünes Armband, ein Collier und mehrere Ringe aus der Schatulle, hielt sie gegen die Sonne und wiegte sie in der Hand. Das alles tat sie so vorsichtig, wie Aimée es ihr nie zugetraut hätte.

»Jemand muss den Schmuck von einer Reise mitgebracht haben. Aus Afrika. Das ist alles aus grünem Käferpanzer gefertigt.« Die Pailletten auf Marilous Stirnband funkelten. »Für fünfhundertfünfzig, sechshundert Pfund würde ich es auf einem Antiquitätenmarkt sicher loskriegen.« Behutsam legte sie den Schmuck zurück.

»Klingt gut.« Arthur strich sich die Haare über der Stirn glatt. »Wann fahren wir auf so einen Markt?«

Marilou lachte.

Erin kam aus dem Lager. »Oh, hallo Marilou.«

Die beiden umarmten einander.

Aimée wünschte sich, dass sie Marilou so unbefangen wie Erin begegnen könnte. Sie stellte sich vor, wen sie dann vor sich sähe: eine interessant gekleidete Frau Mitte fünfzig mit einem Lachen, das gut zu dem blauen Himmel über ihr passte. Mehr nicht.

»Packen wir es an.« Arthur stützte sich auf die Ladefläche, um sich hochzuhieven. Dabei zitterte er am ganzen Körper. Doch er biss die Zähne zusammen und drückte sich weiter hoch. Oben machte er sich ohne Umschweife an dem Tischchen mit den blau-weißen Fliesen zu schaffen. Er wollte es hochheben, doch als er nach ihm griff, entfuhr ihm ein Schrei. Er versuchte, die Finger zu spreizen.

Erin und Aimée wechselten einen Blick. Arthur musste sofort von der Ladefläche runter. Aber sie durften ihm auf keinen Fall das Gefühl vermitteln, gescheitert zu sein.

»Arthur?« Marilous Stimme klang hell und fröhlich. »Ich dachte, Sie würden mir auf diesem Sonnenplatz da vorne Gesellschaft leisten.«

Langsam drehte Arthur sich um. Aimée erkannte das Misstrauen in seinem Blick. Sie sah weg. Neben ihr begutachtete

Erin mit übertriebenem Interesse den Schmuck in der Schatulle.

»Kommen Sie schon. Geben Sie mir die Ehre.« Marilou hielt ihm den Arm hin.

Arthur ließ sich von Marilou vom Transporter helfen und zu der Bank führen, auf der Erin und Aimée vorhin gesessen hatten.

Erin kletterte auf die Ladefläche. »Deine Mutter hat's echt raus.« Sie reichte Aimée das Fliesentischchen herunter.

Es stimmte, Marilou hatte die Situation gerettet.

Zusammen luden sie die Möbel aus und brachten sie ins Lager.

Als sie wieder draußen waren, steckten Arthur und Marilou auf der Bank die Köpfe zusammen. Spaziergänger würden vielleicht kurz innehalten und einen Blick auf das ungleiche Paar werfen. Auf den älteren Herrn mit den welligen weißen Haaren, im abgewetzten braunen Anzug, dessen Jackett ein bisschen zu locker um seine schmalen Schultern saß. Und auf die Frau mit dem glänzenden Stirnband, mindestens fünfzehn Jahre jünger als er, extravagant in ihrem bodenlangen weißen Kleid: Trompetenärmel, bunte Stickereien auf Ausschnitt und Taille, Pailletten am Saum.

»Den Stuhl kriegst du alleine raus, oder?« Erin knöpfte sich das Hemd über dem weißen Shirt auf. »Dann geh ich nämlich mal wieder an die Arbeit.«

»Klar. Bis gleich.«

Erin verschwand im Laden, während Aimée ein letztes Mal auf die Ladefläche stieg. Als sie den Stuhl vorne an den Rand stellte, sah sie, dass Marilou aufstand und Arthur beide Hände schüttelte. Sie wandte sich um und winkte Aimée zu. Die grünen Ohrringe schwangen bis zu ihrem Schlüsselbein hinunter, als sie an den *Porthmeor Studios* vorbeilief.

»Tolle Frau«, murmelte Arthur, als er näher kam. Er nickte

Aimée zu. »Bei der nächsten Haushaltsauflösung muss sie dabei sein. Meistens nehme ich den Schmuck nämlich gar nicht erst mit. Ich kann ja eh nichts damit anfangen. Aber mit Marilou …« Er ließ den Satz in der Luft stehen. Dann sah er Aimée an, so überrascht und interessiert, als hätte er sie bislang immer nur von Weitem gesehen. »Und du bist also ihre Tochter.«

Sie nickte.

»Oh, und ihr habt ja schon alles ausgeladen!« Arthur blickte über die leere Ladefläche.

»Fast.«

Das altrosa Rautenmuster des Stuhls erinnerte sie an eine flatternde Wimpelkette auf einem Sommerfest. Versonnen strich Aimée über die schlanke Lehne.

»Der gefällt dir.« Arthur nahm den Stuhl entgegen.

»Ja, sehr.«

»Dann gehört er dir.«

»Aber …« Arthur schenkte ihr etwas? *Ihr?* Auch wenn sie es ungern zugab, das hatte sie wohl Marilou zu verdanken. Aimée dachte an den Holzboden, auf dem der Stuhl hätte stehen müssen, an das warme Licht im Raum. Sie seufzte. Was sollte sie im Bulli mit diesem Stuhl? »Ganz lieben Dank, aber wir haben leider keinen Platz dafür.«

»Na, was nicht ist, kann ja noch werden. Wir stellen ihn erst einmal unter. Und irgendwann dann nimmst du ihn mit.«

VOR 23 JAHREN

Herbst 1996

Aimée war die Letzte an diesem Abend in der Scheune. Die Kunden waren längst weg, und auch die anderen hatten sich schon vor mindestens einer Stunde in ihre Wagen verzogen. Marilou war heute gar nicht erst aufgekreuzt. Aimée räumte noch auf. Kurzerhand stopfte sie all die Kleidungsstücke, die ihre Mutter verkaufte, auch den weinroten Samt, auf dem der Schmuck auslag, in die Waschmaschine. Sie konnte den Gestank wie von altem, ungewaschenem Bettzeug nicht mehr ertragen.

Jetzt rumpelte die Maschine im Nebenraum. Aimée musste warten, bis sie fertig war, und die Sachen dann in den Trockner stecken. Mit angezogenen Beinen saß sie auf dem Fünfzigerjahre-Schaukelstuhl, der heute keinen Kunden gefunden hatte. Aber den würde sie noch verkaufen. Wenn es nach ihrer Mutter ginge, hätten sie den Stuhl schon vor Tagen für dreißig Mark verscherbelt, aber Aimée wusste, dass sie ihn locker für hundert losbekam. Sie musste nur Geduld haben.

Sie schaukelte, der Stuhl quietschte. Über ihr brannte die nackte Glühbirne. Schon oft hatte sie überlegt, Silas' Mutter Erika einen ihrer Lampenschirme abzukaufen und über die Birne zu hängen. Aber dieser Ort mit seiner Zugluft und dem kalten Steinboden war so ungemütlich, dass es sich überhaupt nicht lohnte, ihn wohnlicher zu gestalten. Nur stinken sollte es hier nicht.

Der Schleudergang der Maschine lief langsam aus und

verstummte schließlich. Es war still in der Scheune. Nur ein Rascheln war zu hören, wahrscheinlich von einer Maus. Dann hörte auch das Rascheln auf. Aimée schaukelte und sah hinaus in die Dunkelheit vor dem Fenster. Wenn die Sachen gleich im Trockner waren, hatte sie alles getan. Dann gab es keinen Grund mehr, hier zu sitzen. Dann musste sie ins Wohnmobil.

Sie stand auf, nahm ihre Jacke vom Haken und griff sich die eingedellte Blechdose, die sie als Kasse benutzte. Zweiundsechzig Mark und zwanzig Pfennig hatte sie heute eingenommen. Nicht viel, aber immerhin konnte sie morgen einkaufen gehen. Am besten vor dem Frühstück, denn sie hatten kein Brot mehr. Sie knipste das Licht aus und bahnte sich im Dunkeln einen Weg zwischen den Tischen hindurch. Fast hoffte sie, dass sie irgendwo anstoßen würde. Das wäre der Beweis, dass sie und die Scheune noch nicht eins geworden waren.

Aber Aimée stieß nirgendwo an.

Sie holte die Wäsche aus der Maschine, schüttelte jedes Teil einzeln auf und steckte es in den Trockner. Mit der Kasse in der Hand verließ sie die Scheune und schloss das Tor hinter sich ab.

Es war kalt geworden. In den Bauwagen brannten noch Lichter, aber rundherum war es dunkel. Der Wind strich durch die Bäume, Herbstlaub raschelte und knackte unter ihren Füßen. Direkt vor ihr flatterte etwas auf, Aimée drückte die Blechdose enger an ihren Körper. Weit über ihr rief eine Eule.

Im Wohnmobil flackerte nur wenig Licht hinter der zugezogenen Gardine. Der Wagen schwankte, wahrscheinlich weil ihre Mutter drinnen schwankte. Es war Aimée zuwider. Sie stieg die Treppe hoch und stieß gegen etwas Weiches, das mit einem dumpfen Aufprall zu Boden fiel. Sie hatte ihrer Mutter schon tausendmal gesagt, dass sie die Müllsäcke nicht einfach rausstellen, sondern wegbringen sollte. Sonst hatten sie bald wieder Ratten im Wagen. Widerwillig nahm sie den Sack und zog die Tür auf.

Ein ekelerregender Geruch stieg ihr in die Nase, ein Geruch, der schrie: Renn weg, geh nicht weiter! Aber sie trat einen Schritt vor und scannte das Innere des Wohnmobils. Hinten auf der Eckbank war niemand und auch nicht vorne beim Fahrer- und Beifahrersitz. Von oben kam ein Schrei, ein Laut wie ein Peitschen, dann ein tiefes Lachen. Aimée sah zum Alkoven hinauf.

Zwei Körper waren dort ineinander verkeilt. Sie erkannte Marilou und einen Mann. Es sah aus, als kämpften sie miteinander. Aimée war dreizehn, sie wusste genau, was die beiden taten. Auf ihrem Bett.

»Mama!«

Marilou reagierte nicht, aber der Mann blickte von oben zu ihr herunter. Er bewegte sich weiter, als würde er Marilou schubsen. Er hatte eine Glatze, und als er Aimée ansah, wackelte er mit der Zunge im offenen Mund.

Aimée ließ den Müllsack fallen, sie rannte aus dem Wagen und über die Wiese hinunter zum See. Im Schilf übergab sie sich. Immer noch sah sie die eklig wackelnde Zunge des Mannes vor sich. Wieder erbrach sie sich. So lange, bis nichts mehr in ihr war. Sie stolperte zum Wasser.

Der See lag wie eine dunkle Fläche vor ihr, die Bäume am Ufer waren schwarze Schatten. Mit dem Jackenärmel wischte sie sich über die Augen. Wegen dieser beschissenen Frau würde sie nicht weinen. Sie hockte sich in den Sand und wusch sich das Gesicht mit Seewasser. Sie spülte sich sogar den Mund damit aus. Als sie aufstand, merkte sie, dass sie die Kasse noch immer mit einer Hand krampfhaft an sich drückte. In ihren Ohren sirrte es. Sie lief über die Wiese und stieg die breiten Stufen zu Daniels Bauwagen hoch. Ohne anzuklopfen, stieß sie die Tür auf.

Daniel lag auf dem Bett, in seinen Händen hielt er ein dickes Buch.

»Aimée. Was ist los?« Er sprang auf.

Sie wollte wirklich nicht weinen, aber die dummen Tränen kamen einfach. Sie schluchzte und konnte gar nichts sagen. Daniel hielt sie fest, ihr Kopf lag an seiner Brust. Er strich ihr über die Haare, immer wieder, bis sie ruhiger wurde.

»Was ist passiert?«

Sie erzählte ihm alles. Daniel wollte sofort rauslaufen und den Typen aus dem Wohnmobil zerren, aber sie konnte jetzt nicht allein sein. Und im Alkoven würde sie nie wieder schlafen.

»Kann ich heute Nacht hierbleiben?«, fragte sie leise.

»Natürlich.« Daniel nahm ihr die Kasse aus der Hand und stellte sie neben die Anlage.

Aimée streifte die Jacke ab, die nass vom Seewasser war, und legte sie auf die Truhe. Über das *Marielouise*. Den Namen wollte sie nicht mehr sehen. Trotzdem war es gut, dass die Truhe hier war und nicht im Wohnmobil. Schon vor Jahren hatten sie sie zusammen in Daniels Wagen gebracht, damit Marilou nicht irgendwann auf die Idee käme, darin herumzuwühlen.

»Du schläfst im Bett.« Daniel nahm das dicke Buch von der Matratze. Es war dunkelblau, fast schwarz mit weißen Sternenpunkten. *Astronomie* stand darauf.

Aimée zog sich Hose und Pulli aus. In T-Shirt und Unterhose schlüpfte sie unter die Bettdecke. »Und du?«

»Ich schlaf auf dem Boden.«

»Das ist doch viel zu hart.«

»Das macht mir nichts.«

Aimée stieg wieder aus dem Bett. »Dann schlaf *ich* auf dem Boden und du im Bett.« Sie würde auf keinen Fall zulassen, dass Daniel ihretwegen auf dem harten, kalten Boden liegen musste. Sie kauerte sich auf den Flickenteppich und zog die Beine ans Kinn.

Daniel stand mit nackten Füßen und nackten Beinen vor ihr. Irgendwas dachte er, aber sie hatte keine Ahnung, was. Warum konnten sie nicht einfach zusammen im Bett schlafen? Früher hatten sie das oft gemacht.

Er seufzte. »Okay.« Er legte sich hin, und als sie auch wieder im Bett war, breitete er die Decke über sie beide aus. Dann löschte er das Licht der kleinen Lampe.

»Gute Nacht, Aimée.«

»Gute Nacht, Daniel.«

Aimée lag auf dem Rücken und starrte an die Decke des Bauwagens. Daniel hatte Sterne oben ans Holz geklebt, die im Dunkeln leuchteten. Keine mit Zacken, sondern runde Punkte, die er selbst ausgeschnitten hatte. Sie zeigten den Sternenhimmel, wie er wirklich aussah. Daniel lag auch auf dem Rücken, er hatte die Arme hinter dem Kopf verschränkt. Sie hörte ihn atmen und spürte ein seltsames Ziehen im Bauch. Schnell heftete sie ihren Blick auf den Schützen, ihr Sternzeichen, ein Mischwesen, halb Pferd, halb Mensch. Eigentlich sah er mit seinen vielen Sternen eher aus wie ein Raumschiff oder eine Teekanne.

Am liebsten hätte sie, dass er sie noch einmal so hielt wie vorhin an der Tür. Vorsichtig rückte sie an Daniel heran. Je näher sie ihm kam, desto wärmer wurde es unter der Decke. Da war wieder das Ziehen. Sie drückte ihren Körper leicht an seine Seite. Er roch gut, nach Sommerregen und Daniel. Sie drückte sich noch fester an ihn und hatte das Gefühl, dass seine Wärme in sie hineinwanderte und sie immer mehr ausfüllte. Ihr Mund berührte seinen Hals, seine Schlagader pochte an ihren Lippen. Sie wollte sich auf ihn legen, aber da merkte sie, dass er sich anspannte. Jeder Muskel, so fühlte es sich an, wurde hart, von den Füßen bis zu seinem Hals. Er gab ein komisches Geräusch von sich und rückte ab.

Aimée rollte zurück auf den Rücken und starrte auf die Sterne. Der Schütze zog seinen Pfeil am Bogen weit zurück. Sie hörte Daniels schnellen Atem und spürte das wilde Klopfen ihres Herzens.

WOLKENFOTO

Ließen sich Wolken sammeln? Sie lag auf der Bank am See und schaute zum Himmel hinauf. Die wenigen Wolken dort oben sahen aus wie schmale Bänder und fein gesponnene Fäden. Vor ihren Augen bildete einer dieser Fäden ein Herz. Schnell griff sie nach dem Fotoapparat. Drei Tage darauf hielt sie das Bild in der Hand. Auf tiefem Blau lag ein dünner Rand aus reinem Weiß, ein perfekt geformtes Herz, wie gemalt. Sie hätte Daniel das Foto gerne geschenkt. Doch sie legte es zu ihren Schätzen, für später.

Juni 2019

Aimée saß in einem der hölzernen Deckchairs, die Daniel an diesem Freitagnachmittag überall auf dem Platz verteilt hatte. Vor ihr auf der Weide steckten der Fuchs und der Schecke die Köpfe zusammen, in ihrem Rücken wurden Dinge hin und her geschafft, Camper fuhren mit ihren Fahrzeugen bis hinten zur Wiese durch, Wohnwagen zwängten sich in die freien Lücken. Daniel hatte am Eingang des Platzes zu tun. Len war gerade aus der Schule zurück und pflückte im Gebüsch hinter der Holzhütte Himbeeren, Sommerhimbeeren, die schon jetzt, pünktlich zum Sommeranfang, reif waren. Sie sah Zoe auf dem Kiesweg. Aimée winkte ihr zu.

Zoe hob ebenfalls die Hand, zögerte für einen Moment und kam dann auf sie zu. Sie trug dunkle, enge Jeans, dazu weiße Turnschuhe und eine weite Jacke, die das Schmale ihrer Figur erstaunlicherweise noch unterstrich.

»Hi.«

Aimée schob sich die Sonnenbrille ins Haar. »Hey, Zoe. Möchtest du dich setzen?« Neben ihrem Stuhl standen noch zwei weitere. Aimée rückte ihren etwas zur Seite, obwohl das gar nicht nötig gewesen wäre. Aber es schien ihr trotzdem richtig, Zoe Platz zu machen.

»Danke.« Der grün-weiß gestreifte Stoff des Deckchairs flatterte kurz auf, bevor Zoe sich niederließ.

Das Meer lag ruhig vor ihnen. Keine einzige Welle zeigte sich auf seiner Oberfläche. Ein paar Surfer lagen bäuchlings auf ihren Brettern im Wasser und warteten.

»Herrlich, oder?« Zoe zupfte sich eine Klette von der Jeans.

Aimée blickte in den Himmel mit den fedrigen Wolken. Sie kam sich ziemlich blöd dabei vor, wie eine Schauspielerin. »Ja, es ist wirklich schön.«

Zoe räusperte sich. »Daniel hat erzählt, du suchst eine Wohnung. Gibt es da schon was Neues?« Sie saß sehr steif auf ihrem Stuhl, lehnte sich kaum an.

Seit Len und sie in St. Ives waren, hatte Aimée noch nie richtig mit Zoe gesprochen. Früher allerdings auch nicht viel mehr. Und jetzt saßen sie hier nebeneinander in ihren Deckchairs, als hätten sie sich bei dem schönen Wetter verabredet. Nur dass sie beide eine Spur zu starr nach vorn über den Zaun auf die Weide schauten. Hatten da schon immer Salzlecksteine am Holz gehangen?

»Leider nein. Ich guck die Angebote jeden Tag durch, aber es ist alles unglaublich teuer. Jetzt im Sommer geht es ja zum Glück einigermaßen mit dem Campen.«

»Ich kann mich gern mal für euch umhören. Bei der Arbeit und überhaupt.«

»Sehr gerne. Das wäre wirklich nett.«

Aimée hatte keine Ahnung, was eigentlich Zoes Arbeit war. Sie hatte weder Zoe noch Daniel jemals danach gefragt. Als sie noch bei Per gelebt hatte, war die Frage nach dem Beruf allgegenwärtig gewesen. Dabei engte die Antwort den Blick so sehr ein. Sie wurde eine Folie, auf der man den Menschen ab sofort betrachtete und bewertete. Trotzdem, jetzt war sie neugierig geworden.

»Was machst du eigentlich beruflich?«

Zoe strich sich über den Pagenschnitt. »Ich kuratiere Kunst, für verschiedene Galerien hier im Südwesten. Ich arbeite mit Künstlern und organisiere Ausstellungen.«

»Nicht schlecht.« Richtig, Zoe hatte damals *Arts and Cultural Management* in London studiert. Sie stellte sich Zoe in einer dieser schicken Galerien vor und Daniel in seinen Arbeitsklamotten auf dem Campingplatz. Keine Ahnung, was die beiden verband. »Wie hast du Daniel eigentlich kennengelernt?«

»Ich habe hier Urlaub gemacht, Daniel ja seine Lehre.« Zoe zuckte mit den Schultern. »Da sind wir uns abends im Pub über den Weg gelaufen.«

Der Schecke vor ihnen hob den Kopf und zeigte seine Zähne.

Zoe saß noch immer sehr aufrecht neben ihr, nicht so, als säße sie gern in einem Liegestuhl mit einer Rückenlehne aus Segeltuch. »Hat Daniel eigentlich irgendwas erzählt?«

»Wie meinst du das?«

»Na ja, ich meine …«, sie zupfte wieder an ihrer Jeans herum, »über ihn und mich?« Sie hörte sich gar nicht mehr wie die große, selbstsichere Frau an, die Aimée immer in ihr gesehen hatte.

Aimée zögerte. Sie wollte auf keinen Fall in den Beziehungsstreit zwischen Daniel und Zoe hineingezogen werden. »Er hat nur gesagt, dass es nicht immer einfach ist zwischen euch. Dass du ein paarmal ausgezogen bist.«

»Hat er erzählt, warum ich ausgezogen bin?«

Weil du nicht weißt, was du willst. Weil du mit dir selbst

nicht im Reinen bist. So hatte Daniel es zwar nicht gesagt, aber etwas davon hatte in seinen Worten mitgeschwungen.

»Nicht so richtig.«

Zoe atmete aus. »Beim letzten Mal, da hatte ich was mit einem anderen.«

»Oh. Okay.« Und das erzählte ihr Zoe, weil … sie sich von ihr irgendeine Hilfe erwartete? Oder wollte sie sie für irgendetwas einspannen? Vielleicht brauchte sie einfach ein offenes Ohr von jemandem, der Daniel gut kannte.

Aimée mochte sich gar nicht ausmalen, was es mit ihm machte, dass Zoe einen anderen hatte. Oder gehabt hatte. Ihr Gespräch am Feuer, als er ihr erzählt hatte, dass Zoe wieder eingezogen war, lag drei Wochen zurück. Seitdem hatten sie das Thema nicht mehr angesprochen. Es hatte etwas mit *ihr* gemacht, dass sie sich mit einem Mal hatte vorstellen müssen, wie die beiden als Paar miteinander umgingen. Vorher hatte sie sich das nicht vorgestellt, jedenfalls nicht den Sex. Und Aimée wollte nicht, dass es etwas mit ihr machte.

»Weißt du«, setzte Zoe wieder an, »wenn man so lange zusammen ist wie Daniel und ich, seit fünfzehn Jahren, dann …« Sie brach ab. Auf ihrer Nase zeichneten sich einzelne Sommersprossen ab. »Ach, ich weiß auch nicht.«

In diesem Moment sprang der Schecke vor ihnen auf den Fuchs. Er drückte seinen Körper an das Hinterteil der rotbraunen Stute und klammerte sich mit den Vorderbeinen an ihren Rumpf. Es sah aus, als würde er die Stute mit hartem Griff umarmen.

Zoe stieß ein Lachen aus. »Ich glaub es nicht.«

Der Schecke gab grunzende Laute von sich und rammte seinen Unterleib nach vorn. Es waren Tiere, aber trotzdem war es mit einem Mal eine sehr intime Situation, gemütlich neben Zoe im Liegestuhl zu sitzen und dem Akt wie Kinozuschauer beizuwohnen. Aimée stand auf und stellte ihren Stuhl schräg.

217

Jetzt blickte sie über Zoe hinweg aufs Wohnmobil. Zoe fixierte weiter die Pferde. Aimée wurde wirklich nicht schlau aus ihr. Das zumindest hatte sich nicht geändert.

Aus dem Augenwinkel sah sie, wie der Schecke von der Stute herunterglitt. Len kam über den Weg auf sie zu, in jeder Hand trug er einen großen Blecheimer. Seine Augen blitzten unter dem Lockenkopf, sein Mund und seine Backen waren pink verschmiert.

»Mama!« Er hielt ihr einen der Eimer hin, der bis zum Rand mit Himbeeren gefüllt war. »Und da sind noch mehr! Rate mal, wie viele Kilos das sind.«

Sie umarmte ihn. »Keine Ahnung. Fünf?«

»Sieben. Schätze ich. Daniel und ich wiegen gleich nach.« Er steckte sich eine Beere in den Mund.

Aimée roch den süßen Duft. Sie nahm sich eine Beere. »Vielleicht möchte Zoe auch welche?«

Die Fuchsstute kam auf wackligen Beinen an den Zaun. Ihre Augen waren glasig, sie schnaubte. Len hielt Zoe den Eimer hin.

Zoe schüttelte den Kopf. »Danke. Wo hast du Daniel gelassen?«

»Der arbeitet.« Len steckte sich gleich eine ganze Handvoll Beeren in den Mund. »Jetzt sind's nur noch sechs Komma neun Kilo.«

»Möchtet ihr was trinken? Wasser, Saft?« Aimée stand auf.

»Saft!« Len setzte sich mit seiner Ernte an den Holztisch.

»Danke.« Zoe erhob sich. »Ich glaube, ich mach mich mal auf.«

»Okay.« Vielleicht sollte sie der Höflichkeit halber sagen, dass es schön gewesen war, mit Zoe zu sprechen, aber schön war ihr Gespräch nicht gewesen.

»Bis bald.« Zoe nickte ihr noch einmal zu und lief in Richtung Wiese davon.

Im Bulli drückte Aimée das quadratische Dachteil nach oben, damit sie vor dem Küchenblock aufrecht stehen konnte. Der rote Stoff, der an dem Quadrat hing, bekam immer schlimmere Rostflecken. Sie nahm eine Flasche mit trübem Apfelsaft aus dem Kühlschrank und füllte zwei Gläser. Es war eine Schande, dass sie keinen Backofen hatten. Sonst könnten sie jetzt eine schöne Himbeertarte backen mit einem Boden aus Mürbeteig und einer Crème brulée als Topping.

Jemand klopfte an die Fensterscheibe, eine Hand, die übervoll war mit Ringen, Halbedelsteine auf Silber, die übereinandersteckten.

»Oma!« Len rannte zu Marilou und hielt ihr den Eimer unter die Nase.

Marilou nahm sich eine Beere. »Wollen wir Marmelade kochen?«

Aimée spülte ein drittes Glas ab.

»Au ja! Jetzt?«

»Wenn du mich kurz ablegen lässt.« Marilou zog einen schweren Sack hinter sich her. Sie stellte ihn auf die Bank vor dem Holztisch.

Aimée griff nach einem Handtuch, trocknete das Glas ab und goss Apfelsaft hinein. Mit den Gläsern trat sie hinaus ins Freie.

Marilou hatte den Inhalt ihres Sacks auf den Tisch geleert. Len nahm jedes Teil einzeln in die Hand: Schmuckstücke, Anstecknadeln, angelaufenes Silberbesteck, angestoßene Eierbecher, mehrere Paar speckiger Lederhandschuhe, zerknickte Glanzbilder, ein Messingkerzenständer voller Wachs, ein fleckiger Taschenspiegel. Aimée sah den weinroten Samt vor sich und roch den Dreck fremder Leute. Und Alkohol. Instinktiv trat sie einen Schritt zurück.

»Arthur hatte einen Anruf bekommen, dass jemand kiloweise Trödel verschenkt. Da sind wir natürlich sofort hin. Nach Land's End. Stell dir vor, alles umsonst!«

Wer würde für diesen Schrott auch etwas bezahlen? Aimée stellte die Gläser ab.

Len hielt eine kleine Flasche hoch, in der ein Segelschiff steckte. »Darf ich das haben?« Aimée hätte ihm das staubige Ding am liebsten aus der Hand genommen.

»Natürlich. Und weißt du was? Da, wo wir waren, gab's noch viel mehr Schiffe, in allen möglichen Größen. Ganz kleine«, sie zeigte mit Daumen und Zeigefinger einen winzigen Abstand an, den sie eine Spur zu lange fixierte, »und riesige.« Damit ließ sie sich in einen der Deckchairs fallen. Es war der, in dem Aimée gerade noch gesessen hatte.

Len streckte die Arme zur Seite aus. »So große?«

Lennas Stoffarme ragten so aus seinem Kragen, als würden sie Lens Bewegung imitieren. Vielleicht sollte sie die Puppe später, wenn Len schlief, mal unauffällig in die Waschmaschine stecken. Ihr Stoff war so dreckig, dass es nicht mehr schön war. Grau und braun und jetzt auch noch himbeerrot.

»Ja, auch so große.« Marilou wandte sich über die Schulter an Aimée. »Wart ihr mal bei Land's End?«

»Bis jetzt noch nicht.« Aimée nippte im Stehen an ihrem Saft.

Die Pferde grasten inzwischen in verschiedenen Ecken der Weide. Auf dem Kiesweg, kurz vor der Wiese, standen Daniel und Zoe. Zoe gestikulierte, als wollte sie Daniel etwas mit Nachdruck klarmachen, Daniel hatte die Hände in die Taschen gesteckt. Es sah nicht so aus, als führten sie ein fröhliches Gespräch.

Marilou zog Len zu sich und auf ihren Schoß. »Arthur und ich, wir waren ganz am Ende von England und haben bis nach Amerika geguckt.«

»Echt? Habt ihr auch New York gesehen?«

»Dafür waren zu viele Wolken da.« Sie drehte sich wieder zu Aimée. »Der Ort ist reinste Magie. Ende und Anfang. Wie man's nimmt.«

»Können wir da auch mal hin?« Len wippte auf Marilous Schoß.

Aimée hielt ihren Becher sehr fest.

»Weißt du was?« Marilou beugte sich im Stuhl etwas zu ihm vor. Len musste den Alkohol in ihrem Atem riechen. »Wir beide, wir machen mal einen Oma-Enkel-Ausflug dahin. Vielleicht haben wir Glück, und die Sonne scheint und wir haben freie Sicht über den Atlantik.«

»Juchhu!« Len umarmte Marilou.

»Ich halte das für keine gute Idee.« Ihre Stimme klang gepresst. Dass es Marilou auch immer darauf anlegen musste.

»Doch, das ist sogar eine sehr gute Idee. Oder, Len, was meinst du?« Marilou wickelte eine seiner Locken um ihren Finger.

»Eine sehr gute Idee!«

»Ich sage: Nein.« Sie musste sich sehr beherrschen, um nicht laut zu werden.

»Und wir sagen: Ja.« Marilou tippte erst Len und dann sich selbst an die Brust. »Ja, ja, ja.« Ihre Stimme ging in einen Singsang über.

Aimée knallte den Becher auf den Tisch. »Und du glaubst, ich erlaube das?« Sie sah Marilou ins Gesicht, sah die Tränensäcke unter den Augen, die geplatzten Adern auf ihren Wangen.

Marilou lachte, aber jetzt waren ihre Züge angespannt. »Ein kleiner Ausflug, was ist denn schon dabei?«

»Genau. Was ist denn schon dabei«, sagte Len. Er plapperte die Sätze seiner Oma nach.

Aimée ignorierte ihn. »Du bist die letzte Person auf der Welt, der ich mein Kind anvertrauen werde. Die allerletzte.«

Len blickte von ihr zu Marilou und rutschte von Marilous Schoß. »Heute ist Samstag. Samstag ist Wolkentag.« Er legte den Kopf in den Nacken und sah hinauf ins Weiß. Das Licht war diffus, die Wolken hatten überhaupt nichts Fedriges mehr. Lenna hing kopfüber aus seinem Kragen.

Marilou sackte im Stuhl zusammen. Ihre Haltung, ihre Haut, alles war schlaff. Mit einem Mal sah sie sehr alt aus. Alt und müde. »Len und ich würden Spaß zusammen haben. Ein paar Stündchen am Nachmittag. Nicht länger.«

»Ich seh einen Fisch!« Len zeigte in den Himmel.

»Sieh dich doch an.« Aimée griff nach dem Taschenspiegel auf dem Tisch und hielt ihn Marilou vors Gesicht. »Was siehst du?«

Marilou schaute weg.

»Eine Alkoholikerin!«

»Mama!« Len zog an ihrem Shirt.

»Jetzt nicht.«

Len nahm sich die Flasche mit dem Schiff, lief ein paar Schritte und stellte sie unterm Zaun ab. Marilou schloss die Augen. Sie zitterte. Die ganze schlaffe Haut in ihrem Gesicht zitterte.

Zoe lief mit raschen Schritten auf dem Weg an ihnen vorbei. Ihre Miene war grimmig. Daniel war nirgends zu sehen.

»Ich hatte aufgehört.« Marilous Stimme war leise. »Damals.« Mehr kam nicht. Sie ließ das Wörtchen einfach so stehen.

Die knittrigen Glanzbilder auf dem Tisch vor ihr zeigten Märchenmotive, obenauf lag Rotkäppchen mit einem Kuchen für die Oma.

»Ich hatte alle Flaschen ausgekippt, noch am selben Tag, als … Ich hab monatelang keinen Tropfen angerührt. Aber …«

»Aber dann hast du gedacht, was soll's, mach ich mir mal 'nen Wein auf.« Aimée klang fies. Sie schämte sich dafür. Aber sie konnte nicht anders.

In der Ferne sprang ein Wagen an, der Motor heulte auf, Reifen quietschten auf dem Schotter.

Tränen liefen Marilou übers Gesicht. »Ich war allein«, flüsterte sie.

Len hämmerte auf den Balken des Zauns.

Marilou atmete tief ein und wieder aus. Sie blickte Aimée ins Gesicht. »Du wirst mir niemals verzeihen, richtig?«

Die Stöße aufs Holz wollten nicht aufhören, ein dringliches Geräusch, und da war noch das Schnauben eines der Pferde, das klang, als würden Tropfen aus Maul und Nüstern versprüht.

»Es war falsch hierherzukommen.« Mühsam stand Marilou auf.

»Da hast du recht.«

Sie hätte das sagen können, aber es war Daniel. Er stand hinter ihnen auf dem Schotterweg.

Marilou setzte sich auf, räumte ihre Sachen zurück in den Sack und trug ihn zum Wohnmobil. Wortlos verschwand sie hinter der schwefelgelben Tür. Aimée hörte, wie von innen abgeschlossen wurde.

»Was sollte das denn?«, fuhr Aimée Daniel an. Das war ihre Sache, nicht seine.

»Die Steilvorlage konnte ich ja wohl schlecht ignorieren?«

Aimée wandte sich ab und ließ sich in Zoes Deckchair fallen. Daniel drehte sich um und ging. Sie hörte, wie sich seine Schritte auf dem Kies entfernten. Jeder Millimeter ihres Körpers pochte. Len hämmerte noch immer auf den Balken.

»Lass das.«

Die Stöße verstummten. Das weiße Licht blendete Aimée.

TREIBHOLZTIER

Einmal dachte sie, am Ufer läge ein Tier. Es regte sich nicht. Schnell lief sie zum Wasser hinunter. Erst im Näherkommen erkannte sie, dass es ein Holzstück war. Manchmal schwemmte der See solch helles graues Holz an Land. Sie nahm es in die Hand. Wasser, Sand und Steine hatten es weich und rund geschliffen. Auch in ihrer Hand sah es noch aus wie ein Tier, ein Hund, vielleicht ein Fuchs, einer der auf dem Rücken lag und alle viere von sich streckte. Aus Stoffresten schnitt sie eine kleine Decke aus und deckte das schlafende Tier damit zu.

Juli 2019

Aimée tränkte den Leinenballen, der mit Watte und Wolle gefüllt war, in der Schellacklösung. Sie drehte den Verschluss des Schraubglases zu und drückte den Ballen in ihrer Handfläche ein paarmal platt. Heute konnte sie die Mischung aus Lack und Ethylalkohol nur schlecht ertragen. Erins Nähmaschine ratterte in ihrem Rücken, Arthur räumte im Lager herum. Sie setzte den Ballen auf den geflammten Ahorn einer alten Konzertgitarre, die ein gut gekleideter Herr heute Morgen vorbeigebracht hatte. Mit leichtem Druck begann sie zu kreisen. Der Boden der Gitarre hatte feine Risse, sie musste genau den richtigen Druck ausüben, um den vorhandenen Lack zu verdichten. Der Aufbau in der Tiefe musste stimmen.

Aimée kreiste, doch das Summen wollte heute nicht in ihr aufsteigen. Normalerweise war sie eins mit der Bewegung und vergaß alles um sich herum, heute aber schweiften ihre Gedanken andauernd zu Marilou. Seit ihrem Streit hatten sie nur das Nötigste miteinander geredet. Marilou war ihr aus dem Weg gegangen, ihr und Len. Wenn sie doch nur die Zeit zurückdrehen könnte! Dann wäre sie vor Len ruhig geblieben und hätte erst später mit ihrer Mutter gesprochen, unter vier Augen.

Die Nähmaschine ratterte erbarmungslos. Aimée sah kurz zu Erin hinüber, die ihre John-Lennon-Brille aufhatte und angestrengt ihre Näharbeit betrachtete. Normalerweise hätte sie jetzt aufgesehen und Aimée zugelächelt, aber irgendwie war heute kein guter Tag.

Aimée ließ weiter ihre Hand kreisen. Der Raum mit den weiß gekalkten Wänden, dem Granit, der hier und da freilag, und dem vielen alten Holz war ihr in den letzten Monaten so vertraut geworden, manchmal vergaß sie, dass all das nicht ihr gehörte. Es war nicht ihre Truhe, die vorne neben dem Eingang stand, unter dem kantigen Deckel ruhten nicht die Schätze ihrer Kindheit. Das Kleid hing nicht für sie auf dem Bügel, es wartete nicht darauf, dass sie hineinglitt in diese Lagen aus schillerndem Grün und Blau wie in Wasser.

Hinten aus dem Lager kam ein Quietschen, ein Schaben und Rutschen von Holz auf Stein. Etwas wurde lautstark abgesetzt, dann quietschte es wieder. Erin sprang auf. Das Rattern der Nähmaschine stoppte.

»Verdammt, Arthur, kannst du nicht leiser sein.« Sie rannte durch den Laden zur hinteren Tür. »Bei dem Lärm kann doch kein Mensch arbeiten!«

Aimées Hand kreiste und kreiste. Im Lager klirrte es, als würde Glas zerschellen.

»Mach doch, was du willst!« Erin schlug die Tür vom Lager hinter sich zu und rannte an Aimée vorbei aus dem Laden.

Das Glöckchen klingelte wild. Abrupt ließ Aimée den Ballen fallen und lief zur Tür. Sie musste Erin aufhalten. So schnell wie möglich musste sie alles in Ordnung bringen.

»Die kommt schon wieder, keine Sorge.« Arthur kam aus dem Lager. Seine Stimme war leicht. Er bückte sich nach dem Ballen und legte ihn auf den Deckel des Schraubglases. Dann warf er einen Blick auf seine Uhr mit dem brüchigen braunen Lederband. »Geben wir ihr eine halbe Stunde.«

Aimée hatte die Tür schon geöffnet. »Das kannst du nicht wissen.«

Arthur kam auf sie zu. »Natürlich weiß ich das. Erin und ich, wir sind doch eine Familie.«

Die Tür glitt ihr aus der Hand und schloss sich mit einem Klacken von selbst. Noch einmal bimmelte das Glöckchen leise.

Ihr Kopf war wie ausgestopft, wattig und wollig wie der Ballen, der auf dem Glas mit dem Schellack lag. Am Boden des Glases hatte sich eine weiße Schicht abgesetzt.

»Alles klar?« Arthur füllte Wasser in den Kessel.

Aimée nickte. Mechanisch griff sie nach dem Ballen, als sie innehielt. Auf der Gitarre war ein Fleck. Ein Fleck, der vorher nicht da gewesen war. Sie hatte zu lange auf einer Stelle gerieben, den alten Lack nicht verdichtet, sondern abgerieben.

Na, wunderbar.

Wütend nahm sie ein anderes Glas aus dem Regal und schraubte den Deckel ab. Darin hatte sie Schellack in höherer Konzentration gelöst. Sie tauchte den Ballen hinein und drückte ihn mehrmals fest in ihre Handfläche. Dann kreiste sie erneut auf dem Ahorn. *Wir sind doch eine Familie.* Unerbittlich klingelte das Glöckchen in ihrem Kopf. Es erinnerte sie an ein weißes Weihnachtsglöckchen aus Porzellan, das sie früher einmal gehabt hatte.

Arthur stellte ihr eine Tasse Tee an den Rand der Werkbank. Für einen Moment legte er ihr die Hand auf die Schulter. »Wenn etwas ist, sag Bescheid.« Dann verschwand er im Lager.

Aimée dachte daran, dass Len und sie später noch im Driftwood Cottage bei Erin und Ellie zum Abendessen eingeladen waren. Das fiel jetzt wohl flach. Sie versuchte, sich auf die Arbeit zu konzentrieren. So zart es ging, ließ sie den Ballen auf dem Holz landen, wie ein Schmetterling, der den Boden gerade eben nur berührte. In parallelen Bahnen fuhr sie über die Oberfläche und verminderte den Druck am Ende jeder Bahn, wie ein Auslaufen und langsames Abheben.

Endlich klingelte das echte Glöckchen an der Tür wieder.

»Erin!« Aimée lief durch den Laden.

Doch in der Tür stand Helen, Lens Lehrerin. Aimée war ihr erst einmal begegnet. Sie trug einen großen Bilderrahmen.

»Passt es gerade nicht so gut?«, fragte sie. Strähnen ihrer langen blonden Haare lösten sich aus ihrem Pferdeschwanz.

»Doch, doch, komm rein.« Aimée hielt ihr die Tür auf.

Helen trug den Rahmen in den Laden und stellte ihn vor der Eichentruhe ab.

»Darf ich dir einen Tee anbieten, Helen?«

»Ich hab zwar nur zehn Minuten, aber ja, sehr gern.«

Im Kessel war noch Wasser. Aimée stellte die Herdplatte an, dann kam sie wieder nach vorn.

»Ich würde den hier gerne herrichten lassen«, sagte Helen.

Aimée hob den Rahmen hoch. Er war schwer und hatte ein kanneliertes Profil. Den Rillen fehlten zum Teil Stücke, die Ölvergoldung war an einigen Stellen abgerieben. Es war kein besonders aufwendig gearbeitetes Stück, aber in seiner Schlichtheit war der Rahmen schön.

»Er wurde in unserer Familie durchgereicht, die letzten zwei Generationen stand er auf dem Dachboden. Aber da wird er ja auch nicht schöner.« Helen hatte sehr helle Haut und immer rote Wangen. *Apple Cheeks*, hatte Barbara gesagt, wenn Aimée im Winter aus der Kälte in die Scheune gekommen war – Apfelbäckchen. An das Wort hatte sie lange nicht mehr gedacht.

Sie konnte sich Helen gut vorstellen, wie sie vor einer Klasse mit Sechsjährigen stand und ihnen Lesen und Schreiben beibrachte.

In der Küchennische pfiff der Kessel. Aimée legte Teebeutel in zwei Becher und goss Wasser auf. »Könnte ein Whistler-Rahmen aus dem 19. Jahrhundert sein.«

»Lässt sich da noch etwas machen?«

»Auf jeden Fall. Ich würde erst einmal die fehlenden Teile ersetzen und dann die Vergoldung ganz vorsichtig auffrischen.« Sie reichte Helen einen der Becher.

Aus dem Lager kamen Geräusche, wieder rutschte und quietschte es, aber Arthur ließ sich nicht blicken.

»Das wäre großartig. Es hat auch gar keine Eile. Jetzt hat der Rahmen so lange auf dem Speicher gelegen, da kommt es auf ein paar Tage nicht mehr an.«

»Ich ruf dich einfach an, wenn er fertig ist.« Aimée zog für Helen einen Stuhl an dem kleinen Tischchen vor. Sie selbst setzte sich so, dass sie die Eingangstür im Blick hatte. Erin war sicher schon eine halbe Stunde weg.

Helen nippte an ihrem Tee. Sie bekam diesen entrückten Blick, den Aimée bei vielen Engländern beobachtete, wenn sie den ersten Schluck Tee tranken. Wie ein Signal: Jetzt ist alles gut, jetzt darf ich loslassen.

»Helen, wo du gerade hier bist. Ist dir …« Sie wollte nach Len fragen, aber so, dass es nicht klang, als befürchtete sie Schlimmes. »Ist dir an Len irgendetwas aufgefallen? Irgendwas …«, sie suchte nach dem passenden Wort, »Eigenartiges?«

Helen nickte. »Zum Glück haben alle meine Schüler eine eigene Art.« Sie stellte die Teetasse ab. »Mach dir keine Gedanken, Aimée. Len ist ein toller Junge.«

Genau das hatte Daniel auch gesagt. Aimée legte die Hände um ihren Becher. Natürlich wusste sie, dass Len ein toller Junge war, ganz tief und sicher wusste sie das in ihrem Herzen. Nur

228

manchmal war es nicht leicht, die eigene Stimme laut über all die zu stellen, die etwas anderes behaupteten. Per, Rebekka, Caro, Sandra und noch ein paar andere Mütter aus dem englischsprachigen Kindergarten. Aber langsam, ganz langsam sickerte es zu ihr durch, dass diese Stimmen der Vergangenheit angehörten. Sie trank einen großen Schluck. Mit der Milch zusammen war der Tee sehr weich in ihrem Mund und schmeckte ein bisschen wie flüssiger Karamell. Und jetzt spürte auch sie das Signal: Alles war gut.

»Oh, und noch etwas.« Sie zog einen Zettel aus der Tasche, einen Flyer, den sie in der Bücherei hatte ausdrucken lassen. *Wohnung gesucht*, stand darauf. »Könntest du den vielleicht in der Schule ans Schwarze Brett hängen?«

»Klar, gar kein Problem. Ich hör mich auch gerne für euch um.« Helen stand auf. »Leider muss ich los. Ach so, seid ihr beim Sommerfest nächsten Monat dabei? Nichts Großes, nur unsere Klasse. Jeder bringt etwas zu essen und Decken mit, und wir picknicken. Einfach ein entspannter Nachmittag am Strand.«

»Wir kommen gern.«

»Schön, dann können wir ja mit etwas mehr Ruhe sprechen.« Helen drückte die Tür auf und wollte schon hinausgehen, doch in diesem Moment trat Erin an ihr vorbei in den Laden.

Erin trug ein strahlend weißes Oversize-Hemd über der Jeans, das sie sehr frisch aussehen ließ. Das hatte sie vorhin noch nicht angehabt.

»Erin, hallo!«

»Hallo, Helen. Alles in Ordnung mit den Kindern?«

»Alles bestens. Ich hab nur diesen Rahmen da abgegeben. Sehen wir uns beim Sommerfest?«

»Klar.«

»Also, macht's gut.« Die Tür fiel hinter ihr ins Schloss.

Bevor Aimée etwas sagen konnte, zog Erin eine Papiertüte aus ihrer Tasche. »Scones, Marmelade und Clotted Cream. Dad?«

Arthurs Kopf tauchte so schnell auf, als hätte er direkt hinter der Tür zum Lager gestanden. Erin winkte mit der Tüte.

Arthur kam durch den Laden, während Erin bereits die Scones mit einem großen Messer aufschnitt, sie dick mit Erdbeermarmelade bestrich und auf jede Hälfte einen Löffel von der dickflüssigen Sahne gab. »Tut mir leid wegen gerade«, sagte sie, brachte die Scones an den Tisch und lächelte Arthur zu.

»Was denn?« Er lächelte zurück.

»Aimée?« Erin rückte ihr einen Stuhl zurecht. »Komm. Die Scones sind noch warm.«

Aimée starrte die beiden an. Wie sie da einander gegenübersaßen, Vater und Tochter im weißen Hemd, mit der gleichen abstehenden Locke vorne am Scheitel, als wäre nichts gewesen. Sie kapierte es einfach nicht.

Aimée ließ Wasser in die Plastikwanne im Spülbecken laufen. Hier in England spülte man, warum auch immer, nie direkt im Becken. Sie war zum ersten Mal bei Erin und hatte gesehen, dass es im Cottage keine Spülmaschine gab. Da wollte sie ihre Freundin nicht mit dem Chaos, das sie alle zusammen veranstaltet hatten, allein zurücklassen. Len und sie waren heute Abend im Driftwood Cottage zum Essen eingeladen gewesen.

Sie quetschte eine Ladung Spülmittel ins Wasser. Der Apfelduft der Seife vermischte sich mit dem kernigen Geruch des knusprigen Walnussbrotes, das Erin vorhin gebacken hatte. Aimée nahm sich die Gläser vor. Die Spüle stand so, dass sie beim Abwasch den kleinen Wohn- und Essbereich einsehen konnte. Erin war kurz ins Bad gegangen, und die Kinder spielten oben. Endlich konnte Aimée ihren Blick in Ruhe über die vielen Fotos schweifen lassen, die überall im Raum verteilt waren.

Den Mittelpunkt bildete ein großes gerahmtes Bild auf dem Sims des Kamins. Es zeigte Erin, Ellie und einen Mann, sicherlich Ian. Ihre lachenden Gesichter waren dicht beieinander. Alle drei hatten sie dieselben dunklen Haare, es sah aus, als würden sie über ihren Köpfen ineinanderwachsen. An der Wand unter der Treppe hing eine große Collage aus Fotos, die alle Erin, Ellie und Ian zeigten. Mal war nur einer von ihnen abgebildet, mal waren sie zu zweit, meist zu dritt. Aimée fiel ein Foto von Erin und Ian ins Auge, das oben auf der Island aufgenommen worden war: sie beide an einem windigen Tag auf der Steinmauer vor der St. Nicholas' Chapel, mit zerzausten Haaren, umgeben von Blau. Ian trug eine randlose Brille und ein blaues Poloshirt und hatte den Arm um Erin gelegt. Er sah nett aus, trotzdem hätte Aimée nicht gedacht, dass das Erins Typ war.

»Hey, du musst doch nicht spülen.« Erin kam die Treppe herunter.

Aimée drückte ihr ein Tuch in die Hand. »Ich hab dir was übrig gelassen.«

Erin griff nach einem Teller. »Die beiden spielen übrigens echt schön da oben. Mit Puppen.«

»Echt? Ich glaube, ich habe Len noch nie mit Puppen spielen sehen.«

»Was ist mit Lenna?«

»Die ist einfach immer dabei. Len hat sie noch nie etwas mit verstellter Stimme sagen lassen oder so.« Vielleicht kam sie Len auch gar nicht vor wie eine Puppe. Aimée bearbeitete das Besteck mit einem Schwamm. »Eigentlich hat er noch nie so was wie Rollenspiele gemacht. Gar keine. Früher hab ich mir deshalb Sorgen gemacht.«

»Ach was. Jedes Kind ist anders.« Erin trocknete ein Glas mit einem grünen Fingerabdruck ab. Sie hatte es mit Ellie zusammen bemalen wollten, aber dann hatte Ellie doch keine Lust dazu gehabt.

Aimée ließ frisches Wasser laufen und spülte den Schaum vom Besteck. Sie hatte sich so verunsichern lassen von den anderen Müttern und auch von Caro, der Erzieherin im Kindergarten. Alle hatten ihr vermittelt, dass es nicht normal sei, keine Rollenspiele zu machen. Dass Kinder das in einem bestimmten Alter tun *müssten*. Sie war so froh, dass das alles vorbei war.

Erin hielt das Glas gegen das Licht. »Weißt du, Ellie ist mir oft eine Spur zu wählerisch, was ihre Freunde angeht. Mit den meisten Kindern hat sie partout keine Lust zu spielen. Aber Len hat sie von Anfang an ins Herz geschlossen. Die beiden passen richtig gut zusammen.«

Neulich am Strand hatte Ellie zu einem fremden Mädchen gesagt: *Du nicht, du darfst nicht mitspielen.* Das fiel ihr jetzt ein.

»Wie geht es euch eigentlich gerade da oben auf dem Platz?« Erin sortierte das Besteck in die Schublade.

Aimée schrubbte mit der Bürste über einen Teller. »So weit ganz gut. Bei dem schönen Wetter sind wir eh die meiste Zeit draußen. Aber mir graut doch vor dem Herbst. Na ja, und eng ist es natürlich sowieso.«

In letzter Zeit störte sie auch die ewige Nähe zu Len, auch wenn sie das Erin nicht sagen wollte. Vor allem nachts. Da hätte sie einfach mal gerne ein Bett für sich gehabt. Ein Bett und einen Raum. Manchmal wachte sie mitten in der Nacht auf und kam sich regelrecht eingepfercht vor, obwohl sich Len überhaupt nicht breitmachte.

»Das ist wirklich ein Problem in St.Ives.« Erin nahm ihr den sauberen Teller ab. »Die Leute kommen aus London, kaufen sich hier Zweitwohnsitze und treiben damit die Preise in die Höhe. Diese Häuser und Wohnungen stehen dann die meiste Zeit im Jahr leer. Und wir Einheimischen können gucken, wo wir bleiben. Aber, hey«, sie stellte den Teller in den Schrank und boxte Aimée gegen die Schulter, »ich hab ein gutes Gefühl.«

»Dein Wort in Gottes Ohr.«

»Mittlerweile müssten *alle* hier wissen, dass ihr auf der Suche seid. Ich hab allein fünfzig Leuten Bescheid gesagt und es sehr dringend gemacht. Der Schneeballeffekt ist in einem Ort wie St. Ives nicht zu unterschätzen.«

»Du bist die Beste.«

Erin tauchte einen Lappen ins Spülwasser und wischte Krümel vom Esstisch in ihre Hand. »Sag mal, und was ist eigentlich mit Marilou? Bleibt sie auch hier?«

Aimée zuckte mit der Schulter. »Das weiß man bei ihr nie.«

Erin sah sie von der Seite an. Aimée legte die Pfanne ins Plastikbecken. Das Spülwasser war nur noch lauwarm.

»Okay, ja, wahrscheinlich würde sie gerne hierbleiben, in unserer Nähe, vor allem bei Len. Keine Ahnung, ob ich das will.«

»Ihr habt's auch nicht immer leicht miteinander.«

»Ich wünschte, ich könnte einfach alles vergessen, was war«, sagte Aimée leise. »All die Erinnerungen beiseitestellen und …« Jetzt musste sie auch noch daran denken, wie oft Marilou früher einfach abgehauen war. Ohne Ankündigung war sie für ein paar Tage oder eine ganze Woche abgetaucht. Jedes Mal hatte Aimée eine Riesenangst gehabt, dass sie nicht mehr wiederkäme und sie dann alleine wäre. Und dabei hatte sie sich auch noch schuldig gefühlt, weil sie immer gewusst hatte, dass Marilou sich nur ihretwegen der Kommune angeschlossen hatte. Damit sie in die Schule gehen konnte. Marilou hatte das Leben auf dem Hof gehasst.

Erin legte den Lappen weg und nahm Aimée wortlos in den Arm. Normalerweise konnte sie so eine Umarmung nicht gut ertragen, aber jetzt ging es. Als Kind war sie davon überzeugt gewesen, dass es Marilou besser ginge, wenn sie jeden Tag aufs

Neue hätte frei entscheiden können, wo sie sein wollte. Heute wusste sie, dass das nicht stimmte, aber das Schuldgefühl blieb. Sie spürte Erins Hand auf ihrem Rücken. Wie anders ihre Kindheit mit einem Vater wie Arthur gewesen sein musste. Ihr Blick fiel auf die kleine Uhr, die neben dem Toaster stand.

»Ist es wirklich schon halb elf?« Sie löste sich aus der Umarmung.

»Sieht so aus.« Erin grinste.

Kein Wunder, dass kein Laut mehr von oben kam. Die Kinder waren bestimmt längst eingeschlafen. Schnell spülte sie die Plastikwanne aus und stellte sie zum Abtropfen auf die Seite. Erin ging bereits die Treppe hoch und schaltete oben im Flur das Licht an. Mit einem Geschirrtuch in der Hand folgte Aimée ihr nach oben.

Ellies Zimmer war unverkennbar das am Ende des Ganges, die angelehnte Tür war mit bunten Stoffen behängt, ihr Name war in Neongelb aufgenäht. Aimée wollte schon eintreten, als ihr ein schwaches Licht im Zimmer neben dem von Ellie auffiel. Durch die offene Tür konnte sie einen wuchtigen Schrank und einen ebenso raumgreifenden Schreibtisch erkennen. Ein Lämpchen brannte im Regal, daneben stand ein Foto von Erin und Ellie, beide mit nassen Haaren und in Neoprenanzügen, unverkennbar Porthmeor Beach. An der Decke hing eine seltsam geformte schwarze Lampe, sicherlich ein Designerstück. An der Wand, im Rücken des Schreibtischs, prangte ein Schwarz-Weiß-Druck, den Aimée eine Zeit lang überall gesehen hatte: Arbeiter bei ihrer Mittagspause auf einem Stahlträger mit baumelnden Beinen hoch oben über den Straßen von Manhattan. Das Bild hatte auch in Silas' Bauwagen gehangen.

»Ians Arbeitszimmer«, sagte Erin leise. Sie stand dicht hinter ihr.

Alle Dinge lagen hier herum, so als wäre ihr Besitzer nur

kurz aus dem Zimmer gegangen, um sich eine Tasse Tee zu machen: aufgeschlagene Bücher, über die Schreibtischplatte verteilte Stifte, beschriebene Post-its, achtlos über den Stuhl geworfene Kleidungsstücke, diverse Ausgaben der *Financial Times* und auf dem Teppich ganze Stapel von einem Magazin mit dem Titel *Consulting.*

»Was macht Ian eigentlich beruflich?« Es war eine sichere Frage, jeder hatte sich eine Antwort darauf zurechtgelegt. Eine Frage, die einen an dem, was möglicherweise wehtat, vorbeischrammen ließ.

»Er ist selbstständiger Unternehmensberater.«

Das passte zu dem Foto unten in der Collage. Aber eigentlich hatte Aimée sich vorgestellt, Ian wäre auch Künstler, ein Typ wie Jack vielleicht. Und jetzt lief Erin tagtäglich an diesem Zimmer vorbei, an all den Dingen, die ihr zuflüsterten: *Er kommt bald wieder.* Und das Lämpchen im Regal brannte.

Aimée legte ihr eine Hand auf den Arm. »Vielleicht …«, sie wählte ihre Worte mit Bedacht, »vielleicht solltest du ein paar von den Sachen zur Seite stellen? Damit du sie nicht immer sehen musst?«

Erin neben ihr richtete sich auf. »Es ist nur eine Phase.« Ihre Stimme war tonlos. »Das müssen wir aushalten.«

»Mama.« Ellie torkelte verschlafen aus ihrem Zimmer. Ihr blau-gelber Harlekinanzug, den Erin und sie letzte Woche zusammen genäht hatten, hing ihr am Bauch. Erin nahm sie auf den Arm und hielt sie sehr fest.

Aimée fand Len mitten auf dem Teppich in Ellies Zimmer. Er hatte sich auf dem Schachbrettmuster zusammengerollt und schlief. Lenna steckte nicht wie sonst in seinem Ausschnitt, sondern lag neben ihm. An ihrem Handgelenk baumelte eine kleine Puppentasse. Der Henkel passte wie ein Armreif.

»Ihr könnt gerne hier übernachten.« Erin stand mit Ellie im Arm in der Zimmertür.

Aimée löste die Tasse und nahm die Puppe an sich. Es war verlockend, Len einfach schlafen zu lassen und nicht mehr zum Campingplatz laufen zu müssen.

»Danke, aber ich glaube, wir gehen noch …« Trotz allem wollte sie heute in ihren eigenen vier Wänden schlafen. Auch wenn die noch so dicht beieinanderstanden.

Erin verstand, ohne dass sie es hätte erklären müssen. »Wenn wir ein Auto hätten, würden wir euch fahren.« Auf ihrem Gesicht erschien ein schiefes Lächeln.

Sie umarmten einander lange, bevor Aimée mit Len Driftwood Cottage verließ.

Es war kühl, als sie durch die Gassen beim Hafen gingen, Len lief an ihrer Hand wie ein Schlafwandler. Eine Gruppe Betrunkener drückte sich grölend an ihnen vorbei, aus den Pubs kam Livemusik. Es war Freitagabend. Sie war noch nie so spätabends in St. Ives unterwegs gewesen. Wie auch? Unweigerlich stellte sie sich vor, dass Marilou in einer dieser Kneipen saß und trank.

Über Kopfsteinpflaster und enge Treppen gingen sie den Hügel hoch. Manchmal kam Aimée der Ort wie eine einzige Mauer aus grobem Stein vor. Nur die langen Regenrohre zeigten an, dass ein neues Haus begann.

Jäh stoppte sie vor einem Erker. Links davon war eine schmale rote Tür, breiter war das Haus nicht. Ein Mann, eine Frau und ein Mädchen saßen hinter der Scheibe auf dem Sofa, über die Beine hatten sie sich eine breite Decke gelegt. *Freitag ist Fremde-Fenster-Tag.* Aimée fröstelte. Die drei lachten über irgendetwas, das im Fernsehen lief. Sie hielt die Luft an. Wie damals, als sie mit Marilou vor fremden Fenstern gestanden hatte, sehnte sie sich mit jeder Faser ihres Körpers hinein.

Len zog an ihrer Hand. »Ich will nach Hause.«

Über seine Schulter sah Aimée den dunklen Hügel hinab.

Das Meer lag still da, und zum allerersten Mal beruhigte sie sein Anblick. Das Meer war unverrückbar hier in St. Ives. Sie drückte Lens Hand. »Ja, wir gehen nach Hause.«

Damals war damals und heute war heute.

VOR 19 JAHREN

1. Dezember 2000

»Happy birthday, liebe Aimée, happy birthday to you.« Barbara, Sanne, Lothar, Erika und Georg sangen lauthals, obwohl es noch so früh am Morgen war.

Aimée stand in der Mitte von ihnen, Micha, ihr neuer Freund, hatte den Arm um sie gelegt. Auf dem Tisch der Scheunenküche thronte eine hohe Pfannkuchentorte. Im obersten Pfannkuchen steckten achtzehn kleine Kerzen.

»Mit Apfelmus statt Erdbeeren«, sagte Sanne und umarmte sie. Sie trug noch ihre Schürze, und Aimée roch das Fett vom Braten der Pfannkuchen.

Nacheinander beglückwünschten sie alle, erst Erika, dann Lothar und Georg, schließlich Barbara.

»Happy birthday, my love«, flüsterte sie ihr ins Ohr. »Ich wünsche dir von Herzen, dass du glücklich bist.« Barbara schloss ihre Hände um Aimées Gesicht und drückte ihre Stirn unter dem Turban an ihre.

Glücklich, ja, das war sie gewesen. Und sie hatte geglaubt, es würde ewig halten. Bis vor einem Monat hatte sie das gedacht, bis Daniel ihr gesagt hatte, dass er nach Weihnachten wegging. Und jetzt konnten sie nicht einmal mehr ihren Geburtstag zusammen feiern. Aimée rieb ihre Hände in den fingerlosen Handschuhen. Das Klamme hier in der Scheune kroch ihr in alle Glieder.

Micha gab ihr einen Kuss. »Herzlichen Glückwunsch, Aimée.« Er reichte ihr ein türkisfarbenes Päckchen.

Aimée wiegte es in der Hand. Irgendwie war es ihr unangenehm, das Geschenk vor den anderen auszupacken. Überhaupt war sie mit Micha am liebsten allein. Dann musste sie nicht darüber nachdenken, was er von den rotgesichtigen Menschen in den dicken Westen hielt, und auch nicht, was sie von ihm hielten. Wenn sie hier mit ihm stand, dann konnte sie nicht anders, als ihn durch ihre Augen zu sehen: den jungen Mann mit dem ordentlichen Scheitel und dem Hemd unterm V-Ausschnitt-Pullover. Er war aus ihrer Jahrgangsstufe und schon lange in sie verliebt. Nicht aufdringlich, aber sie hatte es immer gespürt. Seit zwei Wochen traf sie sich mit ihm.

Die Kerzen auf der Torte flackerten. Überall in der Scheune zog es.

Neben ihr trat Micha von einem Fuß auf den anderen. »Pack mal aus.«

Aimée löste die Schleife und wickelte das Geschenkpapier ab. In der Hand hielt sie eine Pappschachtel, in der ein tropfenförmiger Flakon aus dunkelgrauem Glas steckte. Ein Parfüm. Unwillkürlich sah sie in die Runde. Alle waren irgendwie beschäftigt. Sanne wusch die Pfanne aus, Erika verteilte Teller auf dem Tisch, Georg und Lothar begutachteten die Schimmelflecken rund ums Fenster. Nur Barbara saß auf einem Stuhl und schaute ihr zu.

Micha nahm ihr den Flakon aus der Hand. »Darf ich?«

Aimée nickte, und er sprühte etwas von dem Parfüm auf ihr Handgelenk. Sie hielt es sich an die Nase. Sie roch Jasmin und Vanille, eine Spur Orange und etwas Holzig-Würziges. Der Duft roch angenehm, er passte zu einer sinnlich-glamourösen Frau, einer, die sich in gehobenen Kreisen bewegte und immer genau wusste, was sie tat.

Sie sah Micha an. »Vielen Dank.«

Er schob den Flakon vorsichtig in die Schachtel zurück.

Motorengeräusch drang von draußen herein. Manchmal kamen die Kunden schon vor der Öffnungszeit, um nur ja kein Schnäppchen zu verpassen. Aimée stellte die Schachtel mit dem Parfüm auf den Tisch.

Wie aufs Stichwort drehte Sanne sich um. »Puste mal die Kerzen aus und wünsch dir was.«

Aimée musste nicht überlegen. *Ich wünsche mir, dass sich alles richtig anfühlt. Alles.* Sie blies und schaffte alle achtzehn Kerzen mit einem Atemzug.

»Bravo!« Sanne reichte ihr ein Messer.

Barbara erhob sich umständlich. »Oder wollen wir Aimée erst einmal unser Geschenk … überreichen?«

Lothar und Georg lösten sich vom Fenster. »Hervorragende Idee.« Georg hielt Barbara den Arm hin. »Kuchen essen können wir auch noch später.«

Alle zogen sich ihre Jacken über und schlängelten sich aus der Küche und an Sannes und Lothars Tischen voller Glas, Porzellan und Kristall vorbei. Lothar hielt Micha und ihr das Tor auf. Eine eisige Kälte empfing sie. Aimée setzte sich ihre Wollmütze auf und sah ihrem Atem nach, der weiß in der Luft hing.

Der See glänzte still im Licht der Morgensonne. Die Eisdecke war noch nicht dick genug, um darauf zu gehen. Vor ein paar Tagen hatte sie es einmal ausprobiert, ein paar Schritte nur, aber es hatte so fürchterlich geknackt, dass sie schnell zum Ufer zurück war.

Georg streute Salz aufs Kopfsteinpflaster. Lothar klatschte mit seinen dicken Lederhandschuhen in die Hände. »Schau dich mal um, Geburtstagskind. Vielleicht entdeckst du es.«

Aimée drehte sich auf dem Pflaster – die Scheune, der Vorplatz, die Auffahrt. »Kann ich es von hier aus sehen?«

»Das kannst du.« Barbara trat in ihrem langen Mantel an sie heran. »Vielleicht weitest du deinen Blick ein bisschen?«

Am Strand neben der Bank wiegte sich das froststarre Schilf

ganz leicht im Wind. Da war nichts. Bei Silas' verbeultem Blechwagen hatten sie es bestimmt nicht versteckt, die beerenfarbenen Fensterläden von Sannes und Lothars Wagen standen weit offen, als wollten sie jeden der mageren Sonnenstrahlen einfangen. Auch nichts. Daniels Stelzenwagen, nicht dran denken, Barbaras mit den weißen Holzfenstern – alles wie immer. Die blattlosen Zweige der Blutbuchen, die die vier Wagen umschlossen, hingen bis auf den Boden. Wo sollte hier etwas sein? Ihre Schritte auf dem Streusalz knirschten. Am anderen Ende der Wiese, zehn, zwanzig Meter hinter dem Wohnmobil, erkannte sie etwas. Etwas Rotes.

Georg stellte den Salzsack ab. »Jetzt hat sie's.«

Es war ein kleiner Bus, ein Bulli mit weißem Dach, wie sie ihn nur von Bildern kannte. »Ist das …«

Die Scheinwerfer des Busses blinkten auf. Dreimal kurz, dreimal lang, dreimal kurz. Die anderen lachten. Micha kam an ihre Seite.

»Kommt, lasst uns rübergehen.« Sanne streckte die Hand nach ihr aus.

Im Gänsemarsch liefen sie um die kahlen Buchen und Kastanien herum. Ein Bulli. Aimées Atem ging schnell. Sie sah nichts mehr außer diesen wunderschönen Wagen in leuchtendem Rot mit runden Scheinwerfern, die sie wie freundliche Augen anblickten.

»Da wären wir.« Lothar blieb neben ihr stehen.

Micha war einen Schritt zur Seite getreten. Sie wollte etwas sagen, aber es kam nur ein Krächzen heraus.

»Diesen VW-Bus«, sagte Lothar, »möchten wir dir alle zusammen zum Geburtstag schenken. Er ist Baujahr 1979, also drei Jährchen älter als du.« Seine Hand ruhte auf ihrer Schulter. »Er hat ein neues Getriebe, neue Bremsen, Stoßdämpfer, die Lichtmaschine ist neu, Tank, Kupplung … Hab ich was vergessen?«

»Den Motor.« Silas kam aus dem Bulli gestiegen und schlug die Fahrertür hinter sich zu.

Aimée schluckte, auf keinen Fall durfte sie sich die Enttäuschung anmerken lassen. Aber für einen kurzen, dummen Augenblick, als die Scheinwerfer des Bullis blinkten, hatte sie gehofft, Daniel säße im Bus.

»Richtig.« Lothar schob sie leicht auf den Bulli zu. »Einen neuen Motor hat er auch. Aber das Beste …«, er zog die Seitentür des Bullis auf, »tadaaa.«

Im ersten Augenblick sah Aimée nur Holz, helles Holz über einem hellen Teppich aus Sisal. Rechts schmiegte sich ein holzgefertigter Küchenblock an die Rückenlehnen des Fahrer- und Beifahrersitzes. Links stand eine Sitzbank mit einem himmelblauen Bezug. Unter dem Fenster, zwischen Bank und Küchenblock, ragte eine halbmondförmige Tischplatte hervor, die sich sicher herunterklappen ließ. Das war nicht das Innere eines Wagens, das war eine Wohnung.

»Ist das alles für mich?« Ihre Stimme war brüchig.

Die anderen lachten. »Aber natürlich.«

Auf einem Zweig über ihr piepste und schnarrte ein Zeisig. Langsam legte sie die Hand auf den Rahmen der Schiebetür.

»Geh ruhig rein.« Lothar klopfte wieder in seine Handschuhhände.

Aimée stieg in den Wagen. Der kleine Raum war wunderbar warm. Behutsam fuhr sie über das Holz. Sie hatte keine Ahnung, was für ein Holz es war, vielleicht eine helle Eiche? Sie wagte nicht zu fragen, wer das alles getischlert hatte.

Sie legte den kleinen Kippschalter an der Spüle um, es brummte leise, das Wasser lief. Tränen stiegen ihr in die Augen. Erst jetzt sah sie das Körbchen auf dem Teppich vor dem Bett. Ein Körbchen mit einem weichen hellblauen Kissen. Für Wolke. Sie setzte sich auf die blaue Bank.

»Darf ich reinkommen?« Micha stand in der Tür. Die anderen unterhielten sich zwei, drei Meter vom Bulli entfernt, als wollten sie sich ein Stück im Hintergrund halten.

Aimée nickte. Micha kletterte in den Wagen und setzte sich neben sie.

Nicht eine einzige Nacht würde sie mehr mit Marilou im Wohnmobil verbringen. Sie holte tief Luft, immer wieder. Es kam ihr vor, als hätte sie schon jahrelang nicht mehr richtig geatmet. Die Luft im Bulli roch trocken, wie Stroh, das sehr lange unter einem strahlenden Himmel gelegen hatte.

»Damit kann man bestimmt gute Touren machen.« Micha klopfte gegen die Wand.

Sie blickte an ihm vorbei nach draußen. Durch die Kastanien und Blutbuchen hindurch schimmerte der See. Vielleicht war das Eis heute schon fester.

Es polterte dumpf, als würde etwas Schweres auf die Wiese fallen. Die leisen Gespräche der anderen brachen ab. Marilou stapfte an ihnen vorbei.

»Habt ihr etwa schon ohne mich angefangen?« Sie schwenkte eine Sektflasche. Sie war barfuß und trug ihr weißes, Fäden ziehendes Nachthemd. »Aimée!« Sie stolperte in den Bulli und quetschte sich in die Lücke zwischen Micha und ihr.

Aimée stand auf.

»Mein Baby, wo willst du denn hin? Komm her, lass dich umarmen.«

Aimée drückte sich am Küchenblock vorbei nach draußen. Die anderen waren noch da, Georg und Erika rauchten, Lothar band ein paar heruntergefallene Äste zusammen, Sanne hatte ihren Arm um Barbara gelegt.

»Ich danke euch.« Sie wollte mehr sagen, aber alles, was ihr einfiel – dass das der schönste Bus war, den sie je gesehen hatte, dass ihr noch nie jemand etwas so Wundervolles geschenkt hatte –, war zu klein für das hier.

»Schon gut, schon gut.« Lothar zurrte die Äste fest.

»Happy birthday to you, happy birthday to you«, sang Marilou lallend im Wageninneren. »Aimée, meine Kleine, wo bist du?«

Es war nicht viel, was sie aus dem Wohnmobil hinüber zum Bulli tragen musste. Ihre Anziehsachen, die Sachen aus dem Bad, ihre Bücher. Mehr wollte sie nicht um sich haben. Sie war froh, wenn sie all die Dinge, die nach Patchouli und Alkohol rochen, nie wieder anfassen musste.

Micha kam über die Wiese auf sie zu, unter dem Arm trug er zwei zusammengefaltete Umzugskartons.

»Perfekt. Woher hast du die?«

»Hat mir Lothar gegeben.«

Marilou lallte immer noch im Bulli herum, zehn oder zwanzig Meter entfernt, während sie beide die Stufen zum Wohnmobil hochstiegen. Es war das erste und letzte Mal, dass Marilou auf der Bank im Bulli saß, das letzte Mal, dass sie sie in ihr neues Reich ließ. Aimée wollte atmen, einfach nur atmen.

Micha klappte die Kartons aus und stellte sie auf den gelben Farbfleck am Boden. Aimée sammelte ihre Sachen zusammen und legte sie in die Kisten. Zuletzt zog sie ihre Decke aus dem Alkoven. Die beiden Umzugskartons reichten vollkommen aus.

»Auf Nimmerwiedersehen«, sagte sie leise, als sie die Wohnmobiltür mit der Decke in der Hand hinter sich schloss.

Marilou lag auf der Rückbank des Bullis und weinte. »Mein Baby gehört zu mir.«

Aimée schob sie zum Sitzen hoch. Sie hätte sagen können: *Aber ich bin doch nur ein paar Meter entfernt. Wir können uns jederzeit sehen.* Aber das stimmte nicht. Auch wenn es nur zwanzig Meter waren – Aimée zog aus, sie ging weg, weit weg.

Sanne steckte ihren Kopf in den Wagen. »Marilou, komm mit. Wir wollen Kuchen essen.« Sie trat ein und griff ihr unter die Arme.

»Aimée!«, rief Marilou, als Sanne sie wegführte. »Heute ist

244

Samstag. Siehst du die Wolke da oben? Die, die aussieht wie ein
großer … Aimée! Aimée!«

Aimée ließ sich auf die blaue Bank fallen. Sie schloss die
Augen. Sie hörte Marilou jammern, über ihr quietschte es, weil
Micha an den Griffen des hochdrückbaren Dachteils herum-
spielte.

»Na, dann wollen wir euch mal nicht stören im neuen
Heim.«

Aimée öffnete die Augen.

Erika wickelte den Seilrest auf, mit dem Lothar die Äste
zusammengebunden hatte. »Wenn ihr Hunger bekommt, wir
sind drüben.«

Erika und Barbara winkten Aimée zu, als wäre dies hier
ein richtiger Abschied. Dicht beieinander liefen sie über die
frostige Wiese, über ihnen glänzte die Sonne metallisch. Sie
verschwanden unter den kahlen Zweigen der Blutbuchen wie
hinter einem durchscheinenden Vorhang. Sanne und Marilou
waren sehr klein hinten am Scheunentor. Aimée kam es vor, als
wäre sie viel weiter weggezogen als bloß ans andere Ende der
Wiese. Als gäbe es plötzlich die Kommune auf der einen Seite
und sie selbst auf der anderen.

EISVOGELFEDER

Von einem Tag auf den anderen war er nicht mehr da. Jeden Morgen, wenn sie die Tür vom Bulli aufgezogen und die frische, feuchte Luft eingeatmet hatte, wartete der kleine Eisvogel auf seinem Trauerweidenast schon auf sie. Jetzt hing an dem Zweig eine Feder in schillerndem Türkis. Wie ein Geschenk, das er für sie dagelassen hatte. Vergiss mich nicht, hörte sie sein Piepsen. Wie hätte sie ihn jemals vergessen können.

August 2019

Im Laufschritt kamen sie den kleinen Hügel hinunter, der sich hinter der Surfschule entlangschlängelte.

»Halt das mal kurz.« Aimée reichte Len die beiden mit Alufolie überzogenen, gestapelten Teller, streifte ihre Sandalen ab und stopfte sie in die Korbtasche. Dann nahm sie Len die Teller wieder ab.

Ellie war schon im Badeanzug, sie winkte ihnen zu. Len winkte zurück, Aimée hatte keine Hand frei. Bei der Surfschule stellte Len sich neben eines der gelben Surfboards, wie er es bei den Wellenreitern gesehen hatte, die Beine breit, die Knie gebeugt, ein Arm angewinkelt, den anderen nach vorne ausgestreckt. »Len Thaler nimmt die Welle schneller als sein Schatten.« Er machte ein zischendes Geräusch und legte sich in die Kurve.

Neben der Surfschule schloss sich eine Reihe weißer Kabinen mit nummerierten Holztüren an. Daneben markierten ein paar Steinbauten das Ende des Strandes, die kaum anders aussahen als die Felsen der Island, nur dass sie große Panoramafenster hatten. Die Ateliers der *Porthmeor Studios*, von hinten.

Überall am Strand saßen Menschen in Deckchairs oder auf Alu-Klappstühlen, viele hatten Strandsegel aufgestellt, manche hatten sich ganze Segelfestungen gebaut.

»Schau mal, Len, da drüben ist Helen.«

Mit leichten Schritten steuerten sie auf die bunten Picknickdecken vorne am Wasser zu.

»Aimée, hier!« Erin winkte ihr von der roten Decke aus zu und wies zu einer anderen Unterlage, auf der das Buffet aufgebaut war.

Aimée nickte. Guter Plan, sie musste als Erstes die Hände frei bekommen.

Sie ging hinüber zu der großen karierten Decke, auf der dicht an dicht verführerisch aussehende Kuchen und Scones, Sandwichs und Salate standen, und stellte die Teller ab. Auf dem einen hatte sie eine bunte Mischung aus Früchten angerichtet. Erdbeeren, Himbeeren, Blaubeeren, Kirschen und Melonenscheiben. In der kleinen Bulliküche waren ihrer Kreativität enge Grenzen gesetzt. Unter der Alufolie des zweiten verbarg sich ein Schokokuchen. Auf seiner Glasur klebten blaue Weingummi-Delfine. Marilou hatte ihn heute Morgen vor dem Bulli abgestellt mit einer Notiz: *Viel Spaß beim Sommerfest!* Langsam und sehr vorsichtig näherten sie sich nach ihrem Streit wieder an. Aimée zog ein Messer aus der Korbtasche und schnitt den Kuchen an. Dann bahnte sie sich einen Weg durch die Umstehenden, grüßte Mütter und Väter, die sie inzwischen fast alle kannte. Wenn sie Len zur Schule brachte oder abholte, wechselte sie hier und da ein paar Worte, manchmal auch ein paar mehr. Kürzlich hatte sie fast eine Dreiviertelstunde mit Paula, der Mutter von Josh, zusammengestanden und sich über Haarschnitte und Möbelpolitur unterhalten. Allerdings hatte Aimée die Eltern noch nie wie hier alle zusammen auf einem Haufen gesehen.

»Alles klar, Aimée?« Einer der Väter, Aiden, wenn sie sich recht erinnerte, hielt ihr ein Glas mit einer goldenen Flüssigkeit hin. Am Rand klemmte eine Gurkenscheibe. »Lust auf einen Eistee?«

»Gern.« Sie nahm das Glas entgegen.

Aiden blickte in den blauen Himmel. »Heute Morgen sah es aus, als würde es sich zuziehen. Aber wenn ein Fest ansteht, spielt das Wetter in St. Ives immer mit.« Er blinzelte in die Sonne. Dabei sah er mit seinen kinnlangen braunen Haaren aus wie sein Sohn Matt, der vor ihnen mit ein paar anderen Kindern am Wasserrand herumsprang.

Len schnappte sich einen Eimer und rannte davon.

»Ihr sucht eine Wohnung, richtig?« Aiden stellte sich so, dass ihn die Sonne nicht mehr blendete.

»Ja, wir wohnen … ziemlich beengt gerade.«

»Unsere Nachbarn, Brenda und Steve, bauen einen Teil ihres Hauses zur Einliegerwohnung um. Also, sie fangen gerade erst damit an, aber ich kann euch da gerne mal ins Spiel bringen.«

»Das wäre großartig. Vielen Dank.«

»Hi, Aimée.« Sarah, die Mutter von Lucy, umarmte sie herzlich, wobei sie Aimée fast das Glas aus der Hand riss. »Oh, entschuldige bitte.«

»Alles gut.«

»Übrigens, du musst unbedingt Paulas Pastys mit gegrilltem Gemüse probieren. Ein Gedicht!«

Wie aufs Stichwort knurrte Aimées Magen. »Danke für den Tipp.« Sie lief noch einmal zurück zur karierten Decke. Paulas Teigtaschen sahen wirklich köstlich aus, genauso goldbraun und buttrig wie die von *Pengenna Pasties*. Aimée nahm sich eine.

Erin war zu ihr herübergekommen und griff nach ihrer Hand. »Dass ich dich hier zu fassen kriege.« Sie musterte

248

Aimée. »Du siehst toll aus.« Aimée trug eine weiße Tunika mit einer türkisfarbenen Stickerei am Ausschnitt. Sie hatte sie bei *Clotworthy's* erstanden, einem der kleinen Geschäfte unten am Hafen. Die lange Bluse war das Erste, was sie sich, abgesehen von dem, was Len und sie zum täglichen Leben brauchten, von ihrem eigenen Geld gekauft hatte. Was sie sich zugestanden hatte. Sie hatte Tränen in den Augen gehabt, als sie der Verkäuferin die Geldscheine gegeben hatte.

Aimée setzte sich mit Erin auf die rote Decke, die ziemlich weit vorne am Wasser lag, und biss ein Stück von der Pasty ab. Sie schmeckte einen Hauch Rosmarin und Thymian heraus und perfekt gegrillte Antipasti in einem knusprigen Mürbeteig. Wirklich köstlich.

»Du hattest recht, Erin. Die Schneebälle kommen ins Rollen. Ich bin schon ein paarmal auf unsere Wohnungssuche angesprochen worden. Erst gerade eben wieder, von Matts Dad.« Aimée sah hinüber zu Aiden, der jetzt ebenfalls eine Pasty in der Hand hielt.

Erin nickte und kratzte mit der Gabel einen Bissen von der dicken weißen Creme ihres Karottenkuchens ab. »Irgendwas Konkretes dabei?«

»Bis jetzt noch nicht. Aber ich bin guter Dinge.«

Zwei Möwen erhoben sich vor ihnen mit schnellen Flügelschlägen in die Luft. Im nächsten Moment glitten sie ruhig übers Meer, die Flügel weit ausgebreitet im endlosen Blau. Die Kinder spielten am Wasser, Len hockte als Einziger mit seinem Eimer im Sand, einige Meter von den anderen entfernt, das Gesicht ganz nah an etwas, das aussah wie ein altes Fischernetz.

»Nachschub?« Helen schwenkte eine Karaffe mit Eistee. Ihre Wangen waren noch röter als sonst.

Aimée und Erin ließen sich nachschenken.

»Setz dich doch zu uns.« Aimée rückte ein Stück zur Seite.

Stimmen, Lachen und Rauschen umgaben sie. Aimée aß ihre Pasty, und eine angenehme Trägheit machte sich in ihr breit. Am Horizont lag ein dünner Wolkenstreifen, nur ein Halbton dunkler als der tiefblaue Himmel über ihr.

»Ihr habt euch gut eingelebt in St. Ives, oder?« Helen nippte an ihrem Drink, Eiswürfel klimperten.

»Oh ja.«

Heute konnte sie einfach ausblenden, wie beengt sie wohnten, mit einer Mutter nebenan, mit der sie kaum noch sprach. Heute waren da nur die freundlichen Menschen mit ihr am Strand, das funkelnde Licht und das Rauschen des Meeres. Das Einzige, was sie unsicher machte, war die Frage, ob auch Len glücklich war.

»Einen Penny für deine Gedanken.« Helen zog ihren Strohhut ein wenig in den Nacken. Er war weiß und hatte eine zartrosa Schleife.

»Ich frage mich, ob Len glücklich ist, weil … Er spielt ja meistens allein.«

Helen deutete mit dem Kinn nach vorn zum Wasser, in Lens Richtung. »Schau mal.«

Aimée schob die Gurkenscheibe am Rand ihres Glases entlang. Um Len herum standen und hockten einige Kinder. Sie alle hielten Reste von Netzen in der Hand, ausgeblichene Fetzen in Orange und Türkis, die sie sehr genau inspizierten.

»So ist es oft, in der Pause auf dem Schulhof«, sagte Helen. »Len spielt für sich, ganz konzentriert. Und irgendwann zieht er damit unweigerlich die Aufmerksamkeit der anderen auf sich. Ohne dass er es darauf anlegt. Deshalb funktioniert es wahrscheinlich so gut. Ganz oft spielen am Ende alle zusammen, und zwar das, was Len vorher allein gespielt hat.«

Len hielt sein Netz hoch, und ein dunkelhäutiges Mädchen knotete ihre grünen Maschen an seine schwarzen.

»Ich glaube, das ist seine Art, in Kontakt zu treten. Auch

wenn das erst mal widersprüchlich klingt. Ich persönlich finde das wunderschön.«

Aimée stiegen Tränen in die Augen. Erin merkte es sofort und griff nach ihrer Hand. Was war sie nur auf einmal so nah am Wasser gebaut?

»Übrigens«, Helen setzte sich etwas aufrechter hin, »ich wollte dir noch einmal für deine wundervolle Arbeit an meinem Rahmen danken. Ich hätte nicht gedacht, dass eine neue Vergoldung so alt aussehen kann.« Sie lachte. »Ich meine, der Rahmen sieht aus, als wäre nie etwas daran verändert worden.« Helen wandte sich an Erin. »Sie ist eine Künstlerin, wusstest du das?«

»Mein Vater sagt dasselbe.« Erin drückte Aimées Hand und ließ sie wieder los.

»Aufhören! Sofort!«

Die Sonne stand inzwischen tiefer am Himmel, das Licht wurde weicher, die Wasseroberfläche glänzte silbrig. Len löste sich aus der Gruppe der anderen Kinder und kam zu ihnen herüber.

»Dahinten ist Daniel!« Er sprang hoch und winkte in Richtung Wasser.

Eine Hand hob sich aus dem silbrigen Glitzern, dann erkannte Aimée Daniel auf seinem Brett.

»Darf ich zu ihm?«

»Klar.« Daniel würde gut auf ihn aufpassen.

Len zog sich aus und kramte in der Korbtasche nach seiner Badehose. Schnell streifte er sie sich über.

»Willst du wirklich Lenna …«

Aber er hatte sich die Puppe schon in die Badeshorts gesteckt und rannte zum Wasser. Aimée schüttelte den Kopf.

Daniel kam ihm im flachen Wasser entgegen. Er hielt ihm die Hand hin, und Len schlug ein. Len drehte sich zu den anderen Kindern um. Er sah stolz aus. Daniel stand da mit nassen

Haaren und nacktem Oberkörper, und Aimée wusste mit einem Mal nicht mehr, wo sie hinsehen sollte.

Sie musste an Zoe denken, die wieder im Cottage wohnte, und daran, dass sie einen anderen gehabt hatte. Aimée hatte mit Daniel nie darüber gesprochen.

»Wollen wir auch?« Helen drehte ihren Strohhut in der Hand.

»Später vielleicht.« Erin schob sich die letzte Gabel ihres Kuchens in den Mund.

Aimée nahm einen Schluck von ihrem Eistee. So langsam gewöhnte sie sich daran, dass Len zusammen mit Daniel schwimmen ging. Aber für sich selbst konnte sie sich nicht vorstellen, ins Meer zu gehen.

»Okay.« Helen strich sich die blonden Haare hinters Ohr und stand auf. »Ich brauche jetzt gleich eine Abkühlung. Wir sehen uns später.«

Vorne im Meer schwamm Len, den Kopf weit im Nacken, die Arme in schnellen Kreisen. Jedes Mal schaffte er ein paar Züge mehr. Beim ersten Mal, als sie ihn ohne das Brett gesehen hatte, mit seinen schnellen Bewegungen, die von Weitem hektisch aussahen, war sie zum Wasser gestürzt, aber Daniel hatte ihr ein Zeichen gegeben. *Alles in Ordnung.* Sie hatte sich in den Sand gesetzt und gewartet, bis sich ihr Herzklopfen wieder beruhigt hatte.

»Wir haben noch ein Thema offen«, sagte Erin.

Aimée wusste sofort, worauf sie anspielte. Sie hatte ihre Unterhaltung vor Wochen über Daniel nicht vergessen. Der Form halber stöhnte sie auf.

»Also, warum seid ihr nicht mehr zusammen?«

Die Kinder, die mit Len Netze gesammelt hatten, waren jetzt auch im Wasser und sprangen um ihn und Daniel herum. Len war auf Daniels Rücken geklettert und half Ellie ebenfalls hoch.

252

Aimée setzte sich aufrechter hin. »Daniel und ich, wir waren drei Jahre zusammen. Da hat er mir von heute auf morgen eröffnet, dass er nach England zieht, wegen einer Tischlerlehre, hier in St. Ives. Den Kontakt hatte er über seine Mutter, es war alles schon organisiert. Ich wusste überhaupt nichts davon. Er ist davon ausgegangen, dass ich mitgehe oder nachkomme. Aber ich konnte ja nicht so einfach weg, wegen Marilou. Außerdem war ich noch in der Schule.«

»Das ist heftig.«

»Ich war so verletzt. So richtig. Ich hatte das Gefühl, als würde ich in seinem Leben überhaupt keine Rolle spielen. Dabei waren wir vorher so …« Sie suchte nach einem Wort, das ausdrücken konnte, wie nah sie und Daniel sich gewesen waren. Aber dafür gab es kein Wort. Neben ihrem Fuß stand eine Möwenfeder aufrecht im Sand, als hätte sie jemand gerade eben hineingesteckt. »Wir kannten uns seit zwölf Jahren, haben uns jeden Tag gesehen. Wir haben alles miteinander besprochen. Immer.«

»Weißt du, warum er dir nichts gesagt hat? Hatte er Angst?«

Aimée zuckte mit den Schultern. »Vielleicht hatte er Angst, ja. Dass ich sage: Ich geh nicht mit. Dass er sich entscheiden muss.«

»Und dann?«

»Dann habe ich mich getrennt.«

Die Wellen rauschten, schwollen an, immer lauter, bis sie sich überschlugen und brachen. Dann, wie ein Nachklang, ein leiseres Rauschen, und Stille.

»Das ist auch heftig.«

»Ja, das war es.« Sie hatte Daniel vorher noch nie weinen gesehen. Sie hatte am Eingang zu seinem Bauwagen gestanden, sie wollte nicht zu ihm hinein, und ihm gesagt, es sei vorbei. Er hatte aufgeschluchzt und einfach zu weinen angefangen. Er hatte mit ihr reden wollen, aber sie hatte immer nur auf den einen Satz gewartet: *Ich bleibe hier, bei dir.*

Daniel hielt Len an der Taille und führte ihn ruhig übers Wasser. Erin hatte ihren Teller beiseitegestellt und die Hände in den Schoß gelegt. Aimée spürte, wie froh sie war, dass es sie gab.

»Ich musste mit ihm Schluss machen. Ich konnte nicht drei Jahre warten, einfach so, ohne dass ich auch nur gefragt worden wäre.«

»Das versteh ich. Habt ihr in der Zeit telefoniert?«

Aimée schüttelte den Kopf.

»Und was war, als er wieder zurück war?«

»Nichts. Danach war nichts. Wir waren nicht einmal mehr wirklich befreundet. Vielleicht war das sogar das Schlimmste. Dass er zurückgekommen ist, und ich ihn gar nicht mehr kannte.«

»Und jetzt bist du hier.«

Rauschen, anschwellen, bersten. Stille.

Daniel stand im Wasser, und das Blau teilte sich um ihn in glänzendes Perlmutt und das warme Abendleuchten des Himmels. Der Horizont lag auf seinen Schultern. Tropfen glitzerten auf seiner Haut, die nassen Haare hatte er sich aus dem Gesicht gestrichen. Er sah zu ihr herüber.

»Ja, jetzt bin ich hier.«

VOR 15 JAHREN

Frühjahr 2004

Auf dem halbmondförmigen Tisch vor der Sitzbank stand ein kleiner Spiegel. Aimée drehte ihn zu sich und betrachtete ihr Gesicht. Frisch und klar sah sie heute aus. Sie öffnete den Reißverschluss ihres Schminketuis – Mascara, einen Hauch Rouge und etwas Glanz für die Lippen. Vorsichtig zog sie die Wimperntusche auf. Als sie das Bürstchen gerade ansetzen wollte, hielt sie inne. Nein, sie würde sich nicht schminken. Heute wollte sie ganz sie selbst sein.

Entschieden zog sie den Verschluss des Etuis wieder zu. Das Mobile über ihrem Kopf drehte sich. Ihr Haus der Träume. Wolke schnurrte in ihrem Körbchen, ein leises Vibrieren, das den kleinen Raum füllte. Aimée sah aus dem Fenster hinaus, durch das zarte Laub der Bäume hindurch, das langsam seine blutrote Farbe wiederbekam. Das Schilf wiegte sich am Ufer, die Wasseroberfläche warf Wellen, als wäre sie am Meer.

Sie griff unter das Kissen unter Wolkes warmem Körper. »Sch…«, machte sie, als Wolke die Augen öffnete. Sie streichelte sie, und die Augen ihrer Katze fielen wieder zu. Aimée zog den Umschlag hervor.

Es war nicht viel, was sie hatte zurücklegen können. Marilou arbeitete seit ihrem Selbstmordversuch vor einem Jahr kaum noch mit, deshalb waren sie auf das Geld, das Aimée durchs Restaurieren verdiente, angewiesen. Trotzdem legte sie von jedem Möbelstück, das sie verkaufte, zehn Euro zurück, egal ob sie das Stück für zwanzig oder für hundertfünfzig losbekam. Sie musste den Umschlag nicht öffnen, sie wusste auch so, wie viel Geld darin war. Trotzdem zog sie die Scheine heraus, kippte die Münzen auf den Tisch und zählte. Eintausendsechshundertzwanzig Euro. Ein Anfang, für ein neues Leben.

Sie hatte gewusst, dass Daniel irgendwann in diesen Tagen aus England zurückkommen würde, Barbara hatte es ihr erzählt. Doch dann hatte er gestern Abend an ihren Bulli geklopft.

»Du bist wieder da«, hatte sie gesagt, und er hatte erwidert: »Ich bin wieder da.« Vielleicht war es auch andersherum gewesen. Still stand er vor ihr. Sie hörte das Flattern eines Vogels in der Dämmerung und sah in sein Gesicht, das gebräunt war, obwohl der Winter kaum vorbei war. Sie standen lange so da und sahen einander an. Seine Augen waren wie eine glatte Fläche, die nichts verriet, dafür umso bodenloser war.

Als er vor drei Jahren weggegangen war, hatte sie es auf dem Hof nicht mehr ausgehalten. Er konnte so einfach gehen – und sie? Sie hätte ihm nachreisen können, aber dafür war sie zu verletzt gewesen und auch zu stolz. Stattdessen hatte sie studiert, dreihundert Kilometer von der Kommune entfernt. Sie hatte gedacht, es wäre genug, wenn sie am Wochenende nach Marilou sehen würde. Aber dann war Barbaras Anruf gekommen, dass Marilou versucht hatte, sich umzubringen. Und als sie nach nicht einmal vier Semestern zurückkam, hatte sie alle Hände voll zu tun gehabt. Sie hatte die Oberflächen zahlreicher alter Holzmöbel geglättet. Jetzt spürte sie die Risse.

Sie wusste nicht, wie lange Daniel und sie gestern Abend voreinandergestanden hatten, aber sie hatte sich nicht eingebildet, dass er auch in ihren Augen etwas suchte.

Aimée sah noch einmal in den Spiegel. Ihre Wangen waren gerötet, ihre Lippen schimmerten, ihre Augen verrieten jeden Traum. Sie steckte den Umschlag in die Tasche ihrer Wolljacke und trat ins Freie.

Die Luft war klar, sie atmete tief ein. Das Gras unter ihren Füßen war hellgrün. Unten bei den Baumstämmen, wo die Wurzeln aus der Erde hervortraten, wuchsen Schneeglöckchen. Sie sah die feinen Wellen im See und hörte das Rauschen, als hätte das Glück einen Ton.

Als Daniel in England war, hatte sie oft von ihm geträumt. Von dem Haus, in dem er wohnte, und davon, wie sie miteinander schliefen. Dass sie einfach nur aufeinanderlagen, ohne sich zu bewegen, und das reichte schon. Manchmal hatte sie von ihm geträumt, obwohl sie wach gewesen war. Wenn sie stumpfen Lack polierte und ihre Hand mit dem Ballen wie ein Falter abhob und landete, abhob und landete. Sie hatte geträumt, dass sie ihm sagte, es sei ein Fehler, dass sie nicht mehr zusammen waren.

Sie schaute hoch zu seinem Wagen. Das Licht brannte, ein warmer, matter Schein. Ihre Schritte federten auf den Stufen. Vor seiner Tür tastete sie noch einmal nach dem Umschlag in ihrer Tasche. Der Frühling war eine gute Zeit, um Träume wahrzumachen. Sie überlegte, ob sie klopfen sollte, aber sie entschied sich dagegen. Sie zog die Tür auf. Sie zog sie einfach auf.

Die Kerzen auf der Kommode flackerten im Luftzug. Die Frau, die neben Daniel stand, war genauso groß wie er. Er sah sie an mit diesem Blick, mit dem er immer *sie* angesehen hatte, und strich ihr eine Strähne ihres schwarzen Pagenschnitts hinters Ohr.

»Aimée.« Daniel ließ die Hand sinken.

Die Frau öffnete den Mund, als wollte sie etwas sagen.

Aimée drehte sich um und rannte die Stufen hinunter und über die Wiese, rannte immer weiter. Irgendwann stand sie vor dem Bulli. Sie öffnete die Tür und fiel auf die Bank. Wolke miaute. Was hatte sie sich nur gedacht? Was hatte sie sich für eine Scheiße zurechtgesponnen?

Aimée griff nach dem baumelnden Haus über ihrem Kopf. Sie bekam eine Seitenwand zu fassen und riss das Holzstück ab. Mit einem Ratschen zog sie die Tür erneut auf, schleuderte das abgerissene Teil hinaus und zog die Tür wieder zu. Sie machte sich ganz klein auf der Bank. Und wartete.

Aber Daniel kam nicht.

UM-DIE-ECKE-GUCKROHR

Das Sehrohr war lang und glänzte messingfarben, und in seinem Innern waren Wunderspiegel. Sie konnten damit um Ecken sehen, ohne entdeckt zu werden. Besonders gut eignete es sich für einen Streich, bei dem sie einen langen Zwirnsfaden an einer ausgedienten Geldbörse befestigten und sie irgendwo auf dem Scheunenboden platzierten. Zusammen mit Daniel lag sie dann unter einem der Tische auf der Lauer, versteckt hinter alten Koffern und aufgestellten Gemälden, und spähte durch das Rohr. Wenn ein Kunde kam und sich nach der Börse bückte, zogen sie sie am Zwirnsfaden blitzschnell fort. Einmal stand sie mit dem Sehrohr auf einem umgedrehten Eimer vor dem Stelzenwagen und hielt es so, dass sie von unten in das Fenster blicken konnte. Daniel lag auf dem Bett, sein Fuß berührte fast die Scheibe. Es sah aus, als schaute er ihr direkt ins Auge. Schnell sprang sie vom Eimer und rannte davon.

September 2019

»Mein Junge.« Der Mann mit dem weißen Stoppelbart umarmte Daniel. »So schön, dich zu sehen!«

Er machte ihnen Platz, und sie traten in das winzige, weiß und blau getünchte Häuschen, das auf dem äußersten Felsvorsprung der Insel saß. Von außen sah es aus wie eine Schiffsbrücke, von innen war es nicht viel größer als ein helles Kabuff, mit jeder Menge Seekarten, Bildschirmen und Fenstern ringsherum. Es war, als schwebten sie über dem Meer.

»Ich bin Quinn.« Er nickte Aimée zu und wandte sich an Len. »Und du musst das Geburtstagskind sein.«

Len nickte. »Ich bin sieben.«

Daniel hatte sie heute Morgen überrascht. Er hatte an den Bulli geklopft, als Len gerade die Kerzen auf seinem Kuchen auspustete, den Aimée am Vorabend bei Erin gebacken hatte. Ob sie Lust hätten, der Küstenwache zur Feier des Tages einen kleinen Besuch abzustatten? Sein alter Freund Quinn, ein Schulfreund von Barbara, würde schon auf sie warten. Len zog sich in Nullkommanichts an, und Aimée dachte: Daniel hatte an Lens Geburtstag gedacht. Und er hatte sich sogar etwas für ihn ausgedacht.

»Sieben, Donnerwetter!« Quinn lehnte sich an einen der hohen Drehstühle. Er trug einen dunkelblauen Wollpulli mit gelb aufgesticktem Namen, dazu eine blau-gelb gestreifte Krawatte mit einer aufgenähten Kompassrose. »Moment.« Sein Blick glitt übers Wasser. »Wen haben wir denn da?« Er winkte Len heran, klopfte auf den Stuhl neben seinem und hielt ihm ein Fernglas hin.

Len positionierte sein Gesicht vor dem Glas. Daniel zog ihr einen weiteren Stuhl heran, und auch Aimée setzte sich. Sie fühlte Daniel, der sich mit den Händen an ihrer Rückenlehne abstützte.

»Wie viele Leute zählst du an Bord, Len?«

Ein orangerotes Boot schipperte aus dem Hafen. Der Wind fegte vor ihm übers Meer und warf feine, sprühneblige Wellen.

Wie selbstverständlich drehte Len an dem Rädchen, um das Fernglas scharf zu stellen. »Zwölf.«

Quinn hob ein Funkgerät an den Mund. »Seahorse fährt raus. Zwölf Mann. Over.« Er notierte etwas in einem Büchlein. »Ausflügler. Die fahren zum Makrelenfischen. Du musst wissen, Len, wir erfassen hier jede einzelne Schiffsbewegung. Und am Abend zählen wir nach, ob alle wieder da sind. Alle Schiffe und alle Passagiere.« Er legte seine Hand auf Lens Schulter. »Gut gemacht, Junge.«

Len strahlte, tiefe Grübchen bildeten sich rechts und links von seinem Mund.

»Und im Moment ist es besonders wichtig. Wir haben nämlich Springtide.«

»Was ist das?«

»Du willst es genau wissen, was?« Er zwinkerte Len zu. »Das ist eine sehr große Flut. Die haben wir alle zwei Wochen, immer wenn sich Sonne, Mond und Erde auf einer Geraden befinden. Um genau zu sein, bei Vollmond und bei Neumond. Die Springtide zieht einen hinaus aufs Meer. Da müssen wir besonders aufpassen und vor allem die Küstenlinie im Blick behalten. Es werden schon mal Fischer von Felsen gerissen, oder die Flut steigt so schnell, dass Spaziergänger festsitzen. Und, nicht zu vergessen, der Herbst steht vor der Tür. Die Wassertemperatur sinkt gerade rapide.«

Aimée fröstelte, aber immer noch spürte sie Daniels Körper in ihrem Rücken. Instinktiv lehnte sie sich ein bisschen zurück, einen Zentimeter, zwei, bis ihre Schulterblätter ganz leicht seine Brust berührten. Sie war sich sicher, dass er den Atem anhielt.

»Wenn bei einer Springtide zusätzlich auflandiger Wind weht, dann kann es zu einer Sturmflut kommen. Dann spritzt das Wasser bis über unsere Station. Dann haben wir Land unter.«

Aimée sah aus dem Fenster. Das orangerote Boot war hinter einem Felsen verschwunden. »Porthmeor Beach sieht man von hier aus nicht.«

Der Strand war verdeckt vom zweiten Hügel der Island, auf dem die kleine St. Nicholas' Chapel thronte.

»Drüben sind die Rettungsschwimmer zuständig.«

Aimée nickte. Sie hatte neulich auf einem Schild am Porthmeor Beach gelesen, dass die Lifeguard-Saison Ende Oktober endete. Hinter sich spürte sie Daniel atmen.

Len sprang vom Stuhl und trat an das riesige braune Fernrohr, das in der Mitte des kleinen Raumes stand. »Darf ich da mal durchgucken?«

»Aber klar doch.« Quinn zog es zu ihm herunter. »Das ist aus dem Zweiten Weltkrieg. Damals hat es den Russen gehört. Es ist unser stärkstes Glas.«

Len drückte sein Auge ans Metall. Er drehte das Rohr langsam von rechts nach links. »Da!« Er zeigte aus dem Fenster.

Quinn nahm das kleine Fernglas ans Gesicht. »Ah, heute ist dein Glückstag, Junge.« Er reichte Aimée das Glas.

In der Ferne, wo das Meer schon fast seine Farbe verlor, sprangen drei Delfine aus dem Wasser. Exakt gleichzeitig tauchten sie auf, beschrieben perfekte Bögen, tauchten wieder ein, um einen Moment später wie bei einer Zirkusnummer ihren Körper erneut in drei gleiche Bögen zu legen. Ihre graue Haut glänzte spiegelglatt. Wortlos reichte sie das Fernglas an Daniel weiter. Er lehnte sich über ihre Schulter, die eine Hand rechts, die andere links von ihr. Lange blickte er durch das Glas, sein Oberkörper drückte sich an ihren Rücken.

»Wunderschön.« Er ließ das Fernglas sinken, und Aimée spürte, wie sein Herz klopfte.

Sie wollte diesen Moment festhalten.

Mit einem Knarren wurde die Tür von außen aufgezogen. Wind wehte herein. Aimée richtete sich auf, ihre Körper lösten sich voneinander. Eine Frau mit kurzen grauen Haaren trat ein und zog die Tür sofort wieder hinter sich zu. Wie Quinn trug sie einen dunkelblauen Pullover mit aufgesticktem gelbem Namen. *Anne* stand dort.

»Schichtwechsel.« Sie lächelte ihnen zu. »Ihr könnt aber gerne noch bleiben.«

Aimée erhob sich. »Wir wollten sowieso noch ein bisschen spazieren gehen. Was meinst du, Len?«

»Das mein ich auch.« Len stand schon an der Tür.

Quinn lachte. »Na dann.« Er legte Daniel kurz den Arm um die Schulter und reichte Aimée die Hand. »Und ihr«, er tippte Lenna, die unter Lens Kinn hervorschaute, an die Nase, »ihr müsst bald mal wieder vorbeikommen und mir helfen, okay?«

»Geht in Ordnung«, sagte Len, und diesmal lachten sie alle.

Len lief ihnen voraus über die weite, bucklige Wiese. Es war sonnig, aber ein diffuses Licht lag über der Island, beinahe so transparent wie das Wasser. Daniel und sie gingen nebeneinander. Ein Mann und eine Frau machten einen Spaziergang, einfach so. Früher waren sie oft ziellos am Seeufer entlanggestreift, hatten die Hände durchs raschelnde Schilf fahren lassen, sich nach Muscheln gebückt und nach Steinen, deren Formen sie einander zeigten. Sie sah Daniel von der Seite an. Sein Bart hatte schon etwas Grau, das war ihr vorher nicht aufgefallen, der Wind fuhr ihm durchs Haar, er griff nach ihrer Hand. Einfach so.

Aimée wollte nicht nachdenken.

Sie spürte noch seinen Oberkörper an ihrem Rücken und jetzt seine Hand in ihrer, wie eine warme Verbindung von ihren Schulterblättern bis zu den Fingerspitzen. Daniel zog sie in den Windschatten und auf eine Bank. Aimée erkannte die kleine goldene Tafel, die in das Holz der Rückenlehne eingelassen war. *Sit peacefully together, enjoy the view. Remembering family times we've shared with you.* Eng nebeneinander lehnten sie sich an.

Vor ihnen rannte Len den Hügel hinauf zur Kapelle. Der Friedhof und die Häuserdächer verloren sich in der Ferne im Dunst.

Daniel spielte mit ihren Fingern. Sie wollte nicht nachdenken, aber jetzt tat sie es doch. Dass sie hier so saßen, Daniel und sie, hatte das damit zu tun, dass Zoe mit einem anderen Mann zusammen gewesen war? Es fühlte sich nicht so an, aber was hieß das schon?

Ihre Finger zitterten in seinen. »Was ist mit Zoe?«

Seine Hand umschloss ihre. Unten an den Felsen rauschten die Wellen.

»Ich weiß es nicht, Aimée.«

»Wohnt ihr …« Sie wusste nicht, wie sie den Satz beenden sollte.

Daniel nickte. Er drückte ihre Hand. »Aber wir schlafen in getrennten Zimmern.«

Sie zog ihre Hand aus seiner. »Warum sitzen wir hier so?«

»Das ist alles nicht so leicht.«

»Das ist mir schon klar. Aber wir sollten das hier erst machen, wenn es leicht ist. Wenn es eindeutig ist.« Sie stand auf, trat einen Schritt vor. »Wenn überhaupt.«

Len kam über die Wiese auf sie zugelaufen.

»Aimée.« Daniel erhob sich ebenfalls.

Die Sonne verschwand hinter einer Wolke, es wurde kühl, sie spürte den nahenden Herbst.

»Nein, Daniel. Klär du erst mal deins.«

»Mama! Daniel!« Len griff nach ihren Händen. »Kommt mit!«

Aimée atmete durch. Über Lens Kopf warf sie Daniel einen Blick zu. Es war Lens Geburtstag. Den würden sie ihm nicht vermiesen. Daniel nickte kaum merklich. Dann ließ Aimée sich von Len mitziehen, den felsengesäumten Hügel hinauf.

In einer Reihe stiegen sie die breiten Stufen zur Kapelle empor. Hier oben blies der Wind noch stärker. Aimée ließ Len los und zog zwei Mützen aus ihrer Tasche, eine für ihn und eine für sich. Ein paar Menschen saßen auf den Bänken, die Kapelle als Lehne im Rücken.

»Schau mal, was der da macht.« Len zeigte ans andere Ende des Podests, wo vor der niedrigen Mauer eine Staffelei aufgebaut war. Ein Mann mit dunkler Wollmütze stand davor und malte. »Können wir da mal gucken?«

Ein Tordalk flatterte vor ihnen auf. Len hatte die heimischen Seevögel neulich in der Schule durchgenommen. Der schwarze Tordalk mit der schneeweißen Brust und der feinen weißen Linie über dem Schnabel hieß auf Englisch *Razorbill*. Er segelte über die Felsen, hinein in die feine Gischt, die vom Meer aufspritzte, und verschwand im diesigen Blau.

»Geht ihr mal. Ich dreh noch kurz eine Runde«, sagte Daniel. Sie erkannte, wie blass er war. In diesem Moment hätte sie ihn gerne in den Arm genommen. Aber er war schon auf den Stufen. »Bis gleich.«

Len plapperte neben ihr, und sie ließ sich von ihm über die steinerne Plattform ziehen.

»Da auf dem Bild, da ist nichts.«

Sie standen hinter dem Maler, und Len zeigte verstohlen auf die Leinwand auf der hölzernen Staffelei. Es war tatsächlich nicht viel darauf zu sehen: nur schwebende Schimmer von Weiß und Blau in unterschiedlichen Schattierungen. Der Mann drehte sich zu ihnen um. Auf seinem Gesicht erschien ein Lächeln.

»Aimée.«

Sie brauchte einen Moment, bis sie ihn unter der Wollmütze erkannte. Das war der Mann, der mitbekommen hatte, wie eine Möwe ihr den Fisch klaute. Er arbeitete in den *Porthmeor Studios*, gleich hinter Erins und Arthurs Laden. »Jack.«

»Schön, dich zu sehen.« Er stellte den Pinsel in eine Halterung.

»Und ich bin Len.« Len zog den Pinsel wieder heraus.

»Hi, Len.« Jack nickte ihm zu.

»Wir waren neugierig.«

»Malst du immer nur draußen?«, fragte Len.

Jack lachte, und Aimée fielen wieder die blauen Augen unter den dunklen Brauen auf. Er wandte sich an Len. »Wann immer es geht, wenn es nicht gerade regnet oder stürmt. Mein Atelier ist sehr hell, aber unter freiem Himmel zu malen, das ist noch besser.«

»Warum ist dann nichts auf deinem Bild?«

Jetzt musste auch Aimée lachen. Und sie war froh, dass es kein verlegenes Lachen war, wie es in den vergangenen Jahren so oft aus ihr herausgekrochen war, wenn Len die natürlichsten Fragen der Welt gestellt hatte.

Daniel lief ein Stück weiter unten am Hügel einen schmalen Felsenpfad entlang. Er ging langsam, den Kopf hielt er gesenkt. Barbaras Tod, die Probleme mit Zoe, kein Wunder, dass er durch den Wind war. Da musste wenigstens sie einen kühlen Kopf bewahren. Sie musste für ihn da sein, als gute Freundin. Sie seufzte. Wenn das nur so einfach wäre.

»Da ist *fast* nichts auf meinem Bild«, sagte Jack zu Len.

Aimée löste ihren Blick von Daniel und sah wieder auf die Leinwand.

»So wie wir heute auch fast nichts sehen, wenn wir aufs Meer schauen. Siehst du den Horizont?«

Len kniff die Augen gegen das helle Licht zusammen. Meer und Himmel sahen aus wie eins, unscharf, durchscheinend. Er schüttelte den Kopf.

»Ich auch nicht.« Jack nahm ihm den Pinsel ab und drehte ihn zwischen seinen Fingern. »Wir wissen, da ist der Horizont und noch vieles mehr, was dahinterliegt. Aber wir können es nicht sehen. Ich wünsche mir, dass jeder, der sich das Bild später anguckt, etwas anderes darauf vermutet. Oder dahinter. Weil jeder Mensch ja auch andere Wünsche und Träume hat.« Er streifte Aimée mit einem Blick, dann beugte er sich zu Len herunter. »Ich verrate dir ein Geheimnis. Wenn der Himmel in fünf Minuten ganz anders aussieht, wenn da auf einmal Wolken auftauchen, klar abgegrenzte Wolken, die sich im Wasser spiegeln, dann muss ich das Bild hier übermalen. Oft ist noch sehr viel anderes versteckt unter dem, was man sieht.«

Len nickte. »Ich seh auch alles doppelt. Das Weiß und das Weiß und das Blau und das Blau und mich und ...«

Aimées Telefon klingelte, sie zog es aus der Tasche. *Per.* Sie starrte aufs Display.

Jack sprach noch immer mit Len, Daniel kam den Hügel hinauf. Sie ging ran.

»Aimée?« Per klang unsicher.

Sie lief ein paar Schritte hinter die Kapelle, wo der Wind nicht so stark blies. »Hallo, Per.«

Heute Morgen, als Len die Kerzen auf seinem Kuchen ausgepustet hatte, hatte Aimée sich kurz gefragt, ob Per wohl zu seinem Geburtstag anrufen würde oder nicht. Sie hatte es sich nicht so recht vorstellen können.

»Wie geht es euch?«, fragte er leise.

»Danke, gut. Und dir?«

»Ich arbeite viel.«

Sie schwiegen. Aimée setzte sich auf eines der Steinbänkchen, stand aber wieder auf.

»Len. Heute ist sein Geburtstag. Ich dachte ...« Per räusperte sich. »Kann ich mit ihm sprechen?«

»Ich frag ihn. Warte.«

Aimée trat hinter der Kapelle hervor. Daniel stand neben Jack. Len hockte am Boden und untersuchte dort irgendetwas.

»Len? Komm mal kurz mit.« Sie lotste ihn in den Windschatten.

»Was ist?«

»Papa ist am Telefon.«

Len erstarrte in der Bewegung, sein Gesicht war vollkommen reglos. Ein, zwei Sekunden sagte er nichts. Dann streckte er seine Hand nach dem Telefon aus. Sie reichte es ihm, er drückte es sich ans Ohr und schwieg.

»Du musst was sagen.«

»Hallo.«

Er lauschte und nickte immer wieder. Die Mütze saß ihm schief auf dem Kopf, einzelne Locken hingen ihm vor den Augen. Hoffentlich kam jetzt nicht alles wieder hoch bei ihm, der Streit, Wolkes Tod. Aimées Hände zitterten, sie steckte sie in die Jackentasche.

Auf einmal stieg Len auf die Steinbank an der Kapelle. »Stell dir vor, Papa. Ich hab Delfine gesehen. Heute. Drei Stück.« Er quasselte wild drauflos.

Sie konnte Len nur anstarren, wie er da auf der Bank stand und mit funkelnden Augen redete und aufs Meer zeigte, als könnte Per es sehen.

Daniel kam um die Kapelle herum. Er sah noch blasser aus als vorhin, fast als wäre ihm übel. »Aimée. Bitte sei mir nicht böse, aber ich glaube, ich sollte jetzt gehen. Ich bin … Ich will euch nicht den Tag verderben.« Er sprach sehr beherrscht.

»Kann ich irgendetwas für dich tun?«

Daniel zog seine Jacke zu. »Danke, aber ich glaub, gerade nicht.«

»Mama, Papa will mit dir sprechen!«

Daniel hielt den Reißverschluss noch in der Hand.

»Er hat angerufen, wegen Len.« Sie nahm Len das Telefon aus der Hand, hielt es aber noch nicht ans Ohr. »Pass auf dich auf, ja?« Sie umarmte Daniel.

Er nickte und zog sie kurz an sich. Dann ging er um die Kapelle herum davon. Len lief noch ein paarmal die Steinbank auf und ab und sprang hinunter.

»Per?«

Sie hörte, wie er sich am anderen Ende der Leitung die Nase putzte. »Danke, Aimée.«

Mit einem Mal hatte auch sie Tränen in den Augen. Len bedeutete Per etwas. So lange war das ihr größter Wunsch gewesen, jetzt spürte sie es endlich. Sie rieb sich mit dem Jackenärmel kurz über die Augen. Und Len? Er hatte viel unbefangener mit Per gesprochen, als sie es jemals für möglich gehalten hatte.

»Danke, dass du angerufen hast.«

Sie machten aus, dass er und Len bald wieder telefonieren würden. Schließlich legte sie auf und trat aus dem Windschatten heraus.

Daniel war fort, Jack malte den unsichtbaren Horizont und Len sah ihm dabei zu.

»Mama, können wir was essen? Pastys und Fish 'n' Chips und Eis?«

»Klar.« Sie strich sich die wehenden Haare unter die Mütze.

Jack pinselte mit Weiß eine kleine Tasse auf die Leinwand. »Wollen wir bald mal zusammen einen Kaffee trinken?« Er drehte sich zu ihr um.

Warum eigentlich nicht?

»Gern.«

Len und sie verabschiedeten sich und liefen die Island hinunter zum Hafen. Eigentlich hätte Daniel jetzt noch bei ihnen sein sollen. Stattdessen hatte Per angerufen, und sie hatte eine Verabredung mit Jack. Aimée zog sich die Mütze weiter über die Ohren. Der Wind pfiff von allen Seiten.

SCHWINGBLECH

Sie bewegte das kleine, dünne Blech immer wieder hin und her, weil das schwingende Geräusch sie an etwas erinnerte. Aber sie kam nicht darauf, woran. Sie ging hinter die Scheune, denn sie brauchte die Stille, um dem Ton zu lauschen. Ihr kam der seltsame Gedanke, dass es etwas in ihr war, nichts, was sie gehört hatte, sondern gefühlt. Oder noch fühlen würde. Etwas, das nur Frauen in sich trugen.

Oktober 2019

Aimée saß auf der Rückbank des Bullis und nähte Flicken auf Lens Jeans. Als sie erfahren hatte, dass sie Mutter würde, war das eines ihrer ersten Bilder gewesen: Flicken auf durchgescheuerte Knie zu nähen.

Es dämmerte bereits, aber der Himmel über Porthmeor Beach war den ganzen Tag über so grau gewesen, dass man nicht sehen konnte, wie die Sonne in den Ozean sank. Draußen vor dem Fenster lief Len mit einem Haufen Stöcke auf dem Arm vorbei. Daniel war heute nicht bei ihm. Aimée hatte ihm nach Lens Geburtstag noch einmal signalisiert, dass er immer mit ihr sprechen konnte. Aber er war nicht mehr auf sie zugekommen. Jetzt hielt sie sich zurück, auch wenn es ihr schwerfiel.

Aimée schnitt einen Faden ab und steckte sich das Ende zwischen die Lippen. Vielleicht sollten manche Dinge einfach nicht sein. Geschmeidig glitt der Faden durch das winzige Nadelöhr. Draußen auf dem Schotterweg lief eine Gruppe Menschen. Sie trugen Rucksäcke, Gitarrenkoffer und unförmige

Taschen. Ihr Lachen drang durch den Schlitz des Beifahrerfensters, den sie für das Stromkabel offen gelassen hatte. Die Gruppe lief in Richtung Wiese. Eine ältere Frau mit einem roten Schlapphut winkte ihr freundlich zu. Aimée grüßte zurück. Len ließ die Stöcke fallen und folgte der Gruppe in einigem Abstand. Keine Ahnung, was in seinem Kopf vorging. Aimée drückte die Nadel durch den Jeansstoff und führte sie an der Außenkante des Flickens entlang. Der Flicken hatte die Form eines Wals. Sie dachte an das Spiegelgrau der Delfine und an Daniels Wärme zwischen ihren Schulterblättern. An seinen angehaltenen Atem und die Hände, die ihre umschlossen.

Schritte knirschten auf dem Weg, kleine, schnelle Schritte. Len schwenkte eine Trommel, besser gesagt: drei miteinander verbundene Trommeln. Kurz hielt er inne, dann lief er noch schneller weiter.

»Oma!« Er hielt die Trommeln in die Höhe.

Undeutlich hörte Aimée Marilous Stimme. Gleich darauf trafen sich die beiden am Holztisch vor der Weide, Marilou in einem langen weißen Mantel, der zu dünn für die Jahreszeit war.

Aimée zog die Schiebetür auf. Frische Luft zog in den Wagen.

»Marilou, möchtest du einen Tee?«

Sie mussten endlich mal miteinander sprechen. So richtig. Und sie wollte sich auch entschuldigen dafür, wie sie reagiert hatte, als Marilou Len den Ausflug nach Land's End vorgeschlagen hatte.

Aber Marilou reagierte nicht.

Okay, dann machte sie jetzt einfach mal einen Tee und setzte sich dann zu ihr.

»Oma, wollen wir Musik machen?«, fragte Len. Seine Stimme war laut und aufgekratzt.

Marilou ließ sich auf der Bank nieder. Ihre Schultern fielen nach vorn, sie sank förmlich in sich zusammen. Len stellte die Trommel in die Tischmitte und redete auf sie ein. Aimée vernähte noch kurz den Faden an der Innenseite der Jeans und schnitt ihn ab, dann füllte sie Wasser in einen Topf.

Len kam an die Tür. »Mama, kommst du mal? Wir bräuchten ein drittes Bandmitglied. Weißt du, wir sind nämlich eine Trommelband.«

»Ich wollte gerade Tee machen.«

»Bitte!«

»Kann nicht einer von euch kurz zwei Trommeln schlagen?« Sie blickte an Len vorbei nach draußen, aber Marilou sah zu Boden.

»Das geht leider nicht.«

»Und warum ist Lenna nicht euer drittes Bandmitglied?« Unwillkürlich musste sie an die kleine Teetasse denken, die in Ellies Zimmer an dem Handgelenk der Puppe gehangen hatte.

Len drehte sich von ihr weg. »Oma?«

Marilou reagierte nicht. Sie hatte den Kopf in die Hände gestützt.

Len ging zu ihr. »Weinst du, Oma?«

Marilou schüttelte den Kopf. Ohne aufzusehen, wischte sie sich mit dem Unterarm übers Gesicht.

»Marilou?« Aimée trat aus dem Bulli.

»Oma, was ist denn?«

»Nichts«, flüsterte sie.

»Das stimmt nicht!«, rief Len.

»Es ist nur …« Marilou umklammerte die Tischplatte. »Ich hab mir vorgestellt, dass wirklich eine Lenna hier wäre.«

»Marilou!«

»Aber Lenna ist doch hier.« Len zog Lenna aus seinem Kragen und tanzte mit der Puppe vor Marilous Gesicht herum. Ihre Wollzöpfe wackelten hin und her. »Hallo, Oma, ich bin doch da«, sagte Len mit verstellter Stimme.

Marilou setzte sich auf. Ihre Augen waren verquollen. »Ich meine, eine echte Lenna. Ein zweites Kind, deine Schwester.«

Aimée war in drei Schritten bei Marilou und packte sie fest am Arm.

Marilou weinte. »So hätte es doch sein sollen!«

»Len! Geh rein!« Sie musste verhindern, dass er auf diese Weise davon erfuhr. Sofort.

Len stand stocksteif da.

Marilou fixierte die verwitterte Tischplatte. »Sie ist …«

Aimée legte ihr die Hand auf den Mund.

»Deine Zwillingsschwester ist tot«, nuschelte Marilou unter ihren Fingern.

Aimée drückte fester, sie wusste sich nicht mehr zu helfen. »Len, geh sofort in den Bulli!«

Len hielt sich die Ohren zu. Lenna baumelte von seiner Hand.

Marilou machte sich los, sie hatte erstaunlich viel Kraft in ihrem Körper. »Er hat ein Recht auf die Wahrheit.« Ihre Augen mit den geplatzten Äderchen fixierten Aimée.

»Ach ja?« Aimée brachte ihr Gesicht nah an das von Marilou. Der Geruch von alter Seife stieg ihr in die Nase. »Und mir hast du jahrelang was von einem Vater vorgelogen. François.« Ein bitteres Lachen stieg in ihr auf. »Meinst du, ich hätte nicht auch ein Recht auf die Wahrheit gehabt? Immerhin bin ich deine Tochter!« Sie wollte nicht weinen. Aber die Tränen waren schon da.

»Aimée.« Marilous Stimme klang wie erstickt.

Len drehte sich um und rannte von ihnen weg. Der Kies prasselte unter seinen Füßen. Es war dunkel. Die Sonne war hinter den Wolken untergegangen.

VOR SIEBEN JAHREN

Sommer 2012

Sie konzentrierte sich auf das Geräusch, ein Laut wie von schwingendem Blech. Von sehr schnell schwingendem Blech. Die Ultraschallsonde fuhr über ihren Bauch, stoppte. Mit gerunzelter Stirn blickte die Ärztin auf den Bildschirm. Aimées eigener Blick glitt über die glatten Kacheln. Angestrengt lauschte sie dem Schwingen. Der Ton war das Einzige, woran sie sich festhalten konnte.

Ihr Unterleib zog sich jetzt schneller zusammen, krampfte. Ihr ganzer Körper presste. Sie wollte das nicht. Sie wollte, dass ihre Babys in ihr blieben. Sie durften jetzt noch nicht kommen. Ihr wurde schwarz vor Augen.

Ihr Mädchen, das sie ihr auf die Brust legten, schrie nicht. Es war sehr winzig, und seine Haut so dünn, dass es aussah, als lägen die Adern nicht unter, sondern auf der Haut. Ihr Mund stand offen, sie war schlaff wie eine Puppe.

Aimée hätte gerne einen Namen geflüstert, aber Per und sie hatten noch keinen ausgesucht. Sie hatten gedacht, sie hätten noch Zeit. Noch fast eine halbe Schwangerschaft Zeit.

»Sie können sich später noch in Ruhe verabschieden.« Die Stimme der Ärztin wollte weich klingen, aber sie war unter Druck.

Aimée schloss die Augen. Der Abschied kam nicht vor dem Begrüßen. Nein. Ein Schrei stieg in ihr auf, hing fest in ihrem Hals.

»Wir geben Ihnen jetzt einen Wehenhemmer.«

Sie spürte einen Stich in der Ellenbeuge und ein Pumpen. Sie schluckte den Schrei hinunter.

»Jetzt bekommen Sie eine Spritze mit Kortison. Damit beschleunigen wir die Lungenreife des zweiten Fötus. Damit sie gut arbeitet, falls er auch bald kommt.«

Sie wurde auf die Seite gedreht. Sie stachen ihr in den Gesäßmuskel.

»Wir verschließen jetzt Ihren Muttermund mit einer kleinen Naht. Damit der Zweite noch möglichst lange auf sich warten lässt.«

Sie hörte das blecherne, schnelle Schwingen seines Herzens und drückte ihr kleines Mädchen an sich.

WEISSER ZERSTÄUBER

Wieder und wieder musste sie den kleinen, mit winzigen Perlen besetzten Ballon drücken. Der weiße Flakon war leer, aber ein alter Duft lag darin. Wenn sie die Ballpumpe betätigte, hatte sie den Geruch einen flüchtigen Augenblick lang in der Nase. Er war ihr seltsam vertraut, doch immer, wenn sie die Augen schloss und dachte, der Duft würde ihr sein Geheimnis verraten, war er schon wieder verflogen.

Oktober 2019

Len schlief. Aimée zog die Schiebetür auf. Sie brauchte dringend Luft.

Sie hatte ihn hinten bei der Wiese gefunden. Er hatte im Gebüsch gesessen, die Hände noch immer an die Ohren gepresst. Sie wollte mit ihm reden, ihm alles erklären, aber er schrie über ihre Worte hinweg. Jedes Mal, wenn sie ansetzte, kamen gellende Schreie aus seinem Mund. Irgendwann verstummte sie. Es war ihre Schuld. Sie hätte längst mit ihm darüber sprechen müssen.

Aimée stand in der offenen Tür und blickte hinaus in die Dunkelheit. Da war nur dieses Rauschen, dieses elende Geräusch. Es kam von überallher, vom Meer, das irgendwo im Dunkeln gegen die Felsen schlug, und von der anderen Seite der schiefen Ulme, aus den Ritzen und Poren des Wohnmobils. Sie zog die Tür wieder zu.

Im Bulli war alles still. Das Stromkabel hatte sie hereingeholt, das Fenster hochgekurbelt. Auch aus dem Bett kam nicht der geringste Laut. Nur ihr eigenes Herz pochte ihr laut im Hals. Sie drückte sich die Hände in den Schoß.

Len hatte sich die Bettdecke übers Kinn gezogen. Oft lag er morgens noch genauso da. Früher war er nachts häufig aufgewacht, aber seit sie hier waren, schlief er wie ein Stein. Lautlos streifte sie sich die Jacke über. Sie musste weg von dem Schaukeln und Klopfen, dem Rauschen und Fluten, wenigstens für einen Augenblick. Bitte, lieber Gott, lass ihn auch heute schlafen.

»Bis gleich«, flüsterte sie.

Aimée zog den obenauf liegenden roten Pulli vom Beifahrersitz, streifte ihn über und trat hinaus in die Nacht. Sie schaute nicht zum Wohnmobil hinüber und auch nicht zurück, als sie auf den Ausgang des Campingplatzes zuging.

So schnell sie konnte, lief sie den Hügel hinunter, verschwand in einem Durchgang zwischen zwei Häusern, sie rannte durch eine enge Gasse. Sie wusste nicht, wohin. Der Wind pfiff ihr hinterher, ihre Schritte hallten auf dem Kopfsteinpflaster, leuchtende Fensterquadrate tauchten rechts und links vor ihr auf.

Dann stand sie am Hafen. Es regnete. Sie merkte es erst jetzt, aber vielleicht hatte es schon die ganze Zeit geschüttet. Die Flut hatte das Hafenbecken volllaufen lassen, die leeren Boote wiegten sich im schwarzen Wasser.

Sie drückte sich die Handballen an die Schläfen. Nicht nachdenken. Nicht darüber nachdenken, was es mit Len machte, dass er nun wusste: Er hatte eine Schwester gehabt. Sie hätte es ihm schon viel früher sagen sollen. Und was machte es mit ihr, dass dieses Geheimnis, das sie unter so vielen Schichten vergraben hatte, jetzt offen auf dem Tisch lag? Einen Moment nichts spüren. Bitte!

Die schwarzen Rümpfe der Boote hoben und senkten sich,

ihre kahlen Masten neigten sich vor und zurück. Aimée fühlte sich beobachtet. Sie blickte vom Wasser hoch direkt in die Augen einer Möwe, die vor ihr auf einer Eisenkette saß. Sie bekam eine Gänsehaut. Jetzt sah sie auch die anderen Vögel. Überall auf den steinernen Pollern und Bänken, auf den Laternen und Müllcontainern hockten Möwen, ganz so, als würden sie auf etwas warten.

»Aimée?«

Sie duckte sich automatisch. Jemand trat an ihre Seite. Rasch richtete sie sich wieder auf. Ein Mann mit einer Kapuze über dem Kopf stand im prasselnden Regen neben ihr. Erst im zweiten Moment erkannte sie Jack.

»Komm, du holst dir ja den Tod.«

Der Pulli klebte ihr am Körper, ihre Haare waren klitschnass. Jack legte ihr den Arm um die Schulter und zog sie mit sich, weg vom Wasser.

»Da drinnen haben sie einen Kamin, da wärmen wir uns jetzt erst mal auf.«

Sie erkannte den Pub, das *Sloop Inn*, mit seinem weißen Schornstein und dem Schieferdach. Jack hielt ihr die Tür auf. Der Regen rauschte, doch Aimée zögerte. Eigentlich müsste sie zu Len, bevor er noch aufwachte.

Jack streifte sich die Kapuze vom Kopf. »Ich lass dich so nicht durch die Nacht laufen.«

»Okay. Kurz.« Aimée trat ein. Ein durchdringender Geruch von Bier schlug ihr entgegen, derbes Lachen, laute Musik. Der Boden war steinig, als hätte man die Wände der Kneipe einfach auf den Hafengrund gemauert.

Jack grüßte ein paar Leute und wandte sich wieder Aimée zu. »Was möchtest du trinken?«

Über der Bar hingen Bleistiftporträts grimmig dreinschauender Männer. Daneben prasselte in einem offenen Kamin ein Feuer.

»Gerne einen Tee«, sagte sie.

Jack zog ihr einen der niedrigen Hocker vor und schlängelte sich durch die Menge zum Tresen. Der Hocker stand an einem kleinen Tisch in einer Nische, an dem bereits ein Paar um die fünfzig saß. Links von der Bar spielte eine Band, der Geruch von altem Bier war überall. Er hing in jedem Spalt, genau wie das Salz in jeder Ritze dieses verdammten Ortes klebte.

Aimée setzte sich auf den Hocker, er war mit rotem Samt bezogen. Das Paar nickte ihr freundlich zu. Marilou würde hier hereinkommen, mit einem Blick alles erfassen und sich an diesem Ort, der ihr selbst so fremd war, sofort zu Hause fühlen. Sie würde einfach eintauchen in das Gewirr aus Stimmen und Geräuschen und für einen Abend Freunde finden.

Jack stellte zwei große Gläser auf den Tisch. »Es gab leider keine Heißgetränke. Dafür hab ich dir Cider mitgebracht.«

Die Frau am Tisch ihr gegenüber hob ein Glas und prostete ihr zu.

Aimée starrte auf das Glas mit der gelblichen Flüssigkeit. Obwohl sie jetzt im Warmen war, fröstelte sie. Eine feuchte Kälte saß ihr in den Gliedern und auf der Kopfhaut. Sie zog ihren Pulli aus, und Jack hängte ihn über einen der Balken. Die Musiker auf der Bühne hatten ihre Instrumente niedergelegt, nur eine Frau spielte noch auf der Querflöte. Es war die Frau mit dem roten Schlapphut, die sie vorhin auf dem Zeltplatz gegrüßt hatte. Mit geschlossenen Augen spielte sie ein Solo, wiegte sich vor und zurück zum Takt ihrer eigenen Melodie. Der Rhythmus griff auf die Menschen im Raum über, das Paar ihnen gegenüber schloss ebenfalls die Augen, und beide bewegten sich kaum merklich, wie bei einer Meditation. Aimée spürte die Wärme des Kaminfeuers in ihrem Rücken.

Jack hob sein Glas. »Cheers.« Er lächelte sie an.

Der rauchige Klang der Flöte kroch ihr in den Körper. Sie schloss die Hand um das kühle Glas und öffnete sie wieder. Ihre

Finger hatten Abdrücke hinterlassen. Cidre, französischer Apfelwein. Sie hatte ihn noch nie getrunken, natürlich nicht, aber sie wusste noch, wie Marilou vor vielen Jahren über die zwei Prozent gelacht hatte. Apfelsaft, hatte sie gesagt und ziemlich schnell eine ganze Flasche davon ausgetrunken. Betrunken hatte sie da nicht gewirkt. Das hatte Aimée abgespeichert, wie sie so vieles abgespeichert hatte, was mit dem Zustand ihrer Mutter zusammenhing. Das meiste davon hätte sie lieber vergessen.

Entschieden hob sie ihr Glas. »Cheers.«

Sie trank einen Schluck. Dieser Cider schmeckte tatsächlich wie Apfelsaft, mit Kohlensäure. Im Hintergrund war da noch etwas anderes, Herbes, vermutlich waren das die zwei Prozent.

Jack zog seinen Hocker näher und rückte an sie heran. Er trug ein Hemd über der schwarzen Jeans, die Ärmel hatte er hochgekrempelt. Auf seinem Unterarm waren ein paar Farbspritzer. »Jetzt will ich aber doch wissen, was du so spät alleine am Hafen machst?«

Aimée zuckte mit den Schultern. »Ich musste raus.« Schnell trank sie noch einen Schluck.

»Du wohnst oben auf dem Zeltplatz, richtig?«

»Ja.« Hoffentlich schlief Len. Sie trank, und die Menschen im Raum rückten enger zusammen. Ganz sicher schlief er.

Jack drehte sein Glas in der Hand. Sein Bier schimmerte rötlich im Schein des Feuers. Er hatte wirklich sehr blaue Augen.

»Irgendwann muss ich dich mal malen«, sagte er.

Sie lachte laut auf, ein Lachen, das aus der Tiefe ihrer Kehle kam. Das Paar auf der anderen Seite des Tisches prostete ihr noch einmal zu. Ein älterer Mann mit weißem Bart beugte sich über den Tisch und stieß sein Glas an ihres. Sie versuchte, das Lachen zu unterdrücken. So ein lautes, herausplatzendes Lachen kannte sie überhaupt nicht von sich. Es fühlte sich ziemlich gut an.

Vor ihnen auf der Bühne nahmen die Musiker ihre Instrumente wieder auf, Gitarre, Banjo, Geige und die Dreiertrommel, die sich einer der Männer zwischen die Beine klemmte.

»Du hast einen guten Zug.« Jack stellte sein leeres Glas zeitgleich mit ihrem ab.

Sie hatte gar nicht gemerkt, dass sie den Cider schon ausgetrunken hatte. Den Apfelsaft. Sie spürte eine angenehme Wärme in den Wangen. Die Musik setzte wieder ein, ein schnelles Gefiedel, folkige Klänge. Die Frau mit dem Schlapphut hatte ein Mikrofon in der Hand und zwinkerte Aimée zu. Ein Mann mit langen schwarzen Haaren stellte zwei volle Gläser vor ihnen auf den Tisch.

Jack drehte sich zu ihm um. »Danke, Rod. Du hast einen gut.«

Aimée spürte das Lachen wie ein Kitzeln in ihrem Hals. Heute Abend würde sie sich von nichts und niemandem die Laune verderben lassen.

Jemand stieß sein Glas gegen ihres und dann noch jemand. Die Stimme der Sängerin kroch in ihren Körper, tippte und tastete sich an vergessene Stellen vor. Jack sah sie an, und es war ihr egal, dass sie ein altes, fleckiges T-Shirt trug und sich ihre Haare durch den Regen bestimmt ausgesprochen unvorteilhaft kräuselten. Am liebsten hätte sie mit einer Fingerspitze kurz in das Grübchen an seinem Kinn gedrückt. Sie grinste bei der Vorstellung. Jack grinste auch und fragte sie nach ihrer Arbeit, und sie musste richtig nachdenken, weil sie ganz vergessen hatte, dass sie überhaupt arbeitete. Aber dann erinnerte sie sich wieder. Ziemlich schnell kamen sie überein, dass sich in alten Möbelstücken genau wie in Bildern jede Menge versteckte Botschaften fanden.

»Eigentlich machen wir genau das Gleiche. Du und ich.« Jack nahm ihre Hand und drehte sie so, dass ihre Handfläche oben lag. »Wir legen die Botschaften frei. Natürlich nur, wenn es uns gefällt. Wenn nicht, dann sorgen wir dafür, dass kein Mensch sie jemals zu Gesicht bekommt. Wir vertuschen, übertünchen und«, er fuhr mit dem Zeigefinger über ihre Handfläche, »und wir schreiben neue Botschaften.«

Aimée konnte nicht zu hundert Prozent nachvollziehen, was er da sagte, aber es klang ziemlich gut. Alles in dem engen Pub unter der niedrigen Balkendecke klang ziemlich gut. Das schnelle Zupfen der Banjosaiten, die Stimmen, die sich erhoben und von anderen aufgefangen wurden, Gesprächsfetzen, die an ihr Ohr drangen, rückende Hocker, Schritte auf dem Steinboden, das klackende Geräusch des Zapfhahns, das Strömen von Flüssigkeit.

»Und das *Sloop Inn* ist ein Klanggemälde.«

Jack nickte ernst. Ein, zwei Augenblicke lauschten sie auf die Botschaften, die sich unter all den Klängen verbargen. Irgendwo rülpste jemand laut und vernehmbar, und sie kicherten beide.

»So viel dazu.«

Jack fuhr noch immer über ihre Handfläche, und auch das fühlte sich gut an. Verdammt gut sogar. Abrupt stand sie auf.

Der Boden schwankte. Aimée griff nach einem der Balken. Es war, als wäre unter ihnen kurz eine Welle entlanggeschwappt und das hier ein Schiff und sie unter Deck. Ohne ein Wort stand auch Jack auf und half ihr in den Pulli, der noch klamm war, aber das machte nichts. Er klopfte einmal kurz zur Verabschiedung auf den Tisch, an dem sie gesessen hatten, dann griff er wieder nach ihrer Hand und bugsierte sie in Richtung Ausgang. Hinter einer Gruppe von neuen Gästen drückten sie die Tür auf. Sie stemmten sich zusammen dagegen, Aimée rutschte auf den Boden, sie musste lachen. Jack zog sie hoch und hielt die Tür mit dem Fuß auf. Sofort übertönte das Heulen des Windes die Flötentöne von der Bühne, und sie kletterten hinaus aus dem *Sloop Inn* wie aus dem Bauch eines Schiffes.

Nieselregen fiel, dunkle Wellen schlugen an den Kai. Ohne ein Wort liefen sie beim *Balancing Eel* den Hügel hoch. Sie ließen *Erin and Arthur's* links liegen und überquerten den kleinen Platz mit den Palmen. Sekunden später standen sie vor den *Porthmeor Studios*.

Jack fummelte einen Schlüssel aus seiner Jackentasche. »Ich muss nicht so tun, als wollte ich dir den Ausblick zeigen, oder?«

»Nein.« Umwege hatte sie genug gemacht. Jetzt ging es um die kürzeste Verbindung zwischen zwei Punkten.

Die Tür zu Atelier 3 schwang mit einem Quietschen auf, das Bellen eines Hundes empfing sie. Vor Aimée sprang ein kleiner Terrier herum, der Hund war ganz weiß, nur um die Augen hatte er große braune Flecken.

Jack hockte sich hin und tätschelte den Hund. »Ist gut, Mister.«

Er kippte etwas Trockenfutter in einen Napf, dann schaltete er eine Stehlampe ein und schloss einen Radiator an die Steckdose an.

Der Raum war groß. Hinter der dreiflügeligen Fensterfront am anderen Ende war alles schwarz. Davor stand eine braune Ledercouch. Die Holzdielen waren mit Farbspritzern übersät, an den Wänden hingen großflächige Malereien. Aimée hätte sie sich gerne angesehen, aber nicht jetzt. Sie zog ihren Pulli aus und ließ ihn fallen, wo sie stand. Das war gut. Sie machte dasselbe mit ihrem T-Shirt. Sehr gut. Und mit dem BH. Als sie nackt war, war auch Jack nackt.

Aimée legte sich auf die Couch und spürte wieder ein Kitzeln. Sogar durch das Fenster hörte sie die Wellen. Es hätte kalt sein können, aber Aimée spürte keine Kälte. Jack kam auf sie. Seine Haut war heiß, als hätte er vor dem Radiator gestanden. Sie drückte sich an ihn, drückte ihren Unterleib gegen seinen. Als sie ihn küsste, drehte sich der Raum. Sie hörte damit auf. Ums Küssen ging es sowieso nicht.

Aimée erwachte, weil sie am ganzen Körper zitterte. Sie wollte sich zudecken, aber da war keine Decke. An ihrem Ohr schnarchte jemand, und in der Luft lag ein durchdringender Gestank von Alkohol. Sie drückte sich den Unterarm gegen die Nase. Die Bilder an den Wänden kreisten – Wasser, Blau und Weiß und nichts, wie Len es genannt hatte –, und da, das Bild einer Zunge, die sich immer schneller auf sie zubewegte, ein kleines Mädchen, das rannte, weil es sich dreckig fühlte. *Nicht ein Stück vom Glück.* Marilous Stimme wimmerte ihr im Ohr. Aimée sprang auf und riss die Tür auf, hinter der sie das Bad vermutete. Sie erbrach sich über der Kloschüssel.

Ihre Haare waren schweißnass, als sie ihre Sachen vom Boden aufhob. Der Hund sprang ihr um die Füße, aber sie schaffte es nicht, ihn zu streicheln.

»Tut mir leid«, flüsterte sie.

Teil für Teil zog sie sich über, BH, T-Shirt und den roten Pulli, und versuchte, nicht auf das Schnarchen zu hören, das wie ein Ächzen klang. Jack lag breitbeinig auf dem braunen Leder. Draußen vor dem Fenster war es bereits hell. Die Wolken hingen tief, das Meer war sehr nah. Am Strand lief jemand. Aimée zog die Tür auf, sie fiel hart hinter ihr ins Schloss.

Der Asphalt war nass und schmierig, der Wind heulte durch die Gasse. Hektisch suchte sie in ihrer Jacke nach dem Telefon. Sie brauchte die Uhrzeit. Sofort. Als sie ihr Telefon in den Händen hielt, erstarrte sie. Es war kurz vor neun. Neun am Morgen. Len war natürlich schon wach. Um sieben, spätestens um halb acht stand er normalerweise auf, nachdem er sich an sie gekuschelt hatte, wie er es jeden Morgen noch halb schlafend tat. Und heute war sie nicht da gewesen. Sie war nicht bei Len gewesen!

Aimée rannte, so schnell sie konnte. Der Wind wehte ihr die Haare ins Gesicht, ihre Schritte hallten laut auf den Steinen. Sie sah Len vor sich, wie er sich gestern Abend die Hände auf die Ohren gepresst hatte, wie er gegen ihre Worte angeschrien hatte. Wie hatte sie das vergessen können! Wie hatte sie ihn nach allem, was er gestern erfahren hatte, allein lassen können! Was war sie für eine Mutter!

Sie hatte das Gefühl, als wäre Kleister in ihrem Mund, sie spuckte auf den Asphalt. Oberhalb des Strandes musste sie anhalten. Ihr Brustkorb war wie zugeklebt, sie hielt sich an der Mauer fest. Halb gebeugt fiel ihr Blick auf die Gestalt am Strand, die sie schon aus dem Fenster von Jacks Atelier gesehen hatte. Es war eine Frau, sie lief ins Wasser. Vollständig bekleidet. Aimée schrie.

So schnell sie konnte, rannte sie den Hügel zum Strand hinunter. Sie lief über den Sand, stolperte, lief weiter, gegen den Wind. Er brauste ihr in den Ohren, die Wellen waren dunkel und hoch. Die Gestalt war schon bis zur Hüfte im Wasser.

»Marilou!«

Aber Marilou drehte sich nicht um, schlingerte nur immer tiefer ins Wasser hinein.

Aimée rannte ins Meer. Das Wasser war überall – an ihren Unterschenkeln und Oberschenkeln, an ihrem Becken, ihrem Bauch, ihrer Brust, kalt und schneidend. Es war, als risse das Wasser etwas in ihr auf, eine notdürftig vernähte Wunde quer über ihrem Herzen. Entschlossen kämpfte sie sich durch die Flut. Jetzt war sie direkt hinter der Gestalt. Sie bekam ein Stück Stoff zu fassen, einen Arm. Aimée zog und blickte in das Gesicht von Marilou.

»Nein!« Der schlammige Boden unter ihr gab nach.

Der Arm, den sie gerade noch festgehalten hatte, hielt jetzt sie. Marilou packte fest zu, doch ihr Blick ging aufs offene Meer hinaus. Ihr Kopf unter den nassen Haaren war sehr klein. *Du wirst mir niemals verzeihen, richtig?*

»Mama, nicht!« Das kalte Wasser schnitt ihr in die Glieder. Marilou riss sich los. »Da draußen! Len! Er ist da draußen!«

285

Da war kein Wind mehr. Kein Brausen. Das Wasser um sie herum stand still.

Marilou zeigte auf einen dunklen, fast schwarzen Stein am unteren Rand der Klippe. Lautlos brach sich das Wasser daran, Gischt spritzte hoch, für einen Moment war der Stein unsichtbar. Dann zog sich das Wasser zurück, und der Stein tauchte wieder auf. Der Stein – und der dunkle Umriss eines kleinen Körpers.

»Len!«

Aimées Schrei gellte bis zum Horizont und weiter.

Sie ließ Marilou stehen und lief tiefer ins Wasser hinein, immer tiefer. Weißer Schaum flog ihr in Fetzen um die Ohren. Der Umriss auf dem Felsen duckte sich, klammerte sich mit Armen und Beinen an den Stein. Sie sah Len vor sich, wie er die Felsentreppe hochgeklettert war, wie ein Tier in den Bergen, flink und mit sicherem Tritt, wie er mit fliegenden Locken über die Wiese rannte. Bitte, lieber Gott. Wieder brandeten die Wellen heran, Gischt sprühte an den Klippen empor. Im nächsten Moment zog sich das Wasser zurück, und da war nur noch ein schwarzer Felsen.

Sie sah noch den Kopf, die Haare, die sich wie ein Fächer auf das Wasser legten, dann nichts mehr.

»Nein!«

Sie presste die Lippen zusammen und tauchte noch tiefer ins Wasser. Sie schwamm. In ihr war eine Kraft wie schon lange nicht mehr. Mit Armen und Beinen schob sie das Wasser beiseite. Sie hatte gar nicht gewusst, dass sie das noch konnte. Salz brannte ihr in den Augen, die vollgesogene Kleidung zog an ihr. Wo war Len?

Da tauchte sein Kopf auf, keine zehn Meter von ihr entfernt ragte er aus dem Wasser. Wild schlug Len um sich.

»Len!«

Er hatte den Blick zum Ufer gerichtet, er sah sie nicht. Laut

286

brauste der Wind auf, die Brandung toste. Die Strömung riss sie in die falsche Richtung, weg von Len, hinaus aufs Meer. Mit aller Kraft stemmte sie sich dagegen. Wasser überspülte abermals Lens Kopf. Aimée tauchte.

Unter Wasser war es still. Eine elektrisch aufgeladene Stille, ein Knistern wie vor einem dunklen Bildschirm, bei dem der Stecker gezogen worden war. Aimée tauchte durch die trübe, flimmernde Suppe, bei jedem Zug stießen ihre Knie gegen ihren dicken Bauch. Sie spürte es, nicht nur ihr fehlte die Luft zum Atmen. Für einen Moment legte sie eine Hand auf den Bauch, sie fühlte Bewegungen, die nicht ihre waren. Aber zum Schwimmen brauchte sie beide Arme. Ihre Finger fuhren durch Schlamm und Algen, sie verhakten sich in langen Strähnen.

Sie bekam ihn zu fassen und zog seinen Kopf über Wasser. Sie holte tief Luft. »Len!«

Er reagierte nicht. Schlaff hing er ihr in den Armen. Lieber Gott, bitte … Unter Wasser spürte sie, dass sein einer Arm angespannt war. Er hatte Lenna an seine schmale Brust gedrückt. Aimée hob ihn hoch, so hoch sie konnte. Die Haare hingen ihm in die Augen, seine Lippen waren blau und schmal. Ziehen, schieben, schleppen. Das Meer donnerte neben ihr gegen die Felsen der Island. Sie musste sich konzentrieren. Sie legte sich auf den Rücken und zog Len auf ihre Brust, dabei umfasste sie seinen Kopf mit beiden Händen. Komm, Len, komm Damals bei den Rettungsschwimmerübungen im See hatte sie Daniels Daumen an ihren Schläfen gespürt, seine Knie in ihrem Rücken, wenn sie drohte abzusinken.

Immer wieder rutschte Marilous Kopf von ihrem Bauch. Als sie ihn endlich oben hatte, wie rücklings über einen prall gefüllten Gymnastikball gehängt, war sie mit ihren Kräften am Ende. Stoisch bewegte sie ihre Beine, ein winziges Paddeln, das sie kaum von der Stelle brachte. Drei Menschen transportierte sie, sie musste drei Menschen retten. Das Blau des Himmels über ihr wurde blass.

Die letzten Meter trug sie Len. Zwei Männer kamen in den tosenden Wellen auf sie zu. Einer nahm ihr ihren Jungen ab, der andere hob sie hoch. Blaulicht grellte über den Strand.

Gekrümmt lief sie über den Sand, über die Wiese und übers Kopfsteinpflaster. Ihr Unterleib krampfte. Vom Klapptisch vor der Scheune zog sie ihr Telefon, wählte die 112 und griff sich die Plastiktüte mit Barbaras Leinenwäsche. Zurück am Ufer wickelte sie Marilou in die Tücher. Sie war eiskalt und regte sich nicht, aber sie atmete. Ihre Brust hob und senkte sich unter ihrem nassen Kleid. Alles in Aimée zog sich zusammen. Sie wimmerte leise und sank zu Boden, drückte die Hände unter ihren harten Bauch. Es triefte nur so aus ihr heraus, eine Spur zog sich durch den Sand und färbte das weiße Leinen rot. Sie musste festhalten. Ihre Kinder festhalten!

Ein Krankenwagen parkte oberhalb von Porthmeor Beach. Len und sie wurden den Hügel hinaufgetragen.

Marilou stand an der offenen Tür, als Aimée neben die Trage gesetzt wurde. »Es tut mir alles so leid.«

Mit einem Knall schloss sich der Wagenschlag vor Marilous Gesicht. Die Kontakte des Defibrillators drückten sich auf Lens Brustkorb. Sein Körper bäumte sich auf, immer wieder bäumte sich sein kleiner Körper auf.

Aimée saß an Lens Bett. Sie konnte den Blick keine Sekunde von ihrem kleinen Jungen lösen. Sein Gesicht war aschfahl, die feuchten Locken lagen ihm platt am Kopf. Die Lider mit den langen Wimpern flatterten kaum sichtbar, die kleinen Nasenflügel blähten sich. Alles an ihm kam ihr viel schmaler vor als sonst.

»Wir haben riesengroßes Glück gehabt.« Die Ärztin war nicht viel älter als sie selbst. Sie stellte etwas an einem der Geräte ein. Es piepste und blinkte. »Er war noch nicht lange bewusstlos. Dank Ihrer schnellen Reaktion.«

Aimée zog die Decke enger um sich. Dank Marilou. Wäre

sie nicht am Strand gewesen und ins Wasser gelaufen, hätte Aimée Len niemals gesehen. Sie zitterte am ganzen Leib. Wäre Marilou nicht gewesen, wäre sie ohne einen Blick zum Wasser den Weg hoch zum Zeltplatz gelaufen.

Eine Schwester schob ein leeres Bett herein. Sie hatte Aimée erklärt, dass sie selbstverständlich bei Len bleiben dürfe, über Nacht und für die ganze Zeit.

Die Ärztin notierte etwas auf einem Block. »Außerdem hat uns die Unterkühlung seines Körpers tatsächlich geholfen.«

Dr. Laura Hammett stand auf ihrem Namensschild. Aimée konnte die Buchstaben kaum erkennen, so stark zitterte sie. Die Schwester reichte ihr eine Wärmflasche.

Die Ärztin notierte etwas auf ihrem Klemmbrett. »Wenn die Körpertemperatur sinkt, verlangsamen sich die Funktionen der Organe. Der Körper kann sich glücklicherweise darauf einstellen. Er braucht dann weniger Sauerstoff. Und wenn die Nervenzellen weniger Sauerstoff benötigen, reagieren sie auch weniger empfindlich auf Sauerstoffmangel. Die Zeit bis zum Eintreten irreversibler Schäden verlängert sich. Sie verstehen?«

Aimée drückte die Wärmflasche an sich. »Das heißt, alles wird gut?« Ihre Stimme war kaum mehr als ein Flüstern.

»Wir gehen stark davon aus.« Die Ärztin zog die Tür auf. »Wenn irgendetwas ist, ich bin in der Nähe.« Sie deutete ein Lächeln an und verließ das Zimmer.

Die Schwester bezog das Kissen und die Decke, unter der Aimée heute Nacht schlafen würde, mit schneeweißem Bettzeug. »Haben Sie jemanden, den wir für Sie anrufen können? Der Ihnen ein paar Sachen vorbeibringt?«

Aimée dachte an Daniel. Dann an Erin. Sie nickte und notierte Erins Nummer auf einem Zettel, den die Schwester ihr hinhielt.

»Wir haben hier häufiger Kinder, die aus dem Wasser gefischt werden. Die meisten müssen sehr viel länger beatmet werden, manche über Wochen. Sie haben wirklich großes Glück.« Damit war auch sie aus dem Zimmer.

Reglos saß Aimée auf dem Stuhl. Um sie herum tickten die Maschinen, ihr Herz schlug im Takt. *Großes Glück.* Die Kurven und Ziffern auf den Monitoren verschwammen.

Wie hatte sie Len nur alleine lassen können? Es ging ihr nicht in den Kopf. Sie sah ihn vor sich, wie er mit Lenna vor Marilous Gesicht herumtanzte. *Hallo, Oma, ich bin doch da.* Sah sich selbst, wie sie ihrer Mutter die Hand auf den Mund presste. Marilous feste Stimme: *Er hat ein Recht auf die Wahrheit.* Len mit den Händen auf den Ohren, sein Schreien, sie hörte das Ratschen der Bullitür, als sie hinaus in die Nacht gestolpert war. Schnitt. Das Glas Cider, noch mehr Gläser, die braune Couch, die Kloschüssel, dazwischen der weiße Hund mit den braunen Flecken. Übelkeit stieg in ihr auf. Sie befreite sich aus der Wolldecke.

Len hatte gestern erfahren, dass er eine Schwester gehabt hatte. Eine Schwester, die so nah bei ihm gestorben war. Und statt dass sie bei ihm blieb, statt dass sie für ihn da war, wie es eine Mutter tun würde, war sie mit dem erstbesten Typen in die Kiste gestiegen. Die Wärmflasche rutschte Aimée vom Schoß und knallte auf den Boden.

Kümmern Sie sich um meine Tochter! Marilous Stimme schrillte ihr im Ohr. Als das Seeufer unter ihr röter und röter wurde, hatte Marilou sich mit einem Mal neben ihr aufgesetzt. Als der Notarzt ankam, drückte sie ihr das Leinen zwischen die Beine. *Meine Tochter ist schwanger. Sie bekommt Zwillinge! Helfen Sie ihr. Nicht mir.* All die Jahre hatte Aimée nicht mehr daran gedacht. Wie man sie selbst in den Krankenwagen getragen und sich der Wagenschlag vor Marilous Gesicht geschlossen hatte.

Sie bückte sich und hob die Wärmflasche auf. Langsam breitete sich die Wärme in ihrem Bauch aus. Unter der Decke

290

tastete sie nach Lens Hand. Sie war sehr kühl. Aimée stellte sich vor, wie sie die Wärme von ihrem Bauch aus über Brust und Arm in seine Hand schickte.

»Len«, flüsterte sie.

Sein Lid zuckte wie zur Antwort.

»Hörst du mich?«

Er nickte ganz leicht, aber er öffnete die Augen nicht. Aimée zögerte. Sollte sie ihn schonen? Sie drückte seine kalte Hand. All die Jahre hatte sie sich eingeredet, dass sie schwieg, um ihn zu schützen. Sie musste damit aufhören.

»Deine Schwester …« Aimée schluckte. *Das winzige Mädchen ohne Namen.* »Deine Schwester war mit dir zusammen in meinem Bauch.«

Auf dem körnigen Ultraschallbild aus der zwanzigsten Woche waren zwei Fruchthöhlen zu sehen gewesen, mit ihren beiden Babys. Ihr Mädchen hatte am Daumen gelutscht. Tränen stiegen ihr in die Augen. Wie lange hatte sie nicht mehr daran gedacht. Es hatte ausgesehen, als würden Len und das Mädchen einander mit den Händen durch die Häute ihrer Fruchtblasen hindurch ertasten. Der Ultraschall hatte geklungen, als würden zwei Bleche im Gleichtakt schwingen.

Sie schloss die Augen. Ihr Atem kam wie ein Stöhnen. Lens Hand in ihrer drehte sich. Jetzt war sie warm.

Aimée öffnete die Augen. Lens Lid zuckte noch immer.

Sie räusperte sich. »Ich glaube, ihr habt euch sehr gut verstanden, deine Schwester und du. Aber dann …« Sie musste es aussprechen. Hier und jetzt in diesem neutralen Raum. »Dann gab es einen Unfall. Marilou hatte einen Unfall.«

All die Jahre hatte sie nie dieses Wort benutzt. *Unfall.* Immer war es Marilous Schuld gewesen, dass sie volltrunken ins Wasser gegangen war und Aimée damit Kräfte abverlangt hatte, die sie als Schwangere nicht besessen hatte. Etwas, das Marilou allein zu verantworten hatte.

»Oma ist ins Wasser gefallen, so wie du heute. Und ich habe sie rausgezogen. Sie war sehr schwer, viel schwerer als du.«

Die Heizung unter dem Fenster gab ein blubberndes Geräusch von sich. Len regte sich nicht.

»Ich hatte starke Schmerzen im Bauch, als ich aus dem Wasser gekommen bin. Man hat mich sofort ins Krankenhaus gebracht. Aber da war«, sie schluckte, »da war deine Schwester schon tot.«

Lens Hand in ihrer zuckte. Und als sie in sein Gesicht sah, liefen Tränen aus seinen geschlossenen Augen.

Aimée beugte sich über ihn und küsste seine Stirn und seine Wange. Sie schmeckte das Salz. Er schluchzte leise auf. Aimée schob die Wärmflasche von sich und legte sich zu ihm aufs Bett. Sie hielt ihn. »Ich bin bei dir.«

»Du warst nicht da.«

Aimée biss sich auf die Lippe.

Len öffnete die Augen. Sein Lid zuckte nicht mehr, mit seltsam ruhigen Blick betrachtete er sie. Gar nicht so, als müsste er sich zuerst orientieren.

»Ich bin aufgewacht und hab auf die Uhr geguckt. Es war sieben Uhr und dreiundvierzig Minuten.« Er sprach stockend. »Ich hab gedacht, du bist auf der Toilette. Aber du bist nicht zurückgekommen. Da hab ich riesige Angst bekommen und bin rausgelaufen, zu Oma. Aber die war auch nicht da.« Ein Schauer ging durch seinen kleinen Körper.

Aimée legte ihm die Hand auf die Brust.

»Ich hab alles abgesucht, die Duschen, die Klos, da, wo die Waschmaschinen sind, die Wiese. Daniels Hütte war zu. Und dann hab ich mir in die Hose gemacht.« Jäh rollte er sich neben ihr zusammen.

Aimée strich ihm über den Rücken. »Alles wird gut«, flüsterte sie.

Len lag da wie ein kleines Paket. »Ich dachte, ihr wärt viel-

leicht spazieren, Oma und du«, flüsterte er. »Auf der Island, weil
du doch so gerne da bist. Aber da warst du auch nicht.«

Sie sah ihn vor sich, wie er in seinem gestreiften Schlafanzug, über den er nur schnell seine dicke Jacke gezogen hatte,
über die felsige Halbinsel rannte. Ihre Brust wurde eng.

»Und da oben bei der Kapelle hab ich über die Mauer geguckt, da hab ich Oma gesehen, unten am Strand. Und ich hab
sie gerufen und ihr gewunken, ganz doll, und sie hat sogar zu-
rückgewunken. Aber dann ist Lenna über die Mauer gefallen.
Ganz viele Felsen runter. Und da musste ich doch hinterher!«
Er setzte sich auf. »Wo ist Lenna?« Er zitterte am ganzen Leib.
»Wo ist Lenna?«, schrie er.

Eine der Maschinen begann laut zu piepsen. Aimée fuhr
hoch, aber da ging auch schon die Tür auf, und die Schwester
stand im Raum. Sie tippte auf dem Monitor herum, und das
Piepen brach ab.

»Was war los?« Die Schwester blickte noch immer auf das
Gerät und dann zu Len.

Er lag wieder auf dem Rücken, die Augen geschlossen, sein
Atem ging schnell. Die Schwester wandte sich zu Aimée, doch
sie konnte nur mit den Schultern zucken. Genauso unfähig und
schuldig musste Marilou sich oft gefühlt haben.

»Len und ich, wir haben geredet und …« Sie wusste wirklich
nicht, wie sie das einer Fremden auf die Schnelle erklären sollte.

Die Schwester ging zum Wandschrank, öffnete eine Schublade und holte eine in blaues Plastik verpackte Kanüle heraus.
»Ich geb ihm jetzt etwas, dann schläft er noch mal.« Sie zog die
Kanüle auf und spritzte Len die Flüssigkeit über den Zugang in
seiner Ellenbeuge. Kurz drückte sie am Monitor herum, dann
verließ sie den Raum.

Aimée setzte sich wieder auf den Stuhl. In der Stille hörte
sie ihr Herz pochen. Len atmete jetzt ruhiger, aber nicht so tief,
als wenn er schlief.

»Wo ist Lenna?«, flüsterte er. Auf seiner Stirn war eine kleine Falte.

Lenna im Wasser, Lenna am Strand, zwischen Lens Brust und der des Mannes geklemmt, der ihn zum Krankenwagen getragen hatte. Die nassen Ärmchen hingen schwer herunter.

»Sie ist gerettet worden.«

Die Muskeln in seinem Gesicht entspannten sich, die Falte auf der Stirn verschwand.

Sie hatte ihn letzte Nacht allein gelassen. So sehr hatte Len sich all die Jahre nach seiner Zwillingsschwester gesehnt, dass er eine Puppe zu seiner besten Freundin, zu seinem zweiten Selbst gemacht hatte. Lenna. Und Aimée hatte ihm nie gesagt, was passiert war.

»Es tut mir so leid«, flüsterte sie.

Len seufzte im Schlaf. Sie stand auf, zog die Decke noch ein Stück höher unter sein Kinn und schlug sie unten um, verpackte seine Füße darin. Dann setzte sie sich wieder hin.

Das Gerät neben ihr tickte wie ein Metronom, jede Silbe ein Herzschlag: Ta-ma-ra, E-li-sa, A-va. Sie wusste nicht, woher die Namen plötzlich kamen. Doch sie hatte sie alle schon einmal genau so gedacht.

Als sie mit den Zwillingen schwanger gewesen war, da hatten sie über Namen gesprochen, aber sie waren sich nicht einig gewesen. Per wollte Tamara, Elisa war der Kompromiss. Der Name war schön, aber er hatte sich nicht richtig angefühlt. Tick-tick.

Aimée stützte ihren Kopf in die Hände. *Du fehlst mir.* Tränen tropften ihr auf die dünne Leihhose vom Krankenhaus. *Du warst so winzig, mein Mädchen, aber du warst mein Kind. Begraben zwischen anderen Sternenkindern. Damit du nicht so alleine bist.* Sie fuhr sich mit den Daumen unter den Augen entlang. *Ich hoffe, es geht dir gut, da, wo du jetzt bist. Meine Ava.*

Langsam setzte sie sich auf. Draußen vor dem Fenster war

es grau, dunkelgrau. Vielleicht war es Nachmittag oder auch schon Abend. Vielleicht ging die Sonne bereits wieder unter, oder dieses durchdringende Grau war einfach dem letzten Tag im Oktober geschuldet. Seit Stunden saß sie schon hier in diesem sterilen weißen Zimmer. Wenn sie daran dachte, und sie konnte kaum daran denken, aber wenn sie sich daran erinnerte, wie sie ihren leblosen Jungen durch die eisige Gischt gezogen hatte, dann kam es ihr vor wie aus einer anderen Zeit.

Es klopfte. Bestimmt war es Erin, die ihnen etwas zum Anziehen vorbeibrachte.

»Ja?« Ihre Stimme fühlte sich an, als wäre sie lange Zeit nicht benutzt worden.

Die Tür ging auf, und mit einem Mal floss das Licht im Raum in eine andere Richtung, wie angezogen von der Türöffnung. Dabei hatte sie vorher nicht einmal ein Fließen bemerkt. Unwillkürlich dachte sie an Jack und bekam ein schlechtes Gewissen.

»Daniel.« Sie stand auf.

Er trug seine Arbeitsklamotten, dunkle Jeans, schwere Schuhe, und eine Sporttasche in der Hand. Er kam auf sie zu und umarmte sie. »Wie geht es euch? Wie geht es Len?«

»Er hat großes Glück gehabt. Sie gehen stark davon aus, dass alles gut wird.« Sie hielt sich an diesen Worten der Ärztin fest, wiederholte sie, damit sie Wirklichkeit wurden.

»Gott sei Dank.« Er reichte ihr die Tasche, die sie nicht kannte. Dann trat er an Lens Bett. Lange sah er ihn einfach nur an.

»Hey, Kumpel«, flüsterte er. Er schenkte Len ein Lächeln, und obwohl Len die Augen zuhatte und tief und gleichmäßig atmete, sah es so aus, als lächelte er zurück. »Was machst du denn bloß?«

Die Haare hingen ihm strähnig ins Gesicht, der Bart war zu lang, er hatte dunkle Schatten unter den Augen.

Leise zog sie den Reißverschluss der Tasche auf. Zwei Schlafanzüge von Len, T-Shirts von ihr, Zahnputzzeug, sein Vogelquartett. Wieder blubberte die Heizung. Draußen auf dem Gang schepperte es blechern.

Daniel legte seine große Hand auf Lens Brust. Ohne sie anzusehen, fragte er: »Wo warst du eigentlich?«

Im ersten Augenblick schämte sie sich. Eine Ausrede nach der anderen kam ihr in den Sinn: dass sie allein spazieren gewesen war oder dass sie sich irgendwo ein frühes Frühstück geholt hatte. Aber warum sollte sie lügen? Sie war Daniel nichts schuldig.

»Lass uns draußen sprechen.«

Er folgte ihr auf den Flur.

Vor dem Zimmer nebenan stand ein silberner Essenswagen, eine Frau mit Schürze trug zwei abgedeckte Teller hinein. Es roch nach Fleischwurst und Desinfektionsmittel. Daniel verschränkte die Arme.

»Du erinnerst dich an den Maler bei Lens Geburtstag, auf der Island? Jack. Bei ihm war ich.«

Abrupt hob Daniel das Kinn und sah auf sie hinab. »Und dafür lässt du Len allein!« Er spuckte ihr die Worte vor die Füße.

Aimée wandte sich ab. An der Wand des Korridors hingen gerahmte Küstenfotografien, die unter dem Licht der Neonleuchte einen grünen Stich hatten. Wenn Marilou früher tagelang abgetaucht war und Aimée eine Scheißangst gehabt hatte, dass sie nie mehr zurückkäme, hatten Barbara oder Daniel bis spät in die Nacht an ihrem Bett gesessen. Immer hatte Marilou anschließend unter Tränen beteuert, dass es das letzte Mal gewesen sei. Ein Mann auf Krücken humpelte an ihnen vorbei zum Ausgang.

»Das brauchst du mir nicht zu sagen.«

Daniel stand noch immer mit verschränkten Armen vor ihr.

»Das ist nicht alles.« Seine Stimme war leise, aber sie hörte, wie er sich zurückhielt. »Jetzt hat es dieses Arschloch also auch bei dir geschafft.«

»Jack?«

Daniels Augen waren einfach nur grau. Auf einmal sah er nur noch müde aus.

»Wieso *auch* bei mir?« Noch während sie die Frage aussprach, verstand sie. Warum Daniel an Lens Geburtstag plötzlich so blass gewesen war, oben bei der Kapelle, neben Jack. Warum er so beherrscht gesprochen und sich so schnell verabschiedet hatte.

»Zoe?«, fragte sie leise.

»Ja.«

Geschirr klapperte. Auf dem Servierwagen stapelten sich Teller und Essensreste. Durchweichter Toast, Teebeutel, aufgerissene Ketchuptütchen – die Frau mit der Schürze stellte alles mit einem Krachen ab, als wäre es ihr egal, wenn etwas zu Bruch ging.

»Es tut mir leid.«

Daniel nickte. »Geh mal zu Len.« Kurz zögerte er, dann drehte er sich weg und ging dem humpelnden Mann nach.

Mit pochendem Herzen sah Aimée Daniel einen Moment lang nach. *Geh mal zu Len.* Sie schlüpfte leise zurück ins Krankenzimmer.

Len lag noch genauso da wie vorher, kerzengerade auf dem Rücken, die Decke hochgezogen bis zum Kinn, die Füße ordentlich verpackt. Sein Gesicht war weiß wie die Bettwäsche. Ein paar Zentimeter höher, und die Decke läge über seinem Kopf. Wie ein Leichentuch.

Schnell legte sie ihm die Hand auf die Brust, an die Stelle, wo vorher Daniels Hand gelegen hatte. Lens Herz schlug in ihrer Handfläche, es klopfte sein ruhiges Schlafklopfen. Aimée atmete aus und setzte sich wieder auf den Stuhl neben seinem Bett.

Die Wärmflasche war kalt geworden, Aimée zog sich die Wolldecke über die Schultern. Es war beinahe dunkel im Zimmer, nur ein Licht in der Bodenleiste brannte noch. Die Heizung unter dem Fenster gurgelte. Darüber, auf der Fensterbank, lag ein prall gefüllter Beutel. Er war durchsichtig, und Aimée erkannte nassen Stoff, zusammengeknüllte Klamotten, ihren roten Pulli und die kleine blaue Armbanduhr mit den Sternen. Und Lenna.

Die Maschinen tickten. Lennas Baumwollkörper war dunkel, die Wollzöpfe klebten ihr vor dem Gesicht. Ihr Mund drückte sich an das durchsichtige Plastik. Ihr kleiner lachender Mund.

KLINGGLÖCKCHEN

Sie hatte das weiße Porzellanglöckchen mit dem fliegenden Engel einfach mitgenommen. Bei ihrem letzten Besuch bei den Großeltern hatte sie es aus dem dunklen Eichenregal gezogen, im Hinausgehen heimlich in ihrer Jackentasche verschwinden lassen und später im Wohnmobil in ihrer Schatztruhe verstaut. An Weihnachten holte sie es heraus und stellte es erst auf den Tisch, dann ans Fenster, und als das alles nichts nützte, auf die Stufen vor dem Eingang. Aber sosehr sie auf das helle Klingeln lauschte, das Christkind beachtete das Glöckchen nicht. Vielleicht hätten sie dazu einen Tannenbaum gebraucht. Einen Tannenbaum oder ein Wohnzimmer.

November 2019

Das Geräusch ihrer Fußtritte auf dem Schotterweg war ihr in den letzten Monaten vertraut geworden. Aber weil sie jetzt so genau darauf achtete, klang auch dieses Knirschen in ihren Ohren fremd.

Je näher sie dem Bulli kamen, desto langsamer wurde Len neben ihr. Schon vorhin im Krankenhaus, als sie bis in den Abend hinein auf den Entlassungsbericht hatten warten müssen, war Aimée das Gefühl nicht losgeworden, dass er am liebsten dageblieben wäre. Und ganz sicher nicht, weil ihm das Klinikessen so gut schmeckte.

Es war bereits dunkel, und der Platz wurde von den Sockelstrahlern nur spärlich beleuchtet. Trotzdem sah Aimée die braunen Flecken im Gras sofort. Auf der anderen Seite der

Ulme, wo noch vor wenigen Tagen Marilous Wohnmobil gestanden hatte, stachen die vier Reifenabdrücke hervor. Da war der Rasen platt.

Len blieb neben ihr stehen. »Wo ist Oma?«

Hinter dem Baumstamm war nichts. Als hätte jemand aus einem Bild ein Element ausgeschnitten, einfach van Goghs Sonnenblumen aus der Vase genommen. »Ich weiß es nicht.«

Schnell wandte sie sich ab. Sie wollte die Leere nicht sehen und erst recht nicht die Island, diesen schwarzen Brocken, der sich wie ein Mahnmal aus dem Wasser hob. Mit einem Ruck zog sie die Tür des Bullis auf. Es klang, als würde sie ein Pflaster abreißen.

Len stand noch immer reglos in der Dunkelheit. Aimée reichte ihm die Hand und zog ihn zu sich in den Wagen.

Schon lange roch es im Bulli nicht mehr nach trockenem Stroh. Feuchtigkeit und Salz waren durch die Ritzen rund um Türen und Fensterscheiben ins Innere gedrungen. Es roch nach Kleidung, die zu langsam getrocknet war.

Aimée streifte Lens Jacke ab und nahm ihn in die Arme. Sein Körper fühlte sich klein und zerbrechlich an.

»Willkommen zu Hause«, flüsterte sie. Der enge Bulli kam ihr selbst nicht wie ein Zuhause vor.

Als sie Len losließ, stand er einfach nur da. Aimée wusste nicht, was sie sagen sollte. Aber sie musste etwas sagen. Sie war die Erwachsene, die wissen sollte, was zu tun war.

»Setz dich am besten erst mal hin.« Sie lotste ihn die zwei Schritte hinüber zur ausgezogenen Liegefläche. Die Bettdecke war noch aufgeschlagen, so als wäre gerade eben jemand aufgestanden. »Ich mach uns jetzt Abendbrot, und dann gehen wir früh schlafen. Morgen ist auch noch ein Tag.« Sie musste sich anstrengen, kein *Oder?* hinterherzuschieben.

Len setzte sich aufs Bett, und Aimée streifte ihm die Schuhe von den Füßen. Dabei fiel ihr siedend heiß ein, dass sie ja gar nichts eingekauft hatte. Was sich noch im Kühlschrank fand, war sicher längst schlecht geworden. Sie stöhnte auf. Sie konnte Len jetzt nicht wieder einpacken und ihn mit zum Laden an der Ecke schleifen. Aber allein lassen würde sie ihn ganz sicher nicht.

Nur um sich zu vergewissern, dass wirklich nichts Essbares mehr da war, zog sie die Kühlschranktür auf. Eine volle Flasche Milch stand da, ein frisches Brot im Plastikbeutel, drei Sorten Käse. »Wir haben was zu essen!«

Len sah sie an, als würde sie spinnen.

Aimée schaltete die Herdplatte an, doch es tat sich nichts. Sie bückte sich und drehte das Sicherheitsventil der Gasflasche unter der Spüle auf. Jemand war hier gewesen, hatte eingekauft und den Gashahn vorsichtshalber zugedreht. Jemand, der sich um sie sorgte.

Sie musste mehrmals schlucken, als sie die Sachen aus dem Kühlschrank nahm. Auf einer der Käsepackungen klebte ein Zettel: *Guten Appetit, M.*

»Marilou hat für uns eingekauft.« Sie sagte das mehr zu sich selbst als zu Len.

Len rutschte auf der Bettkante etwas nach vorn. »Das ist nett von Oma.« Seine Stimme war heiser.

Aimée strich Brote und brachte Milch auf dem Herd zum Kochen. Die Kakaopackung im Regal war noch halb voll. Sie reichte Len eine Tasse heißen Kakao und eine Scheibe mit *Cornish Yarg*. Er aß nur ein paar Bissen, aber immerhin trank er den Kakao aus. Ihr Zu-Bett-Geh-Ritual erledigten sie schnell: durch die Kälte zum Waschhaus, Zähne putzen, Gesicht waschen, Pipi machen, dann den Schlafanzug anziehen, Licht aus, Mondlampe an. *My Bonnie* sparte sie sich heute Abend. Len schlief auch so sofort ein.

Aimée legte sich neben ihn. Augenblicklich war das Gefühl wieder da, eingepfercht zu sein. Sechzig lächerliche Zentimeter hatte sie. Dagegen war ihr das Krankenhausbett wie der reinste Luxus erschienen. Es war breiter gewesen, und sie hatte es für sich allein gehabt, in einem Zimmer, das fünfzehn Quadratmeter groß war. Der Weg ins Bad war kurz und warm gewesen. Kein Wunder, dass Len lieber dortgeblieben wäre.

Aimée zog ihr Telefon aus der Tasche. Sie drehte sich von Len weg und scrollte ohne große Hoffnung die Seiten mit den Wohnungsangeboten durch. Wie immer gab es kaum etwas zur Miete. In St. Ives kauften die Leute sich die Häuser und Wohnungen als Investment. Es war lukrativer, ihre Bleiben im Sommer wochenweise an Touristen zu vermieten als ganzjährig an Menschen, die hier wirklich leben wollten. Und die paar Mietwohnungen, die auf den Markt kamen, wurden zu lächerlich hohen Preisen angeboten: zweihundert Pfund pro Woche für ein winziges Einzimmerapartment! Aimée klickte die Seite weg. Okay. Es musste etwas passieren. So konnten sie nicht mehr leben, schon gar nicht im Winter. Das Jahr hatte noch gut sechs Wochen. Wenn sie bis dahin nichts hatten, war Schluss mit St. Ives.

Der Wind strich um den Bulli, ein Ast der schiefen Ulme fuhr immer wieder wie ein Kamm über das Blechdach. Über ihrem Kopf baumelte das schiefe Haus.

Sie tippte in ihren Kontakten. Als Daniels Name ihr entgegenleuchtete, spielte sie mit dem Gedanken, ihn anzurufen. Aber nach ihrem letzten Treffen im Krankenhaus mussten sie persönlich miteinander sprechen.

Unschlüssig hielt sie das Telefon in der Hand. Sie dachte an die braunen Flecken im Gras auf der anderen Seite der Ulme. Vielleicht war Marilou nur kurz unterwegs, um etwas zu besorgen. Oder sie machte einen kleinen Ausflug. Aber Aimée wusste, dass sie sich etwas vormachte. Marilou hatte die Zelte abgebrochen. Weil sie sich schuldig fühlte für das, was geschehen war. Weil sie dachte, es ginge Aimée und Len besser, wenn sie nicht mehr da war. Kurzerhand tippte Aimée auf Marilous Namen.

»Der gewünschte Gesprächspartner ist zurzeit nicht erreichbar.«

Der Ast der Ulme kratzte übers Dach, aus der Tasche, die Daniel ihnen ins Krankenhaus gebracht hatte, leuchtete ihr der rote Pulli entgegen, und plötzlich sah Aimée ihre Mutter im Wasser.

Nein!

Mit einem Ruck setzte sie sich auf. Sie musste Marilou suchen!

Ihre Hände umklammerten das Telefon. Es gab unendlich viele Möglichkeiten, wo Marilou hätte sein können. Vielleicht war sie nicht einmal mehr in England, vielleicht … Sie drückte das Telefon gegen die Matratze. Sie hatten nie darüber gesprochen, warum Marilou damals in den See gegangen war. Aimée hatte sie nie gefragt. Vielleicht weil sie nicht hatte hören wollen, dass Marilou das Leben leid war. Ihr kleines, versifftes Leben, das Aimée auch nicht hatte besser machen können. Nicht als Kind und später erst recht nicht. Deshalb war sie jetzt weg. Und Aimée war allein.

Len drehte sich auf die Seite zu ihr, sein Mund stand ein wenig offen, so als wollte er sagen: *Hey, ich bin doch auch noch da.*

Ihre Hände lösten sich langsam von dem Telefon, wie aus einem Krampf. Len atmete gleichmäßig und tief. Aimée ließ sich zurück auf die Matratze fallen.

»Len?«

Er rührte sich nicht, atmete nur weiter ruhig ein und aus.

»Ich werde ein Zuhause für uns finden«, flüsterte Aimée. »Ein richtiges. Versprochen.«

Das Mobile über ihrem Kopf drehte sich ganz leicht.

VOR 31 JAHREN

Muttertag 1988

»Nicht mit den dreckigen Händen.« Die Mama von Mama stand plötzlich neben ihr.

Aimée zog ihre Hand von dem Glöckchen zurück. Ihre Hände waren überhaupt nicht dreckig! Mama hatte ihr extra heute Morgen noch die Fingernägel geschnitten und das Schwarze darunter rausgekratzt. Und gewaschen hatte sie sich die Hände auch. Sie versteckte sich hinter Mama. Das ging gut, denn Mama hatte ein langes buntes Kleid an, da war richtig viel Platz zum Verstecken. Mama redete mit ihrem Papa, der saß in einem riesigen Sessel. Aber das Glöckchen sah sich Aimée trotzdem an. Es war aus weißem Porzellan und darauf war ein Engel, der durch die Luft flog und dabei Geige spielte. Das sah sehr hübsch aus.

»Wofür ist die?«, fragte sie.

»Ich kann dich nicht verstehen, wenn du so nuschelst«, sagte die Frau, die Aimée Omi nennen sollte. Aber das tat sie nicht. Sie hatte sie ja erst zweimal gesehen.

Aimée guckte hinter dem bunten Kleid hervor. Die Frau trug einen dunkelblauen Rock und ein dunkelblaues Jackett. Das sah aus wie ein Anzug für Frauen.

»Wofür ist die Glocke?« Das hatte sie jetzt aber echt laut gesagt.

Die Frau nahm das Glöckchen in die Hand und bimmelte. »Das ist eine Original-*Hutschenreuther*-Glocke. Damit klingelt das Christkind an Heiligabend.«

»Warum macht es das denn?«

»Na, wenn es da war, und die Kinder zur Bescherung kommen dürfen.«

»Wo ist denn die Bescherung?«

»Im Wohnzimmer, beim Tannenbaum. Sag mal, Marielouise, was bringst du dem Kind eigentlich bei?«

Mama drehte sich zu ihr um, ihr Kleid schwang ein bisschen. Ihr französisches Kleid, so nannte sie es. »Alles, was es zum Leben braucht.«

»Zu welchem Leben, bitte schön?« Die Frau gab einen Ton von sich, als müsste sie niesen und dabei lachen. Nett klang das nicht. »Es überrascht mich keineswegs, dass das Kind nichts kennt.«

Aimée wollte nicht hier sein.

»Das Kind heißt Aimée, und sie kennt sehr viel.«

Mama trug heute große runde Ohrringe und ein buntes Tuch im Haar, wie ein Stirnband, bei dem an der Seite noch langer Stoff runterhing. Sie sah schön aus. Viel schöner als diese dumme Frau mit dem dummen Anzug.

»Dieses ewige Herumgefahre. Wie lange willst du das denn noch machen?«

»Wie lange wollt ihr denn noch auf eure kackbraune Schrankwand gucken?«

Aimée kicherte.

»Pass auf, was du sagst, Marielouise. Dein Kind wird nächstes Jahr schulpflichtig, dann hat das Lotterleben zwangsläufig ein Ende.«

»Wenn du meinst.«

»Na, na, na«, machte der Mann im Sessel, den sie Opi nennen sollte. »Wir wollen uns doch nicht streiten. Edeltraut, sehe ich das richtig, das Mittagessen steht auf dem Tisch?«

Die Frau ging aus dem Zimmer, der Mann stand auf und strich sich die Hosenbeine glatt. Mama gab ihr die Hand, und zusammen gingen sie aus dem Wohnzimmer ins Esszimmer. Die beiden Räume waren ziemlich gleich. Überall standen dunkle Möbel rum, die so aussahen, als könnte der stärkste Mensch der Welt sie nicht hochheben. Der Unterschied war, dass im Wohnzimmer ein Sofa stand und im Esszimmer ein Tisch. Das war alles.

Auf dem Tisch waren Schüsseln verteilt, die dampften. Aimée kletterte auf einen der Stühle. In der einen Schüssel waren Knödel, in der anderen was Lilafarbenes, und auf einer Platte lagen Fleischscheiben mit brauner Soße.

»Mama, was ist das?« Sie zeigte auf das Lilafarbene.

Die Frau guckte schon wieder so komisch.

»Rotkohl.« Mama setzte sich hin.

Der Mann auch. Die Frau füllte die Teller auf.

»Muss ich das essen?«, flüsterte Aimée.

»Hier wird gegessen, was auf den Tisch kommt«, sagte die Frau sehr laut.

»Musst du nicht«, sagte Mama genauso laut.

Aber dann schmeckte es doch ganz gut. Auch wenn es unheimlich war, dass keiner was sagte. Die Frau tat sich winzig kleine Stückchen auf die Gabel, Mäusebissen. Der Mann saß am Ende vom Tisch und sah aus wie ein König. Normalerweise quasselten Mama und sie immer beim Essen, über das, was Mama verkauft hatte, und darüber, was Aimée zwischen den Ständen gespielt hatte. Und noch über ganz viele andere Sachen. Aber hier machte nur die große Uhr in dem Holzkasten tick, tick, tick.

»Mama«, Aimée beugte sich zu ihr, »heute ist doch Sonntag …«

Mama zwinkerte ihr zu. Sie wusste natürlich Bescheid. Mama legte das Besteck weg und nahm einen Knödel in die Hand, wie einen Tennisball. Sie zog den Tennisballknödel in einem Kreis durch die Soße. Aimée lachte.

»Marielouise!« Die Frau ließ ihr Messer auf den Teller knallen. »Bist du jetzt vollkommen verrückt geworden?«

Mama nahm eine Scheibe von dem Fleisch in die Hand und biss hinein. Die Soße tropfte an ihrem Kinn runter. Das sah echt lustig aus.

»Walter, jetzt sag doch auch mal was!« Die Frau hörte sich an, als ob sie gleich weinen würde. Aber das geschah ihr ganz recht, so gemein, wie sie war.

Der Mann machte Geräusche, als hätte er was im Hals. Dann sagte er: »Marielouise, deine Mutter hat recht.«

Aimée nahm sich auch einen Knödel und machte damit Tupfen in die Soße. Dabei quetschte sie den Knödel so doll, dass Knödelteig zwischen ihren Fingern hervorquoll. Jetzt lachte Mama.

Als sie sich den Rotkohl in die Hand schippte, sprang die Frau auf. »Es reicht. Ihr geht!« Sie sah sehr böse aus, aber Aimée hatte jetzt keine Angst mehr vor ihr.

Und dann gingen sie wirklich, Mama und sie.

An der Tür drehte sich Mama noch mal um. »Au revoir und, ach ja, einen schönen Muttertag noch!«

Hand in Hand liefen sie aus dem Haus, die lange Einfahrt runter und sprangen ins Wohnmobil. Mama hupte dreimal, dann rumpelten sie davon.

VERLUSTSTÜCK

Sie hätte gar nicht genau sagen können, was es gewesen war. Sie wusste nur, dass es nicht mehr da war. Später stellte sie fest, dass in der Tasche ihres Rocks ein Loch war. Unbemerkt musste es an ihren Beinen hinuntergerutscht und zu Boden gefallen sein. Wo sie auch suchte, sie fand es nicht. Kein Wunder, wenn man nicht wusste, wonach man suchte.

November 2019

Erin schloss die Eingangstür ab und drehte das Schild so, dass die Seite mit der Aufschrift *Closed* nach außen zeigte. Draußen vor den Fenstern goss es in Strömen. Arthur war mit dem Transporter unterwegs.

Sie setzte sich zu Aimée an den kleinen Tisch. »Marilou ist also weg.«

Aimée rieb sich die kalten Hände. »Sie könnte überall sein.«

Erin rückte ein Blechkännchen mit leuchtend roten Ilexzweigen ein Stück zur Seite. »Aber deine eigentliche Sorge ist, dass sie ... nirgends mehr ist.« Sie sagte das sehr sanft.

Aimée konnte nur nicken.

»Ich kenne Marilou natürlich nicht so gut.« Erins Hand legte sich über ihre. »Aber ich würde sie nicht so einschätzen, dass sie sich etwas antut.« Sie sprach es einfach aus, und Aimée war dankbar dafür. »Vielleicht«, sagte Erin, »wollte sie das früher mal, aber da war sie alleinerziehend und bestimmt überfordert von der Verantwortung. Heute ist sie eine starke Frau.«

Aimée blickte auf.

Erin lächelte unter ihrer großen runden Brille. »Du brauchst gar nicht so zu gucken. Wirklich, ich nehme deine Mutter als eine Frau wahr, die weiß, wer sie ist. Die mit sich selbst über die Jahre Frieden geschlossen hat.«

»Wie kommst du darauf?«

Sie hatte Erin in den letzten Monaten viel von früher erzählt, nicht alles auf einmal, aber am Ende doch das meiste. Und trotzdem konnte Erin nicht wissen, wie es sich angefühlt hatte und wie labil Marilou noch immer war.

Erin krempelte die Ärmel ihres Hemdes hoch. »Sie war manchmal hier.«

»Hier?« Aimée blickte sich rasch im Laden um, als würde Marilou in einer Ecke hocken.

»Wenn Arthur da war. Die beiden haben oft am Tisch gesessen und sich unterhalten.«

Aimée stellte sich Marilou auf dem Stuhl vor, auf dem sie selbst gerade saß. Wie sie die Hände um einen der Becher legte, aus denen Aimée so oft getrunken hatte. Wie sie mit ihren schmuddeligen Kleidern zwischen Erins sauberen, ordentlich aufgereihten Stoffen saß. Es gelang ihr nicht.

»Sie hat viel erzählt, von früher und auch, wie es ihr heute geht. Sie ist sehr kritisch mit sich selbst, mit sich als Mutter.«

Auf dem Bügelbrett hinter Erins Kopf lag eine Weltkarte, die aus zahlreichen Stoffen zusammengesetzt war. Schwarze Fäden zogen sich durch das Blau des Atlantiks, am unteren Bildrand waren die Worte *Transatlantic Telegraph Cables* eingestickt, Erins neuste Arbeit. Für Aimée war Marilou immer nur hilfsbedürftig gewesen, damals wie heute. Sie hatte nie auch nur darüber nachgedacht, dass Marilou sich mit sich selbst auseinandersetzte.

»Warum hast du nie was davon gesagt?«

»Marilou hatte uns darum gebeten. Sie wollte nicht, dass du

denkst, sie würde in dein Revier eindringen. So hat sie es ausgedrückt. Das wollte sie wirklich nicht. Aber sie ist einsam. Auch darüber kann sie sprechen.«

Seltsamerweise verspürte Aimée keinen Ärger. Sie war einfach froh, dass Marilou jemanden hatte, mit dem sie reden konnte.

»Danke, dass du mir das erzählst.«

In ihrem Rücken knackte und knisterte das Holz im Ofen.

»Erin?«

»Ja?«

»Darf ich dich mal was fragen? Etwas ganz anderes?«

»Schieß los.«

Sie wusste nicht, wie sie es sagen sollte. Immer wieder hatte sie darüber nachgedacht, seit sie das erste Mal bei Erin und Ellie im Driftwood Cottage gewesen waren. Aimée zupfte eine Beere vom Ilex.

»Ians Arbeitszimmer, das steht ja leer. Es ist mir sehr unangenehm, das zu fragen, aber …« Schon während sie sprach, sah sie, wie Erin die Hände vom Tisch nahm und sich gegen die Rückenlehne des Stuhls drückte. Alles an ihr zog sich zurück. Trotzdem, sie musste wenigstens fragen. »Len und ich, wir haben ja noch keine Wohnung. Meinst du, wir könnten eine Weile bei euch unterkommen? Mein Plan ist, dass, wenn wir bis Ende des Jahres nichts haben, dann …«

»Nein.« Erin stand auf. »Sorry, Aimée. Aber nein.« Sie lief durch den Laden und zog wahllos Stoffe aus einem Karton.

Aimée sah auf die zerquetschte Ilexbeere in ihrer Hand. Natürlich hatte sie gewusst, dass Ians Arbeitszimmer ein heikles Thema war. Schon ihre Frage zeigte ja, dass sie nicht wirklich an seine Rückkehr glaubte. Aber wog das wirklich so schwer? Erin wusste genau, wie unerträglich es seit Lens Unfall für sie im Bulli war. Wie dringend sie beide etwas mehr Platz und mehr Wärme brauchten.

Die Tür öffnete sich mit dem Klingeln des Glöckchens. Kalte Regenluft fegte herein, Arthur zog die Tür hinter sich zu. Umständlich streifte er seine Jacke ab, spreizte dabei die gekrümmten Finger, zog die Ärmel Stück für Stück über die Hände und legte die Jacke schließlich über die Holztruhe. Aimée konnte sehen, wie sehr ihn die Bewegung schmerzte. Er nickte ihr kurz zu und schloss dann Erin, ohne ein Wort, in die Arme. Erin ließ die Schultern hängen, in beiden Händen hielt sie dunkelgraue Stoffreste.

Immer wieder strich er Erin über den Rücken. Irgendetwas musste passiert sein. Mit einem Mal kam Aimée sich vor wie ein Eindringling. Sie stand auf und schob sich am Bügelbrett vorbei. Hätte sie doch bloß den Mund gehalten!

Um irgendetwas zu tun, nahm sie Arthurs Jacke von der Truhe und hängte sie an den Garderobenhaken. Das Eichenholz der Truhe war matt und gräulich. Neulich hatte sie den Deckel zum ersten Mal aufgeklappt und hineingeschaut. Als könnte sie darin etwas finden, das sie verloren hatte. Aber die Truhe hier war leer, ein Möbelstück, das keinen Käufer fand.

Unauffällig sah sie zu den beiden hinüber. Erin schluchzte lautlos in Arthurs Armen. Was war nur mit ihr? Schnell wandte Aimée sich ab. Vielleicht sollte sie einfach gehen.

An der Ladentür stoppte sie. Wo noch vor Kurzem das Meerkleid blau und grün geschillert hatte, hing nur noch der schwarze Bügel, dahinter die weiß gekalkte Wand. Unverkäuflich, hatte Erin gesagt. Wahrscheinlich hatte ihr doch jemand so viel Geld angeboten, dass sie nicht hatte Nein sagen können. Aimée konnte es ihr kaum verdenken, auch wenn sie sich immer in dieses Kleid hineingeträumt hatte. Wie sehr, das merkte sie erst jetzt, wo es nicht mehr da war.

Es braucht nur den richtigen Moment.

Aimée nahm den Bügel in die Hand, drehte ihn hin und

her und hängte ihn wieder auf. Irgendwie hatte sie immer auf diesen Moment gewartet. Jetzt war er für eine andere Frau gekommen.

»Aimée, möchtest du auch Fudge? Arthur hat massenhaft mitgebracht.« Erin saß neben ihrem Vater am Tisch und hatte die Brille abgesetzt. Unter ihren Augen lagen dunkle Schatten.

Arthur löste das weiche Karamell aus der Verpackung und stapelte es auf einem Teller. Aimée trat zu ihnen an den Tisch und blieb neben Erin stehen. »Alles okay?«

»Nicht wirklich.«

»Was ist los?«

Arthur zerknüllte die leere Verpackung. »Der Mistkerl hat die Scheidung eingereicht.«

»Dad, bitte …«

»Ian?«

Erin nickte.

Oh Gott, da hatte sie mit ihrer Frage ja noch mächtig Salz in die Wunde gerieben.

»Der Mann hat eine Tochter!« Arthur donnerte die Faust auf den Tisch, dass der Fudge-Stapel wackelte.

Erin griff mechanisch nach der Vase mit den roten Beeren.

»Aber das ist dem Herrn ja so was von egal!«

»Ach, Erin.« Aimée beugte sich zu ihr hinunter und umarmte sie. Gerade eben noch hatte sich Erins Hand über ihrer so stark und fest angefühlt, jetzt war ihr ganzer Körper schlaff.

»Heute Morgen kam der Brief vom Anwalt.« Ihre Stimme war tonlos.

»Der Typ traut sich nicht, es ihr ins Gesicht zu sagen!« Arthur stopfte sich einen Fudge-Würfel in den Mund.

Aimée dachte an das Foto von Erin, Ellie und Ian, das im Driftwood Cottage auf dem Kaminsims stand: drei lachende Gesichter dicht beieinander, dieselben dunklen Haare, die aussahen, als wären sie über ihren Köpfen zusammengewachsen.

»Warum hast du denn nichts gesagt?«, flüsterte sie.

»Verglichen mit einer Mutter, die vom Erdboden verschluckt ist, war das nicht so wichtig.«

»Viel wichtiger!«

»Apropos.« Arthur tippte Aimée von seinem Stuhl aus an. »Ich soll dir was von Marilou ausrichten.«

Aimée fuhr herum. »Was?«

»Also, deine Mutter hat mir gesagt, ich soll dir sagen, dass du dir keine Sorgen machen brauchst.«

»Was? Woher …?«

Arthur zuckte mit der Schulter und sagte nichts.

»Ja, aber wann hast du mit ihr gesprochen?«

Arthur blickte auf seine Armbanduhr mit dem brüchigen braunen Lederband. »Vor einer Stunde und vierzig Minuten. Vielleicht fünfundvierzig Minuten.«

»Heute?«

Arthur nickte so beiläufig, als wäre es das normalste der Welt.

»Hast du sie gesehen?«

»Das darf ich dir leider nicht sagen.« Er stand auf und rückte ihr den Stuhl hin.

»Aber wieso denn nicht?« Aimée ließ sich auf den Stuhl fallen. Automatisch steckte sie sich auch einen Würfel Fudge in den Mund.

»Ich kann dir nur sagen, dass es ihr gut geht. Mehr nicht. Das hab ich ihr versprechen müssen.« Arthur drehte den Hahn an der Spüle auf. »So, und jetzt mach ich uns auf all die Neuigkeiten erst mal eine schöne Tasse Tee.« Er füllte Wasser in den schwarzen Emaillekessel und stellte ihn auf den Herd.

Arthur hatte mit Marilou gesprochen. Das hieß, Marilou war irgendwo – sie war nicht nirgends. Aimée spürte die Erleichterung im ganzen Körper, warm und süß wie das Fudge in ihrem Mund. Nur warum versteckte sich Marilou? Doch nicht vor ihr. Sie wünschte so sehr, sie könnte mit ihr sprechen.

Der alte Eisenofen bullerte, der Kessel pfiff. Erin saß zusammengesunken in ihrem Stuhl. Aimée legt ihre Hand auf die von Erin. Es wurde Zeit, dass sie sich um ihre Freundin kümmerte.

SCHATZTRUHE

Der Name von Marilou musste weg. Keinen Moment länger konnte sie ihn auf dem Deckel der Truhe ertragen. Es war doch paradox: All die kleinen Fundstücke, die ihr so lieb und teuer waren, erzählten eine Geschichte – den Teil ihrer eigenen Geschichte, den sie immer beschützt hatte. Und über alldem stand Marilouise. *Sie nahm nicht den guten Blätterschellack, sondern gewöhnliche Spachtelmasse aus dem Baumarkt. Universalspachtel. Großzügig verteilte sie das braune Zeug über den geschnitzten Buchstaben. Als sie fertig war, begutachtete sie ihr Werk. Schön sah es nicht aus, aber, verdammt, sie konnte wieder atmen.*

November/Dezember 2019

Aimée und Len bogen in die Ayr Terrace ein. Mit aller Kraft stemmten sie sich gegen den Wind, der laut durch die Straße toste. Aimée lief seitwärts und schirmte Len so zumindest etwas gegen die eisigen Böen ab. Normalerweise hätte er es lustig gefunden, gegen den Wind anzulaufen, dann hätten sie ein Spiel daraus gemacht. Aber seit ein paar Tagen hustete er wie verrückt, da hatte sein Körper keine Kraft mehr übrig.

So schnell es ging, liefen sie ums Waschhaus herum. Die Ulme beugte sich im Wind, sie stand noch schiefer als sonst. Die vier braunen Flecken im Gras leuchteten, egal, wie dunkel es war. Sie zog gerade den Bullischlüssel aus der Tasche, als sich ein Schatten am Boden bewegte, halb unter dem Bus verborgen.

Vor Schreck schrie sie laut auf und schob Len Richtung Koppel.

Der Schatten kam unter dem Bulli hervor.

»Daniel!«

Er richtete sich auf und stopfte sich dabei etwas in die Jackentasche.

»Alles klar?«, fragte sie.

Wie Tänzer, die eine abgesprochene Schrittfolge einhielten, wechselten sie ihre Positionen. Jetzt standen Aimée und Len am Bulli, Daniel ihnen gegenüber am Zaun zur Weide.

»Hey.« Er stellte sich mit dem Rücken zum Wind und steckte die Hände in die Taschen.

»Hallo, Daniel.« Len hustete.

Aimée zog die Bullitür auf, und Len stieg hinein. »Kommst du auch, Mama?«

»Gleich. Mach mal kurz zu, damit es da drinnen nicht auskühlt.«

Len zog die Tür von innen zu.

Sie hatte Daniel auf Zoe und Jack angesprochen, nachdem Len und sie aus der Klinik zurückgekommen waren. Aber es war offensichtlich gewesen, dass er nicht mit ihr darüber reden wollte.

»Das wird sich heute Nacht noch richtig zuziehen. Das *Met* hat eine Sturmwarnung ausgegeben.« Er straffte seine Schultern, sie konnte seine Gesichtszüge im Halbdunkeln nicht erkennen. »Das kann ziemlich ungemütlich werden. Ich dachte …«, er brach ab und machte eine Pause, die eine Spur zu lang war, »vielleicht wollt ihr im Cottage übernachten.«

Der Wind drückte Aimée an die Beifahrertür. Laut heulte er um den Bulli herum. Dass Daniel ihr das anbieten würde, hatte sie nicht erwartet. Aimée strich sich die Haare aus dem Gesicht. Gleich könnte sie mit Len zwischen Zoe und ihm am Abendbrottisch sitzen. Und entweder sie schweigen sich alle an,

316

oder sie durfte Daniel und Zoe bei Versöhnungsgeturtel Nummer hundertachtunddreißig zusehen. Nein danke.

»Und deshalb kriechst du unter unseren Wagen?« Sie hörte selbst, wie gequetscht ihre Stimme klang.

Daniel verlagerte sein Gewicht. »Ich hab ein paar Roststellen versiegelt, mir mal die Gummidichtungen angesehen … Verdammt, Aimée, es war nur nett gemeint.« Er stieß sich vom Balken ab.

Sie drückte ihre Hände ans kalte Blech. »Danke, aber wir kommen klar.«

Daniel schüttelte den Kopf und ging. Aimée schlug mit der flachen Hand an die Beifahrertür. Großartig. Ganz und gar großartig.

In der Ferne ließ sich noch so gerade eben die Island ausmachen. Die Wellen schlugen so hoch, dass das Wasser in gigantischen Bögen über den Hügel sprühte. Ihre Brust zog sich eng zusammen. Es war der dreißigste November, morgen war ihr siebenunddreißigster Geburtstag.

Aimée drückte sich am Bulli entlang, öffnete die Schiebetür, stieg ein und zog die Tür schnell wieder hinter sich zu. Len saß auf dem Bett, seine Jacke lag auf dem Boden.

»Könntest du die bitte aufheben?« Aimée stieg demonstrativ über die Jacke hinweg. »Wir müssen es uns hier ja nicht noch enger machen, als es eh schon ist.«

Len hustete und blieb sitzen. Manchmal war sie sich nicht sicher, ob er sie nicht hören wollte oder ob er sie tatsächlich nicht hörte.

»Len, bitte.«

Hustend stand er auf, griff sich die Jacke vom Boden und zog sie im Zeitlupentempo aufs Bett. Aimée stöhnte. Dann musste er sich eben mal den Hocker nehmen und die Jacke dahin tun, wo sie hingehörte. Sie drückte sich die Handballen an die Stirn. Atmen, einfach nur atmen.

Sie nahm die Jacke von der Matratze und ließ sie auf den Beifahrersitz fallen. Es war lächerlich – ein zur Kleidungsablage umfunktionierter Sitz, wo alles knitterte und seit Neustem auch noch klamm wurde. Oh ja, St. Ives war schön – im Sommer, wenn sie hier nicht wie in einem Gefängnis saßen!

Schweigend schnitt sie Brot auf.

»Was wollte Daniel denn?« Lens Husten füllte den Raum.

Eine Verspannung kroch Aimées Schulter hoch, hoffentlich bekam sie keine Kopfschmerzen. In gebückter Haltung stand sie vor dem Küchenblock. Bei diesem Wetter verzichtete sie lieber auf das hochgedrückte Dachteil.

»Nichts Besonderes. Er hat was am Unterboden vom Bulli repariert.«

Sie schnitt noch eine Scheibe ab. Heute Abend hätte sie auf einer gemütlich knarrenden Couch sitzen können, in dem Haus, dessen Steine Barbaras Vater mit eigenen Händen aus dem Steinbruch geschlagen hatte. Sie könnte morgen beim Frühstück an einem Küchentisch sitzen und mit einem Lächeln ihren noch warmen Geburtstagskuchen auf die Gabel schieben. Was sollte dieses dumme Bild?

Sie nahm alles aus dem Kühlschrank, was noch da war.

»Ich will Cheddar.«

»Das heißt: Ich möchte bitte.« Einfach weitermachen und den Abend zu Ende bringen.

»Kann ich Cheddar haben?« Len hustete wieder.

Am liebsten hätte sich Aimée irgendetwas in die Ohren gestopft, damit sie die Husterei nicht mehr hören musste. Ein besonders mütterlicher Gedanke war das nicht. Aber sie konnte nicht mehr. Sie konnte dieses bellende Geräusch einfach nicht mehr ertragen.

Vorgestern war sie wieder mit Len im Krankenhaus gewesen. Seine Lunge hörte sich gar nicht gut an, aber offenbar auch nicht so schlecht, dass sie ihn hätten dabehalten wollen.

Mit knappen Bewegungen strich sie Butter auf die Brot-
scheiben.

Diese Scheißangst. Was, wenn sein Unfall doch noch etwas
nach sich zog? In den letzten Wochen hatte sie sich so ziemlich
alles übers sekundäre Ertrinken durchgelesen, was das Internet
hergab. Besonders hilfreich war das nicht gewesen.

Ihre verspannte Schulter wurde steifer, sie dehnte den Nacken. Weitermachen.

Aimée griff nach einer Wolldecke, legte sie Len über und zog
sich selbst eine Strickjacke über den Pulli. Die Standheizung
lief, aber so richtig dicht war der Wagen einfach nicht mehr. Es
zog durch die Ritzen, und das Tosen des Windes war auch hier
drinnen allgegenwärtig. Was Marilou wohl gerade machte?

Kreisend verstrich Aimée die Butter auf dem Brot, wie bei
einer Holzfläche, die sie polierte. Seit dem Gespräch mit Arthur hatte sie viel überlegt, wo Marilou wohl sein könnte. Sie
hatte nicht den Deut einer Ahnung. Hoffentlich ging es ihr gut,
wo immer sie jetzt war. Wenigstens das.

Regen prasselte so laut auf das Dach, als wären es keine
Tropfen, sondern Kastanien. Aimée stellte das Abendbrot auf
den ausgeklappten Tisch und setzte sich zu Len aufs Bett. Er
hustete und schüttelte den Kopf.

»Du wolltest doch Cheddar.« Ihr ganzer Nacken zog sich
zusammen.

»Hab doch keinen Hunger.« Len verkroch sich unter der
Wolldecke und zog die Bettdecke darüber. »Mama, mir ist kalt.«

Wie in Trance rieb sie seinen Körper. Selbst durch die
Schichten hindurch spürte sie, wie kalt er war. Es ging nicht
mehr. Das alles ging überhaupt nicht mehr. Von allen Orten auf
der Welt hatte sie sich einen überlaufenen Touristenort ausgesucht, von dem sogar Einheimische wegziehen mussten, noch
dazu in einem der regenreichsten Gebiete Europas. Len hustete so stark, als müsste er würgen. Unter den Decken legte sie

ihm die Hand auf die Brust. Sie fühlte ein Knistern unter ihrer Handfläche, das klang, als ob ein Klettverschluss ganz langsam auseinandergezogen würde.

Stoisch drehten sich die Holzteile des Mobiles nach links und rechts, immer wieder. Ihr Haus der Träume. Sie hätte sich einfach eine nette Wohnung in einer soliden Kleinstadt suchen sollen. Aber klar, Aimée Thaler musste ja träumen.

Es knallte so laut, als hätte ihr jemand auf den Kopf geschlagen. Sie duckte sich.

»Mama!« Len starrte hoch zur Decke, und Aimée fuhr herum.

Da war ein Loch in der Decke des Bullis. Es war nicht groß, drei Zentimeter vielleicht, aber das Wasser tropfte in Massen herunter. Es tropfte auf die Matratze, Zentimeter von Lens Gesicht entfernt. Ohne ein Wort stand er auf.

Das war es jetzt also.

Len klappte den Hocker auf. Er platzierte ihn vor dem Küchenblock, stieg darauf und fischte seine Jacke vom Beifahrersitz. Schon hatte er sie angezogen und stieg in seine Gummistiefel.

»Was tust du denn?«

Wortlos zog er die Tür auf. Im selben Moment riss der Sturm ihn aus dem Wagen. Aimée packte ihn und zog ihn zurück. Sie wollte die Tür schließen, aber Len hielt dagegen.

»Was?«

Sein Gesicht war regennass. »Ich gehe zu Daniel.«

Aimée hielt ihn noch am Saum seiner Jacke. Der Sturm heulte ihr in den Ohren. Aus dem Dach tropfte es, die Matratze wurde immer nasser. Er hatte recht.

Schnell band sie Len den Schal um, zog ihm Mütze und Kapuze über den Kopf und schlüpfte ebenfalls in ihre Jacke.

Im Laufen sah Aimée noch einmal zurück. Ein dicker Ast war von der Ulme abgebrochen, er lag quer über dem Dach des

Bullis. So schnell sie konnte, rannte sie mit Len über den Campingplatz.

Äste und Zweige wehten über den Asphalt, eine große grüne Plane flog vor ihnen auf, Wasser rauschte die Straße hinunter wie durch ein Flussbett. Polizeisirenen durchschnitten die Nacht.

Völlig durchnässt kamen sie beim Cottage an. Keine Sekunde konnte Aimée mehr darüber nachdenken, ob es richtig war, hierherzukommen.

Daniel stand schon in der Tür, noch bevor sie klopfen konnte. Len fiel ihm fast in die Arme. Aimée trat hinter ihm ins Haus.

Auf beiden Seiten des Eingangsbereichs, rechts und links, gingen Türen ab, in der Mitte führte eine Treppe hinauf in den ersten Stock. Ein warmer Lichtschein fiel durch die offen stehende Tür zur Linken. Daniel trug Len hinein.

Aimée fasste nach dem Treppengeländer. Alles in ihr pochte. Sie hielt sich fest, drückte die Stirn gegen das Holz. Es war vorbei.

Als ihr Atem endlich ruhiger wurde, konnte sie sich wieder aufrichten. Sie waren in Sicherheit.

Aimée ging hinüber zur Tür, durch die Daniel Len getragen hatte. Der Raum war groß und durch die Ausbuchtung des Erkers wirkte er noch größer. Unter den Erkerfenstern verlief eine weiß getünchte Bank, mit einer Auflage in einem warmen, erdigen Ton und jeder Menge Kissen. Eine offene, heimelige Küche mit einem runden Tisch schloss sich an. Auf der anderen Seite des Zimmers standen zwei Sessel, ein Sofa und ein Schaukelstuhl. In einem offenen Kamin brannte Feuer. Davor zog Daniel gerade Len die nassen Klamotten aus und rubbelte ihn mit einem Handtuch trocken. Len hustete wie verrückt.

»Gleich wird's besser, Kumpel.«

Aimée stand im Türrahmen und konnte nur schauen. So

oft hatte sie versucht sich vorzustellen, wie es in Barbaras Cottage aussehen würde. Sie hatte es nicht gekonnt. Aber es hätte gar nicht anders sein können. Das meiste hier war aus Holz, der Boden und die Balken, die in den Raum hineinragten. Die Möbel aus wertvollem Altholz trugen Daniels Handschrift. Irgendwo lief leise Klaviermusik.

Seit wann hörte Daniel klassische Musik? Sie wusste so wenig von dem, was er heutzutage mochte.

Aimée trat einen Schritt vor, sie wollte zu Len, und dann roch sie es: diesen Duft, der ihr so vertraut war, dass sie schwankte und nach dem Rahmen der Tür fassen musste. Mehrmals im Jahr war der Geruch von Lammfleisch und Steckrüben über den Trödelmarkt gezogen. Als Mädchen hatte sie oft mit einem Teller in der Hand vor dem riesigen Blechtopf gestanden, und Barbara hatte ihr mit einer Kelle von dem köstlichen Eintopf aufgetan. *Enjoy your meal, my love.*

»Stew«, sagte sie leise.

Und dann stellte sie sich vor, wie Daniel Zoe einen Teller füllte, hier in diesem Zimmer. Es schmerzte.

Daniel zog Len zwei riesige T-Shirts und einen Kapuzenpulli über, der ihm bis zu den Waden ging, und wickelte ihn in eine von Barbaras Patchworkdecken. Dann holte er einen Fön und trocknete seine Haare.

Aimée stand neben dem Sofa und tropfte kleine Pfützen auf den Dielenboden. Schließlich drückte Daniel auch ihr ein paar Kleidungsstücke, ein Handtuch und den Haartrockner in die Hand.

»Das Badezimmer ist im ersten Stock, zweite Tür links.« Er klang nicht freundlich, aber auch nicht unfreundlich. Gleichgültig traf es auch nicht.

Sie gab Len einen Kuss auf die Stirn und stieg die Stufen zum Bad hoch. Sie zog sich aus, ließ minutenlang das warme Wasser der Dusche über ihren Körper laufen, trocknete sich ab

und schlüpfte in ein kariertes Flanellhemd, ein blaues Sweatshirt und eine viel zu große Jogginghose.

Als sie aus dem Bad trat, knarrten die Dielen unter ihren
Füßen. Das Haus kam ihr riesig vor. Neben dem Bad zählte sie
im ersten Stock vier Türen, eine davon stand offen. Im Vorüber-
gehen sah sie, dass es ein Schlafzimmer war. Dachschrägen, ein
breites Bett, das in der geräumigen Gaube stand, die auch nach
oben, zum Himmel hin ein Fenster hatte. Zum Sternenhimmel.
Schnell lief sie weiter.

Len saß dick eingemummelt auf dem Schaukelstuhl. Er
hustete noch immer, aber es klang nicht mehr so, als würde er
sein Innerstes nach außen würgen. Daniel nahm ihm gerade
einen leer gegessenen Teller ab und reichte ihm einen Becher.

»Zum Nachtisch warme Milch mit Kurkuma. Das hat mir
meine Mama immer gemacht, wenn ich so doll husten musste
wie du.«

Aimée ließ sich auf einem der Stühle nieder, die um den
runden Tisch herumstanden.

Len erzählte irgendetwas, und Daniel lachte. Ihre Stimmen
klangen wie etwas aus dem Radio, das an ihr vorbeirauschte.
Sie saß einfach da. In dem Haus, wo Barbara geboren und gestorben war. Wo es nach ihr roch, aber nicht, wie es nach alten
Menschen roch, sondern nach dem, was einmal gewesen war.
Nach Frühlingsblumen, Gräsern und frischen Kräutern. Als
wäre Verheißung etwas, das in der Vergangenheit lag.

Draußen hinter der Steinwand zog der Sturm ums Haus.
Auf dem Campingplatz stand ihr Bulli, wurde hin und her ge-
schubst und zerlöchert. Jetzt hatten sie nicht einmal mehr ihr
Schneckenhaus, in das sie sich zurückziehen konnten.

Klar, sie könnte das Dach reparieren lassen, aber es war nur
eine Frage der Zeit, bis der Bus an einer anderen Stelle leckte.
Und die schweren Winterstürme standen ihnen erst noch bevor.

Das Feuer im Kamin brannte ruhig. Daniels Hand lag auf

der Rückenlehne des Schaukelstuhls. Len hustete nicht mehr, er hatte die Augen geschlossen. Leicht ließ Daniel den Stuhl vor- und zurückwippen. Das Feuer flackerte in einem tiefen Gelb.

Diese Nacht würden sie wohl hierbleiben. Morgen würde sie sich mit Len ein Zimmer in einer Pension nehmen, für ein paar Tage bleiben und von dort aus eine Wohnung suchen, in England, in Deutschland, irgendwo. Sie schlang die Arme um ihren Körper. Sie musste ans *Erin and Arthur's* denken, an den Geruch von Holz und Schellack und Bügeleisendampf und daran, wie sie erst vor ein paar Tagen wieder hinten im Laden mit Erin an dem kleinen Tisch gesessen und Tee getrunken hatte. So oft hatten sie zusammen auf dem winzigen Norway Square unter Palmen zu Mittag gegessen und über Gott und die Welt gesprochen. Sie würde die salzige Luft und das klare Licht hier vermissen. Sie dachte an Ellie, die Len von Anfang an in sein Herz geschlossen hatte, und daran, wie wohl er sich in seiner Klasse fühlte. Wie er die Weite dieses Ortes genoss und was für einen Spaß er mit Daniel hatte.

Daniel stellte einen Teller Stew vor ihr auf den Tisch. Aimée zuckte zusammen.

»Er schläft«, flüsterte Daniel.

Len lag in dem breiten Schaukelstuhl, der sich noch immer ganz leicht vor- und zurückwiegte. Das Feuer knisterte leise.

Daniel füllte sich ebenfalls einen Teller und setzte sich neben sie an den Tisch. »Iss mal was. Das wärmt dich von innen.«

Sein Bart war kürzer als sonst, fast ein Dreitagebart. Er sah irgendwie frisch und aufgeräumt aus in seinem Hemd. Vorhin auf dem Zeltplatz hatte sie das gar nicht bemerkt.

Der Teller vor ihr dampfte. Der Geruch von Lorbeer und Nelken stieg ihr in die Nase. Sie nahm einen Löffel voll, pustete und schob ihn in den Mund. Sie musste die Augen schließen, so vertraut war das Stew auf ihrer Zunge.

Daniel und sie. In einem Boot. Um sie herum der blaue See.

Sie liebten sich am gegenüberliegenden Ufer unter den Trauer-
weidenzweigen. Daniels weiche Lippen auf ihren, sein kraftvol-
ler Körper in dem schaukelnden Boot. Sie hatte sich gewünscht,
dass die Zeit stehen blieb. Sie hatte es sich so sehr gewünscht.

»Hey.« Daniel legte seine Hand auf ihren Arm.

Laut schluchzte sie auf. Alles kam ihr so verloren vor. Sie
konnte gar nicht mehr aufhören zu schluchzen. Daniel zog sie
an sich und nahm sie in den Arm. Der Stoff seines Hemdes war
rau an ihrer Wange. Er hielt sie einfach fest.

»Warum ist alles so gekommen? Warum kennen wir uns gar
nicht mehr richtig?« Ihre Stimme brach.

Sie spürte seinen warmen Atem, seine Lippen an ihrem
Haar. Da war so viel, was zwischen ihnen stand, was sie immer
weiter auseinandergetrieben hatte: Daniels Lehre in England,
ihre Trennung Micha, Zoe, ihr Leben mit Per und dass sie alle
Brücken hinter sich abgerissen hatte. Es kam ihr alles so sinnlos
vor.

Daniel löste sich von ihr. »Aimée …« Seine Hand lag auf
ihrem Arm. Er spielte mit dem Flanellstoff ihres Hemdes. »Das
wollte ich dir schon lange sagen … Damals, bei deiner Geburts-
tagsfeier, in diesem Haus, da hab ich gedacht: Alles ist falsch.
Alles ist so was von falsch. Und ich hab noch nicht einmal dich
gemeint, auch wenn ich das damals so gesagt habe. Da war die
Frau, die ich liebte. Du solltest bei mir sein. Aber Per und du,
ihr hattet ein Kind. Damit war's vorbei. Das hab ich so richtig,
in aller Tiefe, erst da, an diesem Abend, begriffen. Ich hätte einfach still und leise gehen sollen.«

Die Klaviermusik war verklungen, nur der Wind pfiff uner-
müdlich ums Gemäuer.

»Worauf hatte ich gewartet?«, sagte er leise, und seine
Stimme war noch tiefer als sonst.

Aimée legte ihre Hand auf seine. »Wir hatten einfach kein
gutes Timing.«

Daniel nickte. Aimée sah auf ihren Teller. Damals war es zu spät gewesen. Und jetzt?

Ihr Magen knurrte. Sie aß noch einen Löffel Stew. Es war lauwarm, und sie schmeckte die Gewürze, Lorbeer und Nelke, noch deutlicher.

»Wo ist eigentlich Zoe?«, fragte sie.

»Weg. Ausgezogen.« Daniel stützte die Hände auf den Tisch, als wollte er aufstehen. Aber er blieb sitzen.

Im Kamin knackte es.

»Seit wann?«, fragte Aimée. *Seit wann diesmal?*

»Kurz nach Lens Geburtstag. Ich hab mich getrennt.«

Ihr Arm lag sehr still unter seiner Hand. Seine Finger machten winzige kreisende Bewegungen.

»Es ist vorbei.«

Der Löffel zitterte in Aimées Hand. So vieles war plötzlich in ihrem Kopf, was sie sich nie erlaubt hatte zu denken: dass sie anknüpfen könnten an das oben auf der Island, sein warmer Oberkörper an ihren Schulterblättern, dass sie noch einmal seine weichen Lippen auf ihren spüren würde. Sie legte den Löffel mit einem Klacken auf den Tisch. Und auch jetzt war es unangemessen. Gerade jetzt. Vollkommen ungehörig erschien ihr dieses kleine, verhaltene Glücksgefühl, das in ihr aufstieg.

»Warum hast du nichts gesagt?«, flüsterte sie.

»Ich musste das erst mal für mich regeln. Schauen, wie es sich anfühlt.«

»Und?«

»Richtig. Absolut richtig fühlt es sich an.«

Aimée blickte hinüber zu Len. Der Schaukelstuhl stand schräg, der Schein des Feuers fiel auf seine ruhigen Gesichtszüge.

Daniel hatte keine Freundin.

Er löste seine Hand von ihrem Arm. »Was ist da zwischen dir und Jack?«

»Oh, Daniel.« Sie konnte sich ein Lächeln nicht verkneifen. Dass ihn das beschäftigte. »Nichts ist da. Ich hab ihn nicht mehr wiedergesehen seit … Lens Unfall.«

Sie sah, wie er sich neben ihr entspannte. Sie hörte ihn sogar ausatmen. Dann grinsen.

»Was?«

Er zeigte auf ihren Arm und seinen Arm, die nebeneinander auf dem Tisch lagen, dicht an dicht in beinahe identischem kariertem Flanellstoff, nur dass ihr Hemd etwas größere Karos hatte. Sie verdrehte die Augen und löffelte ihren Teller Stew aus.

Daniel verschränkte seine Finger mit ihren. »Komm mit.« Er stand auf und ließ ihre Hand dabei nicht los.

»Moment.« Aimée zog ihn zu Len hinüber.

Len war tief in den breiten Schaukelstuhl gerutscht. Die Kapuze des blauen Sweatshirts hing ihm über dem Kopf, die bunte Decke unter seinem Kinn. Er lächelte im Schlaf. Aimée zog die Kapuze ein Stück hoch.

Die Wärme des Feuers begleitete sie, als sie hinter Daniel her an der Treppe im Eingangsbereich des Cottages vorbeilief. Er zog die gegenüberliegende Tür auf und ließ Aimée den Vortritt.

Der Raum war baugleich mit dem anderen, mit Granitwänden, Holzbalken und einem Kamin, in dem allerdings kein Feuer brannte. Auch hier gab es im Erker eine Sitzbank mit gemütlichen Kissen. Ganz bestimmt hatte Barbara hier manchmal mit ihrem hellen Turban am Fenster gesessen und den Hügel hinunter zum Meer geblickt. Jetzt war es draußen stockdunkel, der Wind toste so laut, dass man es durch die Mauern hören konnte.

Bis auf die eingebaute Bank waren hier kaum Möbel. Daniel führte sie durch den Raum. Ein Stück vom Kamin abgerückt, etwa dort, wo im anderen Zimmer Len auf dem Schaukelstuhl schlief, stand etwas.

Langsam trat Aimée näher und kniete sich hin. So viele Jahre hatte sie ihre alte Truhe nicht mehr gesehen. Sie strich über den Deckel.

»Der Universalspachtel sieht wirklich beschissen aus.« Sie grinste, aber in ihren Augen sammelten sich Tränen. »Du hast sie mitgenommen.«

Er lehnte sich an einen Balken. »Ich hab gedacht, irgendwann möchtest du sie wiederhaben.«

Nur das Allernötigste hatte sie eingepackt, damals, als sie im Morgengrauen mit dem braunen Koffer die Kommune verlassen hatte. Und während sie damals im Nebel über den Feldweg davongerumpelt war, hatte sie jenes kleine Gefühl verloren, das sie daran erinnert hätte, was sie tief im Herzen vermissen würde.

Aimée legte die Hände an den Eichendeckel. Nein, verloren hatte sie es nicht. Nur als es sich meldete, wie ein Klopfen aus der Vergangenheit, letztes Jahr, als sie zum ersten Mal wieder vor ihrem Bulli gestanden hatte, da war es zu spät gewesen. Zu spät für ihre Schätze, und erst recht für Daniel und sie.

Das hatte sie zumindest gedacht.

Aimée blinzelte die Tränen weg und atmete durch. Dann öffnete sie ihre Schatztruhe.

Als Erstes sah sie sich selbst. Der Spiegel im Deckel war fleckig, aber das Gesicht, das ihr entgegenblickte, war klar. Ihre ungekämmten Haare standen ab, ihre Haut schimmerte, ihr Blick war aufmerksam.

Im Inneren der Truhe, oben über allem anderen, lag ihr kleines Seiltänzerinnenkleid, ausgebreitet wie eine Decke. Der Tüll glänzte grün und golden, genau wie sie den Stoff in Erinnerung gehabt hatte. Sie dachte an Daniels aufgemalten Bart, das rote Kopftuch, die Augenklappe und seine flatternde Piratenhose. Sie sah zu ihm auf und konnte nur den Kopf schütteln. Er lächelte. Sie legte das Kleid zur Seite.

Ein Teil nach dem anderen zog sie aus der Truhe. Alles war da: der runde Katzenkopfstein, Lilis kleines Holzkreuz, die leuchtend türkisfarbene Eisvogelfeder, die Seemuschel, in der das Meer rauschte. Die Kastanienkette hängte sie sich um den Hals. Dass die ihr damals nicht schwer vorgekommen war? Das Treibholztier sah noch immer aus, als ob es schlief. Und den Text auf der Postkarte mit der ovalen Briefmarke kannte sie auch jetzt noch auswendig. *Und diesmal bleibe ich.* Sie drehte den Globus und lachte, als ihr Finger direkt vor Neufundland stoppte. Auf der Schiefertafel, durch deren Holz sich vom Nagelloch aus ein Riss zog, erkannte sie ihre eigene Mädchenschrift. Mit Kreide stand darauf: *Mind the Gap.*

Am Ende waren nur noch drei Dinge in der Kiste. Ganz unten, flach auf dem Boden, lag das dünne Blech, das sie hinter der Scheune immer wieder bewegt und geschwungen hatte. Damals hatte sie nicht gewusst, woran sie der Ton erinnerte, der dabei entstand.

Ava.

Es tat nicht mehr weh, als sie an ihr kleines Mädchen dachte. Sie ließ das Schwingblech in der Truhe, es war eine gute Unterlage für all ihre Schätze. Aber das Wolkenfoto nahm sie heraus, das weißrandige Herz auf tiefem Blau. Sie reichte das Foto Daniel. Egal, was die Zukunft bringen würde, dieses Bild war immer für ihn gewesen.

»Danke.« Er küsste das Bild, und es kam Aimée gar nicht unpassend vor, dass er das tat.

Ein Ding war noch in der Truhe. Im ersten Moment erkannte sie es gar nicht. Und dieses eine Teil hatte auch nicht *sie* in die Truhe getan. Sie nahm das vertraute Birkenholz in die Hand, ein Rechteck mit einem großen Fenster und einem winzigen Loch, durch das der Nylonfaden gelaufen war, bevor sie ihr Haus zerstört hatte. Daniel musste das Wandteil im Gras gefunden haben.

Mit wackligen Beinen stand sie auf. »Ich weiß nicht, was ich sagen soll.«

»Ich aber.« Daniel zog sie an sich. »Happy birthday, Aimée«, flüsterte er ihr ins Ohr.

Dann, endlich, küsste er sie.

ROTER VW-BUS

Er hatte nicht geschlafen in dieser Nacht, nur dagelegen. Um zwanzig nach sechs hörte er, dass Aimée den Bulli anließ. Das Motorengeräusch kam schnell näher. Der Bus passierte seinen Bauwagen, es klang, als würde sie das Gaspedal tief durchtreten. Was war er für ein verdammter Idiot! Erst war er einfach gegangen und jetzt ließ er sie ziehen. Er trat gegen die Wand. Hinter dem Holz schepperte das Blech. Das Brummen des Motors war schon kaum mehr zu hören, da stürzte er hinaus in den feuchten Morgen, rannte über Gras und Pflaster und Erde. Sein Ruf verwehte im Nebel. Doch dann leuchteten die Rücklichter noch einmal auf. Sie bremste. Aimée! Doch schon einen Moment später verlor das Rot vor ihm an Kraft. Nichts war mehr da, nur leerer Dunst. Er wusste nicht, wann er zuletzt geweint hatte.

Dezember 2019

Im Radio lief ein alter Countrysong, während Daniel den Pick-up durch die schmale Straße steuerte. Auf beiden Seiten säumten hohe Hecken die Fahrbahn, es war, als würden sie durch einen Tunnel fahren. Sogar jetzt im Dezember war überall Grün. Die Hecken selbst waren zwar braun und löchrig, aber Efeu und andere Rankpflanzen hielten die Zweige des Buschwerks fest umschlungen.

Daniel nahm die Hand von der Kupplung und legte sie ihr aufs Bein. Ein warmer Schauer durchfuhr Aimée. Daniel brauchte nur ihren kleinen Finger zu streifen, und etwas brach

sich Bahn, mit voller Wucht, als hätte es jahrelang nur darauf
gewartet, endlich herausgelassen zu werden.

»Guckt mal, da hinter der Mauer, da sind Schafe.« Len
machte sich auf der Rückbank größer. »Und da! Das Meer!«

Aimée lachte. Obwohl er den Atlantik rund um die Uhr vor
Augen hatte, faszinierte er Len noch immer wie am ersten Tag.
Jeder Blick ein neuer Ozean. Ihr ging es genauso.

Daniel wich einem Schlagloch aus, seine Hand fuhr ihren
Oberschenkel hoch. Sie spürte die Härchen auf ihren Armen.
Es war so neu und zugleich so vertraut, dass er sie anfasste, seit
wenigen Tagen erst, aber seitdem andauernd, als wollte er all
das Versäumte nachholen.

Bitte hör nie wieder damit auf.

Die Falten um Daniels Augen herum waren wie Strahlen.

Die Straße öffnete sich, und das Meer war jetzt direkt vor
ihnen. Seelenruhig lag es da, in einem satten, glatten Blau.

»Der Himmel und das Meer sehen aus wie durchgeschnit-
ten.«

Aimée drehte sich zu Len um. Seit sie losgefahren waren,
quasselte er ohne Unterlass. Ab und zu musste er noch husten, aber es klang nicht mehr bedrohlich. Durchs Heckfenster
blickten die kreisrunden Vorderlichter ihres Bullis wie Augen
zu ihnen herein. Der Bus sah müde aus, todmüde und gotter-
geben.

Ohne dich wären wir nicht hier, flüsterte sie ihm in Gedanken
zu. *Aber jetzt ist deine Zeit vorbei.*

Aimée spürte ihren Worten nach. Es war richtig. Der Bulli
war lange, lange Zeit ihr Schneckenhaus gewesen, aber seine
Schale war brüchig geworden. Und sie war hinausgekrochen,
um neue, eigene Wege einzuschlagen.

Ihr Telefon klingelte.

»Len, reichst du mir mal meine Tasche?«

Len schob ihre schwarze Tasche zwischen den Sitzen hindurch. Aimée zog das Telefon heraus. Auf dem Display stand: *Aiden*.

»Aiden, hallo!«

»Hi, Aimée. Geht's euch gut?«

»Sehr gut, danke. Euch auch, hoffe ich.«

Aiden hatte gestern schon einmal angerufen, und im ersten Moment hatte Aimée nicht einordnen können, wer er war. Aber dann hatte er vom Schulfest am Porthmeor Beach gesprochen. Gestern hatte er sie gefragt, ob sie noch immer eine Bleibe suchten, die Einliegerwohnung bei seinen Nachbarn sei jetzt fertig ausgebaut. Sie sei die Erste, die davon erfuhr.

»Alles bestens. Du, ich hab jetzt noch mal mit Brenda geredet. Du könntest dir die Wohnung heute noch ansehen.«

Von drei Zimmern hatte Aiden gesprochen, plus Küche und Bad. Und das alles für Len und sie allein. Und das Beste war: Die Wohnung war bezahlbar. Brenda und Steve wollten nur die Kosten gedeckt wissen.

»Sehr gern. Wir sind gerade noch unterwegs. Aber so ab drei könnten wir vorbeikommen.«

Aiden gab ihr die Adresse durch, die wie der Zeltplatz im oberen Teil von St. Ives lag, wenn auch an einer Ausfahrtstraße. Aber Aimée war alles recht. Hauptsache, Len und sie hatten ein Dach über dem Kopf und konnten in St. Ives bleiben. Sie steckte ihr Telefon zurück in die Tasche und musste einfach grinsen. Manchmal konnte das Leben so leicht sein.

Daniels Hand lag noch immer auf ihrem Bein. »Wollt ihr …«

»Mama, was ist um drei?«, fragte Len vom Rücksitz.

»Da gucken wir uns die Wohnung an, die bei Matt nebenan ist.«

»Haben wir da einen Backofen?«

»Ja. Wieso?«

»Dann back ich uns als Erstes Pfannkuchentorte.« Er stimmte ein kleines Freudengeheul an.

»Na ja, eigentlich reicht dafür ein Herd.«

»Und warum haben wir das dann nie gemacht?« Len klang ehrlich empört.

Daniel neben ihr grinste. Wenn Aimée sich vorstellte, sie hätten am kleinen Küchenblock im Bulli mit Eiern und Pfannen, Massen an Teigfladen und heißer Schokosoße hantiert, nebenbei noch Erdbeeren püriert, dann wusste sie genau, warum sie nie auch nur auf die Idee gekommen war, Sannes Torte im Bus zu backen. Aber jetzt würde es gehen. Alles war möglich.

Daniel lenkte den Wagen in eine Haltebucht, um einen entgegenkommenden Range Rover vorbeizulassen. Die Männer grüßten sich. Am Horizont zeichnete sich die Ruine einer Zinnmine vor dem blaugrauen Himmel ab, ein kleines Steinhaus, wie gemalt, daneben ein hoher Schornstein.

»Sobald es frische Erdbeeren gibt, machen wir die Torte, versprochen.« Aimée wich automatisch aus, als Zweige am Fenster des Pick-ups vorbeistrichen. Sie lehnte sich an Daniel.

»Aber mit zwanzig Pfannkuchen.«

»Meinetwegen auch das.«

Len jubelte.

»Ihr wollt das wirklich machen?« Daniels Kinn lag auf ihrem Kopf. Er meinte nicht die Pfannkuchentorte.

Aimée setzte sich auf. »Das ist unsere Chance.«

Daniel legte beide Hände ans Steuer. Wieder peitschten Zweige ans Fenster.

»Du willst das wahrscheinlich nicht hören. Aber …«, er starrte auf die Silhouette der verfallenen Mine, »ihr könntet auch im Cottage wohnen.«

»Oh ja! Wir ziehen zu Daniel!« Len hüpfte im Sitzen.

»Hey, mal ganz ruhig.«

»Aber Mama, das wäre so schön! Und dann wäre Daniel auch nicht mehr so allein.«

Vor ihnen auf der Straße lag eine Pfütze wie ein spiegelnder

See. Daniel ging vom Gas und steuerte den Pick-up hindurch. Wasser spritzte auf.

»Darum geht es nicht, Len.« Daniel machte eine Pause. »Weißt du, ich kann ziemlich gut alleine sein. Zu gut vielleicht. Es wäre einfach nur schön, wenn … wenn wir zusammen wären.« Er blickte kurz zu Aimée. »Ich weiß, es klingt überstürzt, aber in Wirklichkeit sind wir fast zwanzig Jahre zu spät dran.« Ein Lächeln huschte über sein Gesicht.

Die Zinnmine lag jetzt zu ihrer Linken. Hoch auf einem Felsen saß die granitene Ruine, nicht viel mehr als eine Außenmauer, die oben in einem Dreieck endete. Die Fensteröffnung rahmte den Himmel.

»Ja!«, schrie Len. »Und dann …«

»Wisst ihr was, wir gucken uns die Wohnung erst mal an.«

Der Wagen rumpelte durch ein Schlagloch. Len und Daniel schwiegen. Aber in Aimée war es alles andere als still. Es wäre so schön, wenn sie zusammenwohnten. Wie eine kleine Familie.

Sie verschränkte die Finger im Schoß. Nein, das durfte sie nicht denken. Sie durfte nicht noch einmal denselben Fehler begehen.

Aber was, wenn es diesmal gar kein Fehler war? Es war schließlich Daniel, nicht Per. Und sie hatte einen Job, sie verdiente ihr eigenes Geld.

Daniel setzte den Blinker, das Ticken war das einzige Geräusch.

»Sind wir schon da?« Len zog den Gurt hinten lang und streckte seinen Kopf zwischen den Sitzen hindurch.

Sie bogen in einen schmalen Weg ein und hielten auf eine Einfahrt zu, über der ein Blechschild an dicken Metallketten baumelte: *Scrapyard*.

Daniel parkte inmitten von Reifen, Felgen und hoch aufgestapelten Blechteilen. Als der Motor des Pick-ups verstummte, war es für einen Augenblick sehr still. Möwen hockten auf einem Hügel aus zerschreddertem Metall.

»Möchtest du, dass ich mitkomme?«, fragte Daniel.

Sie war ihm dankbar, dass er nicht einfach ausstieg und sie begleitete. Von dem Bulli musste sie sich alleine verabschieden.

Sie schüttelte den Kopf, gab ihm und Len einen Kuss und stieg aus dem Wagen.

Der Wind pfiff ihr um die Ohren, als sie die Schiebetür des Bullis aufzog. Ein modriger Geruch schlug ihr entgegen, auf der Matratze hatte sich ein großer runder Wasserfleck mit bräunlichen Ringen gebildet. Aimée erledigte alles, was sie noch zu erledigen hatte. Den Nylonfaden, der von der Decke gehangen hatte, rollte sie kurzerhand auf. Dann hörte sie ein allerletztes Mal das Ratschen der Tür.

Ein Gabelstapler fuhr den Bulli in eine Halle. Zögernd folgte sie ihm. Sie hätte an dieser Stelle gehen und wieder zu Len und Daniel in den Wagen steigen können. Aber sie blieb. Sie musste das hier zu Ende bringen.

Als sie an der Halle ankam, war der Bus bereits hochgebockt. Mit schnellen Handgriffen baute ein Mann in grauem Overall die Batterie aus, ließ Öl, Wasser und das restliche Benzin ab und löste die Reifen. Minuten später fuhr der Gabelstapler den Bulli wieder aus der Halle hinaus. Ein großer Greifarm packte ihn. Wie ein Maul öffnete sich die riesige Zange und ließ den Bus in die Presse fallen. Dabei zwinkerte ihr der alte Bulli mit den kreisrunden Scheinwerferaugen noch einmal zu.

Mit einem Scheppern knallte er aufs Metall. Die Backen der Presse drückten die alte Karosserie zusammen, es knirschte erbärmlich, Glas splitterte.

»Danke, dass es dich gab«, flüsterte Aimée.

Sie wandte sich ab und lief mit schnellen Schritten auf den Pick-up zu. Der Wind pfiff über den Hof. In ihrer Hand schaukelte das Mobile.

HAUS DER TRÄUME

Am Abend ihres achtzehnten Geburtstags klopfte es an die Tür ihres neuen Bullis. Sie war allein und lag schon im Bett. Die Schiebetür wurde langsam aufgezogen, und da stand Daniel. »Darf ich?«, fragte er vorsichtig. Sie nickte. Er kam herein und beugte sich über sie, und sie dachte schon, er würde sie küssen. Doch er befestigte einen Nylonfaden an einem kleinen Deckenhaken, der ihr noch gar nicht aufgefallen war. Seine Haare waren ihr zum Greifen nah, sie sahen aus, als wären sie frisch gewaschen und in der eisigen Luft gefroren. Sie setzte sich auf.

Über dem Kopfende des Bettes hing nun ein hölzernes Mobile von der Decke. Es hatte die Form eines Hauses. Sie stieß es leicht an. Die vier Seitenteile schaukelten, Wände mit großen Fenstern, zwei davon endeten oben in einem Dreieck. Sie berührte das Holz des Daches, Birkenholz, das noch seine zarte, weiß-schwarze Rinde hatte, und drehte sich zu Daniel um. Seine Augen waren bleigrau und so tief wie ein See, dessen Grund sie nicht kannte.

»Das ist dein Haus. Dein Haus der Träume.«, sagte er leise. Seine Stimme war sehr nah. »Es ist leer, damit es sich in den Nächten mit deinen Träumen füllen kann.«

Wenn sie nicht zu stolz gewesen wäre, sie hätte ihn geküsst an diesem Abend.

Silvester 2019/2020

Die blaue Tür vom Driftwood Cottage wurde aufgerissen, bevor einer von ihnen den Türklopfer betätigen konnte.

»Sie sind da!« Ellie tanzte um sie herum. Wild schwang sie ihre Arme, die in weiß-grau-schwarzen Möwenflügeln steckten. Dazu trug sie ein weißes Shirt und hellgraue Leggins. Auf dem Kopf hatte sie eine Fliegerbrille.

»Kommt rein!« Erin umarmte sie. Sie trug ein ähnliches Möwenkostüm wie Ellie, so aufwendig genäht, dass es aussah, als wären die Flügel aus unzähligen echten Federn zusammengesetzt.

»Erin, das ist unglaublich. Ihr seht wundervoll aus.«

»Einen Vorteil muss mein Job ja haben. Verkleidungen über Verkleidungen.« Sie lachte.

Len lief bereits hinter Ellie die Treppe hoch.

Erin trat einen Schritt zurück und musterte Daniel von oben bis unten. »*Fluch der Karibik*, richtig?«

Über eine halbe Stunde war Daniel vorhin im Bad verschwunden und dann in voller Verkleidung zu Len und Aimée ins Wohnzimmer gekommen. Er hatte eine braune Lederhose an, darüber ein zerschlissenes helles Leinenhemd, aufgeknöpft bis zum Bauch, was zugegebenermaßen ziemlich scharf aussah. Dazu einen breiten Ledergürtel und schmale Lederbänder an den Handgelenken. Dreadlocks guckten unter einem ausgewaschenen roten Tuch hervor. Seine Wangenknochen traten stärker hervor als sonst, und seine Augen waren rauchig umrandet. Aimée hatte ihn nur anstarren können, während er sich durch den Raum bewegte und Wasser aufsetzte, als wäre alles wie immer.

»In St. Ives verkleidet man sich an Silvester«, sagte er nur.

Sie hatte ein Sofakissen nach ihm geworfen.

Len und sie hatten sich nicht verkleidet. Aber das machte nichts. Jetzt waren sie hier im Driftwood Cottage, saßen mit Erin, Ellie und Arthur am Tisch, quatschten und lachten wie Freunde, die sich schon ewig kannten. Daniels Hand lag auf ihrem Bein, wo sie schon die ganze Zeit war, wenn er nicht ge-

rade beide Hände zum Essen brauchte. Oder wenn er sie küsste.
Aimée schnitt die hohe Pfannkuchentorte auf und gab jedem
ein großes Stück auf den Teller. Im gesamten Wohn- und Esszimmer, das fiel ihr jetzt auf, hingen nirgendwo mehr Fotos.
Das große gerahmte Bild von Erin, Ellie und Ian auf dem Sims
des Kamins war verschwunden, ebenso die Fotocollage an der
Wand unter der Treppe. Erin stand vor dem Herd und rührte in
der warmen Schokosoße. Aimée würde sie nachher unter vier
Augen darauf ansprechen.

»Heute ist Dienstag!« Len trennte die einzelnen Pfannku-
chenlagen auf seinem Teller voneinander. Er hatte nicht bis zur
Erdbeerzeit warten können, und Aimée hatte sich zu Tiefkühl-
beeren breitschlagen lassen.

»Ja und?«, fragte Erin.

Aimée schwante, was kommen würde.

»Dienstag ist doch Kitzeltag!« Len piekste Erin in die Seite.

»Okay.« Erin piekste Len zurück, der sich sofort auf den
Boden schmiss.

Ellie zog Arthur den Schuh aus und kitzelte ihn an der Fuß-
sohle. Aimée hatte Arthur noch nie hicksen gehört.

»Na dann …« Daniel kitzelte sie. Er wusste genau, dass dieser seltsame Brauch von Marilou stammte. Aber er stieg einfach
darauf ein. Und Aimée war *sehr* kitzelig.

Sekunden später wand sie sich neben Len am Boden. Ellie warf sich dazwischen und lachte wie verrückt. Schließlich
sprang Cloud auf ihnen herum.

Als sie alle wieder zu Atem kamen, sagte Len: »Oma fehlt
mir.«

»Mir auch.« In diesem Augenblick wünschte Aimée sich
nichts mehr, als dass Marilou hier zwischen ihnen auf dem
Boden von Driftwood Cottage säße, die Wangen rot vom Lachen.

Daniel schenkte ihnen allen Getränke nach. In den vergangenen Tagen hatten sie viel über Marilou gesprochen. Daniel und Marilou würden nie die allerbesten Freunde werden, aber er hatte verstanden, dass Aimée sie nicht mehr aus ihrem Leben verbannen wollte.

Arthur zog sich seinen Schuh wieder an.

»Könntest du Marilou bitte ausrichten, dass sie zurückkommen möchte? Bald?«

»Wird gemacht.« Er bemühte sich um eine gleichgültige Miene, aber irgendetwas war da. So richtig schlau wurde Aimée nicht aus ihm.

Als sie Stunden später aus dem Bad im ersten Stock kam, warf sie einen Blick in Ians Arbeitszimmer. Da war nichts. Ein Kubus mit weißen Wänden, ein sandfarbener Teppich und eine einsam von der Decke baumelnde Glühbirne. Nur die dunklen, kantigen Schatten auf der weißen Wand erinnerten noch an den wuchtigen Schrank, an den großen Schwarz-Weiß-Druck mit den Arbeitern auf dem Stahlträger über New York und an das ausladende Regal mit dem brennenden Lämpchen.

»Ihr könntet einziehen. Wenn ihr nicht schon versorgt wärt.« Erin stand hinter Aimée in der Zimmertür.

»Du hast es getan!«

»Hab alles zu *Oxfam* gebracht.«

»Alles?«

»Na ja, eine Kiste mit Erinnerungsstücken steht noch bei Arthur auf dem Dachboden. Vielleicht würde ich es später bereuen, wenn ich so gar nichts mehr hätte.«

Aimée dachte an ihre Truhe, und wie sehr sie es bedauert hatte, als sie all ihre Schätze verloren geglaubt hatte.

»Sehr weise.« Sie drückte Erins Arm.

»Es tut mir wirklich leid, dass ich euch das Zimmer nicht schon viel früher angeboten habe.« Erin knipste das Licht im Raum aus.

»Quatsch. Es braucht so lange, wie es braucht.« Aimée griff nach ihrer Hand. »Sag lieber mal, wie geht es dir denn jetzt?«

»Gut.« Erins kurze schwarze Haare waren unter einer mit Möwenfedern besteckten Kappe verborgen. »Aber ich bin froh, dass dieses Jahr rum ist. Jetzt freu ich mich einfach auf das, was kommt – mit euch.«

Aimée lehnte sich an den Türrahmen. Len und sie würden tatsächlich in St. Ives bleiben. Sie waren angekommen. Wirklich und wahrhaftig. Manchmal konnte sie es immer noch nicht glauben. Unauffällig kniff sie sich in den Oberarm.

»Ich hab übrigens noch was für dich.« Erin zog sie aus dem kahlen Raum und schloss die Tür. »Ein Neujahrsgeschenk.«

»Oh nein, ist das hier Tradition?«

»Eine Tradition, die ich gerade erfunden habe. Komm mit.«

Kurz schauten sie in Ellies Zimmer hinein. Auf dem Boden lagen Berge von bunten Stoffen und verrückten Kleidungsstücken. Ellie und Len hatten sich unter Ellies Hochbett eine Höhle gebaut. Taschenlampenkreise bewegten sich hinter den herabhängenden Laken. Die beiden kicherten. Es war ein Glück, Len so unbeschwert zu erleben.

Aimée wollte sich gerade abwenden, als sie an Ellies Wand zwischen ihren gemalten Bildern das Foto hängen sah, das noch vor Kurzem im Wohnzimmer gestanden hatte: Erin, Ellie und Ian mit ineinanderfließenden Haaren.

Der Raum, in den Erin sie führte, war ganz offensichtlich ihr Schlafzimmer. Auf dem breiten Bett lag eine rot gemusterte Bettdecke und ein einzelnes, dickes Kopfkissen.

»Mach kurz die Augen zu.«

Durch die geschlossenen Lider nahm Aimée wahr, dass das Licht im Raum sich veränderte, für einen Moment dunkler wurde, dann wieder heller. Sie hörte Erin eine Schranktür öffnen und kurz darauf wieder schließen.

»Jetzt darfst du gucken.«

Aimée öffnete die Augen. Erin hatte die Nachttischlampe so gedreht, dass der Lichtstrahl sich wie ein Scheinwerfer auf ein schimmerndes Etwas richtete.

»Erin.« Sie starrte auf das Kleid, das am Schrank hing. Es schillerte und glitzerte blau und grün, wie das Meer an einem Sonnentag. »Das geht nicht.«

»Natürlich geht das. Es ist *dein* Kleid.«

Behutsam strich Aimée über die fließenden Stoffe, Schlangenhaut, Fischernetze, rau und seidenweich. Der Tüllsaum schimmerte silbrig. Und sie hatte gedacht, es wäre verkauft. Verkauft und für immer verloren.

»Komm schon, zieh's an.«

»Jetzt?«

Erin lachte. »Na, heute Abend hast du keine Ausrede. Wobei, ich finde, du kannst es durchaus auch tragen, wenn nicht gerade Silvester ist.« Sie nahm das Kleid vom Bügel und hielt es so, dass Aimée nur noch hineinzuschlüpfen brauchte.

»Du meinst das ernst.«

»Absolut.«

Aimée zog ihre Hose und die schwarze Hemdbluse aus. Dann glitt sie in das Kleid, als tauchte sie in warmes Wasser. Die unterste Stofflage schmiegte sich an ihre Haut, als wollte sie sich mit ihr verbinden. Erin trat zur Seite, damit Aimée sich im Spiegel ansehen konnte. Das Kleid saß, als hätte Erin Maß genommen. Lange betrachtete Aimée sich. Das Grün ihrer Augen schimmerte wie das Kleid.

Es braucht nur den richtigen Moment.

Erin hatte recht: Der Moment war gekommen.

»Vielen, vielen Dank.« Sie umarmte ihre Freundin.

»Von Herzen gern.«

»Mama!« Lens Stimme schallte durch den Flur. »Es ist schon fünf nach elf!« Er kam mit erhobenem Handgelenk ins

Zimmer. Als er sie sah, ließ er den Arm mit seiner neuen roten Uhr sinken. »Oh.«

Len trug etwas auf dem Kopf, das aussah wie ein kleiner Regenschirm, gewölbt und durchsichtig, von innen auf seltsame Art wie fluoreszierend beleuchtet. Von dem Schirm hingen dünne Stoffstreifen herab. Die glimmten auch, und sein Gesicht funkelte.

»Mensch, Len, du bist eine Leuchtqualle.«

»Von Ellie.« Er drehte sich um und rannte aus dem Zimmer, und Aimée hörte ihn die Treppe hinunterjagen. »Daniel! Mama ist eine Meerjungfrau!«

Die Stimmen der beiden Männer unten verstummten. Mit einem Mal war es still im Driftwood Cottage. Aimée trat in den Flur, und Erin löschte hinter ihr das Licht.

Langsam stieg Aimée die schmalen Stufen hinab, die Treppe beschrieb einen Bogen. Sie genoss jeden ihrer Schritte, sie kostete diesen Auftritt aus, so anders als damals bei Per, als sie in diesem weinroten Kleid aus Maulbeerseide unter den Blicken seiner Bekannten wie eine Fremde im eigenen Körper die Treppe hinuntergestiegen war. Jetzt, hier, in diesem Kleid, an diesem Ort mit genau diesen Menschen war sie zu Hause.

Als sie unten war, erhob Daniel sich. Er stand still da, und Aimée trat auf ihn zu.

»Aimée.« Er nahm sie in den Arm und hielt sie sehr lange fest. Schließlich ging er auf Abstand, und Aimée war es überhaupt nicht unangenehm, dass er sie betrachtete.

»Du bist wunderschön.«

Arthur räusperte sich. »Entschuldigt, aber eins muss ich noch loswerden, bevor das Jahr zu Ende geht.«

Ellie und Len schnappten sich ein paar der Käsestangen, die Erin gebacken hatte, und verzogen sich mit ihrer Beute unter den Tisch. Cloud bog ihren Rücken durch und streckte die Vorderbeine lang, bevor sie den beiden tapsend folgte.

Aimée sah, wie Arthur die Finger spreizte. Er blickte zu Erin, die hinter ihr stand, dann zu ihr. »Ich habe mich entschieden«, sagte er. »Ich ziehe mich im neuen Jahr aus dem Laden zurück.«

Im Raum war es still. Selbst Len und Ellie auf dem Boden bewegten sich nicht.

Erin ging zu ihrem Vater und nahm seine knotigen Hände in ihre. »Warum hast du denn nichts gesagt?«

»Ich sag es ja jetzt. Außerdem musste ich mich erst mit meiner … Beraterin kurzschließen.« Über sein Gesicht zog ein schelmischer Ausdruck. »Ehrlich, Liebes, meine Zeit im Laden ist um. Und ich habe meinen Frieden damit gemacht.«

Meine Zeit im Laden ist um.

Dann wurde der Laden jetzt geschlossen, also Arthurs Seite, dann brauchte er natürlich auch keine Restaurateurin mehr, und sie hatte keinen Job mehr, und ohne Job konnten sie auch nicht in St. Ives bleiben. Aimée griff nach dem Geländer.

Arthur stand auf und strich sich den Anzug glatt.

»Aimée.« Er trat auf sie zu. »Ich möchte dich fragen, ob du meine Hälfte des Ladens übernehmen willst?«

Erin klatschte laut in die Hände, und Daniel lachte leise.

»Ja, aber …«, sie ließ sich auf eine der Treppenstufen sinken, »wie soll ich das denn machen? Ich meine, wie soll ich das bezahlen?«

»Mach dir darüber mal keinen Kopf«, sagte Arthur. »Da finden wir schon einen Weg. Für mich ist nur eines wichtig: Wird St. Ives' beste Restaurationswerkstatt weiterexistieren?« Er bewegte sich in Richtung Küche. »Schaut mal.« Er zog etwas Flaches, Längliches hinter der Anrichte hervor. Es war ein weiß lackiertes Blech, und als er es umdrehte, erkannte Aimée, dass es ein Schild war, ganz ähnlich dem, das außen über den hellblauen Flügeln der Ladentür hing. Auf diesem Schild hier stand in Rot: *Erin and Aimée's – Art and Antiques.*

Ihr eigener Laden. Sie musste schlucken und noch mal schlucken.

Erin lächelte Arthur an. »Du bist dir deiner Sache also sicher.«

»Kann man so sagen.« Schwerfällig ließ Arthur sich wieder in den Stuhl fallen. Er ordnete sein Jackett und strich sich mit den Fingern durch das weiße Haar. Dann blickte er zu Aimée hinüber. »Ist das ein Ja?«

Aimée stand auf. Sie sprang auf. »Ja!«

Erin fiel ihr um den Hals, Daniel umarmte sie.

Arthur klopfte auf die Tischplatte. »Jetzt aber los mit euch! Ihr verpasst sonst noch das Feuerwerk!«

Ellie und Len kamen unter dem Tisch hervor, Mützen und Schals wurden herumgereicht, Daniel hielt ihr den Mantel hin. Die vielen Stoffe des Meerkleides drückten sich noch etwas dichter an Aimées Haut.

»Wir sehen uns im nächsten Jahr!«, rief Arthur ihnen nach, als sie einer nach dem anderen aus der Haustür ins Freie traten.

Inmitten einer Horde verkleideter Menschen liefen Aimée, Daniel, Erin, Len und Ellie durch die weihnachtlich beleuchtete Fore Street zum Hafen. Noch nie hatte sie es hier so voll erlebt. Selbst im Sommer bei strahlendem Sonnenschein, als sie gedacht hatte, mehr Menschen passten nun wirklich nicht in diesen Ort, war es verglichen mit heute Nacht geradezu ausgestorben gewesen. Sie klebten beinahe an den Rücken ihrer Vordermänner, die in bunten Ponchos steckten und riesige Sombreros auf den Köpfen trugen. Von hinten drängelte eine Gruppe, die alle als Ketchupflaschen verkleidet waren.

Len und Ellie schien das Gewimmel überhaupt nichts auszumachen. Aus voller Kehle schmetterten sie *My Bonnie* und andere Seemannslieder und klangen wie ein ganzer Shantychor. Aimée schob ihre Hand in Daniels und hakte sich auf der anderen Seite bei Erin ein. Mann, war sie glücklich!

Fast hätte sie Helen nicht erkannt, die ihnen zuwinkte. Sie war als Rotkäppchen verkleidet, und der Mann, der neben ihr lief, als Wolf. Helen sagte etwas zu Len und Ellie, dann wurde sie auch schon von zwei Vogelscheuchen weitergeschoben.

Jemand hielt ihnen einen Ast wie eine Schranke hin. Len und Ellie duckten sich darunter weg, Erin tanzte Limbo, als täte sie den ganzen Tag nichts anderes, Daniel und Aimée scheiterten. Lachend zog er sie vom Boden hoch.

In letzter Sekunde schafften sie es zum Hafen. Auf der Mauer des steinernen Piers leuchteten blaue Zahlen, der Countdown lief: 16, 15, 14, 13 …

Zu fünft hielten sie sich an den Händen. »… sechs, fünf, vier, drei, zwei, eins!« Sie fielen sich alle gleichzeitig in die Arme.

Funkensprühende Fontänen stiegen aus dem Wasser empor, Raketen schossen wie Luftballons an Schnüren in den Himmel und zerplatzten, blitzende Lichtschweife sausten übers Meer. Es krachte und knallte.

Erin drückte ihr einen dicken Kuss auf die Wange. »Frohes neues Jahr, Aimée!«

»Oh, und euch erst!«

Len schlang seine Arme fest um ihren Hals. Die Stoffstreifen seines Leuchtquallenschirms wischten ihr durchs Gesicht.

»Ich wünsch dir ein tolles neues Jahr in St. Ives, Len.«

»Geht klar, Mama!«

Ellie legte ihm ihren Möwenflügel auf die Schulter.

Aimée fand sich neben Daniel wieder, unter diesem irre funkelnden Sternenstaubhimmel.

»Ein wundervolles neues Jahr, Aimée.« Er nahm sie in die Arme und küsste sie auf die Stirn. »Bin ich froh, dass ich dich endlich wiederhabe.« Seine tiefe Stimme machte ihr eine Gänsehaut.

Sie drückte sich an ihn. »Lass mich nie wieder los.«

»Keine Chance. Und jetzt küss mich.«

Sie spürte sein Grinsen, als sie ihre Lippen auf seine legte. Über ihnen donnerte und dröhnte der Himmel.

Als sie die Augen irgendwann wieder öffnete, sah sie Marilou. Ein paar Meter entfernt stand sie am Hafengeländer. Sie lächelte scheu. Aimée ging zu ihr und zog sie an sich. Marilou fühlte sich anders an als sonst. Fester.

»Was machst du? Wo kommst du her?«

»Das Kleid«, Marilou bückte sich und fasste an den silbrigen Saum, der unter Aimées Mantel hervorblitzte, »es hing im Laden. Ich habe immer gedacht, dass es wie für dich gemacht ist. Das bist so sehr du, Aimée.«

Daniel trat zu ihnen. »Hallo, Marilou.«

»Hallo, Daniel.«

»Du siehst gut aus.«

Aimée war ihm so dankbar, dass er so freundlich mit ihrer Mutter sprach.

»Danke. Dann hat es sich ja gelohnt.« Sie lachte und sah schon wieder ein bisschen mehr aus wie die alte Marilou. »Ich komm aus London. Aus der Klinik. Sechs Wochen Entzug.« Ein explodierender Feuerwerkskörper erhellte ihr Gesicht mit dem frisch aufgemalten Schönheitsfleck. »Diesmal hab ich es geschafft. Das habe ich Arthur zu verdanken.«

»Das ist …« Im Wasser vor ihr spiegelten sich die Lichter am Himmel.

Len und Ellie zogen Daniel zu einem Feuerschlucker hinüber.

Marilou sah auf ihre Stiefelspitzen und kickte einen Plastikbecher weg. Dann blickte sie wieder auf. »Ich weiß gar nicht, wo ich anfangen soll, Aimée. Ich habe so einiges begriffen in den letzten Wochen.« Sie schluckte. »Ich war dir wirklich keine gute Mutter.«

Aimée wollte ihr sagen, dass es keine Rolle mehr spielte, aber Marilou griff nach ihrer Hand und drückte sie.

»Dass Ava sterben musste, das werde ich mir nie verzeihen.« Sie sagte das einfach so, *Ava*. Als wäre das der einzig denkbare Name für ihr Mädchen gewesen.

Aimée zog Marilou an sich und drückte ihr Gesicht in das weiche graue Haar. Endlich, endlich war sie wieder da.

»Ich hab dir längst verziehen, Mama. Wir sind doch eine Familie.«

Marilou zitterte am ganzen Körper, und Aimée hielt sie fest. Sternschnuppen zischten, Blumen blitzten. Eine Gruppe von mindestens zehn Blues Brothers drängte sich mit lautem Gejohle neben ihnen ans Hafengeländer. Marilous Gesicht war feucht, aber sie lächelte.

»Wo steht dein Wohnmobil?«

»Bei Arthur im Hof. Ich schlaf in seinem Wohnzimmer. Fürs Erste. Weißt du«, sie klang sehr vorsichtig, »ich würde gerne hierbleiben. Hier in St. Ives. Wenn du …«

»Ich würde mich freuen! Oh …« Aimée zog rasch ihr Telefon aus der Tasche und tippte eine Nachricht an Aiden.

Sekunden später kam die Antwort, viel schneller, als sie es an Silvester erwartet hatte. Aimée konnte sich ein Grinsen kaum verkneifen, als sie die Nachricht las.

»Weißt du«, sie drehte ihr Telefon in der Hand, »möglicherweise gäbe es da eine Wohnung für dich.« Sie ließ das Telefon in ihre Tasche gleiten und fasste Marilou bei den Händen. »Brenda und Steve würden dich sehr gerne kennenlernen!«

Am Hafen war es ruhiger geworden, aus den umliegenden Kneipen kam Musik. Nur noch vereinzelt explodierte eine Rakete über dem Meer und färbte das Wasser für einen kurzen

Augenblick weiß und pink. Nach unzähligen Umarmungen brachen Erin, Ellie und Marilou in die eine Richtung auf, Daniel, Len und sie zogen in die andere Richtung davon.

Zu dritt liefen sie den Hügel hoch und ließen all die Lichter und Geräusche, die Stimmen und die Musik hinter sich zurück. Irgendwann umfing sie die Dunkelheit. Daniel nahm Len auf die Schultern, und da war nur das Knirschen ihrer Schritte, der Wind und das ferne Rauschen der Wellen.

Als sie oben am Cottage waren, blieben sie für einen Augenblick stehen. In den Erkern brannte Licht. Aimée verschränkte ihre Finger mit Daniels. Er zog sie näher zu sich heran, und sie legte ihren Kopf an seine Brust, vorsichtig zwischen Lens Beine. Daniels Haut unter dem aufgeknöpften Hemd war heiß, er roch nach Sommerregen, der auf eine trockene Landschaft fiel, so vertraut, dass ihr schwindelig wurde.

Aimée drehte den Kopf ein wenig und sah zum Cottage. Durch das linke Erkerfenster blickte man in eine heimelige Stube mit einem runden Holztisch und einem Schaukelstuhl. Wenn man die Augen ein wenig zukniff, sah man den Schaukelstuhl leise schwingen. Im rechten Erkerfenster lagen Kissen. Manche hatten einen warmen, erdigen Ton, andere waren bunt. An einem sonnengelben lehnte eine kleine Puppe. Sie lachte, und ihre Wollzöpfe standen ab. Dahinter war ein niedriger Tisch, eigentlich eine Truhe, und hinter der Truhe stand ein Stuhl mit aufgemalten altrosa Rauten. Trat man näher an das Fenster heran, sah man, dass in den Deckel der Truhe Buchstaben eingeschnitzt waren. Und ganz vorne, direkt hinter der Scheibe, baumelte an einem unsichtbaren Faden ein hölzernes Haus.

TAUSEND DANK AN:

… meine Agentin Petra Hermanns fürs An-meiner-Seite-Sein.

… meine Lektorin Martina Wielenberg und die gesamte Bastei-Lübbe-Taskforce für ihre geballte Energie.

… meine Lektorin und Sparringpartnerin Lisa Kuppler fürs Niemals-Lockerlassen.

… meine Gefährtinnen Charlotte Richter-Peill und Katharina Kress für die großartige Unterstützung bei der Plot-Entwicklung und fürs genaue Lesen der ersten Fassung.

… die Hamburger Kulturbehörde für den *writers' room*, meinem liebsten Schreibort.

… Elvira Willems für die Einführung in die Besonderheiten eines alten Bullis.

… Jens Köhler und Johannes Vieten sowie dem gesamten Team von *Ahoi Bullis* in Hamburg für die Möglichkeit einer Mama-Sohn-Bulli-Tour durch Südengland.

… Hans Martin Burchard für die Einblicke ins Restaurieren.

… Kerstin Stolzenburg für die medizinischen Hintergründe.

… Ann von der Coastwatch Station in St. Ives.

… Paul Stayne für die Insights in das Schaffen seiner Frau, der Textilkünstlerin Sheila Stayne in St. Ives.

… Timon Schlichenmaier für die wunderbare Website.

… Inga Kaufhold, Heidi und Cay Ditschke fürs Zeit-Schenken und vielfache Unterstützen.

… Stephan und Frido fürs Da-Sein!